Zum Buch:

Eine Kochshow, dreizehn Teilnehmer*innen und hundertausend Dollar Preisgeld. Eigentlich wollte sich Dahlia Woodson auf den Wettbewerb bei *Chef's Special* konzentrieren; nicht nur, um mit dem Gewinn ihren Studienkredit abzubezahlen, sondern auch um von Profis zu lernen, wie sie ihre Kochkünste verbessern kann. Sie kocht noch nicht lange, aber dafür mit Leidenschaft. Immerhin ist es das Einzige, was ihr nach ihrer Scheidung Freude bereitet und für sie Leben statt nur Überleben in ihrer Kleinstadt in Maryland bedeutet. Doch dann rennt sie plötzlich einen Rotschopf namens London Parker um. Nach deren Coming-out als nichtbinär im nationalen Fernsehen will London sich eigentlich nur noch auf das Kreieren von Soufflés und den Sieg konzentrieren, um zu Hause in Tennessee einen Zufluchtsort für queere Kids schaffen zu können. Doch nach dem Zusammenprall geht der Wirbelwind Dahlia demm nicht mehr aus dem Kopf ... Können sie die Umstände überwinden und trotz ihrer Konkurrenz und unterschiedlichen Leben zueinander finden?

Zur Autorin:

Anita Kelly kommt aus einer Kleinstadt in den Pocono Mountains in Pennsylvania und lebt derzeit im pazifischen Nordwesten mit deren Familie. Anita arbeitet tagsüber als Bibliothekar:in, doch in jeder freien Minute schreibt dey Geschichten, die queere Liebe mit allen ihren Möglichkeiten feiern. Wenn Anita nicht gerade schreibt, trinkt dey viel zu viel Tee, widmet sich der Fotografie und träumt vom nächsten Spaziergang im Wald.

Anita Kelly

Für jede Liebe ein Problem

Roman

Aus dem amerikanischen Englisch von
Christopher Bischoff und Hanna Christine Fliedner

HarperCollins

Die Originalausgabe erschien 2022 unter dem Titel
Love & Other Disasters bei Forever, Hachette Book Group, New York.

1. Auflage 2023

Deutsche Erstausgabe

Gesetzt aus der Stempel Garamond
von GGP Media GmbH, Pößneck
Umschlaggestaltung von Büro Süd
Umschlagabbildung von Hattie Windley
Druck und Bindung von CPI books GmbH, Leck
Printed in Germany
ISBN 978-3-365-00274-2
www.harpercollins.de

Für Meryl & Rosie

Kapitel 1

Dahlia Woodson mochte eine Versagerin sein, was die Ehe anging, aber im Zwiebelwürfeln war sie ein gottverdammtes Ass.

Die ersten gleichmäßigen Schnitte, die Kreuzmuster. Es war geradezu wohltuend, wie logisch und perfekt es war. Dahlia hatte sich richtig reingehängt, Zwiebel für Zwiebel, bis sie jeden Schnitt gleichmäßig hinbekam. Bis sie ihrer Hand, ihrem Messer vertraute, ohne darüber nachdenken zu müssen: schnell, effizient und korrekt.

Als Dahlia an einem Dienstagmorgen Ende Juli das Set von *Chef's Special* in Burbank, Kalifornien betrat, dachte sie an Zwiebeln.

Jedenfalls konnte sie sich nicht auf den Mahagoniboden unter ihren Füßen konzentrieren, der förmlich funkelte. Oder auf die Decken, die so viel höher waren, als sie es sich vorgestellt hatte oder als es notwendig schien. Wie ein Sportstadion für Food-Nerds. Und die Lichter – du meine Güte!

Es fühlte sich an, als würde sie nach einem Langstreckenflug das Flughafenterminal betreten: alles zu schnell, zu laut, zu viele neue Eindrücke.

Dabei war ihr das Set von *Chef's Special* eigentlich nicht fremd. Dahlia kannte es nur zu gut, von zu Hause. Sie hatte die Show im Fernsehen genauestens verfolgt.

Aber in echt war es anders. Es war überwältigender, surrealer.

Sie näherte sich dem hoch aufragenden hölzernen Torbogen, der das hintere Ende der Kulisse bildete. Er war majestätisch und einzigartig, wie das Portal einer Kathedrale, als wäre diese Küche eine Kirche.

Dann schlich sie um ihn herum und betrachtete ihn ehrfürchtig, geblendet von den strahlenden Lichtern darüber. Nur eine Sekunde später prallte sie mit voller Wucht gegen eine massive menschliche Wand.

Die Person stieß ein verärgertes Grummeln aus, das sich in Dahlias Brust festsetzte.

Wie ein Gummiball sprang Dahlia peinlich berührt einen Schritt zurück. Als sie aufsah, fuhr sich ihr Gegenüber gerade mit einer sommersprossigen Hand durch das rotblonde Haar. An den Seiten war es kürzer geschnitten als oben, und eine Strähne fiel zurück über die rechte Augenbraue.

Dahlia selbst war knapp über einen Meter fünfzig groß. Der Rotschopf war *riesig*. Die hellen Augenbrauen schwebten gefühlt ein ganzes Stockwerk über ihr.

Das rote Haar war allerdings wirklich süß. Es erinnerte Dahlia an Blätter, die sich im Herbst verfärbten, an *Anne with an E* und an Sonnenuntergänge, die sich auf ruhigem Wasser spiegelten. Sie hatte noch keinerlei Regung wahrgenommen, seitdem sie mit ihrem Gesicht gegen diese Brust gedonnert war, und die Nähe eines anderen Körpers erdete sie irgendwie, wie wenn man jemanden in der Ankunftshalle wiedererkennt und die Kakofonie des Flughafens um einen herum endlich verstummt.

Und so waren es vielleicht die Sonnenuntergangshaare oder einfach die Nähe eines anderen fühlenden Wesens, jedenfalls öffnete Dahlia den Mund und …

»Oh Gott. Scheiße, ich bin voll in dich reingelaufen. Das tut mir echt total leid. Ich bin einfach so aufgeregt. Ich glaube, das letzte Mal war ich so nervös, als ich in der vierten Klasse beim Buchstabierwettbewerb vergessen habe, wie man *Trillerpfeife* schreibt und alle über mich gelacht haben und ich mir vielleicht ein ganz kleines bisschen in die Strumpfhose gepinkelt habe. Mein Gott, Strumpfhosen sind wirklich das *Allerletzte.*«

Dahlia holte Luft. Aus dem Augenwinkel konnte sie die anderen elf Teilnehmenden sehen, die darauf warteten, von einer Produzentin namens Janet zu den ihnen zugewiesenen Kochinseln gebracht zu werden. Der Rotschopf stand noch immer nur da und blickte sie ausdruckslos an. Dahlia fühlte sich nicht wohl dabei, das Gespräch an dieser Stelle zu beenden, sie wusste allerdings auch nicht, wie sie vom Pinkeln in der vierten Klasse noch mal die Kurve kriegen sollte – auch wenn sie hinter ihrer Einstellung zu Strumpfhosen stand, nur fürs Protokoll. Und so quasselte sie einfach weiter, während ihr Gehirn nach einer besseren Lösung suchte, diesen peinlichen Moment zu beenden.

»Wie auch immer, ist doch echt komisch, oder? Dass wir ins Fernsehen kommen. Also, dass das wirklich passiert. Und ich kann an nichts anderes als an Zwiebeln denken, was total dumm ist, weil alle anderen wahrscheinlich Kalbsfilet oder Foie gras oder etwas anderes Ausgefallenes im Kopf haben. Außerdem mache ich mir Sorgen, dass ich wahrscheinlich jemandem über die Füße stolpere, wenn wir das erste Mal die Vorratskammer stürmen. Und dass ich wahrscheinlich vergesse, wie man kocht, sobald der Timer läuft.« Sie hielt inne und lachte ein wenig über sich selbst. »Ein wahres Feuerwerk an positiven Gedanken hier oben drin.«

Dahlia deutete auf ihren Kopf. Versuchte es mit einem charmanten Lächeln.

Der Rotschopf blinzelte, sagte aber keinen Ton.

»Cool, okay, tja. War schön, mit dir zu quatschen. Bis später.«

Dahlia wollte gerade auf dem Absatz kehrtmachen, als sich eine Hand auf ihren Arm legte.

»Hier entlang, Honey.«

Den Göttinnen sei Dank. Die Produzentin Janet rettete Dahlia vor sich selbst. Falls es dafür nicht schon zu spät war.

Dahlia schluckte und versuchte, alles in sich aufzunehmen, während Janet sie durch das verwinkelte Labyrinth der Kochinseln führte, das den größten Teil des riesigen Raums einnahm. Aber eigentlich konnte sie nur daran denken, wie sehr ihr das leuchtend rote Gestell von Janets Brille gefiel, und an den kleinen Wärmeschub, der durch ihr Herz geschossen war, als Janet sie *Honey* genannt hatte.

Sie blieben ganz vorne im Halbkreis der Kochinseln stehen, am Platz ganz rechts.

»Bitte sehr, Dahlia. Das ist dein Reich.«

Mit einem beruhigenden Lächeln sauste Janet davon, um eine andere Kandidatin einzuweisen.

Dahlia bestaunte all die Details, die sie in den letzten sieben Staffeln von *Chef's Special* im Fernsehen gesehen hatte:

die satten Grün- und Goldtöne und dazwischen immer wieder Akzente aus funkelndem türkisfarbenem Glas. Wie das dunkle Holz der Wände und des Bodens sich von den helleren Schattierungen abhob.

Sie fand schon seit der ersten Staffel, dass das Set dem Inneren einer alten schottischen Burg im Moor ähnelte, der die Fab Five von *Queer Eye* erst kürzlich einen Besuch abgestattet hatten. Rustikal, aber gemütlich, mit Elementen, die altehrwürdig wirkten – dazu hier und da ein paar fröhliche Farbtupfer.

Dahlia blickte hinunter auf die glänzende Edelstahl-Arbeitsplatte der Kochinsel. *Ihrer* Kochinsel. Sie erinnerte sich an den leeren Gesichtsausdruck des Rotschopfs vor ein paar Minuten, als sie sich gleich nach Betreten des Sets blamiert hatte, und widerstand dem Drang, sich vorzubeugen und die Stirn ein paarmal gegen das Metall zu schlagen.

Stattdessen schloss sie die Augen und atmete tief durch die Nase ein, so wie sie es in dem Yogakurs gelernt hatte, den sie vor einem Jahr ein einziges Mal besucht hatte.

Zwiebeln. Die rauen braunen Enden oben und unten. Das reine Weiß des Innenlebens, fest und doch flexibel. Die zuverlässige Struktur der Schichten. So viele Rezepte begannen mit einer fein gewürfelten Zwiebel als Grundbaustein.

Dahlia hatte sich vorgenommen, in ihrem neuen Leben einen Schritt vor den anderen zu setzen. Wenn sie mit den Grundlagen begann und sich auf jeden kleinen Schritt konzentrierte, konnte sie etwas erreichen.

Dahlia öffnete die Augen wieder, als ein großer *weißer* Mann mit dunklen Haaren zum Platz neben ihr schlenderte. Sein Blick war nach unten gerichtet, während er hastig etwas auf einen kleinen Notizblock kritzelte. *Oh Gott.* Die Leute machten sich schon Notizen, und Dahlia hatte das Gefühl, vorhin kaum die Hälfte der Worte aus Janets Mund mitbekommen zu haben. Dabei sprach Janet wirklich laut.

»Hey«, sagte der große Kerl und sah endlich auf. Lässig klemmte er sich seinen Bleistift hinters Ohr und streckte die Hand aus. »Jacob. Sieht so aus, als wären wir Tischnachbarn.«

Dahlia schüttelte ihm die Hand. Eventuell sagte sie ihm auch ihren Namen. Sie war verblüfft, wie selbstbewusst er wirkte, während sie außer an Zwiebeln und die peinliche Szene unter dem Torbogen nur daran denken konnte, wie aufgebläht sie sich plötzlich fühlte. Ihr Magen gab beunruhigende Gurgelgeräusche von sich. Sie sah sich im Raum um. All die anderen Teilnehmenden überbrückten die Wartezeit plaudernd, lächelten sich gegenseitig zu. Darunter waren ultraselbstsichere und attraktive Menschen wie Jacob, aber auch eine kleine ältere Frau in der gegenüberliegenden Ecke, deren grau melierter Bob wackelte, als sie der Schwarzen Frau neben sich energisch zunickte.

Moment mal. Diesen Bob kannte Dahlia doch. Sie hatte die Frau vor zwei Tagen im Shuttle-Bus vom Flughafen zum Hotel getroffen. Sie kam aus Iowa, wie Dahlia sich jetzt erinnerte, und war genau so, wie man es von einer Grandma aus dem Mittleren Westen erwartete: freundlich, aber nicht auf den Kopf gefallen. Ihr Apfelkuchen war *legendär*, aber wehe, man kam ihr mit irgendeinem Mist, dann konnte sie einem ordentlich die Leviten lesen. Dahlia hatte sie sofort ins Herz geschlossen. *Barbara!* So hieß sie.

In Dahlias Adern glomm ein kleiner Funke auf.

Wenn Barbara das hier durchziehen konnte, dann würde sie es auch schaffen.

Als Dahlia den Blick von Barbara abwendete, begannen die Gesichter der anderen jedoch zu verschwimmen.

Tief Luft holen.

Paprika. Sie hackte auch gerne Paprika. Das war zwar nicht ganz so befriedigend wie Zwiebelnschneiden, aber ästhetisch ziemlich ansprechend. Erlesene, leuchtende Farben – Farben, von denen man kaum glauben konnte, dass sie aus nichts anderem entstanden als Samen, Sonnenschein und Erde.

»Hallo, liebe Teilnehmende der achten Staffel!«

Dahlia wirbelte herum.

Ach du liebe Güte. Sai Patel.

Sai Patel stand direkt vor ihr. Und zwar in der Mitte des Goldenen Kreises, in dem sich die Kandidat*innen am Ende jeder Eliminierungschallenge einfinden mussten und wo über Ruhm oder Niedergang entschieden wurde. Es beunruhigte Dahlia plötzlich, dass ihre Kochinsel so nah an diesem Kreis lag, an jenem Ort, der ihre Ängste schüren und über ihre Zukunft bestimmen würde. Tatsächlich würde er ihr nie aus dem Blickfeld geraten.

Okay, keine Panik.

»Ich weiß, wie nervös ihr gerade seid.« Gesegnet sei Sai Patel mit seinem zerzausten dunklen Haar und dem aufgeknöpften Kragen. Er sprach ihre Gedanken laut aus. »Aber denkt dran: Wir haben euch nicht ohne Grund aus Tausenden von Bewerber*innen ausgewählt. Das Schwerste habt ihr bereits hinter euch. Ihr seid hier! Jetzt beginnt der spaßige Teil.«

Als Sai Patel die dreizehn Kandidat*innen der achten Staffel angrinste, konnte Dahlia aus nächster Nähe den einen leicht schiefen Eckzahn sehen, den sie schon so oft von ihrer gemütlichen Couch in Maryland aus beobachtet hatte. Das Lächeln von Sai Patel war in Wirklichkeit noch perfekter, und dass einer der berühmtesten Köche der Welt vor ihr stand und so aufrichtig, ermutigend und engagiert wirkte, beruhigte ihre Nerven.

Und letztlich hatte er recht. Sie hatte die Castings in Philadelphia nicht ohne Grund überstanden. *Chef's Special* war ein Wettbewerb für Hobbyköch*innen, für den sich jedes Jahr Tausende von Menschen bewarben. Es hatte etwas zu bedeuten, dass sie unter all den Tausenden eine der dreizehn war, die es bis hierher geschafft hatten. Sie hatte hart dafür gearbeitet. Ihr neuer Tischnachbar Jacob und sein pseudocooler Bleistift hinter dem Ohr waren nicht besser als sie. *Sie konnte das schaffen.*

Sie konnte die einhunderttausend Dollar gewinnen.

Gleich nachdem Sai gegangen war, nahm Janet seinen Platz ein und fing freundlich, aber bestimmt an zu sprechen: »Auf geht's, Leute! Wir haben einen anstrengenden Tag vor uns.«

Dahlia straffte die Schultern und zwang sich, einen kühlen Kopf zu bewahren. Ihr war klar, dass sie Janet jetzt zuhören musste. Es ging darum, dass sie das Set verlassen und anschließend erneut hereinlaufen würden, diesmal jedoch vor laufenden Kameras. Dabei sollten sie den Kopf gerade halten, strahlend lächeln und zeigen, dass sie bereit für den Wettkampf waren.

Dahlia würde sich nicht übergeben. Oder pupsen. Oh nein. Sie würde ganz gelassen bleiben, an Zwiebeln und

Paprika denken oder vielleicht an die beruhigenden, sich wiederholenden Bewegungen beim Schneiden von Gurken, Zucchini oder Karotten. *Schnitt, Schnitt, klack, klack.* Einfach auf den Rhythmus ihres Handgelenks vertrauen.

Als sie schließlich das Set betrat, war es jedoch Knoblauch, der ihr in den Sinn kam. Knoblauch, den sie mit der flachen Klinge eines Messers aus seiner papiergleichen Schale presste. Sie spürte es in ihren Handflächen, den Druck des Messers, die Kraft dahinter. Ein aromatischer, grundlegender Baustein, der unter ihren Fingern zerquetscht wurde.

Sie konzentrierte sich, und ihr Sichtfeld wurde weiter.. Sie sah Sai wieder vor sich, diesmal zusammen mit den anderen Jurymitgliedern, Tanner Tavish und Audra Carnegie. Der Tisch, vor dem sie standen, war groß und imposant, die glänzende Mahagoniwand dahinter zierte ein riesiger goldener Kreis in der Mitte, beinahe wie ein Spiegelbild von jenem auf dem Boden. *Chef's Special* stand in einer dynamischen, betont lässigen Schriftart in einem Teil des Kreises.

Dahlia spürte, dass die Kameras sie beobachteten, und in diesem Moment wurde ihr einiges bewusst.

Ihr wurde bewusst, dass es töricht und überstürzt gewesen war, ihren Job hierfür aufzugeben.

Ihr wurde bewusst, dass sie mit Pauken und Trompeten scheitern könnte. Auf die Nase fliegen.

Aber es gab auch Dinge, von denen sie hoffte, dass sie wahr waren. Zum Beispiel, dass sie womöglich dazu gemacht war, großartige Köstlichkeiten zu erschaffen.

Und das hier war ihre Chance, es zu beweisen. Dass sie *gut* in etwas war. Wirklich richtig gut in etwas, das sie sich selbst ausgesucht hatte, etwas, das ganz und gar ihr gehörte.

Sai Patels Stimme dröhnte wieder aus dem Inneren des Goldenen Kreises und erreichte mühelos ihre meisterhafte Strahlkraft, seine Grübchen und funkelnden Augen strotzten nur so vor Charisma, und sein Dreitagebart war derart sexy, dass es beinahe unverschämt war. Dahlia musste sich bewusst anstrengen, nicht auf seine Unterarme zu starren, die gestählten Muskeln, die aus seinen hochgekrempelten Ärmeln hervorlugten.

Doch dann wurden die Kameras angehalten, weil Audra Carnegies Rock anscheinend nicht richtig saß und einige der Kandidat*innen nicht fröhlich genug lächelten. Dahlia atmete aus und nutzte den Augenblick, um sich in der Kulisse umzusehen – da waren die abstrakten Chihuly-Glasskulpturen, die alle perfekt in Grün- und Blautönen ausgeleuchtet waren und die transparente Wand zwischen den Kochinseln und der Vorratskammer schmückten. Durch die Skulpturen hindurch konnte sie einen Blick hineinwerfen, und ihr Puls beschleunigte sich bei all den frischen Produkten, die dort ausgestellt waren, und der gerade noch sichtbaren Ecke des restaurierten Zettelkatalogs, von dem sie wusste, dass er jedes erdenkliche Gewürz enthielt. Dahlia konnte es kaum erwarten, die Vorratskammer zu betreten.

Als sie den Kopf drehte, um zu sehen, was sich auf der anderen Seite des Sets befand, fiel ihr Blick wieder auf das rotblonde Haar. Unter der vollen Bühnenbeleuchtung wirkte es noch heller, als wäre die Person in ein himmlisches Leuchten getaucht.

Das zugehörige Gesicht war mit Sommersprossen gesprenkelt, was sie dank der erhöhten Sauerstoffzufuhr in ihrem Gehirn nun ganz deutlich wahrnahm. Und diese Augen: Sie waren von einem faszinierenden Grüngrau, in das sich goldene Flecken und dunkle Schimmer mischten. Wie nannte man das noch gleich? Heterochrom? Sofern Schimmer auch mürrische Blicke einschlossen.

Wenn der coole, drahtige Jacob neben ihr einem Jaguar glich, dann wirkte der Rotschopf an der Kochinsel hinter ihr wie ein Löwe.

Dahlia wurde bei der Erinnerung an ihr vorheriges Aufeinandertreffen wieder ganz heiß im Gesicht, aber diesmal sickerte ein Hauch von Zuversicht hindurch. Auch das konnte sie wiedergutmachen.

Sie rang sich ein freundliches Lächeln ab. »Viel Glück«, flüsterte sie. Was ein deutlich normalerer Kommentar gegenüber ihren Mitstreiter*innen war, als, na ja, über Buchstabierwettbewerbe in der vierten Klasse zu reden.

Der Rotschopf sah sie noch einen Moment lang unbewegt an. Knirschte er mit den Zähnen? Dahlia meinte, ein Grummeln auszumachen.

Schon wieder.

Nur diesmal war es ein *absichtliches* Grummeln.

Der Rotschopf grummelte sie an und wandte dann den Blick ab.

Tja. Das wäre dann wohl ein *Nein* auf die Frage, ob Dahlias exzentrischer Aussetzer charmant rübergekommen war.

Sie drehte sich wieder nach vorn und schaute hinüber zu Jacob, der in einer breiten Power-Pose die Arme vor der Brust verschränkt hatte und geradeaus starrte.

Na gut. Vielleicht würde sie nicht alle für sich gewinnen. Wenigstens hatte sie noch die Aussicht auf eine Freundschaft mit Barbara aus Iowa. Scheiß auf die anderen Leute – Grandmas waren der Hammer.

Es dauerte viel länger, als Dahlia erwartet hatte, aber über eine Stunde und viele überraschend genaue Anweisungen später war es endlich, *endlich* Zeit zu kochen.

Die erste Challenge war immer leicht, ergebnisoffen. Alle Kandidat*innen kochten, was sie wollten, um den persönlichen Stil, die eigenen besonderen Fertigkeiten zu präsentieren. Das war allen bekannt, und sie hatten wochenlang Zeit gehabt, sich darauf vorzubereiten.

Tatsächlich stolperte sie beim Sturm auf die Vorratskammer nicht. Sobald Dahlia ein paar Limetten in die Finger bekam, beruhigte sie sich. Zurück an ihrem Platz band sie sich die dunklen Haare auf dem Kopf zusammen und schmiedete einen Schlachtplan, während die rote Uhr auf dem Jurytisch heruntertickte. Vage hatte sie mitbekommen, dass Jacob Filet Mignon und Sommersprossengrummelgesicht hinter ihr Lamm zubereitete. Sie hatte gewusst, dass es so kommen würde.

In jeder Kochsendung, die sie gesehen hatte, gingen alle immer total auf Proteine steil, mit denen sie selbst kaum kochte. Der Kram kostete ein Heidengeld. Geld, das eine frisch geschiedene Redakteurin einer Lokalzeitung nicht hatte.

Ehrlich gesagt, waren die einzigen Proteine, die Dahlia sich *wirklich* leisten könnte, wenn sie sich mal an ihr Budget halten würde, Dosenthunfisch. Aber sie bevorzugte sowieso vegetarische Gerichte. Mit frischem Obst und Gemüse, Getreide, Eiern und einem Haufen Gewürzen ließen sich ganz erstaunliche Dinge anstellen. Selbst gemachte Pasta zu perfektionieren war Balsam für ihre Seele gewesen, nachdem sie letztes Jahr aus dem gemeinsamen Haus mit David ausgezogen und zum ersten Mal in ihrem Leben wirklich auf sich allein gestellt gewesen war.

Mit ausschließlich vegetarischen Gerichten konnte man bei *Chef's Special* allerdings nicht gewinnen. Ein Glück, dass Dahlia an der felsigen Küste Neuenglands aufgewachsen war und nun am Brackwasser der Chesapeake Bay lebte: Mit Fisch und Meeresfrüchten kannte sie sich aus.

Nicht dass Fisch-Tacos ein Markenzeichen von Neuengland oder der Chesapeake Bay wären. Aber egal, wer wollte sich schon mit Krabben und Hummern herumschlagen? Irgendwie bekam man da am Ende für die ganze Arbeit doch recht wenig raus. Sie konnte mit einem Kabeljaufilet glänzen und dann Spaß mit all den anderen Zutaten haben. Marinade mischen, frische Tortillas ausbacken, Rotkohl schnippeln, Jalapeños zerkleinern. Farben, verschiedene Geschmacksnuancen, Soßen. Je farbenfroher und frischer das Essen war, desto mehr Freude hatte Dahlia daran.

Sie hatte keine Ahnung, ob Fisch-Tacos für die Jury zu simpel wären oder nicht, aber sie wusste, dass sie gut schmecken und hübsch aussehen würden, und das waren die einzigen Bausteine, mit denen Dahlia etwas anfangen konnte.

Also entsaftete, mixte, briet, schnippelte, kochte sie. Sie machte einen Plan und hielt sich daran. Wenn die Jurymitglieder an ihrer Kochinsel vorbeikamen, lächelte sie ihnen zu und antwortete auf das freundliche Geplänkel. Sie gab sich Mühe, nicht an die Kameras zu denken, versuchte, nicht in die Gesichter der Jury zu schauen, wenn sie ihr Essen probierten. Nicht an das Lamm oder Steak der anderen zu denken.

Und obwohl dieser erste Drehtag schon tausend Stunden gedauert zu haben schien, vergingen die sechzig Minuten, die sie zum Kochen hatten, wie im Flug. Plötzlich waren nur noch fünf Minuten übrig. Dahlia fühlte sich angespannt, aber gut, denn dieser Adrenalinstoß verdrängte alle anderen Gedanken aus ihrem Kopf. Ihre Hände waren ruhig, als sie die Teller anrichtete. Sie hatte sogar noch eine Minute Zeit, um ihre Arbeitsfläche aufzuräumen.

Als Tanner Tavish rief: »Die Zeit ist um!«, ließ sie die Arme sinken. Unwillkürlich trat sie einen Schritt zurück.

Und dann begann Dahlia zu zittern.

Sie hoffte, dass es weder den hochauflösenden Kameras noch den Jurymitgliedern auffiel, die schon um die ganze Welt gereist waren und in Sternerestaurants gekocht hatten. Die über das Set liefen, als würde ihnen der Laden gehören. Was er ja auch irgendwie tat. Schlimmstenfalls, so hoffte sie, würde nur die sommersprossige Miesmuschel hinter ihr das Zittern bemerken, deren Meinung über sie zu diesem Zeitpunkt wahrscheinlich ohnehin nicht noch weiter in den Keller sinken konnte.

Es gab eine kurze Pause, in der Janet, die Produktionsassistent*innen und die Jury sich zusammendrängten, hierhin und dorthin zeigten und wer weiß was besprachen. Die angerichteten Teller wurden ein wenig zurechtgerückt, um sie perfekt für die Kameras auszurichten. Kandidat*innen eilten zur Toilette oder lachten nervös miteinander. Dahlia blieb stehen und biss sich auf die Lippe.

Dann waren sie wieder da.

Und Audra Carnegie sagte ihren Namen.

Echt jetzt?

Sie war die Erste, deren Essen beurteilt wurde?

Dahlia hatte keinen Schimmer, ob das nun Segen oder Fluch war. Doch sie wusste, dass sich ihre Nerven noch immer von sechzig Minuten Hyperkonzentration erholen mussten.

Für eine Sekunde schloss sie die Augen und nahm einen weiteren Yoga-Atemzug. Dann legte sie die Hände unter ihren Teller, trat von ihrer Kochinsel weg, umrundete den Tisch.

Und stolperte.

Die Welt entschleunigte in Zeitlupe wie in einem quälenden Horrorfilm. Von außerhalb ihres Körpers sah Dahlia, wie Sai Patel mit ausgestreckten Händen nach vorne stürmte, die braunen Augen aufgerissen. Sie glaubte, jemanden fluchen zu hören. War ihr etwas im Weg gewesen? Ein hochgeklapptes Stück Isolierband? Oder war sie, Dahlia Woodson, allen Ernstes über ihre eigenen Füße gestolpert, nachdem sie ihr erstes Essen im landesweiten Fernsehen zubereitet hatte?

Heilige Scheiße. Sie würde wortwörtlich auf die Nase fliegen.

Irgendwo, in den Tiefen ihres Gehirns, dachte sie: *War ja klar*, ehe ihr Verstand aussetzte. Das Studiolicht blendete sie, als sich eine Explosion aus Reis, Rotkohlstreifen und ein verspielter Klecks Limettendip in die Lüfte erhoben, kurz bevor sie auf den Boden krachte.

Kapitel 2

London brauchte einen kleinen Augenblick für sich.

Dafür war dey in diese schummrige Hotelbar gekommen, hatte sich an diesen schmierigen Ecktisch geflüchtet, voller Krümel und nasser Abdrücke von Gläsern. Nur einen Moment allein sein. Dey hätte natürlich auch hoch aufs Hotelzimmer gehen können, um sich dort nach diesem entschieden zu langen ersten Drehtag zu entspannen. Aber da gab es keinen Bourbon.

Der erste Schluck hatte sich wahnsinnig gut angefühlt, genau das gewünschte Brennen in der Kehle ausgelöst. Kühl, stark, eine Erinnerung an zu Hause. Er hatte in Londons Kopf bereits ein Eckchen freigepustet. Ein zweites Glas würde vielleicht auch den übrigen Irrsinn vertreiben. Dey hatte sich heute ziemlich gut geschlagen, aber das lag vermutlich daran, dass dey Lamm schon ungefähr achtundneunzig Mal auf diese Art zubereitet hatte.

Morgen fing *Chef's Special* dann erst richtig an. Die Face-offs. Geheimzutaten. Challenges ohne zweiwöchige Vorbereitungszeit, bei denen man rausfliegen konnte. *Echte* Herausforderungen. Wenn London Erfolg haben wollte, musste dey schnellstmöglich den Kopf frei kriegen.

Eigentlich war London auch nur hier, weil dey sich letztes Weihnachten mit Julie schon ein Gläschen zu viel gegönnt hatte, als die Werbung für das *Chef's Special*-Casting in Nashville lief. Julie hatte gewettet, dass London sich nicht hintrauen würde. Und dey war noch nie vor einer Wette mit deren Zwillingsschwester zurückgeschreckt. Aber jetzt, da London wirklich *hier* war, war es auf einmal real. Und je mehr London darüber nachdachte, was dey mit dem Preisgeld tun könnte, desto besser fühlte dey sich.

Mehr als alles andere wollte London diese Show gewinnen.

Und so verbrachte dey die nächsten zwei Stunden damit, am Bourbon zu nippen, Gedanken zu sortieren und sich mental auf morgen vorzubereiten – den nächsten Tag mit all seinen Herausforderungen.

Bis plötzlich jemand mit Wucht eine Tasche auf den Stuhl gegenüber pfefferte.

Der unerwarteten Tasche folgte eine nicht minder unerwartete Frau. Ihr ungezähmtes dunkles Haar rahmte ein Gesicht ein, von dem deutlich abzulesen war, dass sie genug von diesem Tag hatte, *vielen Dank auch*. Sie stemmte die Hände in die Hüften, schnaubte und starrte London an.

»Dahlia.« London zuckte innerlich zusammen. Die spektakuläre Stolperaktion am Set war zwar schon Stunden her, hatte sich demm aber unwiderruflich ins Gedächtnis gebrannt. Wie auch nicht? Es war ein geradezu epischer Moment gewesen. »Es tut mir *so, so …*«

»Ach, sei still.« Sie wedelte mit der Hand. »Alle haben schreckliches Mitleid. Ich weiß. Glaub mir, ich bemitleide mich selbst genug. Ich will nicht mehr darüber reden.«

Londons Finger schlossen sich fester um das Whiskeyglas. Worüber um alles in der Welt sollte dey mit Dahlia Woodson denn dann reden?

Aber Dahlia schien sich diese Frage nicht zu stellen.

»Warum hast du mir nicht auch viel Glück gewünscht?«

London blinzelte.

»Du hast nicht mal gelächelt!« Ihre Miene verfinsterte sich, als London nicht antwortete. »Du hättest gar nichts sagen müssen, aber du hättest *wenigstens* zurücklächeln können. Oder halt doch was sagen, irgendwas, nachdem ich mich direkt zu Beginn des Tages so blamiert habe. Ich hab bloß versucht, nett zu sein. Brauchte nur ein kleines bisschen Zuspruch vor der unheimlichsten Herausforderung meines Lebens. Warum warst du so arschig?«

London war viel zu perplex für eine Antwort. Oder auch nur einen weiteren Schluck Whiskey. Den dey eigentlich dringend gebraucht hätte.

Dahlia verschränkte die Arme vor der Brust.

»Habe ich dir irgendwas getan?«

London spürte es, sah es in Dahlias Augen, dass ihr der Treibstoff ausging, obwohl sie versuchte, ihre Wut am Köcheln zu halten. Sah, wie diese Wut sich rasch in Traurigkeit oder Resignation oder etwas Ähnliches verwandelte. Und war der Ärger schon verstörend genug, mit der neuen Stimmung dieser Fremden konnte London noch viel weniger umgehen. Als Dahlia demm eine letzte Frage stellte, klang sie eigentlich nur noch müde: »Oder bist du eine dieser Personen, die einfach alle anderen hassen?«

London runzelte die Stirn, auch wenn demm diese Gemeinheit nicht mit voller Wucht entgegengeschleudert worden war. »Ich hasse dich nicht. Das ist nicht … Tu ich nicht.«

London holte Luft. Na schön. Dey würde die Sache kurz und schmerzlos beenden. »Es tut mir leid, dass ich dir nicht auch viel Glück gewünscht habe.«

London erinnerte sich sehr gut an Dahlias »Viel Glück«. Deren Hirn hatte auch durchaus registriert, dass eine Erwiderung angemessen gewesen wäre, nur war der Befehl nicht bis zum Mund vorgedrungen. In Wahrheit erinnerte London sich an so ziemlich alles, was heute mit Dahlia Woodson zu tun gehabt hatte, von dem Moment an, als sie das Set betreten und dey einen ersten Blick auf diese Haare erhascht hatte.

Sie waren faszinierend. Dicht, fast schwarz, ungezähmt. Aber was London am meisten aus der Fassung brachte, war die schiere Menge davon, die in Wellen bis zu Dahlias Taille hinabfiel.

Die Teilnehmer*innen der achten Staffel hatten sich schon gestern Abend zu einem Kennenlerndinner mit Cocktails in einem fancy Restaurant in Burbank zusammengefunden. Inmitten des ganzen Trubels – so viele Hände zu schütteln, sich so viele Namen zu merken und dabei nie das aufgepappte Lächeln zu verlieren – hatte London ihre Mitbewerber*innen nicht so stark unter die Lupe genommen wie andere. Dey war sich sicher, dass sich von denen einige wachsam umkreist und gegenseitig versucht hatten, ihre Schwächen auszuloten. Aber an diese Haare hätte dey sich erinnert. Die waren auf keinen Fall beim Kennenlerndinner gewesen. Und wie es aussah, befanden sie sich jetzt für den Rest der Dreharbeiten ständig in Londons Sichtfeld. Zumindest, bis jemand von ihnen aus der Show flog.

»Hey, weißt du, wer die Frau da vor uns ist? Neben Jacob?«, hatte London deren Tischnachbarn Ahmed gefragt, als sie sich alle hinter dem Torbogen zusammengedrängt und auf den offiziellen Einmarsch gewartet hatten, direkt nachdem Dahlia quasi mit dem Gesicht an Londons Brust gelandet war.

»Die mit den vielen Haaren? Dahlia Woodson, glaube ich.«

»Sie war aber gestern Abend nicht dabei, oder?«

»Nope. Ich vermute auch bloß, dass sie das ist. Ich habe zufällig gehört, wie Janet irgendwann meinte: ›Wo zur Hölle ist Dahlia Woodson?‹«

»Hm.«

Das Ding war, London wurde nicht gern durcheinandergebracht. Es war natürlich okay, dass Dahlia anscheinend das Kennenlerndinner in den Wind geschossen hatte und dass sie nun vor London arbeiten würde. Aber dass diese ganzen Haare da offen vor sich hin hingen, völlig ungezähmt und überbordend, war eine wirklich unnötige Ablenkung. Wollte die tatsächlich so kochen? Denn das war ja wohl mal richtig unhygienisch. In einer professionellen Gastroküche würde so was niemals durchgehen.

Allerdings waren Haarnetze im Fernsehen auch nicht besonders sexy. Vielleicht hatte das Produktionsteam sie angewiesen, die Haare offen zu lassen? Aber ein kurzer Blick durchs Studio offenbarte, dass die meisten anderen ihre hochgebunden hatten. Je mehr London Dahlias Mähne anstarrte, desto wütender wurde dey.

Beim ersten Anblick dieser Haare war dey bereits so abgelenkt gewesen, dass dey einfach nur dagestanden hatte, während Dahlia, ein energischer Wirbelwind, auf demm zugestürzt und in demm hineingekracht war. Und sich als absolut … hinreißend erwiesen hatte.

Jetzt am Abend trug Dahlia die Haare hochgesteckt, als riesiges, gefährlich schräg sitzendes Vogelnest. Wie genau das der Schwerkraft trotzte, überstieg Londons Vorstellungskraft.

Als sie sich London gegenüber in den Sessel fallen ließ – wobei sie achtlos die Tasche zu Boden schob –, lösten sich ein paar Strähnen und umspielten ihr sonnengebräuntes Gesicht. Obwohl sie erschöpft wirkte, schien ihre Haut zu strahlen, selbst in diesem trüben Hotelbarlicht. Was ziemlich ungerecht war, dachte London, während dey sich den eigenen gespensterweißen Nacken rieb.

»Kann ich Ihnen etwas bringen?« Eine zierliche Kellnerin war an den Tisch getreten. Ihre Haare waren nachlässig zusammengebunden. Der dunkle Ansatz war deutlich zu erkennen. Auf der Schulter hatte sie einen orangefarbenen Fleck, und auch sie machte einen erschöpften Eindruck.

Wow, da kam man ja so richtig in Partystimmung.

Mit dem Kinn deutete Dahlia auf Londons Glas. »Was ist das?«

»Bourbon.« Diese Begegnung hatte London zwar die Sprache verschlagen, und noch war dey nicht ganz auf der Höhe, aber daran erinnerte dey sich.

»Ja, das klingt gut«, sagte Dahlia.

Die Kellnerin nickte nur und eilte davon.

Seufzend fuhr Dahlia sich durchs Gesicht. Sie trug ein grobmaschiges lila Strickkleid über Leggings. Beim Hinsetzen war es ihr auf der einen Seite über die Schulter gerutscht und hatte einen schwarzen BH-Träger und ihr graziles Schlüsselbein enthüllt.

Bisher hatte London noch kaum ein Wort mit dieser Frau gewechselt, trotzdem hatte dey schon das Gefühl, zu viel über sie zu wissen: dass sie sich in der vierten Klasse in die Hose gemacht hatte – wenn auch nur ein bisschen. Wie verletzlich sie ausgesehen hatte, nachdem sie live im Fernsehen gestolpert war, einen Rest Limetten-Dip noch auf der Wange. Dass sie einen schwarzen BH trug. Dass sie heute nervös gewesen war.

London selbst war erstaunlich wenig nervös gewesen. Nur schlecht gelaunt.

Die Kellnerin kam zurück, drückte Dahlia ein Glas in die Hand und verschwand wieder.

Dahlia nahm einen tiefen Schluck, und London räusperte sich. Dey war sich nicht ganz sicher, weshalb Dahlia immer noch hier war, warum sie sich dazu entschieden hatte, sich hinzusetzen, aber wenn London jetzt alles zwischen ihnen ins Lot brachte, ging sie vielleicht schneller wieder.

»Ich wollte vorhin wirklich nicht unhöflich sein. Sorry, wenn das so rüberkam, ich, äh … Die letzten beiden Tage waren echt nicht leicht.«

Dahlia schaute demm über den Rand ihres Glases hinweg an, und für einen kleinen Moment war sie wie erstarrt. Dann stellte sie das Glas mit Schwung auf dem Tisch ab und fing an zu lachen.

Und hörte gar nicht mehr auf.

London konnte nur hilflos zusehen.

»Du bist gut.« Dahlia wischte sich die Augen. »Du hast Lamm zubereitet, das so – Zitat – ›himmlisch‹ war, dass Audra Carnegie dich am liebsten geküsst hätte. Und du hast es hingekriegt, nicht dein komplettes Gericht überall zu verteilen, während du dich in einer landesweit ausgestrahlten Fernsehshow auf die Fresse legst. Aber klar, das war sicher nicht leicht für dich.« Dahlia verdrehte die Augen, holte tief Luft und nahm einen weiteren Schluck Bourbon.

London spürte, wie dey ganz rote Wangen bekam. Also, rötere als sowieso schon.

»Audra Carnegie wollte mich definitiv *nicht* küssen. Und deine Fisch-Tacos mochte sie auch. Also, nachdem du sie zusammengeklaubt hattest«, fügte dey hinzu und rieb sich erneut den Nacken, in dem Versuch, die Fremdscham zu vertreiben.

»Ja, sicher.« Dahlia verdrehte wieder die Augen.

Dabei brauchte sie sich gar nicht so anzustellen. Immerhin hatte die Jury ihre Tacos schon vor dem dramatischen Live-Sturz probiert. Die Wertung am Ende zu filmen, nahm so viel Zeit in Anspruch, dass das Essen normalerweise längst kalt war. Das bedeutete, die Juror*innen kosteten immer auch während der Zubereitung. Darauf hatte Janet sie mit als Erstes vorbereitet. Dahlias aerodynamisches Kunststück war beeindruckend gewesen, aber ihren Platz in der Show gefährdete es nicht. Und London hatte beobachtet, wie sie die Tacos zubereitet hatte. Sie *mussten* gut gewesen sein.

»Hey, kann ich noch einen bekommen?«, rief Dahlia der Kellnerin zu, die gerade an ihrem Tisch vorbeirauschen wollte. Dabei deutete sie auf das bereits leere Glas. Die Kellnerin hob eine Augenbraue, wahrscheinlich weil Dahlia ihren Drink so schnell geleert hatte, aber die scherte sich ganz offenkundig nicht darum. Im Gegenteil, sie überflog eine speckige Karte am Rand des Tisches. »Und … ein paar Tortillachips mit Guacamole. Jap, genau. Das wäre wunderbar.«

»Wunderbar«, wiederholte die Kellnerin ausdruckslos und schwebte wieder davon.

London hätte es ihr am liebsten gleichgetan.

Dey lehnte sich nach vorn. »Nur zur Sicherheit: Bist du sauer auf mich?«

London war klar, dass *Chef's Special* ein Wettbewerb war. Dass demm egal sein sollte, was Dahlia Woodson von demm hielt. Dey hatte in den letzten Jahren hart daran gearbeitet, sich nicht darum zu kümmern, was andere Leute dachten.

Trotzdem kam es London falsch vor, dass dey in der Lage war, eine Fremde derart auf die Palme zu bringen, aus Gründen, die dey noch nicht hundertprozentig verstand. Und irgendwie wollte dey nicht, dass Dahlia böse auf demm war, so seltsam sie auch sein mochte.

»Ach nein.« Dahlia zuckte mit den Schultern. »Ganz ehrlich? Ich bin überhaupt nicht gut im Sauersein. Immer wenn ich mich über irgendwas aufrege, werde ich am Ende einfach nur traurig, also bemühe ich mich normalerweise, das zu vermeiden, und … ich rede schon wieder viel zu viel. Argh! Ich brauche Nahrung!« Sie hielt inne. »Aber es war ein tapferer Versuch, oder? Sauer zu sein?«

»Du hast mich ›arschig‹ genannt«, bestätigte London.

Dahlia grinste. »Siehst du? Das auszusprechen hat sich komisch angefühlt, aber ich hab's trotzdem durchgezogen. Sieh mal einer an. Yay!« Sie griff über den Tisch hinweg nach Londons Bourbon. »Warum trinkst du das nicht?« Sie nahm einen großen Schluck und verzog das Gesicht, als hätte der Whiskey ihren Gaumen zu schnell getroffen, ehe sie das Glas zurückstellte. »Tja, na ja, jedenfalls, ich bin durch. Jetzt erzähl mir von deinem schrecklichen Tag.«

Hatte sie gerade ernsthaft einen Schluck von Londons Bourbon getrunken?

Dahlia Woodson war echt 'ne Nummer.

Bevor London überhaupt darüber nachdenken konnte, was dey sagen sollte, kamen Tortillachips und Guacamole zusammen mit Dahlias zweitem Whiskey auf Eis. Sobald die Kellnerin alles abgestellt hatte, schnappte Dahlia sich einen Chip und biss hinein. Ihre Augen weiteten sich. »Oh Mann. Wow! Solche Chips gibt's an der Ostküste nicht. Du solltest sie probieren.«

London griff nicht nach einem Chip, nahm nun aber endlich einen weiteren Schluck Bourbon. Dey fühlte sich gehetzt, als wäre dey die ganze Zeit einen Schritt hinter Dahlia. Nie war abzusehen, was sie als Nächstes tun oder sagen würde, und London hatte auch keine Ahnung, wie dey aus dieser tristen, düsteren Bar entkommen sollte.

»Also. Wo waren wir? Dein schlechter Tag. Ich höre«, forderte Dahlia demm auf, während sie Guacamole auf einen zweiten Tortillachip schaufelte. Sie lächelte jetzt, als würde sie sich auf einmal königlich amüsieren.

»Warum warst du gestern nicht beim Kennenlerndinner?«, fragte London ausweichend.

Dahlias Lächeln verschwand. Sie wirkte peinlich berührt. »Oh. Ähm. Allein die Vorstellung hat in mir heftige Ängste ausgelöst. Ich habe … einer Produktionsassistentin erzählt, ich hätte schlimme Menstruationsbeschwerden.«

»Dein Ernst?« Nicht zu fassen. Mit einem Mal bekam London den Mund wieder auf. »Das hat in uns *allen* Ängste ausgelöst! Die ganze Show ist wie eine … Konfrontationstherapie gegen soziale Phobie! Und du hast *deine Tage* als Ausrede benutzt?!«

»Hey!« Dahlia zog die Brauen zusammen. »Ich habe wirklich schlimm meine Tage, okay? Also, wenn ich sie habe. Mach mir deswegen keine Vorwürfe.«

Aber London *machte* ihr Vorwürfe. Denn wenn sie zu diesem blöden Kennenlerndinner gekommen wäre, dann müsste dey sich nicht extra vor ihr outen, um das vom Tisch zu kriegen. Und hätte sie ihre fucking Haare auch nur im Geringsten im Griff, hätte London ihr vor ein paar Stunden einfach viel Glück zurückgewünscht oder irgendwie anders zu Dahlias Zufriedenheit reagiert, und sie wäre nicht hier aufgekreuzt, um Londons Moment der Ruhe zu ruinieren.

Dey holte tief Luft.

»Gestern Abend, beim Essen, habe ich mich als nichtbinär geoutet und allen meine Pronomen mitgeteilt: dey/demm/deren. Ich dachte, es wäre gut, wenn alle von vornherein Bescheid wissen, damit es kein peinliches Misgendern gibt und ich bei dieser ganzen Sache wirklich ich sein kann. Ein paar Leute haben allerdings nicht so toll reagiert. Damit hätte ich rechnen sollen, aber es hat mich trotzdem getroffen. Ich war einfach ein bisschen zu optimistisch. Deshalb war ich heute ziemlich schlecht drauf, okay? Zufrieden?«

London bestellte per Handzeichen noch einen Drink bei der Kellnerin. Dahlia blieb still. Ein kleiner Triumph für London, der sich leider gar nicht triumphal anfühlte.

»Wer hat nicht toll reagiert?«, fragte Dahlia dann.

London musterte sie. Ihr Gesichtsausdruck hatte sich verändert, aber dey konnte ihn nicht deuten.

»Ist egal.«

»Nein, ist es nicht. Ich will mich nicht aus Versehen mit einem Arschloch anfreunden.«

London seufzte und war so müde, dass dey Dahlias Reaktion erst später vollständig erfassen würde. Wie hart ihre Stimme auf einmal geworden war. »Hauptsächlich Lizzie.«

»Hilf mir auf die Sprünge, wer war das noch mal?«

»Krause blonde Haare, *weiß*, vielleicht so um die fünfzig.«

Konzentriert runzelte Dahlia die Stirn. Sie wirkte plötzlich so ernst. »Brille?«

»Jap.«

Sie nickte. »Was hat sie getan?«

»Ach, na ja, du weißt schon …« London wollte das Ganze eigentlich nicht komplett aufwärmen und wedelte bloß abschätzig mit der Hand. Vor einem Coming-out mit so vielen Fremden auf einmal hatte dey ziemliche Angst gehabt, hatte sich aber überlegt, dass das die effizienteste Methode war. Es war einer der angespanntesten Momente in Londons Leben gewesen, und dey hatte versucht, keine zu große Sache daraus zu machen und es schnell hinter sich zu bringen.

Und zunächst hatte es auch so ausgesehen, als würde alles glimpflich ablaufen. Cath, eine *weiße* Frau mit dunklen Haaren, die sie unter einem Basecap verbarg, hatte sich vorgebeugt und mit tiefer, beruhigender Stimme gesagt: »Alles klar, cool. Danke, dass du das mit uns geteilt hast, London.« Sie hatte London ein Nicken geschenkt, dass dey direkt als Anerkennung eines weiteren Mitglieds der queeren Community verstanden hatte. Erleichtert hatte dey ausgeatmet. Auch andere am Tisch hatten gelächelt und demm zugenickt.

Doch dann hatte Lizzie sich geräuspert, mit dem Zipfel ihrer Serviette den Mund abgetupft und gefragt: »Entschuldige, aber wie meinst du das?«

Mit einem Schlag hatte sich Londons Magen wieder verkrampft. Schon an einem stinknormalen Tag war es anstrengend, sich selbst und die eigene Existenz ständig erklären und verteidigen zu müssen. Aber nach dem langen Flug von Nashville und vor diesem seltsamen TV-Erlebnis war es besonders schlimm.

London entschied, ganz direkt zu antworten. Geduldig wiederholte dey die Basics, also im Grunde das, was dey zuvor bereits gesagt hatte. *Nichtbinär. Pronomen dey/demm/deren.* Fertig.

Lizzie starrte demm mit zusammengekniffenen Augen an, als würde dey Klingonisch sprechen.

»Aber das ergibt doch gar keinen Sinn. Du willst wirklich, dass wir dich mit diesen seltsamen Wörtern ansprechen, dey und ... demm?«

»Genau.« London ballte die Hände in der Tasche zu Fäusten und presste nur dieses eine Wort zwischen zusammengebissenen Zähnen hervor. Der Rest der Tischgesellschaft war wie erstarrt. Konzentriert blickten alle auf ihre Teller und die schwitzenden Wassergläser.

Janet legte Lizzie eine Hand auf die Schulter, während die in die Runde sah. »Ach, kommt schon.« Ihr Tonfall klang spöttisch. »Ich bin hier doch nicht die Einzige, die das völlig gaga findet. Es gibt kei...«

»Lizzie.« Janet unterbrach sie energisch. Nicht einmal Lizzie konnte dieser Stimme etwas entgegensetzen.

Daraufhin hatte Janet die vor sich hin murmelnde Lizzie

hastig aus dem Raum bugsiert, während sich peinliche Stille über den Tisch gesenkt hatte. Wahrscheinlich waren nur wenige Sekunden vergangen, ehe Cath mit einem Kommentar das Schweigen gebrochen hatte, aber London hatte sie gar nicht richtig hören können, so laut war das Klingeln in deren Ohren gewesen. Danach hatte dey etwa zwei Bissen runtergeschlungen und war kurz darauf aufgebrochen.

Anderen Unbehagen zu bereiten, weil dey offen mit deren Identität umging, war nichts Neues für London. Nur hatte das bisher immer in viel kleinerem Rahmen stattgefunden.

»Ja, ich kann es mir gut vorstellen.« Dahlias sanfte Stimme holte London in die schummrige Hotelbar zurück.

Dabei hatte London gar nicht laut ausgesprochen, was gestern Abend passiert war.

»Sag Bescheid, wenn ich irgendwas tun kann«, fügte Dahlia hinzu. »Falls Lizzie dir das Leben schwer macht. Oder irgendwer anders.«

London verzog das Gesicht. »Alles gut. Ich hab nur einen Tag gebraucht, um darauf klarzukommen. Du musst …« Dey wedelte wieder mit der Hand. »Du musst mich nicht zu deinem queeren Sozialprojekt machen.«

»Nein, das …« Dahlia setzte erneut an, schloss den Mund wieder. Röte überzog ihre Wangen. Sie lehnte sich in ihrem Stuhl zurück. »Mein älterer Bruder Hank ist trans. Er hat vor ein paar Jahren mit der Transition begonnen. Ich weiß also, was manche Leute so von sich geben. Das ist alles.«

Sie nahm einen Schluck von ihrem Drink.

Damit hatte London nicht gerechnet. Wie sollte dey darauf reagieren?

»Es tut mir leid, dass ich gestern nicht dabei war«, ergänzte Dahlia im gleichen sanften Tonfall wie zuvor. Und dann stopfte sie schnell zwei Chips in den Mund. Aber London merkte, dass sie ihr gerade nicht schmeckten.

Dey tat es auch leid, dass Dahlia nicht dabei gewesen war. Um genau zu sein, machte es demm ein bisschen wütend.

Nicht weil dey dachte, dass Dahlia demm jetzt automatisch verstand oder auf magische Weise die Situation hätte retten können. Es gab eine Million Wege, trans zu sein, und nur weil sie ihren Bruder liebte, hieß das nicht, dass sie London kannte.

Aber jetzt wusste dey wenigstens, dass sie ein Ally war. Und sobald dey auch nur ein bisschen über den Ärger hinwegsah, konnte dey es sich plötzlich vorstellen. So direkt, wie Dahlia Woodson war, hätte sie Lizzie wahrscheinlich noch vor Janet gestoppt. Sie hätte irgendwas Merkwürdiges und Lustiges gesagt und das Ganze etwas erträglicher gemacht. Vielleicht.

Aber sie hatte sich ja in ihrem Zimmer versteckt und so getan, als hätte sie Regelschmerzen. Tja.

»Hast du vor, dich auch in der Show zu outen? Vor den Zuschauer*innen, meine ich?«

London räusperte sich. »Ja. Ich wollte meine Pronomen gleich im ersten Solo-Interview mitteilen, aber dann war heute keine Zeit mehr, das zu filmen, also bin ich gar nicht richtig dazu gekommen.«

Jetzt angelte dey sich einen Tortillachip. Und natürlich hatte Dahlia recht. Sie waren wirklich fantastisch.

»Das … das ist eine Riesensache. Hank wird das total feiern. Wahrscheinlich muss er weinen, wenn er es sieht. Allerdings ist er eh ’ne echte Heulsuse.« Dahlia lächelte, aber weniger als vorher, als sie demm zugelacht oder ihren ersten West-Coast-Tortillachip probiert hatte. Es war ein Lächeln ohne Zähne.

In Londons Brust war es bei Dahlias Kommentar ganz warm geworden. Dey wusste, dass es eigentlich egal sein sollte, dass dey das für *sich* machen sollte, aber … es gab demm Zuversicht. Die Bestätigung, dass deren Coming-out anderen etwas bedeuten könnte. Es war wie ein Geschenk.

Dey hatte das Gefühl, etwas zurückgeben zu wollen.

»Die Chips sind wirklich ziemlich gut«, sagte dey, konnte es sich aber nicht verkneifen hinzuzufügen: »Die Guacamole ist allerdings nur so lala. Die kriege ich besser hin.«

Dahlias Lächeln wurde ein winziges bisschen breiter. »Daran habe ich nicht die geringsten Zweifel.«

London warf ihr einen Blick zu, unsicher, ob das ein Kompliment war oder sie sich über demm lustig machte. Aber in ihren Augen blitzte kein Spott. Sie hatten eine Schattierung, die genau zwischen dem dunklen Braun ihrer Haare und ihrem Hautton lag, wodurch ihr Gesicht eine perfekt aufeinander abgestimmte Farbpalette ergab.

Bloß eine typische Bourbon-Beobachtung.

»Darf ich dich fragen, was du tun willst?« Dahlia sah demm an. »Falls du gewinnst?«

Endlich mal eine einfache Antwort.

»Ich würde mit dem Geld einen gemeinnützigen Verein gründen. Für LGBTQIA+-Kids in Tennessee.«

»Bist du aus Tennessee?«

London nickte. »Aus Nashville.«

Dahlia lächelte wieder, hielt den Blick dabei aber auf die Tischplatte gesenkt. Sie zupfte an ihrem Kleid und zog den lilafarbenen Stoff über ihrer Schulter zurecht. London ignorierte einen kleinen Stich der Enttäuschung.

»Hank will schon ewig mal nach Nashville. Er liebt Country-Musik. Er hat sich nach Hank Williams benannt.«

London beobachtete, wie sie einen Tortillachip nahm, ihn hochkant auf den Tisch stellte und mit den Fingerspitzen vor dem Umkippen bewahrte, ohne Anstalten zu machen, ihn in den Mund zu stecken.

»Das ist wirklich nobel von dir«, sagte sie. »Das mit dem Verein.«

»Ich mein, ich habe keine Ahnung, wie man so was richtig aufzieht«, entgegnete London automatisch und ein bisschen verlegen. Gott, dey wollte nicht als *nobel* dastehen. Das fühlte sich irgendwie schmierig an. »Aber … na ja, ich würde es gern versuchen.«

»Und das ist großartig!«

Nie hatte sich London ein traurigeres Bild geboten als Dahlia, die mit unbeweglicher Miene diesen Tortillachip anstarrte.

»Hank sollte wirklich mal hin«, sagte London. Plötzlich war dey entschlossen, sich richtig Mühe zu geben. Nicht arschig zu sein. Dahlia von dort zurückzuholen, wohin sie in den letzten paar Minuten verschwunden war. »Nach Nashville. Ist 'ne tolle Stadt.«

»Bestimmt«, erwiderte Dahlia halbherzig.

»Was würdest *du* denn mit dem Geld machen, wenn du gewinnen würdest?«, fragte London.

Dahlia sackte noch mehr in sich zusammen – falls das überhaupt möglich war.

»Ich habe ziemlich viele Schulden«, sagte sie schließlich

und zuckte mit den Schultern. »Wie sich herausgestellt hat, ist eine Scheidung echt teuer. Und ich muss noch meinen Studienkredit zurückzahlen, und …« Sie verstummte. »Ich weiß nicht, ein bisschen Geld wäre ganz nett.«

Moment mal. Diese Frau hier war geschieden? Sie konnte doch nicht viel älter sein als London, und dey war erst sechsundzwanzig.

Ganz offenbar wusste London im Grunde rein gar nichts über Dahlia Woodson.

»Na ja, ich sollte jetzt wohl mal gehen. Tut mir leid, dass ich dich so belagert habe.«

Abrupt stand Dahlia auf und stürzte den letzten Rest Bourbon runter, während sie gleichzeitig nach ihrer Handtasche angelte. Sie legte ein paar Scheine auf den Tisch und hielt dann inne. Nervös spielte sie mit der Schnalle an ihrer Tasche.

»Ähm, das ist mir ein bisschen peinlich …« Sie sah London nicht in die Augen. »Aber ich bin nicht hundertprozentig sicher. Du heißt London, oder? Ich habe so viele neue Leute getroffen, und ich war aufgeregt, und …«

»Ja, ganz genau, London.« Und dann fügte dey albernerweise hinzu: »London Parker«, als würden sie gerade in der Schule die Anwesenheitsliste durchgehen.

Aber Dahlia lächelte. Zumindest leicht.

»Ich bin Dahlia.«

»Ja, ich weiß.«

»Oh. Okay. Also … Sorry noch mal. Bis morgen, London Parker.«

Nachdem sie verschwunden war, fühlte London sich eigenartig. Vielleicht ein bisschen einsam? Obwohl dey sich ja ursprünglich extra hierher zurückgezogen hatte, um allein zu sein. Hastig kippte dey den Rest Bourbon runter und bezahlte die Rechnung. Dey hatte keinerlei Interesse mehr daran, weiter in dieser Bar herumzuhängen, viel zu nah an der Erkenntnis, wie sehr demm der Klang des eigenen Namens aus Dahlias Mund gefiel.

Kapitel 3

Am nächsten Morgen landete Janets Hand auf Dahlias Schulter, fünf Minuten nachdem die Kameras nicht mehr liefen.

»Dahlia, Honey«, sagte sie. »Zeit für dein erstes Interview.«

Heute trug Janet eine lila Brille. Sie lächelte aufmunternd.

Dahlia holte tief Luft. Sie hatte gerade ihr erstes Face-off hinter sich gebracht, bei dem man gegen eine*n der anderen Kandidat*innen antrat, um eine grundlegende Küchenfertigkeit unter Beweis zu stellen. Als Gewinner*in erhielt man Vorteile für spätere Challenges.

Dahlia hatte das Duell verloren. Ausgerechnet gegen Lizzie. *Ätzend.* Wirklich richtig oberätzend.

Außerdem hatte sie einen leichten Bourbon-Kater.

Immerhin war sie heute noch nicht auf die Nase geflogen.

Und sie hatte sich auch nicht weiter vor London Parker blamiert. Dahlia war fest entschlossen, von nun an vor demm nicht mehr wie ein Trampel dazustehen.

Mit anderen Worten: Sie würde versuchen, von nun an positiv in die Zukunft zu blicken. Komme, was wolle.

Doch während sie Janet und deren lose hochgesteckten,

wippenden Locken in die hintere Ecke des Sets folgte, krallte Dahlia die Finger in den Saum ihres Tanktops. Die Demütigungen der letzten vierundzwanzig Stunden, einschließlich der California-Rolls, die Lizzie einfach schneller und kunstvoller geformt hatte als sie, fielen von ihr ab, und eine andere Angst machte sich in ihr breit.

Über diesen Moment hatte Dahlia nachgedacht, seit sie vor einem Monat erfahren hatte, dass sie es in die Show geschafft hatte.

Wenn sich die Kandidat*innen in ihrem ersten Einzelinterview vorstellten, mussten sie nur ein paar grundlegende Fakten über sich erzählen. Woher sie kamen, was sie beruflich taten und was sie sich von der Show erhofften.

Aber wenn sie auch nur versuchte, sich Antworten auf diese simplen Fragen auszudenken, fühlte Dahlia sich in ihrer derzeitigen Situation ziemlich verwirrt und unzulänglich.

Sie stammte aus New Bedford, einer alten Walfängerstadt im Süden von Massachusetts, direkt an der Grenze zu Rhode Island. Sie war ein Kind Neuenglands.

Doch jetzt lebte sie in Maryland. Ihr Ex-Mann, David, war nach Washington, D. C. gependelt, sie nach Baltimore, und in den sechs Jahren ihrer Ehe hatten sie in einer Kleinstadt zwischen den beiden Städten gelebt. Nach der endgültigen Trennung letztes Jahr hatte sie überlegt, nach Baltimore zu ziehen, war letztlich aber bei dem geblieben, was sie kannte. Denn alles, vom morgendlichen Aufstehen bis zur Nahrungsaufnahme, war ihr unendlich schwergefallen, und das Festhalten an Bekanntem schien die einzige Option zu sein. Sie fand eine kleine Wohnung in demselben eintönigen Städtchen, auch wenn sie sich damit und mit den vielen kleinen Einkaufszentren und Restaurantketten nicht mehr wirklich verbunden fühlte. Manchmal fragte sie sich, ob sie das jemals getan hatte.

David war nach Arlington gezogen.

So musste sie sich wenigstens keine Sorgen mehr machen, ihm im Food Lion, ihrem Lieblingssupermarkt, zu begegnen.

Die kleine Kulisse, in der die Einzelinterviews der Kandidat*innen von *Chef's Special* gefilmt wurden, befand sich in einer hinteren Ecke des Studios, hinter dem hölzernen Torbogen und neben dem Snacktisch. Ein überwältigendes marmoriertes Fenster aus dickem türkisfarbenem Glas wurde von hinten beleuchtet und nahm die gesamte Rückwand ein. Es war wunderschön und beruhigte Dahlia sofort, auch wenn es ihr leider keinen Geistesblitz verschaffte, was sie sagen sollte.

Sie nahm auf einem Hocker Platz und musste blinzeln, als die Kamera sie ins Visier nahm und die Produktionsassistent*innen das Licht ausrichteten. Die junge Frau hinter der Kamera mit den kurzen, dicht gelockten Haaren lächelte sie freundlich an.

»Hey, Dahlia. Ich bin Maritza. Denk dran, wir brauchen nur die Basics. Fang mit deinem Namen, deinem Alter und deinem Wohnort an. Kann's losgehen?«

Dahlia nickte wie betäubt. Wortlos zählte Maritza mit den Fingern herunter und gab dann das Zeichen.

»Mein Name ist Dahlia. Ich bin achtundzwanzig und komme ursprünglich aus Massachusetts.«

Ihr Kopf war leer.

Maritza lugte wieder hinter der Kamera hervor. »Okay. Etwas über deine berufliche Laufbahn und vielleicht, warum du hier bist?«

Klar doch, sicher.

Das war eine einfache Frage. Bloß dass Dahlias berufliche Laufbahn in eine Sackgasse geraten war.

In den letzten vier Jahren hatte sie als Redakteurin einer kleinen Zeitung in Baltimore gearbeitet und größtenteils Spaß daran gehabt. Sie hatte schon immer gerne geschrieben und redigiert, und manchmal war die Arbeit auch inhaltlich echt interessant. Zwar wurden immer mehr Artikel der Zeitung einfach von größeren Nachrichtenagenturen übernommen, aber die lokalen Themen, über die ihre Reporter*innen noch berichten konnten, lagen ihr am Herzen. Sie mochte ihre Kolleg*innen, vor allem Josh, der fürs Online-Marketing zuständig war, weil er sie zum Lachen brachte und stets mit Respekt behandelte.

Aber mit der Zeit hatte sie sich rastlos gefühlt, nachdem sie so viele Tage am gleichen Schreibtisch im Großraumbüro verbracht hatte und nie zu etwas Größerem, Besserem und Anspruchsvollerem aufgestiegen war.

Dahlia hatte Träume, aber nur ganz vage, verschwommene. Träume, die keinen handfesten Wert hatten. Die Welt zu sehen. Etwas Sinnvolles zu tun, etwas, wofür sie brannte. Bloß hatte sie keine Ahnung, was dieses Etwas war. Sie hatte Angst, die Freude am Kochen zu verlieren, wenn sie es zu ihrem Beruf machen würde. Im letzten Jahr hatte es sich manchmal so angefühlt, als wäre diese Freude alles, was ihr geblieben war.

Dahlia wollte kein Restaurant besitzen oder auch nur in einem arbeiten, aber Kochen war ihr wichtig geworden, es bedeutete ihr inzwischen einfach sehr viel. Als ihre psychische Gesundheit und ihre Ehe vor zwei Jahren langsam den Bach runtergingen, lange bevor sie beides so richtig wahrhaben wollte, hatte das Kochen sie beruhigt, weil sie dabei genau wusste, was sie tat. Es schenkte ihr das Gefühl, produktiv und nützlich zu sein, und lenkte sie von ihrem inneren Chaos ab.

Als sie dann immer besser wurde und bald nicht mehr bloß kochte, weil sie es musste, begann sie, sich von strengen Rezepten zu lösen und sich allein auf ihren Instinkt und ihr Wissen zu verlassen. Das gab ihr letztlich das Gefühl, kreativ und stark zu sein – zwei Adjektive, die sie schon sehr lange nicht mehr mit sich in Verbindung gebracht hatte. Und schließlich war es nicht mehr nur eine Ablenkung. Das Kochen bot Dahlia Woodson die Möglichkeit, wieder zu sich selbst zu finden.

Na ja, an dem Part arbeitete sie noch.

Denn abgesehen davon, dass sie wirklich gut darin war, Gemüse zu schnippeln und selbst gemachte Pasta zu kochen, und davon, dass sie einen riesigen Studienkredit zu tilgen hatte und aus der Marylander Vorstadthölle verschwinden wollte, war Dahlia allmählich immer weniger klar, wer sie eigentlich war. Als würde sie sich verkehrt herum weiterentwickeln.

Natürlich konnte sie nichts davon in die Kamera sagen.

Also schluckte Dahlia, versuchte zu lächeln und sagte das Fantasieloseste, was ihr einfiel:

»Ich habe erst vor ein paar Jahren ernsthaft angefangen zu kochen, von daher bin ich wirklich gespannt auf alles, was ich hier lernen kann.«

Maritza nickte. »Gut.« Sie checkte eine Notiz auf ihrem Handy und blickte dann zu einer Produktionsassistentin rüber. »AJ, kannst du als Nächstes Khari holen?«

Dahlia verließ den Raum und fürchtete mit einem grausamen Anflug von Scham, dass sie kurz davor war, in Tränen auszubrechen.

Sie hatte nie ein fantasieloser Mensch sein wollen.

Frustriert marschierte sie zum Snacktisch und schaufelte zehn Trauben in sich rein, ohne auch nur eine einzige davon zu schmecken.

*

Dahlia war heute irgendwie anders drauf, und das gefiel London nicht.

Natürlich stand es demm nicht zu, darüber zu urteilen, wie Dahlia Woodson sich fühlte, schließlich kannten sie sich seit kaum vierundzwanzig Stunden. Aber davon hatte London gestern mindestens acht damit verbracht, Dahlias Schultern zu mustern, den Schwung ihres Nackens, wenn sie sich konzentriert vorbeugte, wie sie unbewusst ihr Gewicht verlagerte, wenn sie nervös war. Oder wie ihre Wangen hervortraten, wenn sie lächelte.

London wusste, wie ihr Gesicht aussah, wenn sie lachte, wie ihre Augen vor Freude strahlten, wenn sie etwas probierte, das ihr schmeckte.

Heute trug sie ein Tanktop in einem fröhlichen Gelb. Aber im Gegensatz zu ihrem Oberteil wirkte sie selbst blass und still.

Bestimmt hatte das nichts mit London oder ihrem Gespräch am Vorabend zu tun. Und doch hatte London weit mehr Zeit, als dey zugeben wollte, damit verbracht, sich zu fragen, ob dey sich vielleicht wirklich *arschig* verhalten hatte. Oder sich Dahlias Gesichtsausdruck vorzustellen, als sie über Geld geredet hatte, ihre Schulden. Dey wünschte, dey hätte ihn in ein Lächeln verwandeln können.

Auch wenn demm eigentlich nichts davon irgendwas anging, erinnerte dey sich selbst erneut.

Dahlia war vermutlich heute einfach deshalb stiller, weil die Anfangsnervosität abflaute und sie sich auf die Show konzentrierte. So wie London es auch tun sollte.

Die Mysterychallenge stand kurz bevor. Noch war die Jury damit beschäftigt, kitschiges B-Roll-Material für die Sponsor*innen zu filmen, und Janet nahm zwischendurch Teilnehmende für Einzelinterviews zur Seite. Um die Zeit zu überbrücken, bis es endlich losging, schlenderte London zur Vorratskammer. Die Mysterychallenge war der in kreativer Hinsicht anspruchsvollste Part der Show, und dey war ein bisschen hibbelig deswegen. Die Jury präsentierte ihnen eine ungewöhnliche oder schlicht selten genutzte Zutat, mit der alle Wettbewerber*innen ein kleines Gericht zubereiten mussten – normalerweise eine Beilage oder ein einfaches Dessert –, das nicht völlig ungenießbar sein durfte. London war seit jeher gut darin, Rezepte präzise zu befolgen, mit bekannten Zutaten konnte dey jedoch durchaus auch improvisieren. Aber dieses vollkommene Überraschungselement stresste demm. Dey wusste, dass die Eliminierungschallenges am meisten zählten, doch die Jury wertete auch die Skills und die Kreativität, die jemand mit den Geheimzutaten an den Tag legte, ehe sie am Ende jeder Folge ihre

Entscheidung traf. Wenn London auf der richtigen Seite dieser Entscheidung landen wollte, musste dey sich auf den Wettkampf konzentrieren.

Aber als wollte das Universum Londons Konzentration auf eine extraharte Probe stellen, schob es demm Dahlia Woodson immer wieder vor die Füße. Da stand sie, in der Vorratskammer, wie angewurzelt vor dem alten Zettelkatalog, der zum Gewürzschrank umfunktioniert worden war, und drückte sich ein kleines Notizbuch an die Brust. Einen Moment lang beobachtete London sie nur, wie sie ihrerseits aufmerksam den Schrank musterte. Man hatte ihn für seinen neuen Zweck pastellgrün gestrichen. Ziemlich cool. Ohnehin gab es sehr viele coole Dinge hier am Set.

Dahlia war wie gebannt.

Und aus irgendeinem Grund wandte London sich nicht ab, um zu deren Kochinsel zurückzukehren, sondern trat näher. »Hey, alles in Ordnung bei dir?«

»Ja. Ich fürchte bloß, ich habe mich in diesen Schrank verliebt«, flüsterte sie.

Diese Reaktion war unheimlich niedlich, und London musste hilflos feststellen, dass dey ihr nicht länger böse sein konnte, weil sie ihre Tage als Ausrede vorgeschoben hatte.

»Ja, ich auch«, stimmte dey zu.

Und eine Weile staunten sie einfach weiter den Gewürzschrank an.

»Ich wollte sie wirklich schlagen«, sagte Dahlia plötzlich.

»Lizzie?« Als London mitbekommen hatte, dass Dahlia ihr Face-off verloren hatte, hatte dey echtes Mitleid empfunden. Aber *soo* wichtig waren die Duelle gar nicht. Klar, sie zu gewinnen konnte einen Vorteil bedeuten, vor allem im späteren Verlauf, aber hauptsächlich waren sie da, um die Show dramatischer zu gestalten.

Trotzdem war dey froh gewesen, dass Dahlia gegen Lizzie hatte antreten müssen und nicht London selbst. Dey hatte das Glück gehabt, mit Cath zusammengewürfelt zu werden. Die hatte demm zwar eine ordentliche Abreibung verpasst – weil sie mit den California Rolls deutlich schneller gewesen war, während dey zu viel Wert auf Ästhetik gelegt hatte – und demm im Siegestaumel beherzt in den Arm geboxt, aber immerhin hatte sie demm zum Lachen gebracht. Auch wenn der Arm immer noch ein bisschen wehtat.

Es stimmte, was London gestern wegen der Lizzie-Sache zu Dahlia gesagt hatte: Dey brauchte einfach ein bisschen Zeit, um über das Kennenlerndinner hinwegzukommen. Man durfte sich von transphoben Menschen nicht ewig runterziehen lassen.

Dahlia nickte und runzelte die Stirn. »Ja. Und sie war so *nett* zu mir. Das hat mich richtig wütend gemacht.« Noch immer hielt sie das Notizbuch an die Brust gedrückt.

Auf Londons Gesicht stahl sich ein kleines Lächeln.

Ein paar Sekunden später warf Dahlia plötzlich ein: »Ich weiß, was die erste Geheimzutat ist. Für die Mysterychallenge.« Fast hatte London sich schon an diese abrupten Themenwechsel gewöhnt. Man wusste nie, was Dahlia als Nächstes von sich geben würde. »Ich hab gesehen, wie jemand von der Crew etwas durch die Gegend geräumt hat.«

»Echt?« London wandte sich ihr zu. »Was ist es?«

Wenn Dahlia schlau gewesen wäre, hätte sie kein weiteres Wort gesagt. Schließlich war das ein Wettkampf. Aber ohne zu zögern, öffnete sie erneut den Mund. »Frühstücksfleisch.«

»Hm.« London drehte sich zurück zum Gewürzschrank. Die Rädchen in deren Kopf begannen bereits zu rattern. »Das klingt ja fast zu einfach. Frühstücksfleisch ist leicht.«

»Ja, oder?«

Und dann standen sie wieder schweigend nebeneinander, bis London es nicht mehr aushielt. Dey deutete mit dem Daumen ins Studio. »Okay, ich geh mal da raus. Willst du hier weiter den Schrank anstarren, bis sie uns rufen?«

Dahlia nickte. »Jap.«

London vergrub die Hände in den Taschen und unterdrückte ein erneutes Grinsen. Aus einem Impuls heraus drehte dey sich an der Tür noch einmal um.

»Hey, Dahlia?«

»Ja?« Endlich riss sie sich von dem Möbelstück los, um demm anzuschauen.

»Viel Glück.«

London erlaubte sich nur einen ganz kurzen Blick auf ihr Lächeln, ehe dey sich umdrehte und zurück zu deren Kochinsel stapfte.

»Ja, genau das meine ich.« Jeffrey, ein *weißer* Texaner mit Halbglatze, unterstrich seinen Satz mit bedeutungsschwangeren Gesten. »Wir hier in den USA müssen uns beim Insektenthema ranhalten. Wir sind viel zu sorglos, was Proteinressourcen angeht.«

»Meine Rede«, pflichtete Jacob ihm bei. »Als ich letztes Jahr in Brasilien war, habe ich diese Käfer …«

London blickte zurück über deren Schulter Richtung Vorratskammer. Vielleicht sollte dey doch noch ein bisschen länger mit Dahlia den Gewürzschrank anstaunen.

Im Grunde war London in puncto Insekten derselben

Meinung. Aber wie diese Leute darüber redeten ... Den ganzen Morgen hatte London überall um sich herum Gespräche mitbekommen, in denen Mitbewerber*innen mit kulinarischen Meisterleistungen geprahlt hatten: das exotischste Gericht, das sie je zubereitet hatten, die außergewöhnlichsten Orte, an denen sie zum Essen gewesen waren. London war inmitten solcher Menschen aufgewachsen – Menschen, die sich für deutlich wichtiger hielten, als sie waren. Dey hatte schon lange genug von ihnen.

London wünschte, dey könnte Dahlia zur Seite nehmen und sich bei ihr über die anderen beschweren. Ging ihr Jacob auch so auf die Nerven? Mal ehrlich, der Typ war ja wohl der größte Langweiler auf Erden. Mit Ahmed als Tischnachbar hatte London echt Glück gehabt.

Überraschenderweise herrschten am Set Highschool-Vibes, mit diesem ganzen Herumgepose vor Fremden. Außer Ahmeds Gesellschaft genoss London bislang nur die von Cath. Das wären die beiden Einzigen, die dey in der Mittagspause an deren Tisch haben wollte.

Die beiden – und natürlich, wie dey sich selbst eingestehen musste, die Frau mit den unerhörten Haaren, die London als *arschig* betitelt hatte.

Dey konnte es nicht erklären, aber gestern hatte es einen Moment gegeben, und eben in der Vorratskammer schon wieder, da hatte es sich angefühlt, als wären sie womöglich auf derselben Seite. Für den gleichen Tisch in der Mittagspause gemacht.

Und mit einem Mal sehnte London sich danach zu sehen, wie Dahlia die Augen verdrehte. Nicht wegen London, natürlich.

Kopfschüttelnd blendete dey Jacobs und Jeffreys Stimmen aus.

Sie waren nicht in der Highschool. Das hier war ein Wettkampf. Einer, der im Fernsehen ausgestrahlt wurde, und London musste deren fünf Sinne zusammenhalten. Dahlia war eine Konkurrentin, keine Mitschülerin, mit der dey ein gemeinsames Referat hielt. Sollte sie nur weiter in der Vorratskammer vor sich hin brüten.

Dey zog ein eigenes Notizbuch aus der Hosentasche und begann, sich ernsthaft zu überlegen, was dey mit Frühstücksfleisch anfangen würde.

Kapitel 4

Dahlia fühlte sich ein klein wenig schuldig wegen der Aufregung, die sie durchströmte, als sie am nächsten Morgen ans Set kam und dort die armen Dinger entdeckte: offen stehende, luftleere Mäuler, glupschäugige, erstarrte Gesichter.

Jacob neben ihr musste würgen, als sie sich dem Fischgelage näherten, das auf einem Tisch in der Mitte des Goldenen Kreises aufgebaut war. Es roch fürchterlich – aber *vertraut*.

Heute stand ihre erste Eliminierungschallenge an, und endlich schien der Tag von Anfang an richtig zu laufen.

Das Komische war, dass Dahlia sich eigentlich gar nicht besonders für Fisch begeisterte. Aber sie hatte letztes Jahr einen Kurs bei einem Fischhändler in Baltimore besucht, direkt am Hafen, bei dem sie ihr Wissen über die glitschigen Kreaturen vertieft hatte. Die meisten ihrer Koch-Skills hatte Dahlia bei YouTube oder aus Blogs gelernt oder gelegentlich, wenn ihr nach etwas Besonderem war, aus alten Kochbüchern. Aber wenn sie Kurse oder Seminare fand, die nicht zu teuer waren, wie zum Beispiel bei den Fischhändlern, war das immer ihre erste Wahl. Es war einfach etwas anderes, Dinge in der Praxis zu sehen und Fragen stellen zu können. Darauf hatte sie sich bei *Chef's Special* am meisten gefreut: auf praktische Tipps von den Besten der Besten. Das ultimative Level-up.

Sie hielt ihr Notizbuch bereit, als Audra Carnegie an einen kleinen Tisch trat, der neben den Fischen für eine Vorführung aufgestellt war.

Die Teilnehmenden drängelten sich aneinander, um einen guten Blick auf Audra und ihr Filetiermesser zu erhaschen. Vor ihr lag eine große schimmernde Regenbogenforelle.

Natürlich rempelte Dahlia ausgerechnet gegen eine Schulter in einem olivgrünen T-Shirt, aus dem sommersprossige Arme mit rotblonden Härchen hervorlugten.

Möglichst unbeteiligt wirkend, straffte sie den Rücken, stemmte die Füße fest in den Boden und ließ ihren Stift klicken. Entschlossen starrte sie über Barbaras Schulter auf die Forelle wie eine verdammte Profiköchin, die sich verdammt professionelle Notizen machen wollte.

Nach ihrer flüchtigen Begegnung in der Vorratskammer gestern fühlte sie sich in Bezug auf ihr Verhältnis zu London ein bisschen besser. Sie würde nicht direkt behaupten, dass sie seither beste Freund*innen waren, aber es schien, als hätte dey ihr seltsames Auftreten in der Hotelbar verwunden. Das war gut.

Gut war auch, dass Audra Carnegie ultraheiß aussah, während sie den Fisch vor ihnen ausnahm und filetierte wie die knallharte Expertin, die sie war. Ihre dunkelbraune Haut glänzte unter den Studiolichtern, die Braids hatte sie zu einem verschlungenen Knoten auf ihrem Kopf hochgebunden. Sie sprach ruhig und setzte ihre geschickten Hände mit Bedacht ein, zögerte jedoch kein einziges Mal mit dem Messer.

»Nachdem ihr den Schnitt hinter den Kiemendeckel gesetzt habt, suchen wir nach der Wirbelsäule. Und denkt dran – die Hand immer, wirklich immer *hinter* der Klinge behalten.«

Dahlia war begeistert, dass Audra diese Vorführung leitete und nicht Sai oder Tanner. Sie hatte schon lange das Gefühl, dass Audra in dieser Show oft zu kurz kam und nur für den weiblichen Touch und für ihre Tipps zu Salaten, Backwaren und zum Anrichten der Speisen hinzugezogen wurde.

Aber Frauen konnten sehr wohl auch einen Fisch zerlegen. Sie konnten die Innereien mit bloßen Händen herausnehmen. Als Audra zwei perfekte Forellenfilets vor sich liegen hatte, war Dahlia kurz davor, ihr ein laut klatschendes High-Five zu geben und gemeinsam mit ihr das Patriarchat der gehobenen Gastronomie zu smashen.

Doch bevor Dahlia diesen grandiosen Plan in Angriff nehmen konnte, wurden die dreizehn Teilnehmer*innen der achten Staffel zurück an ihre Plätze geschickt.

»Jetzt, wo wir uns alle zutrauen, eine Forelle zu zerlegen«, sagte Sai Patel lächelnd, »gibt es einen kleinen Twist. Gewinner*innen des gestrigen Face-offs, bitte tretet in den Goldenen Kreis.«

Lizzie, Cath und die anderen Gewinner*innen taten wie ihnen geheißen.

»Alle Teilnehmenden bekommen heute einen anderen Fisch zugewiesen.« Sai deutete mit einer Hand auf die Fülle an Fischen auf dem Tisch und blickte dann die Gewinner*innen an. »Euer Vorteil? *Ihr* dürft aussuchen, wer welchen Fisch bekommt.«

Aufgebrachtes Gemurmel brandete auf, dann wurden Lizzie und Co. entsandt, um über das Schicksal der Verlierer*innen zu entscheiden. Sie wanderten um den Tisch herum, tuschelten miteinander und machten sich Notizen, bis sie Sai eine endgültige Liste übergaben.

Dahlia bekam den Schwertfisch, der deutlich größer und damit komplizierter war als die Regenbogenforelle. Trotzdem war sie glücklich damit. Was für eine lustige und spannende Kreatur!

Dahlia beugte sich vor und tippte den furchterregenden Schnabel an.

»Tut mir echt leid, dass ich dich aufschlitze und dir die Eingeweide herausreiße«, flüsterte sie. Sie konnte förmlich spüren, wie Jacob neben ihr die Augen verdrehte, aber das war ihr egal. Sie fühlte sich heute gut. »Ich weiß deinen Wert zu schätzen. Danke, dass du für unser leibliches Wohl sorgst«, schloss sie mit einem liebevollen Tätscheln, bevor sie sich wieder aufrichtete. Jacob starrte sie an.

Oh! Sie könnte ein paar der Pfefferkörner gebrauchen, die sie gestern in der Vorratskammer entdeckt hatte. Sie sahen so hübsch aus, eine schillernde Mischung aus Schwarz, Grau, Burgunderrot und Jägergrün. Dahlia konnte sie schon in der Pfanne zischen und ploppen hören, dazu das Brutzeln des Schwertfischs in der Butter. Zitronenschale, Petersilie, Knoblauch. Etwas Einfaches als Beilage. Allmählich stapelte sie in ihrer Vorstellung die Bausteine aufeinander, und die Vorfreude kribbelte ihr bis in die Zehen.

»Meine Damen und Herren!« Tanner Tavish hob inmitten des Goldenen Kreises dramatisch die Arme. »Machen Sie sich bereit für die erste Eliminierungschallenge. Ihre Stunde des Filetierens und Kochens wird gleich beginnen.«

*

London stöhnte auf. Einmal wegen des toten Fischs auf der schwarzen Schneidematte vor sich, aber auch wegen des »Meine Damen und Herren«. Beides regte demm in diesem Moment gleichermaßen auf.

Um ehrlich zu sein, hatte London noch nie einen Fisch ausgenommen. Was demm rückblickend als ziemlich peinliches Versäumnis erschien. Der Heilbutt auf deren Kochinsel war ein recht weit verbreiteter Speisefisch, mit dessen Fleisch London auch vorher schon gekocht hatte. Aber wie gerade überdeutlich wurde, hatte dey noch nie einen *richtigen* Heilbutt gesehen. Auf jeden Fall hatte er kaum Ähnlichkeit mit einer Regenbogenforelle, so viel war demm jetzt klar.

»Mit dem hier musst du aufpassen«, hatte das Crewmitglied gesagt, das demm den Fisch auf die Arbeitsfläche geklatscht hatte. »Der hat ganz kleine Schuppen, die ziemlich tief sitzen.« Und mit einem Lächeln war es davongeschwebt.

Na fabelhaft.

Der Heilbutt war außerdem irgendwie … platt. Und hatte seltsame Flossen oben und unten.

Hätte London sich doch bloß bei den California Rolls mehr ins Zeug gelegt.

»Und eure Zeit läuft ab …«, Tanner beugte sich vor und zog die Pause in die Länge, »… jetzt!«

Die roten Ziffern auf dem Tisch der Jury sprangen mit einem Klicken von sechzig auf neunundfünfzig.

London schnappte sich ein Messer.

Eine Zeit lang lief alles glatt, jedenfalls so glatt, wie man das bei einem derart glitschigen, unhandlichen Stück Protein behaupten konnte. Die Schuppen waren in der Tat kleine Mistviecher, aber sobald London das erste Filet herausgetrennt hatte, atmete dey erleichtert auf.

Aber dann machte dey den Fehler, sich umzuschauen.

Wundersamerweise war Dahlia schon fertig mit ihrem Schwertfisch. Ihre Filets waren makellos. Gerade beriet sie Jacob, allerdings unter Tanner Tavishes achtsamen Blicken, wahrscheinlich damit sie nicht *zu* sehr half. Mit einer Hand gestikulierte sie, mit der anderen hielt sie Jacobs Messer an seinen Wels. Sie wirkte so anders als die letzten beiden Tage, beinahe tiefenentspannt. Das erkannte London an ihrem Lächeln, daran, dass sie die Schultern nicht länger hochzog und sich mit der Hüfte ganz zwanglos gegen die Kochinsel gelehnt hatte.

»Ja, exakt so. Hervorragende Technik, Dahlia«, lobte Tavish gerade.

Ehe Dahlia sich wieder ihrem Schwertfisch zuwandte, deutete sie noch einmal auf den halb zersäbelten Welskopf vor Jacob. Dann zeigte sie auf ihr eigenes Kinn. Bestimmt sagte sie irgendwas über diese ekligen, schleimigen Barthaare. Was genau konnte London nicht verstehen, weil Ahmed direkt nebenan frustriert fluchte.

London wendete das Heilbuttfilet – leicht verhackstückt, aber gar nicht so übel für den ersten Versuch – und machte sich an die andere Seite des Fischs.

Aus dem Augenwinkel sah dey, wie Dahlia sich Jacobs Wels vors Gesicht hielt, die Augen aufriss und den passenden Soundeffekt hinzufügte: »Bääääääääääääh.«

London musste lachen.

Dabei rutschte die Hand mit dem Messer ab. Und dann ging alles ganz schnell.

Wie aus dem Nichts tauchte Dahlia neben demm auf, nahm Londons Hand und wickelte demm einen Zipfel ihrer Schürze um den Daumen. Sie übte schon Druck auf die Wunde aus, während Ahmed sich noch verwundert umdrehte und noch ehe Tanner Tavish es bis zu deren Kochinsel geschafft hatte.

»Hilfe! Wir brauchen ärztliche Hilfe!«, rief sie und wandte den Blick nicht von Londons Daumen, dessen Blut aktuell ihre gelbe Schürze durchweichte.

»Ms. Woodson, was machen Sie da?«, zischte Tavish und legte ihr eine Hand auf die Schulter. »Gehen Sie zurück an Ihren Platz. Das meine ich ernst. Sie ruinieren sich ja die Schürze.«

»Ach, halb so wild, das geht mit etwas Salz und kaltem Wasser wieder raus. Hallo, Jungs.« Dahlia lächelte den beiden Sanitätern zu, die herbeigerannt kamen, und kehrte erst an ihren Platz zurück, als die zwei übernahmen.

Mehr als deutlich nahm London den Moment wahr, als ihre Finger deren Hand losließen.

*

Zehn Minuten später schnitt London eine Zitrone in Scheiben. Dey hatte keine Ahnung, ob das der logische nächste

Schritt in deren sorgfältig ausgetüfteltem Plan darstellte, aber die Zitrone war da, also benutzte dey sie.

Der Daumen tat weh. Er pochte unter dem dicken Verband, den das Erste-Hilfe-Team demm angelegt hatte. Oh Gott, London konnte immer noch nicht glauben, dass dey das wirklich gebracht hatte. Nachdem Audra sie alle mindestens zehnmal ermahnt hatte, die Hände schön *hinter* der Klinge zu behalten. Allein für dieses Missgeschick verdiente London es wahrscheinlich schon auszuscheiden. Gleich in der ersten Woche. *Richtig peinlich.*

Dabei war dey ehrgeizig, wollte das Ding wirklich gewinnen, und jetzt hatte dey sich einen so blöden Schnitzer geleistet. Mit diesem riesigen Mullbindeklumpen arbeitete es sich echt beschissen.

Und ganz sicher hatte deren innerer Aufruhr rein gar nichts damit zu tun, dass Dahlia Woodson deren Hand gehalten hatte. Oder Tanner Tavish gegenüber, der die mit Abstand Furcht einflößendste Person am ganzen Set war, »Ach, halb so wild« gesagt hatte.

London schnappte sich eine zweite Zitrone.

Die Farbe passte hervorragend zu Dahlias Tanktop vom Vortag.

Heute trug sie ein himbeerrotes Sweatshirt und geblümte Shorts. Zwar waren die Ärmel hochgekrempelt gewesen, als sie nach Londons Finger gegriffen hatte, aber der Stoff hatte deren Arm für eine Millisekunde gestreift – weich und tröstlich. Dahlias Haare waren wieder zu diesem absurden Knoten aufgetürmt. Sie hatte sie hochgebunden, bevor sie vorhin damit begonnen hatte, sich während Audras Vorführung Notizen zu machen. Als sie sich vorgebeugt hatte, um

Londons Daumen genauer zu inspizieren, hatte sich eine Strähne aus dem Dutt gelöst und war ihr ins Gesicht gefallen. London hätte sie ihr am liebsten hinters Ohr gestrichen.

Oh Gott.

London stand auf Dahlia Woodson.

Überflüssigerweise schnitt dey eine dritte Zitrone in Scheiben. Die vergangenen zwanzig Minuten hatten es demm erst so richtig klargemacht, aber wahrscheinlich stand dey schon auf sie, seit dey sie zum ersten Mal gesehen hatte. Es war zum Verzweifeln. London konnte sich nicht daran erinnern, wann dey das letzte Mal jemanden wirklich gut gefunden hatte, mal abgesehen von Leuten auf sexy Selfies im Internet. Und jetzt begehrte dey diese Frau nur ein paar Meter vor sich, die dey bestimmt nie wieder sehen würde, falls dey heute rausflog. Die außerdem frisch geschieden war, vermutlich von einem cis hetero Mann. Sie war eine Ablenkung, die dey ganz und gar nicht gebrauchen konnte.

Das alles war einfach nur dumm. *Dumm, dumm, dumm.*

Seit London sich vor drei Jahren zum ersten Mal als nichtbinär geoutet hatte, war dey mit niemandem zusammen gewesen. Dating als nichtbinäre Person fühlte sich verwirrend an, es schüchterte demm ein, obwohl demm klar war, dass es da draußen queerfreundliche Dating-Apps geben musste. Die gab es doch, oder? Genau. Trotzdem herrschte in London noch immer eine Menge Chaos. Und wo dey gerade schon bei Chaos war: London hasste diesen Heilbutt.

Natürlich kochte dey ihn trotzdem. Wenn auch widerwillig.

Nachdem die Stunde abgelaufen war, gab es eine kurze Kamerapause. Dahlia drehte sich um.

»Alles gut bei dir?«, fragte sie.

Am liebsten hätte London wieder einfach nur vor sich hin gegrummelt. Sie hatte recht: Dey konnte wirklich arschig sein.

»Passt«, antwortete dey.

Dahlia kam näher. »Es waren die Gräten direkt hinter dem Kopf, oder?«

London nickte. Hitze stieg demm in die Wangen.

Dahlia streckte die Hand aus und zeigte mit der anderen auf eine helle Linie neben dem linken Daumen. »Die stammt von meinem ersten Versuch, einen Fisch auszunehmen.« Sie lächelte. »Knifflige kleine Biester.«

London wollte ihre Hand ergreifen und mit der Zunge über die Narbe fahren. Und dann zu ihrem Mund übergehen, zu den vollen roten Lippen, farblich passend zu ihrem Sweatshirt, hinter denen blendend weiße Zähne hervorblitzten.

Dey schluckte.

»Äh, ja. Trotzdem ein ziemlicher Fauxpas.«

»Egal. Solange dein Essen gut ist, interessiert das niemanden. Und es sieht auf jeden Fall super aus.«

Sie deutete mit dem Kopf auf Londons Teller. Das war eine dreiste Lüge. Londons Essen sah *nicht* super aus. Dahlias Gesicht sah super aus.

»Danke. Für … das hier.« Dey hob die einbandagierte Hand. Dabei wusste dey gar nicht, warum dey immer noch redete. Je schneller dieses Gespräch beendet war, desto besser. Dey wollte sich dringend einfach weiter über die anderen Wettbewerber*innen aufregen und mit niemandem sprechen müssen außer vielleicht Cath und Ahmed. Und dey wollte sich den Kopf definitiv nur über Essen zerbrechen. Essen und nichts als Essen.

»Oh, ach so, gern geschehen.« Dahlia lächelte wieder. Und dann trat die ältere Dame, Barbara, neben sie und flüsterte ihr etwas ins Ohr. Dahlia wandte sich um, und London atmete erleichtert aus.

Kurz darauf begann die Wertung. Und scheiße, war das langweilig. Zwar bewunderte London die Jurymitglieder wirklich dafür, dass sie ständig kalte Speisen probieren konnten, aber vom Rumstehen und Warten wurden deren Füße ganz taub. Der einzige Lichtblick war Dahlias Wertung. Sie bekam begeistertes Feedback. Und auch wenn London ihr Gesicht nicht sehen konnte, während Sai, Audra und sogar Tanner ihr Werk lobten, sah dey, wie sie die hinter dem Rücken verschränkten Hände knetete. Und dey bemerkte ebenfalls, wie sie versuchte, ruhig zu bleiben und ihre Mimik unter Kontrolle zu halten, als sie aus dem Goldenen Kreis heraustrat, wie ihre himbeerfarbenen Mundwinkel trotzdem zuckten und ihre Augen strahlten.

Sie fing Londons Blick auf. Dey hätte in dem Moment einfach nicken oder wieder irgendwas Undeutliches grummeln sollen, so viel wurde demm nur Sekunden später klar. Aber dey war dumm und lächelte.

Dahlias Gesicht explodierte förmlich. Wie beim ersten Bissen des Tortillachips in der Hotelbar. Nur besser. Oh Gott, diese Zähne!

Dann wandte Dahlia sich wieder nach vorn zur Jury, und London verstaute dieses Lächeln tief im Inneren.

Die Wertung von Londons eigenem Gericht fiel nicht ganz so herausragend aus, aber zu deren Überraschung war sie auch nicht grottig. Als schließlich Gewinner*innen und Verlierer*innen verkündet wurden, befand London sich im sicheren Mittelfeld. Noch nie war dey für Mittelmaß so dankbar gewesen.

Die Jury rief immer zuerst die drei Besten nach vorne in den Goldenen Kreis, ehe sie zu den drei schlechtesten kam. Dahlia, Khari und Ayesha waren heute die Top drei. Aber Dahlia gewann die Challenge mit Abstand.

Sie war das personifizierte Glück, und London hielt es kaum aus, sie anzusehen. Nachdem ein armer Typ namens Mason als Erstes ausgeschieden war, nachdem die Kameras ausgeschaltet waren und dey sich bei Janet rückversichert hatte, dass dey nicht mehr gebraucht wurde, entschlüpfte London in die schwüle kalifornische Sommernacht. Es war noch überraschend warm, obwohl die Sonne schon hinter dem Horizont versank. Dey zog deren Handy aus der Tasche und tippte eine Nachricht an Julie:

Warum zur Hölle hast du mir nicht gesagt, dass ich lernen muss, wie man einen Fisch filetiert?

Dann machte dey sich auf den Rückweg ins Hotelzimmer, einen kalten, seelenlosen Raum ohne jeglichen Charme.

Kapitel 5

London drängte Jacob nicht *absichtlich* zur Seite. Er war nur zufällig langsam und im Weg, und London wollte schnell in den Bus einsteigen. Und ebenso zufällig landete deren Hintern anstelle von Jacobs deshalb auf dem freien Platz neben Dahlia Woodson.

Wirklich reiner Zufall.

»Oh, hi.« Dahlia lächelte demm zu, und im selben Moment verfluchte London sich bereits. Dey hatte den gesamten vorigen Abend damit zugebracht, sämtlichen Bekannten in Nashville zu texten und stundenlang Twitterkommentare zu lesen, nur um sich von Gedanken an himbeerrote Lippen oder nackte Schultern in gelben Tanktops abzulenken. Oder von dem Gefühl fremder Finger an deren Daumen. Aus Angst, Dahlia über den Weg zu laufen, hatte dey nicht mal deren Zimmer verlassen. Denn als sie beide einmal unabhängig voneinander von einer nächtlichen Jagd auf Snacks zurückgekommen waren, hatte dey herausgefunden, dass sich Dahlias Zimmer nur ein paar Türen weiter befand.

Und doch war dey seit dem ersten Anblick dieser Haare heute Morgen wieder zurück beim gleichen Bullshit.

»Hey. Glückwunsch zu deinem Sieg gestern.«

Dahlia lief rot an. »Danke. Wie geht's deinem Daumen?«

»Gut. Er heilt schon.«

Während London mit ebenjenem Daumen wackelte, war demm bewusst, wie lächerlich deren Bedürfnis nach Nähe zu dieser Frau war. Denn mal ganz abgesehen davon, dass Dahlia in einer ganz anderen Liga spielte, hatte dey mitbekommen, wie sie Barbara erzählt hatte, sie würde in Maryland leben. Was, sofern London richtig informiert war, ziemlich weit weg von Nashville lag. Sie konnten beide jederzeit aus der Show fliegen. Und außerdem wusste London immer noch kaum etwas über sie.

»Was glaubst du, wo wir hinfahren?«, fragte dey.

»Keine Ahnung, aber es wird hoffentlich spannend.« Dahlia schaute aus dem Fenster, doch London konnte im Profil ihr Lächeln erkennen.

Dey war überrascht, dass *Chef's Special* ihnen so früh schon eine Außenchallenge zumutete. Normalerweise waren diese Challenges fernab des Sets ziemlich interessant, auch wenn es sich fast immer um Gruppenaufgaben handelte, und das waren die schlimmsten. Die Gruppe, die heute verlor, würde am Montag zu einer neuen Eliminierungschallenge antreten müssen, während die Gewinnergruppe direkt eine Runde weiter war und einen freien Tag bekam. Heißt, man sollte wirklich besser im Gewinnerteam sein.

»Sag mal …« Dahlia drehte sich wieder zu London um. »Haben sie inzwischen eigentlich dein Einzelinterview aufgezeichnet? Konntest du deine Pronomen mitteilen?«

London nickte. Es war überraschend einfach gewesen, sie vor der Kamera zu verkünden, einfacher als vor einem Tisch voll fremder Leute. Dey hatte bewusst vermieden, darüber nachzudenken, dass diese Kamera deren Worte zu Millionen von Menschen tragen würde. Das erschien demm immer noch unwirklich. »Und, hattest du deins auch schon?«

Dahlia zuckte mit den Schultern. »Ja. War ziemlich langweilig.« Der warme Schimmer in ihren Augen erlosch. Mit einem plötzlichen Ruck fuhr der Bus an und vom Studioparkplatz herunter. Als sich die Stille zwischen ihnen ausdehnte, wuchs in London wieder der Wunsch, Dahlia zurück ins Hier und Jetzt zu holen.

»Weißt du, ich habe nachgedacht.« London rieb sich den Nacken. »Trillerpfeife ist echt schwer zu buchstabieren.«

Dahlia blinzelte.

»Ich mein's ernst, kennst du das, wenn man zu lange auf ein Wort starrt und es auf einmal total komisch aussieht? Ich habe mich gefragt, ob *ich* das auf Anhieb hätte richtig buchstabieren können. Erst recht in der vierten Klasse.«

Dahlia lachte, hell und laut, und London entspannte sich.

»Ja, oder? Aber …« Sie biss sich auf die Lippen. »Ich war ein Kann-Kind. Ich hätte wissen müssen, wie man das schreibt.«

»Kann-Kind?«

»Eins, das früher eingeschult wird, weil man es schon für bereit hält.« Sie verdrehte die Augen. »Und ich *wusste* ja auch, wie man es schreibt. Wirklich!« Sie gab London einen Klaps auf den Arm, als hätte dey etwas anderes behauptet, und dey lachte kurz erschrocken auf. Hier in Los Angeles wurde dey auf einmal ständig von Frauen auf diese Art gehauen, aber seltsamerweise hatte dey kein Problem damit.

»T-R-I-L-L-E-R-P-F-E-I-F-E«, buchstabierte Dahlia jetzt.

»Gut gemacht.« London lächelte.

»Ach, sei still«, zischte sie zurück. »Meine Mom war so enttäuscht.«

»Wegen eines Buchstabierwettbewerbs in der Vierten?«

Dahlia starrte wieder aus dem Fenster. »Ja.«

Ehe London etwas erwidern konnte, hielt der Bus an.

»Alles klar, Kinder, raus mit euch«, rief Janet von vorne.

»Moment mal«, wunderte sich Dahlia. »Sind wir nicht gerade mal zwei Minuten gefahren?«

»Jap …« London beugte sich leicht über sie, um aus dem Fenster zu gucken. Dabei bemerkte dey kein bisschen, dass sie nach Pfefferminz roch. »Sind wir echt schon da? Oha.«

Vor der Scheibe schwoll Gekreische von Jugendlichen an. Sie hüpften auf und ab, winkten. Darauf war London nicht vorbereitet.

Aber Dahlia lächelte natürlich. »Wie süß.« Sie winkte ebenfalls, woraufhin die Kids ganz vorn noch lauter quietschten.

London lehnte sich kurz im Sitz zurück und holte tief Luft.

Das war sie also, die erste Außenchallenge.

*

Es handelte sich um eine Bar-Mizwa. Das Gute daran: Adam Abramovitz wäre für mindestens eine Woche der coolste Junge der Middleschool.

Das Schlechte: Jeffrey war Dahlias Gruppenleiter.

Um ehrlich zu sein, kannte sie Jeffrey gar nicht so gut. Sie kannte bisher noch niemanden besonders gut.

Aber bei manchen Menschen hatte Dahlia ein Bauchgefühl. Und dieses Bauchgefühl sagte ihr, dass Jeffrey ein riesiges Arschgesicht war.

»Dahlia.« Er deutete auf sie, als die zwölf verbliebenen Kandidat*innen in zwei Teams zu je sechs Personen aufgeteilt waren. »Du übernimmst den Hummus.«

»Ich übernehme … den Hummus«, wiederholte sie und hielt mit dem Stift über ihrem Notizbuch inne. Sie brauchte sich keine Notizen zu machen, wie man Kichererbsen in eine Küchenmaschine schob.

»Und alle anderen Appetizer, die du sonst so machen willst. Du bist der Snack-Tisch. Mach es hübsch. So, und jetzt, Ahmed …«

»Moment mal«, unterbrach ihn London. »Du hast schon mitbekommen, dass Dahlia gestern die Challenge gewonnen hat, oder? Die Fischchallenge?«

Das Hauptgericht ihrer Gruppe war Lachs. Dahlia hatte sich ein Lachen verkneifen müssen, als sie die Zutaten im provisorischen Set gesehen hatte, das die Crew hinter dem Feuerwehrhaus aufgebaut hatte. Es kam ihr vor, als wäre sie in der Pescetarier-Hölle gelandet.

»Ja, und zum Glück ist sie gestern mal nicht auf die Schnauze geflogen. Ich werde nicht zulassen, dass sie unser Hauptgericht überall auf dem Boden verteilt.« Jeffrey hob herablassend eine Augenbraue. »Wir kochen hier nicht nur für die Jury. Das ist eine echte Veranstaltung.«

»Was zum …?«

Dahlia stieß London leicht in die Rippen, um demm zu stoppen. Sie war froh, dass London in ihrem Team war und schätzte es, dass dey sich für sie einsetzte, aber Jeffrey hatte sie gerade richtig bloßgestellt, und sie wollte einfach, dass alle weitermachten.

»Außerdem bin *ich* hier der Teamleiter, soweit ich weiß.« Jeffrey funkelte in Londons Richtung, und aus dem Augenwinkel sah Dahlia, wie dey den Kiefer anspannte. »Dahlia kümmert sich um die Appetizer. London, du machst die Desserts. Okay, Ahmed und Beth …«

Egal. Ihr Hummus war megalecker. Sie liebte Vorspeisen.

»Dahlia, reiß dich bitte am Riemen, ja?«, murmelte London ihr zu und kritzelte etwas auf deren eigenen Notizblock. »Das ist eine *echte* Veranstaltung. Für Dreizehnjährige.«

Dahlia unterdrückte ein Schnauben.

Nachdem Jeffrey mit der Aufgabenverteilung durch war, stürmten London und Dahlia zum hintersten Tisch in der provisorischen Kulisse und beanspruchten ihn für sich, als wäre er die letzte Reihe im Schulbus, bevor sie sich auf den Weg zu den Zutaten machten.

Wie *echt* diese Challenge wirklich war, wurde schnell deutlich, als die Juror*innen ihre Einleitungsrede heruntergeleiert hatten und das Kochen tatsächlich begann. Das Essen musste nicht unbedingt Michelin-Stern-Qualität haben, sie mussten einfach nur Unmengen davon in verdammt kurzer Zeit zubereiten. Das machte Dahlia allerdings gar nichts aus. Baustein auf Baustein, immer und immer wieder. Beständigkeit war ihr Ding.

Außerdem fand sie es aufregend, Essen zuzubereiten, das tatsächlich von Menschen gegessen und nicht nur von drei Jurymitgliedern probiert und dann weggeworfen wurde. Ganz gleich, wie alt diese Menschen waren.

Und ihr fiel auf, dass es etwas Beruhigendes hatte, neben

London zu kochen. Dey arbeitete verlässlich, sowohl entspannt als auch effizient. Je länger sie nebeneinander vor sich hin werkelten, desto mehr bestärkte sich ihr Gefühl, das Beste für sich herausgeholt zu haben. Vorspeisen und Desserts? Das war das gute Zeug.

Die ersten zwanzig Minuten verbrachten sie in angenehmem, produktivem Schweigen.

Dahlias gute Laune begann jedoch zu schwinden, als Jeffrey zum dritten Mal herbeistürmte, um sie zu kritisieren. »Komm schon, Dahlia!«, hatte er beim ersten Mal geschrien, gefolgt von: »Du hast noch nicht einmal mit dem Hummus *angefangen*?«

Hatte sie nicht. Denn Dahlia kochte die Kichererbsen zuerst mit Backnatron im Wasser ab, um die Schalen leichter entfernen zu können. Das würde den Hummus cremiger machen. Während die Kichererbsen köchelten, bereitete sie den Teig für frische Fladenbrote vor und röstete rote Paprika für Muhammara-Dip. Ihre Bausteine fügten sich perfekt aufeinander. Sie wusste, was sie tat.

Trotzdem kam Jeffrey zehn Minuten später zurück und klatschte ohne ersichtlichen Grund vor ihrem Gesicht aggressiv in die Hände. »*Gib Gas*, Woodson!« Ehrlich gesagt wirkte das ziemlich übertrieben. Vielleicht wollte Jeffrey durch *Chef's Special* an ein paar Schauspieljobs kommen.

Doch obwohl Dahlia wusste, dass er sich zum Affen machte, fühlte es sich nicht gut an, vor laufender Kamera gedemütigt zu werden. Sie hatte geglaubt, das mit ihrem Fisch-Taco-Sturz schon hinter sich gebracht zu haben. Wäre das ihre Rolle? Die stümperhafte, inkompetente Kandidatin?

»Hey«, sagte London und riss Dahlia aus ihren Gedanken.

Dey hielt das Nudelholz in der Hand, das dey für den Rugelach-Teig benutzt hatte.

»Es muss doch eine Möglichkeit geben, Jeffrey damit wie zufällig eins überzubraten, oder?« Dey wiegte es in den Händen. »Wir könnten es aussehen lassen wie ein Versehen. Würde wahrscheinlich nur zu einer leichten Gehirnerschütterung führen.«

Dahlia nickte enthusiastisch und versuchte, ihr Lächeln zu unterdrücken.

»Wäre bestimmt ein unvergesslicher TV-Moment«, stimmte sie zu.

»Wir würden nur unseren Teil zu den Einschaltquoten beitragen.«

»Oder aber …« Dahlia schaute sich auf der Arbeitsfläche um und nahm sich einen Crostino. »Wir fangen mit leichter Folter an und arbeiten uns zur Gehirnerschütterung vor? Wir zerkleinern ein paar hiervon und stopfen sie ihm in die Socken, sodass er darauf herumlaufen muss. Wie auf Legosteinen.«

London legte den Kopf schief und überlegte. »Mir gefällt, wie du denkst, Woodson.«

»Oder …« Dahlias Blick blieb an der Schüssel hängen, in die sie gerade ihren Muhammara-Dip gefüllt hatte. »Du könntest ihn festhalten, und ich reibe ihm ein bisschen Chili in die Augen?«

London beugte sich ein wenig vor, tarnte ein Lachen mit einem Husten und erstickte es mit der Faust.

»Das ist … ja. Natürlich«, sagte dey.

»Wir könnten ihn einen Löffel Zimt schlucken lassen?«, überlegte sie und dachte an die Rugelach. Sie schüttelte den Kopf. »Hm, nein, zu offensichtlich.«

Dahlia trommelte mit den Fingern auf den Tisch, jetzt mit Feuereifer bei der Sache.

»Oh!« Sie griff nach der Schüssel mit den Walnüssen am Ende des Tisches, die darauf warteten, zerkleinert und in den Rugelach-Teig gehüllt zu werden. »Ich hab's.« Sie drehte sich zu London um und hielt sich die Schüssel unters Kinn. »Wir stopfen ihm gehackte Nüsse zu seinen Nüssen!«

Doch gerade in dem Moment, als sie diese triumphale Idee aussprach, schien ihre Hälfte des Sets auf magische Art in ein Schweigen zu verfallen, sodass ihre Worte unangenehm laut zu hören waren. Wie damals in der Redaktion, als irgendwie für einen kurzen Moment mal alle den Mund gehalten hatten, gerade als sie vermeintlich unauffällig puppen musste.

Ahmed und Beth am Tisch vor ihnen drehten sich langsam zu ihr um, ebenso die nächstbeste Kamera, wie Dahlia unweigerlich bemerkte.

»Einfach in die Unterhose ...«, murmelte Dahlia aus irgendeinem Grund weiter, als wäre es wichtig, London den Plan bis zum Ende zu erklären. Als ihre Nachbar*innen sie weiterhin anstarrten, räusperte sie sich. Und ein kleiner Teil ihres Gehirns flüsterte: *Scheiß drauf.*

»Ach wisst ihr«, setzte sie mit etwas lauterer Stimme an. »Wir führen hier nur ein völlig normales Gespräch über Essensfetische.«

London brach in Gelächter aus. Es war das erste Mal, dass Dahlia London wirklich lachen hörte. Es klang atemlos und hoch. Sie liebte es.

Dahlia versuchte, die Blicke zu ignorieren, kippte die Walnüsse auf dem Tisch aus und nahm ein Messer zur Hand.

Unter dem Tisch trat sie London auf den Fuß. »Du hast damit angefangen.«

*

Okay, bei *Chef's Special* ging es also doch ein bisschen zu wie auf der Highschool.

Irgendwann drehten sich Ahmed und Beth wieder nach vorn, und London senkte den Blick auf die Hände. Dey schüttelte den Kopf, versuchte, deren Mimik unter Kontrolle zu halten und sich auf die Aufgabe zu konzentrieren.

»Messer«, sagte dey schließlich leise.

»Hm?« Dahlia sah demm mit hochgezogenen Augenbrauen an.

»Zum Foltern. Mit Messern könnte man bestimmt eine Menge anstellen.«

»London.« Dahlia blinzelte. »Meine Güte, jetzt wirst du aber makaber.«

»Hör zu, ich versuche, nicht mehr über Essensfetische nachzudenken.«

»Wie du willst, Spaßbremse.« Dahlia hielt mitten im Hacken der Walnüsse inne und ließ den Blick erneut über den Tisch schweifen. Ihre Augen weiteten sich. »Aber mal im Ernst, wenn Jeffrey wirklich auf seltsamen Essenskram stehen würde, stell dir mal vor, was er hier alles …«

»Ms. Woodson.«

London zuckte zusammen, als Tanner Tavish plötzlich vor ihnen stand. Das bereitete der halb entsetzten, halb prickelnden Vorfreude darauf, was Dahlia sagen würde, ein jähes Ende.

Tavish stützte sich auf ihren Tisch und beugte sich verstörend nah zu Dahlia. Sie straffte die Schultern, auf einmal ernst. London ballte eine Faust.

»Es freut mich zu sehen, dass dieser Wettbewerb Sie so sehr amüsiert.« London bemerkte einen Kameramann, der sie über Tavishs Schulter hinweg ins Visier nahm. »Aber die Zeit läuft, und Ihre Arbeit heute hat Auswirkungen auf Ihr gesamtes Team. Ich sollte Sie vermutlich ebenfalls beide daran erinnern … « Sein Blick huschte kurz zu London, dann zurück zu Dahlia. »… dass Sie verkabelt sind und alles, was Sie sagen, aufgezeichnet wird. Sollten Sie diesen Wettbewerb nicht ernst nehmen und sich weiterhin so unprofessionell verhalten, garantiere ich Ihnen, dass es zahllose andere Amateurköche in den USA gibt, die mit Vergnügen Ihren Platz einnehmen würden.«

Damit machte er auf dem Absatz kehrt und marschierte davon.

Dahlia war rotebeterot angelaufen und sah zu Boden. Sie fegte ein paar Krümel vom Tisch auf ihre Handfläche und beförderte sie in den Müll. Dann nahm sie einen Lappen und wischte die bereits saubere Arbeitsfläche.

London runzelte die Stirn und grub deren kurze Nägel in die Handflächen. Wen kümmerte es, dass sie ein bisschen Spaß hatten, solange sie ihre Arbeit machten?

Und Spaß gehabt hatten sie, dämmerte es London.

»Tut mir leid«, murmelte dey. Dahlia warf demm einen Blick zu und lächelte kurz, bevor Unsicherheit in ihren Augen aufblitzte.

»Sie können mich dafür nicht wirklich rauswerfen, oder?«

London schüttelte den Kopf. »Glaub ich nicht. Und

wenn, dann fliege ich zuerst. Immerhin hast du recht, ich habe angefangen.«

»Nein. Die ganzen nichtbinären Kids in Tennessee brauchen dich.«

London blieb stumm. Was sollte dey darauf antworten?

»Aber mal im Ernst. Denkst du, die strahlen irgendwas hiervon aus?«, flüsterte Dahlia.

»Ob ich denke, dass sie ausstrahlen, wie wir darüber reden, einen Mitbewerber zu foltern? Nein, relativ sicher nicht.« Dey hielt inne. »Obwohl es ziemlich witzig wäre.«

»Meinen Sturz in der ersten Folge nehmen sie bestimmt rein.«

London verzog den Mund. »Ja, vermutlich.«

Dahlia schwieg eine Weile. Dann stieß sie ein kleines Lachen aus. »Wow, ich bin echt schlecht hier drin.«

»Quatsch. Ich dachte, das hätten wir schon geklärt? Dein Schwertfisch gestern ...«

»Nein, nicht das.« Dahlia wedelte mit der Hand. »Nicht Kochen. Im Fernsehen sein. Ich bin schlecht darin, im Fernsehen auch nur annähernd so rüberzukommen, als hätte ich mein Leben im Griff.«

»Oh.« London überlegte einen Moment. Ihr spektakulärer Sturz und der Anschiss von Tanner Tavish waren natürlich Premium-Sendematerial. Aber London stellte sich eher vor, wie Dahlias Haut im Fernsehen leuchten und wie ihr strahlendes Lächeln wirken würde.

»Kann sein.«

Dey fuhr fort, Minze und Dill für Dahlias Zaziki klein zu hacken. Irgendwie waren sie ganz selbstverständlich dazu übergegangen, gemeinsam an ihren jeweiligen Gerichten zu arbeiten, und das, ohne sich abgesprochen zu haben.

Nach einer Minute schob dey hinterher: »Sie werden auch zeigen, wie ich mir fast den Finger absäbele. Solange du kein Blut verlierst, solltest du dich also nicht so anstellen, Woodson.«

Dahlia bestrich Pita-Teig mit Olivenöl und lächelte leicht. Anschließend streute sie Salz und Pfeffer über die Teigstücke und schob sie in den Ofen.

»Woran hast du es eigentlich so schnell gemerkt?«, fragte London. »Dass ich mich verletzt habe? Ich glaube, ich habe nicht mal ein Geräusch gemacht.«

»Doch, hast du.« Dahlia hob den Kopf. »Du hast gezischt, ungefähr so: *sssssssssssssch*.« Dabei reckte sie Kinn und Lippen vor, und ihr Hals verzog sich auf überraschend unattraktive Weise.

»Hab ich nicht.«

»Oh doch, vertrau mir. Hank war früher ein totaler Tollpatsch und hat sich ständig wehgetan. Ich würde diesen Laut überall erkennen.«

»Daran würde ich mich erinnern.«

»Bestimmt nicht. Du standest unter Schock. Ist das Kochen heute unangenehm?«

Sie berührte Londons Daumen.

Es war kaum mehr als ein Hauch, genau dort, wo der Verband endete.

Aber Londons Zunge wurde auf einmal ganz schwer.

»Nein, geht schon«, brachte dey gerade so hervor. Dahlia nickte, zog die Hand zurück und steckte sich eine Gurkenscheibe in den Mund.

Und dann machten sie sich wieder ans Werk. Sie arbeiteten gut zusammen, griffen mit Leichtigkeit umeinander herum, liehen sich Küchenwerkzeuge oder reichten sich gegenseitig Zutaten. London gab sich Mühe, nicht zu sehr über Dahlias Berührung nachzudenken oder über die Geräusche, die Dahlia von sich gab, wenn sie irgendetwas kostete, das ihrem Gaumen besonders schmeichelte.

Heute ist ein guter Tag, dachte dey.

Doch nicht für alle in Team Jeffrey.

Ahmed und Beth hatten irgendwelche ernsthaften Schwierigkeiten mit dem Lachs. Worum genau es ging, bekam London nicht mit, aber dey spürte die gewaltige Anspannung wenige Meter entfernt. Dicht gefolgt von Sai Patel marschierte Jeffrey auf die beiden zu, mit der Miene eines Superschurken, dem gerade aufgeht, dass er doch nicht die Weltherrschaft an sich reißen wird.

»Oh, oh«, murmelte London.

»Sollten wir helfen?« Dahlia kaute auf ihrer Unterlippe.

»Wie blöd seid ihr eigentlich?«, brüllte Jeffrey.

»Fick dich«, schoss Beth zurück.

»Hm, sieht aus, als hätten sie alles unter Kontrolle«, bemerkte London.

»Oh, definitiv.« Dahlia nickte.

Mit einem Streifen Paprika fuhr London durch Dahlias Hummus.

»Wow, der ist ja der Wahnsinn.«

Dahlia strahlte. »Danke.«

Weiter vorn stammelte Sai Patel: »W-wie lang habt ihr den gegart?«

»Ich habe Jeffrey mehrmals gesagt, dass diese Pfannen …«

Dahlia schnappte sich eins von Londons Gebäckstücken, die gerade frisch aus dem Ofen kamen. »Deine Rugelach sind einfach himmlisch.« London versuchte, nicht zuzuschauen, wie sie sich die Finger ableckte, was demm spektakulär misslang.

»Danke.«

Wie sich herausstellte, war der Lachs verkocht und irgendwie gummiartig. »Wir hätten wahrscheinlich doch helfen sollen«, flüsterte Dahlia eine Stunde später, als sie ihre Arbeitsplätze aufräumten. Die Jury hatte ziemlich angepisst gewirkt.

»Tja, zu spät«, gab London zurück.

Ihr Team hatte verloren.

Als die Kandidat*innen sich schließlich im Bus auf die Sitze fallen ließen, war das Tageslicht schon hinter dem Horizont versickert und hatte nur einen blasslila Streifen zurückgelassen. Nachdem dey den gleichen Platz eingenommen hatte wie auf der Hinfahrt, wandte London sich Dahlia zu. Sie hatte sich zurückgelehnt, die Arme vor dem Bauch verschränkt und die Augen geschlossen. London klappte den Mund auf, um irgendetwas Dummes zu sagen, schloss ihn aber wieder. Der Anblick hatte etwas so Intimes.

Dahlia musste deren Blick dennoch gespürt haben.

»Was?« Sie öffnete ein Auge und zog die dazugehörige Braue hoch.

»Das hat Spaß gemacht heute. Mit dir zu kochen.«

London spürte, wie demm die Röte den Hals hinaufkroch.

Dahlia lächelte. »Mir auch.« Nach einer Pause fügte sie hinzu: »Und weißt du, was? Du hast mich die letzten beiden Tage kein einziges Mal angegrummelt. Ich erkenne dich ja kaum wieder, London Parker.«

Kapitel 6

Eine Woche später stiegen die Teilnehmenden der achten Staffel in aller Herrgottsfrühe erneut in einen Bus. Als Dahlia spürte, dass sich jemand auf den Sitz neben ihr fallen ließ, wandte sie sich mit dem Anflug eines Lächelns um. Sie hatte eine schreckliche Nacht hinter sich und brauchte das sinnlose Geplänkel mit London Parker mehr denn je.

Aber heute begrüßte sie nicht der vertraute Rotschopf.

Lizzie fingerte nervös an ihrer Brille herum.

»Hallo, Dahlia.«

Dahlia drehte sich wieder zum dunklen Fenster, bemühte sich, einen gereizten, enttäuschten Seufzer zu unterdrücken, und stöhnte stattdessen nur innerlich auf.

»Hi«, sagte sie knapp.

Irgendwie hatte Dahlia in den letzten anderthalb Wochen nach dem Face-off mehr von dieser Frau mitbekommen, als sie überhaupt wissen wollte. Sie hatte erfahren, dass Lizzies Mann Chance hieß und Fernfahrer war. Dass Lizzie selbst als zahnmedizinische Fachangestellte arbeitete und schon seit Jahren davon träumte, eine eigene Bäckerei zu eröffnen. Dass sie in San Diego lebten und ihre beiden Söhne Billy und Lucas hießen. Dass Billy bei der Marine war. Dass Lucas dieses Jahr seinen Highschool-Abschluss machte und plante, ein örtliches Community College zu besuchen und das nächste Jahr über zu Hause zu wohnen, um Geld zu sparen.

Dahlia hatte nie nach diesen Informationen über Lizzie und ihre scheinbar anständige, hart arbeitende Mittelklassefamilie gefragt, dennoch platzte Lizzie jedes Mal damit heraus, wenn Dahlia in ihrer Nähe war. Sie war unerschütterlich nett zu Dahlia, selbst wenn diese ihr Bestes tat, sie zu ignorieren, und Dahlia fühlte sich mit jedem Geplänkel schlechter und schlechter. Sie hatte keinen Bedarf an Nettigkeiten, die ihr nur deswegen zuteilwurden, weil sie in die von der Gesellschaft als akzeptabel erachteten Schubladen zu passen schien.

Mit einem leichten Ruckeln startete der Bus vom Parkplatz. Lizzie blieb zum Glück zehn friedvolle Minuten lang still.

Dann räusperte sie sich.

»Also, Dahlia«, begann sie mit vertraulich gesenkter Stimme. »Mir ist aufgefallen, dass du dich mit London angefreundet hast.«

Grundgütiger. Dahlia schloss die Augen und wünschte sich Kraft von jeglichen Gottheiten, die dort oben sein mochten.

Soweit Dahlia mitbekommen hatte, mieden sich Lizzie und London am Set wie die Pest. London hatte sie seit diesem Gespräch in der Bar nicht mehr erwähnt. Dahlia hatte gehofft, das würde bedeuten, dass London sich von Lizzie nicht allzu sehr beunruhigen ließ und dementsprechend nicht mehr viel Gehirnschmalz an sie verschwendet hatte.

»Ich befürchte«, fuhr Lizzie fort, »dass dey dir womöglich ein paar unwahre Dinge über mich erzählt hat.«

Bloß dass Lizzie nicht *dey* sagte.

Dahlia riss die Augen auf.

»Ich weiß, wir hatten nicht den besten Start, aber ganz ehrlich, Dahlia, ich will doch nur das Beste für …«

»Lizzie«, unterbrach Dahlia sie und gab sich Mühe, ihre Stimme ebenso leise zu halten. Jetzt mal im Ernst, wie schwer konnte es sein, das richtige Wort zu benutzen? Am liebsten hätte Dahlia die letzten zwölf Stunden ihres Lebens in einen Müllcontainer gestopft und ihn dann angezündet. »Ich unterbreche dich hier mal, denn es ist noch viel zu früh, und ich bin müde. Ganz ehrlich, wenn du nur das Beste für mich willst, oder was immer das hier werden soll, kannst du damit anfangen, Freund*innen von mir in meiner Gegenwart nicht zu misgendern. Oder überhaupt irgendwann, irgendwo.«

Selbst in der schwachen Beleuchtung des Busses konnte Dahlia erkennen, dass Lizzie ganz blass wurde und ihr Mund sich zu einer hässlichen Schnute inmitten ihres hageren, faltigen Gesichts verzog. Sie erinnerte Dahlia an ihre Grundschulkrankenschwester Ms. Tucker, die Dahlia nie geglaubt hatte, wenn sie Bauchschmerzen hatte.

»Misgendern«, wiederholte Lizzie verstimmt.

»Jap«, antwortete Dahlia knapp. »Gib's bei Google ein.«

»Na!«, sagte Lizzie etwas lauter und kicherte. Dahlia ließ den Blick über die meist vor sich hin dösenden Passagiere schweifen, Panik schoss ihr durch die Adern. *Da!* London saß vier Reihen vor ihnen. Wenn Lizzie jetzt eine *Szene* machte, während London nur vier Reihen entfernt war, würde Dahlia … sie würde … Dahlia würde etwas Unschönes tun müssen. »Tja«, schmollte Lizzie. »Da will man einfach nur ein bisschen reden, und plötzlich heißt es, man sei intolerant. Also wirklich.«

Lizzie schüttelte vor sich hin murmelnd den Kopf und griff unter ihren Sitz. Geräuschvoll kramte sie ihre Tasche hervor und sprang auf die Füße.

»Danke für das Gespräch, Dahlia«, stieß sie gereizt hervor, bevor sie den Gang entlangstapfte und sich auf den freien Platz neben Khari setzte.

Nicht nur London wandte sich um und starrte Dahlia an.

Uff.

Sie ließ sich tief in den Sitz sinken und stützte die Knie an der Lehne vor sich ab.

Das hätte sie besser lösen können. Hank hätte das nicht gefallen. Ihm ging es immer darum, Herz und Verstand zu öffnen, und Dahlia hatte gerade dafür gesorgt, dass Lizzies Herz und Verstand fest verschlossen blieben.

Sie wischte die Handflächen an der Jeans ab und atmete tief ein. Sie litt unter Schlafmangel, war nicht in bester Verfassung und hatte andere Menschen ein bisschen satt.

Menschen wie Lizzie, die so enttäuschend scheiße waren.

Menschen wie David, die so ekelhaft nette E-Mails schickten.

Als diese Mail gestern Abend in ihrem Posteingang gelandet war, hatte sie sie viel zu lange angestarrt. Inzwischen kannte sie sie fast auswendig.

Hi Dahls,
das ist wahrscheinlich die seltsamste E-Mail, die ich je verschickt habe, aber ... ich wollte, dass du Bescheid weißt. Ich bin seit Kurzem mit Megan McCombs zusammen. Sie war in der Highschool ein Jahr über uns. Ich weiß nicht, ob du dich an sie erinnerst. Ich wollte es dir nur sagen, bevor du es von jemand anderem erfährst oder auf Facebook siehst oder so etwas Schreckliches. Ich weiß nicht, warum ich das Gefühl hatte, es dir sagen zu müssen, aber ... egal. Jetzt weißt du's.

Natürlich erinnerte Dahlia sich an Megan McCombs. Megan war in der Highschool in der Schüler*innenvertretung gewesen und hatte bei der Organisation von so ziemlich jeder Veranstaltung mitgeholfen. Sie war der Star der Volleyballmannschaft und außerdem immer wirklich nett gewesen. Megan war eine dieser Personen, die man einfach mögen musste.

Dahlia wollte das gut finden. David verdiente jemanden wie Megan. Wenn sie ehrlich war, hatte sie sich ohnehin schon gewundert, dass er so lange gebraucht hatte, sich wieder auf die Suche zu machen.

Dahlia ihrerseits dachte nur in ihren dunkelsten, einsamsten Nächten daran, wieder zu daten. Wenn sie es vermisste, mit jemandem zu reden, wenn sie sich nach Berührungen sehnte. Ihre Gedanken kreisten vor allem um die Möglichkeiten, die sich ihr jetzt boten. Dahlia war seit dem College klar, dass sie queer war. Aber da sie immer nur mit David zusammen gewesen war, hatte sie diesen Teil von sich nie wirklich erkunden können, zumindest nicht so, wie sie es sich manchmal vorgestellt hatte. In diesen einsamen Nächten überlegte Dahlia, sich etwas Aufreizendes anzuziehen und nach Washington, D. C. oder Baltimore zu fahren. Sich eine queere Bar zu suchen. Mit irgendeiner Person, die sie zufällig attraktiv fand, in einer schmuddeligen Toilettenkabine herumzuknutschen. One-Night-Stands zu haben.

Oder sogar sich auf Dating-Apps anzumelden, die anscheinend alle Welt außer ihr zu benutzen wusste.

Und dann wachte sie stets am nächsten Morgen auf und erinnerte sich daran, dass ihr schlechtes Gewissen und ihre Traurigkeit selbst für das kleinste Abenteuer noch zu groß waren. Dass sie erst einmal wieder auf die Beine kommen wollte, ganz allein, bevor sie jemand anderes in ihr verwirrtes Herz ließ.

Also schaute sie sich stattdessen ein weiteres Kochtutorial auf YouTube an und übte ihre Messertechnik.

Es ergab jedoch Sinn. Nicht nur, dass David sich nicht sofort wieder mit jemandem traf, sondern auch, dass er wartete, bis er eine vernünftige Kandidatin gefunden hatte. Eine, die er noch aus der Highschool kannte. Jemand Pragmatisches, Erfolgreiches.

Dahlia hatte keine Ahnung, was Megan McCombs momentan machte, aber sie nahm zumindest an, dass sie erfolgreich war.

Vor allem aber hatte Dahlia im Gefühl, dass sie einwandfreie Babys austragen würde. Dass Megan McCombs eine großartige Mutter sein würde.

Ich hoffe, du schlägst dich gut bei *Chef's Special*. Ich kann immer noch nicht so richtig glauben, dass du das tatsächlich machst, aber ich freue mich für dich. Ich habe noch nicht entschieden, ob ich es mir anschauen werde. Ich weiß nicht, ob das gut für mich wäre. Aber ich bin stolz auf dich. Und ich wünsche dir wirklich viel Glück, Dahlia.

Okay. Das war's schon. Du musst auch nicht unbedingt antworten.

David

Dahlia schloss die Augen und lehnte die Stirn gegen das kalte Fensterglas. Das Rollen der Reifen auf dem rissigen Asphalt ließ ihre Haut vibrieren und rüttelte das Gehirn in ihrem Schädel durch.

Welche Gefühle hatte David mit dieser E-Mail in Dahlia wecken wollen?

Wollte er noch mal betonen, was für ein guter Mensch er war?

Dahlia beobachtete, wie die Kulisse von L. A. vor dem Fenster verschwand und in staubige Hügel überging, während das Licht der aufgehenden Sonne die Landschaft in einen schwach goldenen Schimmer tauchte. Und sie dachte: *Wie schön es sein muss, damit abschließen zu können. Nicht mehr wütend auf mich zu sein.*

*

»Hey.« London schlurfte durch den Kies des Parkplatzes auf Dahlia zu, die mit verschränkten Armen und versteinertem Gesichtsausdruck über die Felder der Graham Family Farm starrte. »Alles gut bei dir?«

Dahlia warf demm einen Blick zu, und ihre Miene wurde weicher. Sie ließ die Arme sinken. »Ja.«

London steckte die Hände in die hinteren Hosentaschen. Einerseits interessierte es demm brennend, was zwischen Dahlia und Lizzie vorgefallen war, andererseits hatte dey absolut keine Lust, danach zu fragen.

Es war der fünfte Drehtag in Folge in dieser Woche, und London spürte die körperliche Erschöpfung schwer in den Knochen. Aber geistig war dey wieder auf der Höhe. Lockerer. Dey war bereit für die zweite Außenchallenge. Die letzten Tage war es echt gut für demm gelaufen, gestern hatte dey sogar die Eliminierungschallenge gewonnen. Am Set mit Dahlia zu reden fiel demm nach Adam Abramovitz' Bar-Mizwa leicht, auch wenn dey sich immer noch zu ihr hingezogen fühlte. Dey arbeitete daran, das zu unterdrücken. Überraschenderweise war London wirklich haarscharf davor, richtig Spaß bei *Chef's Special* zu haben.

Nach ein paar schweigsamen Minuten wagte dey sich noch einmal vor: »Keine schlechte Aussicht.« Die acht übrigen verbleibenden Bewerber*innen wanderten ziellos hinter ihnen umher und warteten, bis das Produktionsteam startklar war. »In Tennessee haben wir bessere Farmen. Aber die hier ist auch ganz okay«, fügte dey hinzu.

»Hast du denn viel Zeit auf Bauernhöfen verbracht?«, fragte Dahlia. Ihre Schultern entspannten sich allmählich. »Ich dachte, du wärst aus Nashville.«

»Mein Mitbewohner, Eddy, leitet eine Regiogruppe der Solawi, der solidarischen Landwirtschaft, und er hat mich da mit reingebracht. Wir haben einen Hofladen, und zuerst habe ich probiert mitzuhelfen, nur war ich nicht so wahnsinnig gut im … äh, im Umgang mit Kund*innen.«

Dahlia grinste. »Verstehe.«

London warf ihr einen verteidigenden Blick zu. »Hey, ich kann echt freundlich sein, wenn ich will. Aber diese Bioladen-Kund*innen sind manchmal … speziell. Na ja, jedenfalls helfe ich jetzt ein paarmal im Monat beim Transport zwischen den Höfen und dem Laden. Die meisten Farmen organisieren ihre Lieferungen selbst, ab und an gibt es aber Sonderbestellungen oder irgendwo dringenden Bedarf …« London zuckte mit den Schultern. »Ein paar von den Landwirt*innen sind alt und schrullig, inzwischen sind aber auch viele junge dabei, und die machen teilweise richtig coole Sachen. Und selbst die schrulligen Alten mag ich.«

Ein Anflug von Heimweh traf demm mitten in die Magengrube.

»Na ja, und weil ich sie mag, gehe ich manchmal vorbei und helfe auf den Höfen mit. Sie können immer ein paar zusätzliche Hände gebrauchen.«

London stockte. Dey redete zu viel. Trotzdem fügte dey einen Moment später hinzu: »Ist ein gutes Gefühl. Zu sehen, wo dein Essen herkommt.« Und dann lief dey rot an, weil das so schmalzig geklungen hatte, und hielt schließlich endlich den Mund.

Sich für die Solawi zu engagieren, bedeutete London viel. In den letzten Jahren hatte dey sich bewusst bemüht, der Gesellschaft etwas zurückzugeben, sich nützlich zu machen. Das war auch der Grund für die Idee mit dem gemeinnützigen Verein, falls dey *Chef's Special* gewinnen würde.

Londons Familie war es finanziell immer gut gegangen. Deren Eltern arbeiteten beide in der Pharmabranche, wenn auch in verschiedenen Bereichen: Londons Mom in der Wissenschaft, deren Dad im Vertrieb. Dey war in einem großen Haus am Stadtrand von Nashville aufgewachsen, hatte eine Nanny und private Nachhilfelehrer*innen gehabt, Personal für Haushalt und Garten. Das Haus war umgeben von ausgedehnten Grünflächen und sanften Hügeln, die London vom kleinen Balkon deres Zimmers aus sehen konnte. Die Parkers hatten ein Boot auf dem Percy Priest Lake und leisteten sich jeden Sommer einen Urlaub, mal in der Nähe, mal weiter weg.

Mit den äußeren Umständen derer Kindheit und Jugend war London immer glücklich gewesen. Erst später war demm aufgegangen, wie privilegiert dey war, wie viel Glück dey gehabt hatte.

Die inneren Umstände waren um einiges komplizierter gewesen. Klar, Julie war stets an deren Seite gewesen wie ein Fels, Zwillingsschwester und beste Freundin zugleich. Dey hatte auch andere Freund*innenschaften gehabt, sogar ein paar Beziehungen in der Highschool. Aber dey hatte sich immer ... *falsch* gefühlt. Schmerzhaft unbeholfen. Als gehörte dey nie richtig dazu, nicht wirklich, nicht so, wie dey es sich gewünscht hätte. Dey hatte sich damit zu trösten versucht, dass sich wahrscheinlich alle in diesem Alter ein bisschen unwohl in ihrer Haut fühlten. Erst im College war London aufgegangen, dass es nicht allen Teenies *ganz* genauso ging wie demm.

»Hm.« Lächelnd unterbrach Dahlia deren Gedanken. »Spannend. Und warum sind die Farmen in Tennessee besser als die hier?«

London musterte die Hügel am Horizont. Auf ihre Art waren auch sie atemberaubend, wie sie so unverhofft aus dem platten Land ragten. Doch sie waren völlig frei von Bäumen und unbestreitbar braun.

»Ist das nicht offensichtlich?« London breitete die Arme aus. »Tennessee ist *grün*.«

Dahlia überlegte einen Moment. »Okay. Aber hier ist es auch schön, oder? Auf eine ... weniger grüne Art?«

»Ja, nein, klar, ist es. Ich könnte mir nur nicht vorstellen, das ganze Jahr über hier zu leben.«

»Echt nicht?«

»Könntest du das denn?« London hob eine Augenbraue. »Du bist doch von der Ostküste, oder? Könntest du an einem Ort leben, an dem es keine richtigen Jahreszeiten gibt? Wo die Blätter im Herbst ihre Farbe nicht verändern?«

»Ich mag die Jahreszeiten, aber ...« Abwartend musterte London Dahlias Grübelgesicht. So sah sie auch immer aus, wenn sie ein Rezept plante. Die Augen leicht zusammengekniffen, die Lippen zu einer Seite geschürzt. »Na ja, Kalifornien hat Palmen. Und du musst ja wohl zugeben, dass Palmen wunderschön sind.«

»Ich muss gar nichts zugeben. Ehrlich gesagt, finde ich sie verstörend.«

Dahlia schnappte nach Luft. »Dein Ernst? Oh mein Gott, ich *liebe* Palmen!«

»Sie wirken so deplatziert. Wie Aliens. Als ob jemand versucht hätte, den Strand in die Großstadt zu holen.« London schüttelte den Kopf. »Sie ergeben irgendwie keinen Sinn.«

Jetzt schüttelte Dahlia ebenfalls den Kopf. »Da irrst du dich. Sie sind fabelhaft!«

Eine Weile standen sie in einträchtigem Schweigen nebeneinander. Jetzt am Morgen war es noch kühl, und London genoss die sanfte Brise, den leicht süßen Duft von Wildblumen, der den Parkplatz umwehte.

»Du musst Tennessee wirklich mögen«, sagte Dahlia schließlich. Auch wenn das nicht direkt eine Frage gewesen war, beschloss London zu antworten.

»Das tu ich. Vor allem Nashville. Es ist nicht zu groß, nicht zu klein ... Obwohl Gentrifizierung ein ziemliches Thema ist. Du solltest echt mal vorbeikommen. Mit Hank. Nashville ist berühmt für gutes Essen und tolle Musik. Und es gibt Jahreszeiten. Was will man mehr?«

»Meinst du, du wirst dein Leben lang dortbleiben?«

»Wahrscheinlich.« London zuckte die Achseln.

»Und du hast auch schon immer da gewohnt?«

London warf Dahlia einen neugierigen Blick zu. Sie starrte weiter in die Ferne, aber sie hatte diese Fragen so seltsam gestellt, schwerfällig, als wäre die Tatsache, dass London sich in ihrem Heimatort wohlfühlte, ein Rezept, dem sie nicht folgen konnte.

»Jap.«

»Hm«, machte sie wieder.

»Okay, Leute, Beeilung!« Janet klatschte in die Hände und rief sie alle zusammen, ehe London mehr darüber herausfinden konnte, was wirklich hinter Dahlias Grübelgesicht vorging. Janet hatte einen der Baumstämme erklommen, die den Parkplatz begrenzten. Die frühe Morgensonne brachte ihre kupferfarbenen Locken zum Leuchten. »Die Jury wird euch gleich beim Dreh nach und nach alle wichtigen Infos geben, also passt gut auf. Wir sind zum ersten Mal auf diesem Hof, bringt uns vor den Leuten hier bitte nicht in Verlegenheit.« Ihre Augen blitzten warnend. »Und seht zu, dass ihr ordentlich Begeisterung für diesen Naturkram zeigt. Okay? Gut, dann alle Blicke zu Audra.«

Ein Produktionsassistent zählte runter, und zack, liefen die Kameras.

Audra legte los. »Ich freue mich wahnsinnig, euch gleich eure Gefährtinnen für die fünfte Folge unserer Staffel vorzustellen.«

Sie wirkte wirklich erfreut. Zu dunklen Jeans trug sie heute ein hellgrün und blau kariertes Flanellhemd. Noch nie zuvor hatte London die ultrafeminine Audra Carnegie in einem Outfit gesehen, das einem förmlich »Ich bin lesbisch« entgegenschrie, und war positiv überrascht.

Audra wirbelte herum und marschierte auf eine rustikale Scheune am Rand des ersten Felds zu. Die Kandidat*innen folgten ihr, wobei sie ordentlich Staub aufwirbelten.

Sobald sie angekommen waren, öffnete Audra mit einer dramatischen Geste das Scheunentor.

»Oh nein«, murmelte London. Das war's dann wohl mit der guten Laune.

»Oh Gott, *ja*«, flüsterte Dahlia und grinste von einem Ohr zum anderen. Als müsste sie Londons Unwohlsein ausgleichen, war die seltsame Stimmung, in der sie seit ihrer Ankunft gewesen war, ebenfalls wie weggefegt.

Und dann hängte sie sich tatsächlich an Londons Arm. Was eine weitaus aufregendere Erfahrung hätte sein können, wäre dey nicht gleichzeitig der stechende, üble Gestank von Rindviechern in die Nase gestiegen.

»Wie süß sie sind!«

Erst eine Sekunde später schien Dahlia zu bemerken, was sie da tat. Hastig ließ sie Londons Arm los. Ihre Wangen färbten sich rosig. London starrte sie an.

»Kühe sind nicht süß. Sie sind gefährlich.«

Bedächtig drehte Dahlia sich vollständig zu London um.

»Gefährlich«, wiederholte sie.

»Ja.« London schnaubte, verschränkte die Arme und versuchte zu ignorieren, dass dey immer noch spürte, wo Dahlia deren Bizeps berührt hatte. Gerade wollte dey ihr erklären, warum Kühe *natürlich* gefährlich waren, da wurden sie von Sai Patel unterbrochen.

»Die Graham Family Farm produziert seit mehr als drei Generationen Nahrungsmittel für den Großraum Los Angeles. Sie versorgt lokale Restaurants, Läden und die städtische Essensausgabe mit Gemüse und Milchprodukten. Wir werden hier keinen Kochwettbewerb austragen. Heute geht es darum, zu lernen und das gesamte System wertzuschätzen. Dennoch sollt ihr einige Zutaten für die nächsten Challenges im Studio sammeln. Außerdem werden wir genau beobachten, wie ernst ihr eure heutigen Pflichten nehmt und wie gut ihr sie erfüllt. Und das wird unsere Entscheidung bei der nächsten Eliminierungschallenge beeinflussen. Bei eurer ersten Aufgabe handelt es sich um etwas, das sämtliche Mitglieder der Familie Graham und deren Angestellte zweimal am Tag erledigen müssen: eine Kuh melken.«

In der anschließenden kurzen Kamerapause besprachen sich die Juror*innen mit einem breitschultrigen Mann in der Ecke. Barbara, die auf Dahlias anderer Seite stand, gluckste in sich hinein. »Da, wo ich herkomme, hat es zum guten Ton gehört, eine Kuh melken zu können. Nichts leichter als das.«

London war etwas anderer Meinung.

»Ich kann nicht fassen, dass sie uns das tun lassen«, flüsterte dey Dahlia zu, »was, wenn jemand verletzt wird?«

»Ähm ...«, setzte Dahlia an. London ahnte, dass sie sich innerlich über demm kaputtlachte, aber das war demm gerade egal. »Ich bin mir ziemlich sicher, dass uns nichts passieren wird. Bestimmt bleiben sie in diesen ... Boxendingern.«

»Im Melkstand«, half Barbara ihr auf die Sprünge.

»Genau.« Dahlias Gesicht leuchtete auf. »Sie bleiben im Melkstand. Alles wird gut, Kiddo.« Sie klopfte London auf die Schulter. Und wieder grinste sie von einem Ohr zum anderen.

»Manchmal bewegen sie sich ganz plötzlich«, beharrte London. Dahlia war so klein. »Sie könnten dich zerquetschen.«

»Du willst mir also weismachen, dass du bei all deiner Mithelferei auf den Höfen in Tennessee noch nie eine Kuh gemolken hast?«

London schnaufte. »Natürlich nicht. Mal im Ernst, dafür gibt es Maschinen.« Eine Sekunde später schob dey hinterher: »Moment, hast *du* denn schon mal eine Kuh gemolken?« Wie passend, wenn Fisch-Filetier-Meisterin Dahlia Woodson sich ebenso gut mit größeren Nutztieren auskennen würde. London hatte ja inzwischen gelernt, dass Dahlia immer für eine Überraschung gut war.

Sie schüttelte den Kopf. »Nein. Aber ich freu mich drauf.«

»Warum das denn?«

»London«, sagte Dahlia auf einmal ernster. »Während unserer jetzt fast zweiwöchigen Freund*innenschaft habe ich bisher nicht viel von dir verlangt. Aber ich bestehe darauf, dass du mir *sofort* erzählst, was genau zwischen dir und den armen Kühen vorgefallen ist.«

London protestierte vehement. »Nope. Niemals.« Und das meinte dey auch so.

Da rauchte man ein einziges Mal während der gesamten Highschoolzeit Gras mit Cousin Oliver …

Die Kameras wurden wieder eingeschaltet.

Sai Patel begann zu sprechen. »Sofern ihr jemals auch nur *einen* Klecks Butter für eines eurer Gerichte verwendet habt, werdet ihr die Existenz dieser Butter nach dem heutigen Tag um ein Vielfaches zu schätzen wissen. Kommt her und lasst euch von Randy hier die korrekte Technik zeigen …«

Widerwillig machte London sich ausführliche Notizen darüber, wie man Zitzen reinigte, freilegte, richtig hielt und massierte. Jacob stand neben demm und prustete jedes Mal los, wenn Randy *Zitzen* oder *Euter* sagte. Offenbar waren alle mit der Situation überfordert. Na ja, alle bis auf Dahlia Woodson.

Als Randy wissen wollte, ob es Fragen gab, hob sie die Hand.

»Haben Ihre Kühe Namen?«

Randy bedachte sie mit einem langen nüchternen Farmerblick.

»Nein«, antwortete er schließlich.

»Also, das ist ja wohl ganz eindeutig gelogen«, murmelte Dahlia und notierte wild drauflos.

»Was schreibst du da auf?« London musste einfach nachhaken, obwohl dey eine ziemlich präzise Ahnung hatte.

»Potenzielle Kuhnamen, natürlich.«

London linste ihr über die Schulter. Ihre Schrift war groß, verschnörkelt, unordentlich. Und passte perfekt zu ihr.

»Margaret?«, fragte London skeptisch.

»Guck sie dir doch an.« Dahlia deutete auf die frisch gemolkene Kuh hinter Randy. »Die sieht doch aus wie eine Margaret.«

»Jetzt, wo du es sagst … Auf jeden Fall«, pflichtete ihr Barbara bei.

Dahlia wandte sich grinsend an London. »Siehst du?«

Es war beunruhigend, wie Dahlias pure Freude in diesem Augenblick London fast dazu brachte, es zu genießen, hier in diesem Kuhstall zu stehen.

Aber nur fast. Fürs Protokoll.

Was umso deutlicher wurde, als deren Name für die erste Melkschicht aufgerufen wurde. Zwar hatte die Graham Family Farm ausreichend Kühe für alle Kandidat*innen, aber das mitgereiste Kamerateam von *Chef's Special* war nicht groß genug, um sie alle gleichzeitig zu filmen. Was bedeutete, dass Dahlia direkt hinter demm blieb, um zuzugucken, während London sich dem schwarz-weißen Untier näherte, das demm zugewiesen worden war.

Prima.

Maritza beugte sich hinter der Kamera hervor. »Dahlia, du musst ein bisschen aus dem Weg gehen, damit ich freie Sicht auf London habe.«

London ließ sich auf den Hocker draußen vor dem Melkstand sinken. Dey zog die Handschuhe über. Es war kühl hier im Stall, und Fliegen surrten demm um den Kopf. Dey versuchte, so zu tun, als wäre das alles bloß ein Traum.

Damit fuhr dey auch ziemlich gut. Zumindest für die erste

Drehminute. Dey reinigte das Euter wie ein Profi, legte Daumen und Zeigefinger um eine der Zitzen, genau wie Randy es vorgemacht hatte, und war bereit zuzudrücken.

Doch dann bewegte sich das blöde Tier.

Vor lauter Panik packte London aus Versehen kräftig zu, und die Kuh stieß ein schallendes verärgertes Muhen aus.

»Oh Gott«, raunte Dahlia.

London fühlte es, bevor dey es sah. Die überraschende Wärme. Den erdigen Geruch von dreckigem Kuhsaft.

Alarmiert blickte dey nach unten.

Jap. Dey hatte sich gerade den kompletten Schritt mit Milch vollgespritzt.

Einen Moment lang war London sprachlos.

Dann stöhnte dey auf. »Verfickte Scheiße, ich hasse Kühe.«

Dahlia platzte fast vor Lachen.

»London, versuch, vor der Kamera nicht zu fluchen«, ermahnte Maritza demm, und ihrer Stimme war anzuhören, dass auch sie nur mit enormer Anstrengung ein Lachen zurückhielt.

»Hm«, machte Randy, denn *natürlich* war Randy auf einmal zur Stelle, und *natürlich* lachte er nicht. »Interessant. Denk dran, man zieht eigentlich nicht an der Zitze, das ist ein weitverbreiteter Irrtum. Du musst die Milch erst sanft herausführen und dann zudrücken, nach unten, von dir weg. In den Eimer.«

»Ich … ich habe nicht gezogen, sie ist bloß …« Aber Randy stiefelte schon weiter.

»London Parker, wenn du Masie wehtust, werde ich kein Wort mehr mit dir sprechen.«

London drehte sich zu Dahlia. »Maisie?!«

»Wie ist das denn überhaupt passiert?« Dahlia presste sich die Hand auf den Mund und legte die andere gleich noch oben drauf. Ihr stiegen Tränen in die Augen.

In diesem Augenblick holte Maisie mit dem Schwanz aus, um eine lästige Fliege zu vertreiben.

Und traf London am Kopf.

»Verfick...«

Weder Dahlia noch Maritza waren in der Lage, verständliche Laute von sich zu geben, so sehr schüttelte es sie vor Lachen.

London rieb sich das Ohr. »Interessiert euch wahrscheinlich nicht, dass das grad echt wehgetan hat«, murmelte dey.

»Okay, London.« Maritza war völlig außer Puste. Sie stand auf. »Du, äh, musst die Aufgabe noch beenden.«

War ja klar. London holte tief Luft und versuchte, sich wieder aufs Melken zu konzentrieren. Was mit einem seltsam feuchtwarmen Schritt allerdings nicht ganz so gut klappte. Vielleicht konnte dey Maritza irgendwie bestechen, damit Sai Patel dieses Filmmaterial nie zu Gesicht bekam. Wie durch ein Wunder waren alle drei Jurymitglieder im Augenblick mit anderen Kandidat*innen beschäftigt.

»Nee! Nicht im Ernst. Oh mein Gott.«

»Was?« Genervt drehte London sich zu Dahlia um, da hörte dey ein leises *Plopp*. Diesmal *roch* dey es, bevor dey es sah.

»London«, flüsterte Dahlia. »Maisie hat gerade einen riesigen Fladen gemacht.«

London schloss die Augen und zählte bis zehn. »Danke, Dahlia, das ist mir aufgefallen.«

Es raschelte. Als London die Augen öffnete, sah dey, dass Maritza mit knallrotem Gesicht in die Hocke gesunken war und sich krampfhaft die Hand vor den Mund hielt.

Wie aus dem Nichts tauchte Tanner Tavish auf. »Na? Wie läuft es denn hier so?«

Hastig richtete Maritza sich auf, und Dahlia kaschierte ein letztes Kichern mit einem Husten.

»Prima. Es läuft einfach prima«, stieß London zwischen zusammengepressten Zähnen hervor. Dey legte Maisie die Hände ans Euter und spritzte die Milch in den beschissenen Eimer.

Kapitel 7

Es brauchte vierundzwanzig Stunden und zwei Duschen, um den Kuhgeruch von Londons Haut zu bekommen.

Und während dieser Duschen ertappte dey sich dabei, wie dey das alberne Lied summte, das Dahlia sich beim Melken ihrer Kuh ausgedacht hatte. Was ihr im Gegensatz zu demm natürlich tadellos gelungen war.

Eigentlich hätte es demm nerven müssen, Dahlias Kuhlied ständig im Kopf zu haben. Stattdessen musste London an diesem gesegneten freien Samstag immer wieder lächeln.

Während dey sich über Social Media auf den neuesten Stand brachte und demm unvermittelt Dahlias Lachen ins Gedächtnis kam, wie sie während der ganzen Busfahrt nach Hause nicht hatte aufhören können zu kichern.

Nachdem dey beschlossen hatte, ein paar Bahnen im Hotelpool zu ziehen, und sich dann auf einer Liege in der prallen Sonne trocknete, wo dey die Augen schloss und nur Dahlias strahlendes und offenes Gesicht vor sich sah, als sie auf den Feldern der Graham Family Farm die perfekte Artischocke gefunden hatte.

Umso verwirrender war es Stunden später, als London Dahlia in der Hotellobby traf und ihr Gesicht verkniffen und verschlossen aussah, mit roten und verquollenen Augen, als hätte sie geweint.

Dey hatte sich in deren Zimmer einen Film angesehen und war nach unten gekommen, um sich an der Tankstelle gegenüber Knabberzeug zu besorgen.

»Ich lauf kurz rüber zur Tanke«, unterbrach London das peinliche Schweigen, nachdem sie voreinander stehen geblieben waren. Dey neigte den Kopf Richtung Tür. »Willst du mit?«

Sie schien zu überlegen. London schob die Hände in die Taschen, um sich davon abzuhalten, Dahlia zu berühren. Schließlich nickte sie.

London entschied sich zu schweigen, während dey White-Cheddar-Popcorn, Reese's Peanut Butter Cups und Puderzuckerdonuts aus den Regalen zog. Dahlia folgte demm wortlos. London wäre fast in Jubel ausgebrochen, als sie schließlich die Arme entschränkte und nach einer Packung Pfirsich-Gummiringe griff.

»War 'ne lange Woche«, sagte sie, als sie in der Schlange an der Kasse standen. »Tut mir leid. Ich bin echt kaputt.«

»Schon okay.« London zuckte mit den Schultern.

Dahlia gab ein undeutliches Geräusch von sich und sah nach unten. Heute trug sie ein rosa T-Shirt, einen schwarzen Pünktchenrock und Sneakers. Sie gehörte zu den Frauen, denen Röcke und Sneakers wirklich gut standen. Wahrscheinlich, weil sie so verdammt hübsche Beine hatte. Und weil ihr einfach alles gut stand.

Als sie zum Hotel zurückgingen, rieb London sich den Nacken. Im Trösten war dey noch nie besonders gut gewesen. Immer wenn dey Julie aufmuntern wollte, machte dey sich einfach über sie lustig, bis sie irgendwann ausrastete und herumbrüllte. London anzuschreien, heiterte Julie immer auf. Aber dey glaubte nicht, dass diese Strategie hier funktionieren würde.

Auf dem Bürgersteig vor dem Hotel blieb dey stehen. Etwas an der Hausecke war London ins Auge gefallen. Aus dem einfachen Wunsch heraus, sich noch nicht von Dahlia zu trennen – dey befürchtete, dass sie, sobald sie die Lobby betreten hatten, wie eine niedlich gekleidete Maus davonhuschen würde –, forschte dey nach.

Aus einem schmalen Spalt zwischen den Vorhängen eines hohen Fensters im Erdgeschoss drangen goldenes Licht und gedämpfte Geräusche. London spähte hindurch, direkt in einen Ballsaal.

Dahlia wartete schweigend hinter demm. Noch ein paar Augenblicke lang beobachtete London das Gewimmel der Körper im Inneren.

Und dann traf dey eine Entscheidung.

»Dahlia …« Dey wirbelte herum und sah sie an. Ihr Kopf war zur Seite geneigt, die Augen müde, aber neugierig. »Was hast du heute Abend noch vor?«

»Ähm.« Dahlia biss sich auf die Lippe. »Schlafen?«

»Oder …« London fühlte sich plötzlich mutig und packte sie bei den Schultern. »Wir crashen stattdessen diese Hochzeit.«

Dahlias Augenbrauen schossen nach oben.

»Wie bitte?«

»Lass uns zusammen diese Hochzeit crashen.«

Dahlia schüttelte den Kopf. »Was?« Und dann: »Damit bringen wir uns bestimmt in Schwierigkeiten.«

»Glaube ich nicht. Schau sie dir doch an.« London deutete mit dem inzwischen geheilten Daumen auf das Fenster hinter sich. »Das ist eindeutig eine Riesenhochzeit, und alle sind total betrunken. Wirklich ha-cke-voll. Niemand wird uns überhaupt bemerken. Sieh dir mal die Braut an! Wahrscheinlich würde sie uns in den Arm nehmen und uns für die jahrelange Freund*innenschaft danken.«

Dahlia starrte demm an. London, von allen guten Geistern verlassen, behielt die Hände auf ihren Schultern. Weil Wochenende war und es sich gut anfühlte.

Und dann erschien der Anflug eines Lächelns auf ihren Lippen.

»Crashst du regelmäßig Hochzeiten?«, fragte sie.

London schüttelte den Kopf. »Aber es gibt doch für alles ein erstes Mal, oder?«

»Es gibt für alles ein erstes Mal«, wiederholte sie.

Eine*r von ihnen könnte nächste Woche rausfliegen.

Aber jetzt gerade war Samstag. Sie hatten eine lange Woche überstanden. Und London hatte Dahlia Woodsons Trauermiene aufgehellt.

Was auch immer von jetzt an passierte, das war es wert.

»Wir müssten uns umziehen.« Dahlias Gesicht wurde nachdenklich, sie schmiedete Pläne. Verdammt, London liebte dieses Grübelgesicht. »Hast du was Passendes für eine Hochzeit?«

So weit hatte London nicht gedacht. »Eine Fliege vielleicht. Und sonst? Keine Ahnung. Ich improvisiere einfach.«

»Ich habe … ein Kleid«, sagte Dahlia zögernd, als wäre dessen Existenz etwas Bedrohliches, und Londons Magen machte einen Satz bei der Vorstellung, welche Einblicke dieses Kleid wohl gewähren würde.

»Okay.« Nickend trat Dahlia einen Schritt zurück. Ihr Lächeln wirkte unsicher, aber es war da. »Okay, ziehen wir's durch. Treffpunkt in einer Viertelstunde vor deinem Zimmer?«

London nickte.

Und jetzt lächelte sie wirklich. »Alles klar, London. Dann mach dich mal schick.«

*

Dahlia legte den Kopf schräg.

»Hörst du da gerade Tegan and Sara?«

»Wieso? Findest du das komisch?«

London musterte Dahlia nur etwa eine Millisekunde, ehe dey hastig zurück ins Zimmer stolperte, um die Musik abzustellen. Dey konnte auf keinen Fall länger hinsehen. *Dieses Kleid!* Seidig und schwarz, mit einem Ausschnitt, der zwischen Dahlias kleinen Brüsten weit nach unten reichte, fast bis zum Bauchnabel. *Gott*, es war atemberaubend anrüchig. Kein Wunder, dass sie gezögert hatte, es zu erwähnen.

Außerdem sorgte es dafür, dass London gerade erste Zweifel kamen. Vielleicht war das doch keine so gute Idee gewesen.

»Nein, nicht komisch, nur …« Dahlia hielt kurz inne. »Ich hätte gedacht, du stehst eher auf so fancy Indiebands, von denen ich noch nie gehört habe. Oder so.«

London stand wirklich auf fancy Indiebands, von denen Dahlia wahrscheinlich noch nie gehört hatte. Aber wenn dey nervös war, griff dey immer auf die 2000er-Hits zurück, die Julie und dey früher rauf und runter gespielt hatten, bevor sie überhaupt die Texte richtig verstanden: Tegan and Sara, The Shins, Modest Mouse, Death Cab … In der Grundschulzeit hatten dey und deren Zwillingsschwester sich ständig gestritten. Aber in der Pubertät hatte Musik sie zusammengeschweißt. Vermutlich auf ewig. Diese Playlist brachte London runter, erdete demm.

»Okay, ich bin so weit.« London ging wieder zur Tür. Dahlia stand immer noch davor und bewegte sich auch jetzt nicht, was London zwang, ihr blöd gegenüberzustehen und zu warten. Verzweifelt versuchte dey, die Tegan-and-Sara-Ruhe beizubehalten.

Dahlia streckte die Hand aus und richtete Londons Fliege. »Du siehst richtig süß aus.«

London war zwar bereit, diese Hochzeit zu crashen, hielt sich aber selbst nicht für süß, und ganz sicher hatte dey nicht erwartet, ein Kompliment von Dahlia zu bekommen. Ein gemustertes Hemd und dunkle Jeans, dazu die Fliege, das war das Schickste, das dey zu bieten hatte. Und auch wenn London deren Körper in den letzten paar Jahren mehr und mehr zu akzeptieren gelernt hatte und sich schon wesentlich wohler darin fühlte, fand dey ihn immer noch eigenartig: Teile davon waren zu weich und breit, wie Bauch und Hüfte, andere zu schmal, zum Beispiel die Schultern. Im Vergleich zu Dahlia wirkte dey wie ein Teletubby.

Dahlia hatte sich extra noch mal geschminkt, ihre Augen waren noch dunkler als ohnehin schon, die Lippen noch röter. Sie war ohne jeden Zweifel wunderschön.

Einen kurzen Moment lang hatte London beim Umziehen auch darüber nachgedacht, sich zu schminken. Diesen

Impuls, mit Make-up experimentieren zu wollen, verspürte dey so etwa ein-, zweimal pro Jahr. Heute war dey sogar so weit gegangen, Mascara aus einem irgendwo im Schrank vergrabenen Täschchen zu holen. Doch dann war demm eingefallen, dass die einzige Person, die es hinkriegte, London damit halbwegs gut aussehen zu lassen, Julie war. Und die paar Male, die dey zugelassen hatte, dass Julie sich austobte, war dey betrunken gewesen. London wusste nicht mal, warum dey das Zeug eigentlich mit nach L. A. genommen hatte.

Na ja, selbst *wenn* London jetzt also süß aussah, wollte dey überhaupt, dass Dahlia demm ausgerechnet *süß* fand? *Süß*. Hundewelpen waren süß. Und Babys.

London räusperte sich und trat einen Schritt vor, sodass Dahlia nichts anderes übrig blieb, als den Weg frei zu machen, denn sonst hätte dey die Tür nicht schließen können.

Es war ganz eindeutig Zeit für einen Drink.

»Ich hätte gern einen Rosé.« Dahlia schenkte dem Barkeeper ein blitzendes Lächeln. Nur fünf Minuten später, und sie hatten sich erfolgreich in den Ballsaal gesneakt – oder vielmehr hatte dey dabei zugesehen, wie *Dahlia* sie erfolgreich reingesneakt hatte. Sie war jetzt Feuer und Flamme und deutlich besser im Hochzeitscrashen als London selbst. Dey war mit den Händen in der Hosentasche unbeholfen hinter ihr hergetappt und hatte versucht, nicht zu sehr auf Dahlias exponierte Körperteile zu starren.

»Und … für Sie?« Der Barkeeper hatte sich London zugewandt, und dey erkannte sie sofort: diese wahrnehmbare Pause, die Art, wie der Barkeeper demm einen Tick zu lang musterte, um herauszufinden, ob dey ein Mann oder eine Frau war. London hasste diese Pause, war dem Barkeeper aber trotzdem dankbar, dass er weder *Sir* noch *Ma'am* hinterherschob, wie er das bei allen anderen zuvor getan hatte.

»Was haben Sie denn an Whiskey?«

»Trinkst du nur Whiskey?«, fragte Dahlia, und in Londons Ohren klang es fast ein bisschen vorwurfsvoll.

»Zufälligerweise genieße ich das Trinken einer ganzen Reihe von alkoholischen Getränken, danke der Nachfrage. Nur ist Whiskey einfach … besser als die anderen.«

Dahlia lachte, während London dankend deren elegantes Glas Balcones entgegennahm.

»Definitiv besser als Rosé«, fügte dey hinzu, als sie sich von der Bar entfernten. Dahlia verdrehte die Augen und stieß mit ihrem Glas gegen Londons, ehe sie es an die Lippen hob, einen großen Schluck trank und ein übertriebenes »Mmmmmh« ausstieß, um ihren Standpunkt deutlich zu machen.

Natürlich hatte Dahlia diese wahnsinnig laszive Wirkung nicht beabsichtigt, aber London musste die Augen abwenden und nahm erst mal selbst einen tiefen Schluck.

»Jetzt, da wir das geklärt haben … ab auf die Tanzfläche!«

London hob den Blick und bemerkte, dass Dahlia schon dabei war, Hüften und Füße gleichmäßig im Takt der Musik zu bewegen – Usher, vermutete dey anhand der sonoren Stimme, die aus den Boxen dröhnte. Sie trank ihren Rosé entschieden zu schnell, auch wenn es bei Rosé vermutlich nicht darauf ankam, ob man ihn auf angemessene Weise genoss. London blieb nicht viel Zeit, um den anmutigen

Schwung ihres Halses beim Schlucken zu bewundern, ehe sie das leere Glas auf einem unbesetzten Tisch abstellte und nach Londons Hand griff.

»Oh, äh …« London räusperte sich erneut. »Also, ich tanze eigentlich nicht.«

»London Parker.« Dahlia stemmte die Hände in die Hüften und funkelte demm an. »Du lädst mich doch nicht ernsthaft zu einer Hochzeit ein und erzählst mir dann, dass du nicht tanzt?!«

»Na ja, ich …« London geriet ins Stocken. »Ich habe hauptsächlich an die Freigetränke gedacht.« *Und wollte dich aufmuntern.* »Apropos – ich hol mir mal noch was.« Klirrend stellte dey das Whiskeyglas neben Dahlias Weinglas. Dey musste schließlich mithalten.

Als London mit dem zweiten Whiskey zurückkehrte, hatte Dahlia sich längst unter die Tanzenden gemischt, warf die Hände in die Luft und bezauberte alle um sie herum mit ihrem strahlenden Lächeln.

Wie erwartet: Sie passte hierher.

Diesmal trank London langsamer. Dabei folgte dey Dahlia mit Blicken. Jeder Hüftschwung, jedes Schulterwackeln brannte sich demm ein, lebhaft und gefährlich. Ihre Bewegungen waren so … fließend.

Die nächsten Entscheidungen des DJs waren gar nicht so übel, die Beats dröhnten immer mehr in Londons Ohren, je stärker der Whiskey wirkte. Und irgendwann konnte London sich nicht mehr zurückhalten.

Scheiß drauf.

Dahlia strahlte London an, als dey auf sie zuging, und ihr Lächeln entzündete etwas in Londons Brust. Vielleicht war aber auch nur der Whiskey für den leuchtenden Feuerball hinter Londons Rippen verantwortlich.

Der jedoch keine zwei Minuten später erlosch, als Dahlia demm auslachte.

»London«, japste sie zwischen zwei Kicheranfällen, »oh mein Gott.«

»Schon gut«, brummte London und runzelte die Stirn. »Ich habe dir doch gesagt, dass ich nicht tanzen kann.«

»Hm, warte mal, wipp ein bisschen weniger mit den Füßen. Das muss lockerer aus der Hüfte kommen. Und was auch immer du da mit deinen Armen machst … Ähm, hör am besten auf damit.« Ihre Hände umschlossen Londons, die zu Fäusten geballt waren. Fäuste, die London irgendwie ziellos vor der Brust geschüttelt hatte.

»Was soll ich denn dann damit machen?«, fragte dey hilflos. Dahlia musste unbedingt ihre Hände da wegnehmen. Gleichzeitig fürchtete dey, dass sie genau das tun würde. Zwei Sekunden später war es so weit.

»Keine Ahnung … Hm, entkrampf fürs Erste mal deine Finger. Und beweg die Arme … entspannter, seitlich vom Körper. Oder wirf sie in die Luft.« Dahlia demonstrierte, was sie meinte, indem sie im Kreis tanzte und im Takt die Hände zur Decke streckte.

Sobald sie einmal rum war, versuchte dey, den Move nachzumachen, und drehte sich mit erhobenen Armen im Kreis. Als dey sich wieder Dahlia zuwandte, musste sie lachen. Sie schwankte, stützte sich ab, und plötzlich lagen ihre Hände an Londons Seiten. »Genau! Schon besser. Definitiv ein Fortschritt.«

Durch die vorherige Anstrengung hob und senkte sich ihre

Brust wahrnehmbar. Eine Schweißperle rann ihren Hals hinab. London betrachtete sie und hielt die Arme wie eingefroren über dem Kopf. Dey würde sie unmöglich runternehmen können, ohne sie dabei um Dahlia zu legen. Das schien Dahlia in diesem Moment ebenso klar zu werden. Sie zog die Hände weg und trat einen Schritt zurück.

»Tut mir leid«, sagte sie mit einem kurzen Lächeln, und London wünschte, dem wäre nicht so.

Nach weiteren fünfzehn – berührungsfreien – Minuten auf der Tanzfläche wurde eine Ballade als vorletzter Song des Abends angekündigt. Noch ehe London angesichts der grausamen synthielastigen Liebesschnulze richtig in Panik ausbrechen konnte, deutete Dahlia mit dem Kopf in die hintere Ecke des Saals.

»Die Barkeeper haben ihren Posten verlassen. Na los!«

Außer Atem stand London Schmiere, während Dahlia hinter die Theke langte.

»Weiß oder Rot?« Sie hielt zwei Flaschen hoch.

»Dahlia. Dir muss doch klar sein, dass Weißwein – rein objektiv betrachtet – nie die bessere Wahl ist, oder?«

Dahlia verdrehte die Augen und drückte demm die Flasche Pinot noir gegen die Brust. »Puh, du bist also jemand von *der* Sorte … War ja klar.« Die Flasche Weißwein in der Rechten schnappte sie sich mit der Linken Londons freie Hand und bugsierte demm durch eine Seitentür in den Innenhof des Hotels.

London fühlte sich ganz leicht, geradezu schwerelos, und hätte sich liebend gern bis ans Ende derer Tage von Dahlia durch dunkle Ballsäle und menschenleere Innenhöfe führen lassen.

Sie setzten sich Schulter an Schulter auf eine Bank an der Hauswand und blickten auf einen beleuchteten Springbrunnen. Die Nachtluft hatte sich merklich abgekühlt und trocknete den Schweiß auf ihrer Haut.

»Moment mal. Wie kriegen wir die eigentlich auf?« London hielt deren Weinflasche hoch.

»Bin schon dabei.« Dahlia kramte in ihrem Handtäschchen, bis sie schließlich ein kleines Schweizer Taschenmesser herauszog und flink einen Korkenzieher zum Vorschein brachte.

»Wow.« London war wirklich beeindruckt.

»Ich gehe nie *ohne* aus dem Haus.« Dahlia entkorkte ihren Weißwein. »Deiner ist übrigens zum Aufschrauben.«

London musterte den Pinot und lachte. »Stimmt.«

Ein paar Minuten saßen sie einfach nebeneinander, nahmen nicht besonders elegante Schlucke aus ihren jeweiligen Flaschen und lauschten der Nacht um sie herum, all den betrunkenen Stimmen hinter der Wand, die den Text von »Don't Stop Believing« mitgrölten.

Als die Hochzeitsgäste sich langsam zerstreuten, senkte sich Stille über den Hof.

»Also … Bist du wirklich geschieden?«, fragte London schließlich.

Weil das natürlich der ideale Move war, um das Schweigen zu brechen.

Dahlia rührte sich nicht. Sie verzog weder das Gesicht, noch versteifte sie sich oder machte Anstalten aufzustehen und wegzulaufen. Aber mit jeder Sekunde, die sie stumm blieb, wollte London sich härter in den Hintern treten. Dey war zu benebelt von Whiskey und mittelmäßigem

Wein, und sie hatten gerade auf einer Hochzeit getanzt und …

Dahlia seufzte. »Seit letztem Jahr offiziell.«

»Tut mir leid, wir müssen nicht darüber reden. Es ist bloß … Du wirkst noch so jung, und …« London ritt sich immer tiefer hinein. »Und ich kann mir einfach nicht vorstellen, dass sich jemand von dir scheiden lassen will.«

Okay, diesen letzten Satz hätte London vielleicht lieber nicht hinzufügen sollen. Hastig trank dey einen Schluck Wein.

»Nein, schon gut. Weißt du, was?« Auch Dahlia nahm noch einen Schluck aus ihrer Flasche. »Ich will sogar darüber reden.« Nur tat sie das dann nicht. Sie starrte bloß weiter Richtung Brunnen, zog wieder diese Verschwinde-Nummer ab. Aber London hatte Zeit. Dey konnte warten.

»David und ich haben uns in der Schule kennengelernt. In der Elften sind wir zusammengekommen.« Abrupt richtete Dahlia sich auf, straffte die Schultern und sprudelte los. »Ich hatte davor noch keine Beziehung gehabt, nie irgendwas anderes außer alberner Verknalltheit, und David war so gut aussehend, so lieb, so … alles. Ich habe echt gedacht, wir wären Seelenverwandte. Wahrscheinlich weil man das im Highschool-Alter immer denkt. Aber manchmal stimmt es ja auch, oder?«

Kurz huschte ein wehmütiger Ausdruck über ihr Gesicht. London wollte ihr am liebsten mit dem Finger über die Wange streichen.

Auf einmal wusste dey mit absoluter Sicherheit, dass dey einen Fehler gemacht hatte.

Es war nicht so, dass London das alles nicht wissen wollte … Okay, na gut, vielleicht wollte dey nicht wirklich bis ins Detail erfahren, wie sehr Dahlia und David sich geliebt hatten. Aber worüber auch immer Dahlia reden wollte, dey war für sie da.

Auch wenn dey aus irgendeinem Grund angenommen hatte, Dahlia würde auf die Frage nach ihrer Scheidung trocken auflachen und so was sagen wie: »Tja, das Leben ist kein Ponyhof, was?« Statt … ihre komplette Lebensgeschichte zu erzählen und furchtbar traurig zu werden. Was rückblickend ziemlich bescheuert von London gewesen war. Immerhin war der ganze Sinn hinter der Hochzeits-Crashing-Aktion gewesen, Dahlia aufzumuntern und sie tanzen und lachen zu sehen. Nicht, sie dazu zu bringen, über ihre gescheiterte Ehe nachzugrübeln. Nach jedem weiteren Satz von ihr verfluchte London sich innerlich.

»David hat mich überredet, auf dieselbe Uni zu gehen. George Washington, in D. C. Die Studiengebühren sind wahnsinnig, und meine Familie konnte sich das eigentlich nicht leisten, aber es ist eine gute Uni, und ich wurde angenommen, also …« Dahlia verstummte.

Ganz toll, London hatte sie nicht nur an ihren Liebeskummer, sondern auch noch an ihre finanziellen Schwierigkeiten erinnert. Dey hatte es richtig drauf.

Londons Eltern hatten deren Ausbildung an der Belmont ohne Probleme bezahlen können.

Dey nippte wieder am Wein.

Das Mondlicht brach sich in den Fontänen des Springbrunnens und ließ Schatten über Dahlias Gesicht tanzen. Erneut regte es London auf, dass Dahlia das Preisgeld von hunderttausend Dollar nicht für einen langen Urlaub auf den Fidschi-Inseln würde benutzen können. Oder in Patagonien. Oder wo auch immer sie hinwollte auf dieser Welt. London stellte sie sich auf einem Segelboot vor, auf offener See, die Haare vom Wind zerzaust, ein regelrechtes Kunstwerk.

»David war immer klar, dass er in Washington arbeiten wollte, für die Regierung. In der Schulzeit musste ich mir bis zum Abwinken *The West Wing – Im Zentrum der Macht* mit ihm anschauen.«

»Das habe ich nie gesehen«, warf London ein. Plötzlich hasste dey diesen Typ, der mit Dahlia Serien hatte bingen dürfen.

»Äh, die ist gar nicht so schlecht, na ja, für eine Politserie. Gut geschrieben. Nur werden Frauen darin wie Scheiße behandelt. Tja. Wo war ich?« Ein weiterer Schluck Wein. »An Weihnachten im zweiten Unijahr hat er mir einen Antrag gemacht. Zu Hause, in Massachusetts, wo wir herkommen. Um ehrlich zu sein, war ich ein bisschen geschockt, dass er nicht bis nach dem Uniabschluss warten wollte. Irgendwie … fühlte sich das komisch an, weißt du? Aber natürlich habe ich Ja gesagt. Und *natürlich* wollte ich David heiraten. Außerdem hätte es allen Weihnachten verdorben, wenn ich Nein gesagt hätte.«

Wieder hielt sie inne.

London wies sie nicht darauf hin, dass der Wunsch, anderen Menschen Weihnachten nicht zu verderben, kein besonders guter Grund war, einen Heiratsantrag anzunehmen.

»Was hast du studiert?«, fragte dey stattdessen, um sie abzulenken.

»Kommunikationswissenschaften.« Dahlia verdrehte wieder die Augen. »Aber nur weil ich einfach nicht so recht wusste, was ich wollte. Das weiß ich immer noch nicht. Was hast du studiert? Also, falls du studiert hast?«

»Hab ich. Audio Engineering Technology an der Belmont in Nashville.«

Dahlia starrte sie an. »Und was genau bedeutet das? Irgendwas mit Ton ...?«

»Ich bin Toningenieur*in, genau. Im Moment produziere ich von zu Hause aus Podcasts, aber das Ziel ist, mal in einem richtigen Tonstudio zu arbeiten.«

»Hm.« Dahlia wandte sich ab, betrachtete wieder den Brunnen und trank noch mehr Wein.

London hatte keine Ahnung, was dieses »Hm« zu bedeuten hatte. Genau wie auf der Farm, als dey über die solidarische Landwirtschaft geredet hatte. War dey gerade irgendwie überheblich rübergekommen? London wusste, dass das manchmal passierte, wenn dey über Audiokram redete. Aber es faszinierte demm einfach so.

London wippte mit den Füßen. »Also, du und David ...«, wagte dey sich weiter vor. Eigentlich wollte dey gar nicht so viel mehr über diesen Typ hören, diese Vergangenheit, die Dahlia so traurig machte. Allein schon weil dey klar war, dass es etwas verändern würde, diese Dahlia zu kennen. Die niedergeschlagene, verletzliche Dahlia. Zumindest für London.

Aber ebenso klar war demm, dass Dahlias Geschichte noch nicht zu Ende war.

»Tja. Also ... er hat mir den Antrag gemacht. Ich habe darauf bestanden, dass wir mit der Trauung bis nach dem

Abschluss warten. Und so kam es dann: Uniabschluss, Hochzeit, richtige Jobs, Haus in der Vorstadt. Bäm.«

»Der amerikanische Traum.«

»Mhm.«

»Aber du hast es gehasst?«, fragte London nach einer Weile. Dieser Vorstadttraum passte so gar nicht zu Dahlia. Zumindest zu der Dahlia, die dey kannte. Der Dahlia, die Fische imitierte und Kühen etwas vorsang.

»*Gehasst* ist übertrieben.« Wieder machte sie eine lange Pause.

Als London Dahlia genauer betrachtete, fiel demm auf, dass ihre Augen feucht glänzten. *Fuck.* Wenn sie jetzt anfing zu weinen, müsste London ... irgendwas unternehmen. Dey würde ihre Hand halten, ihr Tee kochen, sie in einen Quilt wickeln, in den Arm nehmen und nie wieder loslassen. Natürlich hatte London gerade weder Tee noch einen Quilt zur Hand, aber zur Not würde dey das schon auftreiben.

»Ich habe David geliebt. Wirklich. Er ist ein richtig guter Mensch. Wir hatten so viel Glück, haben beide direkt einen Job gefunden. Ich habe bei einer kleinen Lokalzeitung in Baltimore angefangen ... und da habe ich sogar nach der Scheidung weitergearbeitet. Ich habe erst kurz vor Beginn der Show gekündigt. Auch die Arbeit da habe ich nicht *gehasst*. Aber ... ich war nicht mit dem Herzen dabei.« Sie senkte den Blick auf ihre Hände, bevor sie London direkt ansah. »Und ich möchte etwas tun, an dem mein Herz hängt. Verstehst du?«

»Ja.« Londons Stimme klang etwas heiser, wahrscheinlich weil sich demm die Kehle zugeschnürt hatte. Sie war fast schmerzhaft eng.

»Na ja. Jedenfalls ging es uns nicht schlecht. Wir hatten unsere Freund*innenschaften, ich konnte einen kleinen Teil meiner Studienschulden abbezahlen, ich mochte es, das Haus einzurichten. Hank hat mit seiner Transition angefangen, und David hat ihn total unterstützt, was ihn nur noch liebenswerter gemacht hat.«

Okay, vielleicht war David kein völliges Arschloch.

Aber London traute dem Typ trotzdem noch nicht so ganz.

»Und dann, vor ein paar Jahren … ging es plötzlich um *das* Thema, weißt du?«

London schüttelte langsam den Kopf. »Meine letzte ernsthafte Beziehung hatte ich im Studium. Ich habe keine Ahnung, was du mit ›*dem* Thema‹ meinst.«

Dahlia seufzte. »Die Zukunft. Familie. Kinder.«

»Ah.« London ahnte, was jetzt kommen würde.

»Irgendwie schien immer klar zu sein, dass wir Kinder haben würden. Weil wir halt in der Schulzeit schon darüber geredet haben und ich damals *natürlich* dachte, dass ich welche will!« Dahlias Stimme hallte über den Hof. »Einfach weil ich mit achtzehn das Gefühl hatte, sie wollen zu müssen. Besonders als Frau, weißt du? Aber …« Dahlia seufzte wieder. »Während David und ich uns in unserer Vorstadt-Ehe eingerichtet haben, sind Freund*innen von mir rumgereist, haben sich die Nächte in New York um die Ohren geschlagen, in Japan Englisch unterrichtet, waren betrunken, abenteuerlustig … und ich habe zugesehen, und …« Dahlia ließ den Satz unvollendet.

»Dir ist klar geworden, dass du keine Kinder möchtest?«

»Mir ist klar geworden, dass ich traurig bin.«

Erschrocken bemerkte London die Träne, die Dahlia über die Wange lief. Ohne nachzudenken, streckte dey die Hand aus und wischte sie mit dem Daumen weg. Dahlia reagierte nicht, und London ließ die Hand wieder auf die Bank sinken. Dey kam sich nutzlos vor.

»Und nein, ich wollte keine Kinder. Vielleicht später, wer weiß, aber David wollte sie genau dann, *sofort*, noch vor unseren Dreißigern. Er kommt aus einer großen Familie und hat sich das für sich selbst auch gewünscht. Er war schon immer ziemlich zielstrebig, hatte einen Plan, und … auf einmal haben wir ständig gestritten. Es war schrecklich. Ich hatte so ein schlechtes Gewissen.«

»Das tut mir leid.«

»Muss es nicht. *Ich* war das Arschloch, verstehst du?« Dahlia wandte sich demm zu. In ihren Augen lag ein Funkeln, ihre Stimme wurde lauter, *wütender*. »*Ich* habe meine Meinung geändert. *Natürlich* war David verwirrt. *Natürlich* war er sauer. Er wollte vor dreißig Kinder haben, und stattdessen waren wir vor dreißig geschieden. Ich habe sein Leben zerstört.«

»Dahlia.« London schüttelte den Kopf. Hob erneut die Hand, um ihr über die Wange zu streichen, hielt sich aber im letzten Moment zurück. »Es ist okay, die eigene Meinung zu ändern. So was passiert ständig, wenn wir erwachsen werden. Wir verändern uns. Das ist okay.«

Dahlia kniff die Augen zusammen. »Menschen ändern ihre Meinung, wenn es um ihr Lieblingsgemüse geht. Nicht bei grundlegenden Zielen in ihrer Beziehung. Und am allerbeschissensten daran ist, dass ich immer noch nicht weiß, was ich will! Wir haben uns scheiden lassen, aber ich habe einfach so weitergemacht – in dem gleichen Job weitergearbeitet, an dem mein Herz nicht hing, habe weiter in der gleichen Kleinstadt in Maryland gewohnt, die sich nicht mehr wie ein Zuhause angefühlt hat. Ich habe kein einziges von den Abenteuern erlebt, nach denen ich mich gesehnt habe, während ich so unglücklich mit David war. Ich habe einem guten Menschen das Herz gebrochen, und jetzt bin ich *allein* unglücklich und langweilig. Ganz toll, Dahlia.«

Von Anfang an waren London Dahlias Stimmungsschwankungen aufgefallen, die Art, wie ihre Augen jeglichen Glanz verloren und sie mit den Gedanken plötzlich ganz woanders war. Dey hatte gleich geahnt, dass das kein guter Ort war. Trotzdem war es hart, diese Frustration, diesen geballten Selbsthass mitzuerleben. Zu erfahren, dass sich hinter dem blendenden Lächeln und den gelben Tanktops eine tiefe Traurigkeit verbarg. Das kam demm so falsch vor.

»Aber du hast es zu *Chef's Special* geschafft«, wandte London nach einer Weile ein. »Du hast deinen Job gekündigt und bist in ein Flugzeug nach L. A. gestiegen, um an einer Fernsehshow teilzunehmen. Wenn das nicht abenteuerlich ist, dann weiß ich auch nicht.«

Dahlia schenkte demm ein trauriges Lächeln.

»Und du hast gerade eine Hochzeit gecrasht«, fügte dey hinzu.

»Das war deine Idee«, schoss sie zurück.

»Aber du hast es trotzdem gemacht. Ich …« London seufzte und war sauer auf die ganze Welt. »Ich finde, du bist bis oben hin voll mit Abenteuern, Dahlia Woodson.«

Dahlias Lächeln wurde ein bisschen breiter. Sie senkte den Blick auf die Weinflasche in ihrem Schoß und zupfte am

Etikett. Zum vielleicht ersten Mal an diesem Abend hatte London das Gefühl, das Richtige gesagt zu haben.

Weshalb dey jetzt lieber schwieg, um den Moment nicht zu ruinieren.

Der Springbrunnen plätscherte fröhlich vor sich hin, der Verkehr hinter den Außenmauern war zu einem ruhigen, angenehmen Surren abgeklungen. Am Horizont zeichnete sich dicht über der Stadt ein grau-orangefarbener Lichtstreifen am mitternachtsblauen Himmel ab.

London meinte zu spüren, dass Dahlia näher an demm heranrutschte, nur ein paar Zentimeter.

Nach einer ganzen Weile sagte Dahlia: »Okay. Genug davon. Lass uns über Essen reden.«

Sie stellte ihre Flasche auf den Boden und drehte sich komplett zu London um.

Dey musterte die Flasche. Fast leer. In deren eigenen war noch mindestens die Hälfte drin. *Shit.* Das war nicht gut.

»Essen?« London hob die Augenbrauen, versuchte, sich auf den abrupten Themenwechsel einzustellen und Dahlia mit ihrer geheimen Traurigkeit nicht an sich zu ziehen. »Aber wir sprechen doch schon den ganzen Tag darüber. Reicht dir das nicht?«

»Nein, das reicht *nicht*. Wir suchen uns ja nicht aus, über welches Essen wir sprechen wollen! Wir müssen tun, was die Jury uns aufträgt. Kann ich dir ein Geheimnis anvertrauen? Ich mag Fisch nicht mal besonders.«

London musste lachen. »Okay. Worüber willst du denn reden?«

»Was machst du dir am liebsten, wenn du traurig bist? Wenn du so richtig was für die Seele brauchst?«

»Barbecue«, antwortete London wie aus der Pistole geschossen. »Das liebe ich.«

»Was? Halt, das ist keine gute Antwort.« Dahlia schüttelte den Kopf.

»Wie bitte?« London wirbelte herum, sodass dey Dahlia gegenübersaß. Dabei stießen ihre Knie aneinander. »Was soll das heißen, Barbecue ist keine gute Antwort? Das ist ja wohl *das* Trostessen für die gesamten USA!«

»Aber es dauert *ewig*!«, rief Dahlia theatralisch. »Das ganze Marinieren und Grillanzünden und Rösten und Braten und Räuchern … Und man braucht Beilagen, und …«

»Die Beilagen sind doch das Beste daran! Halt, warte, stimmt nicht, das Fleisch ist das Beste, aber es ist einfach *alles* lecker. Deshalb ist es ja so gut!«

»Ich *weiß*, dass es gut ist, London. Mein Gott, ich bin ja kein Unmensch. Es ist nur wahnsinnig viel Arbeit.«

Aber London kannte jetzt kein Halten mehr. Wow, war das ein gutes Gefühl, endlich ein Gesprächsthema zu haben, mit dem dey sich auskannte, etwas, wo dey mitreden konnte. »Weißt du, was ich daran noch liebe? Dass es überall verschieden ist. Ist es nicht großartig, dass Barbecue in South Carolina so anders ist als in Memphis, Texas oder St. Louis? So vieles, was wir essen, ist im ganzen Land gleich, egal ob in Kalifornien oder Virginia, aber Barbecue ist die eine Sache, bei der sich die Leute, denen es etwas bedeutet, denken: Nope, wir machen hier unser eigenes Ding.«

»Oh Gott, das ist so nerdig.« Dahlia verdrehte wieder die Augen. »Bei Pizza machen übrigens auch alle ihr eigenes Ding.«

Verärgert wedelte London mit den Händen. »Pah, von

wegen. Es gibt Chicago-Style und New-York-Style, und alle anderen versuchen, entweder das eine oder das andere nachzuahmen. Das war's. Und es ist nur *ein* Gericht. Kein vollumfassendes Erlebnis. Das ist was anderes.«

Dahlia schüttelte schon wieder den Kopf, nicht überzeugt, aber sie lächelte. Das gefiel London. Warum hatte dey überhaupt das Thema Scheidung angeschnitten? Sie hätten schon den ganzen Abend übers Essen sprechen sollen. Dey war wirklich ein Arschloch.

Dahlia setzte erneut an. »Okay, gehen wir mal einen Schritt zurück. Barbecue ist köstlich, das gebe ich ja zu. Aber ich wollte auf *eine Sache* hinaus, was Kleines, das du in einer halben Stunde zubereitet hast, wenn du so traurig bist, dass du es kaum vom Sofa hochschaffst.«

Das erwischte London erneut eiskalt. Der Gedanke, dass Dahlia offenbar manchmal so traurig war, dass sie es kaum schaffte aufzustehen.

London war oft gefrustet, verwirrt oder wütend wegen einer Menge Dinge. Aber dey konnte sich nicht daran erinnern, jemals so niedergeschlagen gewesen zu sein.

Trotzdem lächelte Dahlia noch immer, auch wenn es um ihre Traurigkeit ging, also spielte London mit.

»Rosenkohl«, sagte dey.

Dahlia konnte es nicht fassen.

»Das ist doch nicht dein Ernst!« Sie gab London einen Schubs gegen die Brust. Was ein bisschen wehtat. »Du isst doch nicht wirklich *Rosenkohl*, wenn du schlecht drauf bist?«

»Doch«, erwiderte London entrüstet und rieb sich die schmerzende Stelle. »In Butter und Knoblauch angebraten, bis die äußeren Blätter goldbraun werden und ganz knusprig und …«

»Rice Krispies Treats!«, brüllte Dahlia, so laut, dass sie sich danach einen Moment lang erschrocken anstarrten. Und dann brachen beide in Gelächter aus. »Rice Krispies Treats«, wiederholte Dahlia und gluckste. »Diese Marshmallow-Puffreis-Riegel. Die mache ich mir, wenn ich traurig bin. *Das* ist eine akzeptable Antwort.«

London grinste. »Ich bleibe bei Rosenkohl. Der ist verdammt lecker.«

»Du bist unmöglich.« Dahlia grinste zurück. Londons Herzschlag beschleunigte sich, und dey musste sich abwenden. »Oder Muddy Buddies. Muddy Buddies sind in Notsituationen auch sehr praktisch.«

»Bitte hau mich nicht wieder, aber: Was zur Hölle sind Muddy Buddies?«

»Ach, das kennst du bestimmt. Vielleicht nennst du sie nur anders? Wenn man geschmolzene Schokolade, Erdnussbutter, Cornflakes und Puderzucker in einer Tüte zusammenmischt? Ich mache sie nicht so oft, weil ich einfach nicht aufhören kann, wenn ich einmal anfange. Dann esse ich alle auf, und mir wird schlecht.«

London kniff die Augen zusammen. »Könnte sein, dass meine Nanny die ein-, zweimal gemacht hat, als ich klein war.«

Dahlia wirkte überrascht. »Du hattest eine Nanny?«

Mist.

»Äh, ja.« London rieb sich den Nacken. »Sie ist diejenige, die mir Kochen beigebracht hat.« In Wahrheit war sie neben Julie auch lange Zeit deren beste Freundin gewesen. Ihr Tod in Londons zweitem Unijahr war der größte Verlust, den dey je erlitten hatte.

Dahlia nickte. »Okay, cool.«

Leicht panisch bemerkte London eine Veränderung in Dahlias Gesicht. Scheißgeld. »Wie hast du kochen gelernt?«, fragte dey in dem verzweifelten Versuch, das Gespräch wieder auf Dahlia zu bringen.

Die zuckte mit den Schultern. »Ich habe vor ein paar Jahren damit angefangen, als meine Ehe langsam in die Brüche ging. Es war eine gute Ablenkung, weißt du? Hat mich beruhigt. Ich konnte mich auf etwas konzentrieren, das ich verstanden habe. Ich habe eine Menge YouTube-Tutorials geguckt.«

London brauchte kurz, um das zu verdauen. »Warte mal. Du hast also erst so richtig vor ein paar Jahren angefangen? Und dir einfach alles selbst beigebracht?«

Dahlia runzelte die Stirn. »Ja. Ist das was Schlechtes?«

»Äh, nein? Dahlia, das ist total krass. Du bist so gut. Die meisten anderen Kandidat*innen kochen schon von Kindesbeinen an. Manche haben einen professionellen Background. Himmel, du bist ein Naturtalent!«

Dahlia wandte ihr Gesicht dem Springbrunnen zu. »Hm, da bin ich mir nicht so sicher. Bisher hatten wir erst ein paar Challenges. Und … weißt du noch, letzte Woche? Ich wurde für *Hummus* eingeteilt. Jede*r kann Hummus zubereiten.«

»Jetzt hör aber auf. Das war nur, weil Jeffrey ein Mistkerl ist. Und ich sollte hinzufügen, dass dein Hummus wirklich außergewöhnlich gut war. Du warst schon unter den Top Drei und hast *gewonnen*, und …«

»Uäh, London, lass uns nicht über die Sendung sprechen, okay?«

»Okay.« London biss sich auf die Lippen, betrachtete Dahlia, die ihrerseits den Blick durch den Innenhof schweifen ließ. Das Licht des Brunnens zauberte noch immer bläuliche Schatten auf ihr Gesicht, was ihr eine seltsame ätherische Schönheit verlieh. Ihre Haare waren hochgesteckt, ihr Hals lang und elegant, und London sehnte sich danach, ihn zu berühren. Zu schmecken. Mit den Fingerspitzen über die Haut an ihrem Arm zu fahren, nur Zentimeter entfernt, und …

»Wir sollten hochgehen. Es wird kalt.«

Dahlia stand auf. Und setzte sich direkt wieder. Mit großen Augen sah sie London an. »Oh. Ich bin sehr betrunken.«

London lächelte. »Ja, ich weiß.«

Dahlia presste sich die Handballen auf die Lider. »Vielleicht brauche ich deine Hilfe.«

London erhob sich und streckte ihr die Hände hin. Sobald Dahlia es in eine aufrechte Position geschafft hatte, ließ sie London kurz los, nur um sich dann an deren Arm festzuklammern. Mit allen zehn Fingern um Londons Bizeps. Mit einem Mal fühlte dey sich auch ganz beschwipst, hätte aber nicht genau sagen können, ob vom mittelmäßigen Wein oder von der Hitze, die Dahlia ausstrahlte. Dahlia, die demm so nah war. *So wahnsinnig nah.*

»Du meine Güte.« Dahlia stöhnte auf und lehnte sich mit der Stirn an Londons Schulter. Ach du Scheiße, rochen ihre Haare gut. »Bis zum Aufstehen hab ich gar nicht gemerkt, wie voll ich bin. Es ging mir total super. *Gott*, Körper sind so komisch.«

»Das predige ich schon seit Jahren«, stimmte London voller Bedauern zu.

»Und unsere Zimmer sind *soo* weit weg. Kommst du eigentlich auf den Brunnen klar? Oh Gott.«

London tätschelte ihr leicht die Hand, während sie zusammen auf die Tür zuwankten.

»Erinnerst du dich, wie Tanner Tavish mich letzte Woche angepflaumt hat?«, fragte Dahlia unterwegs. »Er war so *gemein*. Glaubst du, der ist in echt auch so? Oder nur für die Kameras?« Gerade fühlte es sich an, als wäre die Bar-Mizwa Lichtjahre her, und London spürte einen Anflug von hysterischem Gelächter unter der Haut prickeln.

»Der ist auch in echt so.« London nickte entschieden und bugsierte Dahlia durch den leeren Ballsaal. »Ziemlich sicher.«

»Nein.« Dahlia schüttelte den Kopf, bereute die Bewegung aber offenbar, denn sie stöhnte wieder auf. »Ich wette, er hat einen Haufen Katzen zu Hause. Und die haben so Namen wie … Krümel oder so. Und bestimmt schreibt er Fanfiction! Die Frage ist nur … Welches Fandom? *Supernatural?* Hm. *Downton Abbey?* Ha, genau, das muss es sein.« Dahlia gab London einen Klaps auf den Arm. »Er schreibt superschmutzige *Downton Abbey*-Fanfiction. Bei Kerzenschein. Und trägt dabei Plüschhasenpantoffeln und einen seidenen Morgenmantel. Und, London, weißt du, was?« London wünschte, sie würde aufhören zu reden, damit dey sie küssen könnte. »Er liebt seine Großmutter über alles! *Oh, wow*, Tanner Tavish ist einfach Zucker!«

»Okay.« London tätschelte ihr wieder die Hand. Sie war warm und weich und brachte deren Gedanken auf Abwege.

»Oh nein, London, die *Kühe*!« Sie waren inzwischen auf dem Gang, und Dahlia blieb einfach mittendrin stehen und krümmte sich vor Lachen. »Ich fasse es nicht, dass wir uns zusammen die Kante gegeben haben und ich dich nicht mal dazu gebracht habe, mir von deinem Kuhproblem zu erzählen!«

»Dahlia.« London versuchte, sie wieder aufzurichten und zum Weitergehen zu bewegen. Dey nahm langsam wieder mehr von der Außenwelt wahr und fürchtete, dass Dahlia bald eine Toilette aufsuchen müsste.

Als sie die Lobby erreichten, schnappte Dahlia nach Luft. »Barbara!«

Sie riss sich von London los und schlingerte rüber zu dem kleinen Sofa, auf dem wirklich Barbara saß und einen Schal strickte.

»London«, rief Dahlia über ihre Schulter. »Guck mal! Da ist *Barbara*!«

»Jap. Das sehe ich.« Mit den Händen in den Taschen schlurfte dey durch die Lobby auf die beiden zu.

»Barbara! Was machst du hier? Es ist mitten in der Nacht!«

Mit ihren blauen Augen schaute Barbara ruhig zwischen Dahlia und London hin und her. Als Dahlia sich näher zu Barbara beugte, verrutschte ihr Kleid, und London erhaschte einen Blick auf die Rundung einer ihrer Brüste.

Der leuchtende Ball war wieder hinter Londons Rippen und gefährlich nah dran, in andere Regionen zu rutschen.

»Ich könnte euch beide dasselbe fragen«, gab Barbara freundlich zurück.

»Ach, wir haben bloß eine Hochzeit gecrasht«, erwähnte Dahlia beiläufig und ließ sich neben Barbara plumpsen. »Strickst du da einen Schal?«

»Ja, genau. Ich scheine inzwischen so alt zu sein, dass ich an seniler Bettflucht leide.«

»Komm schon, Barbara, *so* alt bist du noch gar nicht.«

Barbara warf einen Blick auf Dahlias Kleid und tätschelte ihr dann den Arm. »Doch, doch, Liebes, das bin ich. Aber wenn ich nicht schlafen kann, fühle ich mich manchmal ein bisschen allein da oben in meinem Zimmer, also komme ich hierher und schaue zu, wie Leute kommen und gehen. Das ist gar nicht so uninteressant.«

»Barbara«, rief Dahlia wieder, »du könntest auf jeden Fall mit uns rumhängen.«

Barbara blickte fragend zu London. Dey wurde rot.

»Danke für das Angebot, das ist wirklich ganz zauberhaft, aber ich fühle mich hier recht wohl«, sagte sie zu Dahlia.

»Ist der Schal für eins deiner Enkelkinder?«, fragte Dahlia und beugte sich noch näher über das Strickzeug in Barbaras Schoß. »Für Aileen vielleicht?«

Barbara schenkte Dahlia ein warmes Lächeln. »Nein, für Bishop.«

London kam aus dem Staunen nicht mehr raus. Aber klar, *wenn* jemand die Namen von Barbaras Enkelkindern kannte, dann Dahlia.

»Wie lieb von dir, dass du das machst.« Dahlia lehnte ihren Kopf an Barbaras Schulter. »Barbara, wäre es nicht toll, wenn du meine Mutter wärst? Ich meine … ich habe schon eine, aber du könntest … meine zweite sein? Eine, die mich zur Abwechslung wirklich mag?«

Bei diesen Worten entgleisten Barbara kurz die Gesichtszüge, und sie sah fragend hoch zu London. Dey machte bloß große Augen und zuckte hilflos mit den Achseln. Das Blut pochte leise, aber stetig hinter deren Schläfen.

»Ich glaube, es ist Zeit, dass du ins Bett kommst, was, Liebes?« Sanft schob Barbara Dahlias Kopf von ihrer Schulter. London war sofort zur Stelle, um Dahlia aufzuhelfen. Sie schwankte auf demm zu, sackte gegen Londons Brust. London war völlig überfordert. Dey wollte Dahlia in den Arm nehmen, wusste aber nicht, wie dey sich vor Barbara verhalten sollte. Außerdem musste dey dringend schlafen.

»Pass gut auf sie auf, ja?« Barbara runzelte besorgt die Stirn und nickte London zu.

London nickte zurück, in der Hoffnung, nüchtern und verantwortungsbewusst zu wirken. »Das werde ich. Gute Nacht.«

Bedächtig legte dey einen Arm um Dahlias Taille. Bediente den Aufzug. Brachte Dahlia zu ihrer Tür.

Mit erhobener Schlüsselkarte hielt Dahlia davor inne. London wartete, einen Schritt hinter ihr, die Hände wieder in den Taschen vergraben. Dey war sich nicht sicher, was hier gerade passierte. Ob Dahlia sich übergeben musste? Demm mit reinbitten würde? Oder hatte sie vergessen, wie man die Tür aufkriegte?

Da wirbelte Dahlia herum und pikte demm in den Bauch.

»Ich will ein großes Leben haben, weißt du?«

Der Blick aus ihren braunen Augen war glasig.

»Es soll so sein wie … wie sich ein Lieblingssong anfühlt, mit sechzehn. Ich will, dass mein Leben genau so ist. *Ich* möchte mich groß fühlen. Ich will verrückte, wilde Sachen machen, Sachen, an die ich mich ewig erinnere, *spannende*

Sachen.« Sie biss sich auf die Lippen. London hätte nicht sagen können, ob dey noch atmete. »Vielleicht bekommt Hank eines Tages Kinder, und ich kann die ausgeflippte Tante sein, die lauter Geschichten auf Lager hat, weißt du? Ich werde auffälligen Schmuck tragen, wie Janet, und lustiges, völlig unangebrachtes Zeug von mir geben. Und es wird ständig heißen: Also wirklich, diese Tante Dahlia.« Sie lächelte. »Das fänd ich richtig gut.«

London schnürte es die Kehle zu, war bis zum Bersten gefüllt mit all den Dingen, die dey sagen wollte, für die dey aber keine Worte fand.

Dahlia drehte sich wieder zur Tür. Steckte die Karte ein. Kaum hörbar murmelte sie: »Ich will nicht klein sein.«

Und ohne sich zu verabschieden, trat sie ein. Hilflos starrte London auf die sich schließende Tür.

Plötzlich wurde sie wieder aufgerissen.

»Hey, weißt du, was ich mag?«, fragte Dahlia lächelnd.

»Rice Krispies Treats?«

»Dich zum Lachen zu bringen. Deine Augen verschwinden dann, und dein Gesicht macht … macht so …« Sie wedelte mit der Hand vor ihrem eigenen Gesicht umher, wodurch die Beschreibung kein bisschen klarer wurde. London hatte keine Ahnung, was sie meinte. Aber zum vielleicht ersten Mal in deren Leben war dey echt dankbar für deren Gesicht. Weil es Dahlia dazu brachte, so auszusehen wie in diesem Moment. Als hätte alles Traurige, was sie davor erzählt hatte, nie stattgefunden.

»Kann ich mal kurz dein Handy haben?«, fragte London.

Dahlia wirkte verwirrt, gab es demm aber. Hastig tippte London deren Nummer ein und schickte sich selbst eine

SMS, damit dey Dahlia morgen schreiben und nachfragen konnte, ob alles in Ordnung wäre.

Dey reichte ihr das Handy und betrachtete sie ein letztes Mal.

»Gute Nacht, Dahlia«, brachte dey hervor.

Dahlia lächelte. Dann schloss sich die Tür mit einem Klicken.

Noch eine ganze Weile stand London im dunklen Gang und wünschte, dey könnte durch Wände sehen und sich vergewissern, dass Dahlia immer noch atmete, dass sie sich nicht im Schlaf übergab, ihre Brust sich weiter hob und senkte und ihr gebrochenes, alles andere als kleine Herz weiter in ihrer Brust schlug.

Kapitel 8

Am Sonntagmorgen erwachte Dahlia mit einem schweren Fall von Alkoholnachwehen.

Mit dröhnendem Schädel lag sie im Bett, während die letzte Nacht ihr nur stückchenweise wieder ins Gedächtnis sickerte.

Sie erinnerte sich daran, auf der Hochzeit mit London getanzt zu haben.

Daran, wie sie über David gesprochen hatten, über ihr spektakuläres Versagen als Ehefrau. *Oh Gott*, warum hatte sie das getan? Und doch erinnerte sie sich auch, dass London gut zuhören konnte. Nette Dinge gesagt hatte.

Vielleicht hatte sie es sich damit von der Seele geredet. Vielleicht würde sie jetzt nicht mehr über die E-Mail nachdenken. Auf die sie immer noch nicht geantwortet hatte.

Vielleicht wäre Dahlia jetzt auch in der Lage, all die Geburtsanzeigen zu ignorieren, all die Fotos von albernen Gender-Reveal-Partys und Heiratsanträgen, die praktisch jeden Tag in ihren sozialen Netzwerken auftauchten. Vielleicht würde es nicht mehr so wehtun, daran erinnert zu werden, wie alle ihre Bekannten so leicht den Weg beschritten, den David sich für sich wünschte und auf dem Dahlia ihn nicht hatte begleiten können. Den Weg, von dem Dahlia tief im Inneren wusste, dass sie ihn nicht gehen konnte.

Und vielleicht wäre sie eines Tages in der Lage, es sich nicht mehr so zu Herzen zu nehmen, wie ihre Mutter sie ansah, seit Dahlia es ihr gesagt hatte.

Sie schüttelte den Kopf. Und stöhnte dann auf.

Wie war sie letzte Nacht in ihr Zimmer gekommen? *Herrje, sie war ein Wrack.*

Ihre Wange drückte gegen etwas Kaltes neben dem Kissen. Es dauerte deutlich länger, als es sollte, bis sie merkte, dass es ihr Handy war. Sie setzte sich auf und rieb sich die Augen. Da war eine Nachricht von vor drei Stunden.

Hey Dahlia, ich bin's, London … Ich habe dich gestern Abend dazu gebracht, mir deine Nummer zu geben, damit ich heute checken kann, ob es dir gut geht. Also, geht es dir gut?

Nope, daran konnte sie sich definitiv nicht erinnern.

Dahlia schrieb eine kurze Antwort, dann stand sie auf und streckte sich. Am liebsten hätte sie sich weiter in die Decke gekuschelt, aber es war bereits halb elf. So lange hatte sie seit Jahren nicht mehr geschlafen. Sie fühlte sich furchtbar und wusste aus Erfahrung, dass sie sich nur noch schlechter fühlen würde, wenn sie den Tag im Bett vertrödelte. Sie musste raus, um wenigstens ein kleines bisschen von L. A. zu erkunden, solange sie noch die Gelegenheit dazu hatte.

Nach einer Dusche und gründlichem Zähneputzen. Dazu eine Ibuprofen.

Eine halbe Stunde später durchquerte Dahlia die Hotellobby und fühlte sich immerhin so erfrischt, wie es in ihrem Zustand überhaupt möglich war. Sie war schon fast aus der Tür, als sie Barbara entdeckte, die auf dem Sofa zu ihrer Rechten einen Blaubeermuffin aß.

»Hey, Barbara.« Dahlia stellte ihre Tasche ab und setzte sich auf den Sessel gegenüber. »Wie geht's dir?«

»Dahlia, Liebes.« Barbara lächelte. »Du siehst besser aus als gedacht. Ich schwöre übrigens, dass ich auf dieser Couch nicht dauerhaft mein Lager aufgeschlagen habe. Du hast nur ein komisches Timing.«

»Ähm … Was?« Dahlia blinzelte Barbara an, während ein unscharfes Bild in ihrem Gedächtnis aufflackerte. »Moment mal. Haben wir gestern Abend miteinander gesprochen?«

»Oh, ja.« Barbara nickte. »Aber wie es aussieht, erinnerst du dich nicht.«

»Oh mein Gott.« Dahlia rieb sich die Stirn. »So betrunken war ich schon lange nicht mehr. Habe ich mich peinlich verhalten? Oder irgendwas Dummes angestellt?«

»Nein, du warst goldig.« Barbara lächelte sie beruhigend an. Das hätte sie wahrscheinlich auch dann getan, wenn Dahlia sich auf ihre Schuhe übergeben hätte. Oh Gott. »Und du sahst heiß aus.« Barbara grinste und biss von ihrem Muffin ab.

»Babs!« Dahlia wurde rot und lachte. »Ähm. Danke?«

»Mir kam es vor, als hättet ihr euch gut amüsiert.«

»Ja.« Dahlia lehnte sich auf dem Sessel zurück. Er war erstaunlich bequem. »Was ist mit dir? Amüsierst du dich denn hier auch? Ich meine, nicht nur auf dieser Couch. Sondern auch in der Show?«

Barbara wirkte nachdenklich. »Ja. Es ist schön, so viele verschiedene Leute kennenzulernen. Wie dich.« Sie lächelte. »Aber auf jeden Fall anstrengender, als ich erwartet habe. Ich wusste, dass die Challenges stressig sein würden, das habe ich nie unterschätzt. Aber ich habe nicht damit gerechnet, dass die Drehtage so lang werden würden. Ich bin total erschöpft.« Sie kicherte. »Meine Kinder werden noch ordentlich was zu hören bekommen, weil sie mich hierzu überredet haben.«

Dahlia lächelte. »Aber ich wette, sie sind sehr stolz auf dich.«

»Das sind sie. Um ehrlich zu sein, habe ich geglaubt, als eine der Ersten rauszufliegen. All meine Rezepte sind irgendwie altmodisch. Aber bisher hatte ich Glück.«

»Wenn du dich mit Essen auskennst, ist es egal, ob du altmodisch bist. Finde ich zumindest.« Dahlia wusste nicht einmal, was Barbara mit altmodisch meinte, außer *lecker und gut*. »Ich habe die Knödel probiert, die du am ersten Tag gekocht hast. Oh mein Gott! Die waren unglaublich.«

»Danke, Schätzchen«, sagte Barbara. »Trotzdem kann ich mit dir und London nicht mithalten. Ihr werdet es noch weit bringen.«

»Wer weiß.« Dahlia schaute nach links aus dem großen Fenster. Es war ein herrlicher Augusttag, und sie sollte los, bevor es zu heiß wurde. Allerdings unterhielt sie sich gerne mit Barbara. Sie war so eine beruhigende Erscheinung. Sie strahlte die Geborgenheit von Hühnerbrühe und Gewichtsdecken aus.

»Ich dachte auch, ich wäre eine der Ersten, die gehen«, gab Dahlia zu, selbst überrascht, dass sie das Folgende wirklich aussprechen wollte. »Aber jetzt, wo ich hier bin und ein paar Challenges überstanden habe …« Dahlia schüttelte den Kopf. »Warum ist es so unangenehm, über Dinge zu reden, die man will? Aber ich will es, so richtig. Ich will bleiben.«

Barbara lächelte sie an. »Das stand dir auch sehr gut, als du letzte Woche mit deinem Schwertfisch gewonnen hast.«

Dahlia wurde wieder rot. »Ja, es hat sich auch gut angefühlt.«

»Du wirst sicher noch mehr Challenges gewinnen.«

»Vielleicht. Danke, Barbara.«

Barbara schwieg einen Augenblick. Sie sah Dahlia direkt an, bevor sie fragte: »Entschuldige, falls ich dir zu nahe trete. Aber hast du mit London darüber gesprochen, was passiert, wenn eine*r von euch beiden gehen muss?«

Dahlia legte den Kopf schief. Barbara trat ihr nicht zu nahe. Aber was sollte diese Frage?

»Ich nehme an, ich gehe zurück nach Maryland und dey nach Nashville? Vielleicht folgen wir uns gegenseitig auf Instagram?«

Barbara schnalzte kaum hörbar mit der Zunge, bevor sie sich wieder ihrem Muffin zuwandte.

Dahlia runzelte die Stirn.

»Barbara. Was willst du damit sagen? Haben London und ich uns vor dir irgendwie unangemessen verhalten oder so?«

»Keine Sorge, Dahlia, ich will nur sagen, dass dey ganz offensichtlich mehr will, als nur auf Instagram mit dir befreundet zu sein. Das sehen alle, die an dieser Show beteiligt sind, genauso. Und sobald die erste Folge diese Woche ausgestrahlt wird, werden es auch die Leute zu Hause erkennen, wollen wir wetten?«

Dahlia blieb der Mund offen stehen.

Ihr fiel nichts ein, was sie darauf hätte erwidern können.

»Barbara.« Dahlia fuchtelte im Schoß mit ihrem Handy herum. Sie hoffte die ganze Zeit, ihr würde etwas Witziges einfallen, um das Gespräch auf ein anderes Thema zu lenken, aber – nichts.

»Du schienst dich in Londons Gegenwart auch mehr als wohlzufühlen, also gestern Abend.«

»Ich war betrunken!«, protestierte Dahlia.

»Mm-hmm.«

»Barbara.«

»Und neulich auf der Farm hast du doch auch ziemlich heftig geflirtet.«

»Ich … Hab ich das?« Jetzt war Dahlia sichtlich verwirrt. »Aber ich habe mich den ganzen Tag nur über London lustig gemacht.«

Barbara warf ihr einen vielsagenden Blick zu. »Ich weiß.«

»Aber … nein. Komm schon, Barbara, du hast Londons Zwischenfälle mit der Kuh doch miterlebt! Das war lustig.«

»Schon. Aber weißt du, Jacob ist in einen riesigen Kuhfladen getreten. Er hat deswegen eine ziemliche Szene gemacht. Ayesha hat aus Versehen ihren Eimer umgestoßen. Zweimal. In der Scheune gab es noch andere Vorkommnisse, aber du hast dich nur auf eine Person konzentriert.«

»Na ja«, haspelte Dahlia. »Ist doch nicht meine Schuld, dass Jacob ein Langweiler ist.«

Barbara hob lediglich eine Augenbraue.

Dahlia ließ sich in den Sessel zurücksinken. Sie kam sich albern vor, verunsichert wie ein kleines Kind.

Seit David hatte sie mit niemandem mehr angebandelt,

und selbst damals in der Highschool war vielmehr *er* es gewesen, der mit *ihr* angebandelt hatte. Falls Dahlia wirklich mit London flirtete, tat sie es unbewusst – aber sollte man sich dessen nicht bewusst sein?

Plötzlich erinnerte sie sich daran, wie selbstverständlich ihre Hände zu Londons Hüften gewandert waren, als sie gestern Abend getanzt hatten.

Oh Gott! Sie hatte keine Ahnung, was sie da tat. Sie kam sich dumm vor. Oder arschig. Vielleicht auch beides.

»Dahlia«, hakte Barbara wohlwollend nach. »Gefällt dir London nicht?«

Dahlia versuchte, noch tiefer in den Kissen zu versinken. Fragte sich, ob sie vielleicht in ihnen verschwinden könnte. *Natürlich* gefiel ihr London. Sehr sogar.

Sie erinnerte sich daran, wie dey mit dieser Fliege ausgesehen hatte, in diesem niedlichen Hemd. Was war das für ein Muster gewesen? Giraffen? Himmel, sie war viel zu betrunken gewesen.

Dahlia musste das Gespräch in eine andere Richtung lenken.

»Okay. Warte mal. Du meintest, in einer Woche wird die erste Folge ausgestrahlt?«

Jetzt lachte Barbara. »Hast du nicht gehört, wie Janet es herumposaunt hat? Ja. Sogar in weniger als einer Woche. Donnerstagabend schon.«

Dahlia atmete aus. In weniger als einer Woche würde alle Welt sehen, wie sie stolperte und ihre Fisch-Tacos über das ganze Set verstreute. Würde alle Welt sehen, wie London in einer landesweit ausgestrahlten Fernsehsendung deren Pronomen verkündete.

Dahlia merkte, dass sie sich für das Erste kaum noch interessierte. Aber bei Letzterem beschlich sie eine schreckliche Vorahnung. Die Leute würden sich online das Maul zerreißen. Vielleicht auch offline. Es war so lächerlich. London wollte einfach nur dey selbst sein, was absolut niemanden verletzte. Im Gegenteil: London war unglaublich, so wie dey war. Dey konnte so viel Gutes bewirken – aber es würde schlimm werden.

Mit einem mulmigen Gefühl im Magen biss Dahlia sich auf die Lippen. Sie brauchte etwas zu essen. Das fettigste Frühstückssandwich, das sie finden konnte.

Dahlia setzte sich auf.

»Danke für, ähm, deine Offenheit.«

Barbara nickte. »Ich rede jederzeit gerne wieder mit dir, Dahlia. Über alles. Ich wohne in Zimmer fünfhundertzehn.«

»Cool.« Dahlia nickte ebenfalls. Eigentlich hätte sie Barbara unheimlich gern umarmt, aber sie wollte auch mit Höchstgeschwindigkeit aus diesem Hotel sprinten, und ja, Frühstück wäre gut. »Ciao.«

Und dann trat Dahlia endlich nach draußen und nahm einen tiefen Zug frische Luft.

Zwei Blocks weiter fand sie einen perfekten Frühstücksburrito. Und unwillkürlich war ihr erster Gedanke: *Ich muss London von diesem Laden erzählen.* Sie erstarrte.

Wann in den letzten zwei Wochen war *Ich muss London davon erzählen* zu ihrer ersten Reaktion geworden? *Oh mein Gott.*

Und dann sagte ihr Gehirn: *Du hast deren Handynummer, du kannst demm sofort davon erzählen.*

Aber sie ließ es bleiben. Dahlia tat so, als hätte sie auch gar nicht erst nach ihrem Telefon gegriffen.

Weil … sie verkatert war. Weil sie sich so eigenartig fühlte. Weil, wie Barbara so scharfsinnig bemerkt hatte, sie alle jeden Moment aus der Show fliegen könnten. Sie waren nur befreundet. London hatte wahrscheinlich schon seit gestern Abend genug von Dahlia Woodson. Es gab keinen Grund, jetzt auch noch Nachrichten ins Spiel zu bringen. Sie verbrachten bereits etwa drei Viertel ihrer Tage zusammen. Durch Nachrichten könnten sie sich auch während des letzten Viertels kontaktieren.

Durch Nachrichten könnte Dahlia London Parker sagen, was immer sie dachte, wann immer sie wollte.

Und die Sache war, dey würde immer zuhören.

Trotzdem. Londons Nachricht heute Morgen war fürsorglich gewesen. Liebenswürdig. Es gefiel ihr, dass es ein richtiger kleiner Absatz gewesen war, mit korrekter Zeichensetzung und Großbuchstaben. *Typisch London.*

Dahlia entsorgte die Burrito-Verpackung und ging wieder nach draußen, wo sie sich die Sonnenbrille aufsetzte und in den Bus stieg.

Sie landete in North Hollywood, lief den Lankershim Boulevard hinunter und schlenderte durch Geschäfte, ohne etwas zu kaufen. Sie schickte Hank ein Bild von einer Bar namens *Idle Hour*, die wie ein riesiges Holzfass geformt war, weil sie wusste, das würde ihm gefallen. Sekunden später antwortete er ihr: *ALTER!!* Lächelnd wünschte sie sich, er wäre mit ihr hier.

Aber Dahlia war auch ein bisschen stolz darauf, allein unterwegs zu sein. *Sieh mal an*, dachte sie immer wieder, während sie durch diesen völlig neuen Ort streifte, ganz allein. *Ich mach's wirklich.*

Und doch ... Es fühlte sich nicht richtig an. Nicht so, wie sie es sich erhofft hatte, als sie an der Ostküste die Koffer für diesen Trip gepackt hatte. Als sie im Kopf rosige Erwartungen geschürt hatte, wer L.-A.-Dahlia sein könnte.

Gut möglich, dass sie sich gestern Abend wie L.-A.-Dahlia gefühlt hatte. In einem sexy Kleid, beim Tanzen mit Fremden. Und mit einer Person, die sie nur so kannte, wie sie gerade war. Lachend am Brunnen, unter dem schwülwarmen Himmel dieser subtropischen Stadt.

Dahlia trank einen Eistee im Gehen und wünschte sich, sie könnte dieses Gefühl noch einmal hervorrufen, genau jetzt, ganz für sich. Sie war ihr nah, *ganz nah*, dieser neuen, sorglosen Person, die sie sein wollte, wenn sie nur das Steinchen loswerden könnte, das sie daran hinderte, in diese Fußstapfen zu treten.

Sie entdeckte die North Hollywood Library, benannt nach Amelia Earhart. Sie schoss davor ein Selfie und schickte es ihrem Vater. Er war selbst Bibliothekar an der Johnson & Wales University in Providence und hatte sie und Hank als Kinder immer in Büchereien mitgeschleppt, selbst wenn es nur ganz kleine Stadtteilbibliotheken wie diese hier waren. In einem kleinen Notizbuch mit Ledereinband hielt er alle fest, die sie je besucht hatten. Sie liebte ihren Vater so sehr. Sie vermisste ihn.

Dahlia wollte laufen, bis alles, was in ihrem Kopf durcheinanderwirbelte – letzte Nacht, David, das traurige und enttäuschte Gesicht ihrer Mutter, die alte, einsame Maryland-Dahlia, die neue, verwirrende L.-A.-Dahlia –, einen Sinn ergab.

Stattdessen marschierte sie bloß so lange, bis ihr die Füße schmerzten und ihr klar wurde, dass sie zurückmusste.

Während Dahlia auf den Bus wartete, holte sie ihr Handy heraus. Sie biss sich auf die Lippe und starrte die Nachrichten an, dann tippte sie endlich.

Hey, schrieb sie. *Sorry, falls ich gestern komisch war.*

Londons Antwort kam innerhalb weniger Sekunden.

Warst du nicht. Und dann: *Geht's dir gut?*

Jap, danke.

Dahlia starrte ihr Telefon noch eine Minute lang an, ihr Kopf gefährlich leer und zugleich voller Chaos. Sie fragte sich, ob sie noch mehr schreiben sollte. Ob London noch etwas antworten würde. Was wollte sie sagen? Was wollte sie hören?

Ihr Bus kam.

Dahlia steckte ihr Handy zurück in die Tasche und schaute auf dem Rückweg nach Burbank aus dem Fenster. Ihre Kopfschmerzen waren wieder da, und bald schloss sie die Augen, um das grelle Sonnenlicht auszublenden, während der Bus sie rhythmisch in einen Dämmerzustand wiegte. Jedes Mal wenn sie aufschreckte, ermahnte sie sich, sich zusammenzureißen. Sie war fest entschlossen, ihre Haltestelle nicht zu verpassen. An diesem neuen, schillernden, überwältigenden Ort kompetent aufzutreten. Im Land der Palmen, der sauberen Autos und des blauen Himmels.

Und jedes Mal wenn sie in den Halbschlaf zurücksank, erlaubte Dahlia sich, an Londons nervigen und eingebildeten Gesichtsausdruck zu denken, als dey ihren Weingeschmack kritisiert hatte. An London bei der Bar-Mizwa-Challenge, kopfschüttelnd mit der Faust im Mund, weil sie demm zum

Lachen gebracht hatte. An Londons Hände auf ihren Schultern, mit einem heiteren, überraschenden Funkeln in den Augen bei dem Vorschlag, eine Hochzeit zu crashen. An London mit einer leicht schiefen rosa Fliege auf deren Zimmer, wie dey Tegan and Sara hörte. An Londons Körper neben ihrem auf der stickigen Tanzfläche, unbeholfen und doch voller Freude, ganz außer Rand und Band, auch wenn dey es zu verbergen bemühte. An London bei dem Versuch, sie über den Buchstabierwettbewerb in der vierten Klasse hinwegzutrösten.

London, ein*e Toningenieur*in. Dahlia wusste nicht einmal genau, was das bedeutete, aber sie war sich ziemlich sicher, dass man damit einen Oscar gewinnen konnte, womit es eindeutig interessanter war als alles, was sie je gemacht hatte. London aus Nashville.

London, di*er besser kochen konnte als sie.

London, mit den von allen wahrscheinlich größten Chancen zu gewinnen. London, di*er in der Welt Gutes bewirken wollte und einfach so freiwillig auf einem Bauernhof arbeitete, di*er queeren Kids das Leben leichter machen wollte. London, di*er sich am allerersten Abend in der Stadt vor einem ganzen Tisch voller Fremder geoutet hatte.

London Parker war talentiert, mutig und einfach nur irritierend süß, und Dahlia konnte es sich jetzt kristallklar vorstellen, auch wenn sie von einem schleierhaften Bedauern überschwemmt wurde. London, in ein paar Wochen, mit einem dieser riesigen Pappschecks in den Händen. Dey lächelte in die Kameras, während Konfetti auf deren rotblondes Haar hinabregnete. Sai Patel überreichte einen Pokal, der unter den Studiolichtern funkelte, und schüttelte demm stolz die Hand.

Und Dahlia? Sich selbst konnte sie nicht entdecken. War sie dort? Irgendwo am Rand? Oder war sie in Maryland, bettelte um ihren alten Job und überlegte, welche Rechnungen sie in diesem Monat bezahlen konnte?

Oder vielleicht war sie einfach nur eine Leerstelle, eine weiße Leinwand. Atome, die ziellos durch den Raum schwebten, von denen jedes einzelne hoffnungslos die Erinnerung an die Zeit in L. A. auszulöschen versuchte, wohin sie so töricht auf gut Glück gegangen war. Und an eine Person, die sie hatte glauben lassen, sie könnte alles erreichen.

Kapitel 9

London wusste: Dey hatte es verkackt. Dey hätte Dahlia gar nicht erst vorschlagen sollen, diese Hochzeit zu crashen.

Sie war heute richtig seltsam drauf, aber nicht wie sonst, wenn sie niedergeschlagen war. Als London sie morgens vor dem Dreh am Snacktisch getroffen und nachgehorcht hatte, wie ihr Wochenende noch so gewesen wäre, hatte sie geantwortet: »Oh, äh, gut … Schön. Ja, echt gut.« Und ihr Lächeln sah aus, als hätte sie gerade irgendwas Widerliches gegessen, wäre aber zu höflich, um was zu sagen.

Sie hatte im Gegenzug auch nicht wissen wollen, was London am Sonntag unternommen hatte. Vermutlich besser so, denn die Antwort hätte gelautet: *Ich habe die ganze Zeit auf mein Handy gestarrt und mich gefragt, ob ich dir noch mal schreiben soll.*

Den ganzen Drehtag über – während des Face-offs, bei dem London gegen Jacob antreten musste und ihm gehörig den Arsch versohlte, und während einer weiteren Mysterychallenge – warf Dahlia London immer wieder Blicke zu, sah aber schnell weg, sobald London sie bemerkte. Und dann schaute sie erneut rüber. Irgendwann machte London sich Sorgen, dey hätte was im Gesicht kleben. Dahlia wirkte … fahrig.

London hätte die Sache einfach auf sich beruhen lassen sollen. Stattdessen wartete dey auf Dahlia, als sie gegen Ende des Tages von ihrem Einzelinterview zurückkam. Dey war sich nicht sicher, ob ein weiterer Small-Talk-Versuch diesmal klappen würde, also griff dey zu extremen Mitteln und deren bestem schottischen Akzent.

»Aye, Mate.« Dey schloss sich Dahlia an, als sie zur Studiotür strebte. »Famoser Tag, nicht wahr?«

Dahlia hielt an, also tat London es ihr nach. Sie drehte sich zu London um und starrte demm an.

»Äh …« London rieb sich den Nacken. »Warum gehen wir nicht bei diesem herrlichen Wetter ein paar Schritte, Ms. Woo…?«

»London. Was zur Hölle tust du da?«, unterbrach Dahlia demm.

London runzelte die Stirn. »Tanner Tavish nachmachen, natürlich.«

Dahlia starrte demm noch einen Moment lang an, dann fing sie – *Halleluja* – endlich an zu lachen.

London drückte die Studiotür auf.

Dahlia schlüpfte hinter demm nach draußen. »Was auch immer du da versucht hast – das war kein bisschen Tanner Tavish.«

»Ich weiß. Und deshalb denke ich, dass er ein verdammter Hochstapler ist.«

»Wie meinst du das?«

»Der Typ ist kein echter Schotte.«

Dahlia lachte wieder. »Und woher willst du das wissen?«

»An seinem Akzent ist doch was faul. Wetten, der heißt

gar nicht Tanner Tavish? Ich glaube dieses ganze …«, London machte eine wegwerfende Geste, »… Schottland-Ding ist völliger Bullshit.«

»Du bist also Expert*in, was Schottland angeht?«

London zuckte mit den Schultern und vergrub die Hände in den Taschen. »Nee, nur Expert*in für Dudelsackpfeifen. Und 'ne Pfeife ist Tanner Tavish definitiv.«

Dahlia schüttelte den Kopf und schmunzelte. »Dann aber eine ziemlich hotte Pfeife.«

London runzelte die Stirn. »Also, *so* hot ist er auch wieder nicht.«

Dahlia verschränkte die Arme, während sie weiterliefen. Die Tatsache, dass sie Tavish offenbar attraktiv fand, hatte London einen ordentlichen Dämpfer verpasst, aber immerhin redete sie wieder mit demm.

»Glaubst du, sie wussten schon immer, dass sie das Kochen zum Beruf machen wollen?«, fragte Dahlia. »Tanner, Audra und Sai?«

London zuckte wieder die Schultern. »Vielleicht. Sai auf jeden Fall – ich habe vor 'ner Weile mal eine Doku über ihn gesehen.«

»Ergibt Sinn.« Ein vorbeifahrendes Auto hupte.

»Was wolltest du werden, als du klein warst?«, wollte London wissen.

Dahlia schwieg einen Moment, doch schließlich antwortete sie: »Schriftstellerin. In der Grundschule habe ich stapelweise Notizhefte mit Geschichten über Mädchen im Ferienlager gefüllt. Meine Eltern konnten es sich nämlich nicht leisten, mich zu richtigen Ferienfreizeiten zu schicken, mit Übernachten und so. Also das, was über das Sommerprogramm des YMCA hinausgeht. Na ja, und durch diese Geschichten habe ich das alles ausgelebt.«

»Wie hieß dein Ferienlager?«

»Camp Sunnywood.« Dahlia lächelte, die Anspannung in ihren Schultern löste sich. »Immer wenn ich eine Geschichte fertig hatte, habe ich die Seiten aus dem Heft gerissen, aus Pappe einen Einband gebastelt und alles mit lilafarbenem Garn zusammengenäht.« Ihr Lächeln wurde breiter. »Ich habe sie meinem Dad zum Lesen gegeben, und er hat Werbetexte dafür verfasst, so was wie: ›Woodsons bisher bester Sunnywood!‹« Sie lachte, und London ließ sich davon anstecken. Inzwischen hatten sie das Hotel erreicht.

»Oh Mann, ich habe so ziemlich mein gesamtes fünftes Schuljahr an *Camp Sunnywood: Sonderausgabe Nr. 1* gearbeitet. Tiffany und Molly hatten den Streit des Jahrhunderts und haben gegenseitig ihre Kanus umgekippt! Und dann hat Molly O-Saft über Tiffanys ganze Klamotten geschüttet.«

London drückte auf den Knopf für den Fahrstuhl und sah runter zu Dahlia. Ihre Augen leuchteten.

»Was für ein Miststück«, sagte London, als sie einstiegen.

»Nein, hör zu, Molly hat einfach eine schwere Zeit durchgemacht«, widersprach Dahlia vehement. »Ihre Eltern ließen sich gerade scheiden, und Tiffany hat den ganzen Sommer lang ehrlich gesagt ziemlich rumgezickt. Sie hat Molly nie auf ihrem Lieblingspferd reiten lassen.«

London wurde klar, dass dey problemlos den Abend damit verbringen könnte, jedem einzelnen Detail über Camp Sunnywood zu lauschen.

Außerdem fragte dey sich, wann genau Dahlia ihre Pläne, Schriftstellerin zu werden, aufgegeben hatte.

»Okay, genug von mir. Was wolltest *du* denn als Kind mal werden?«

London überlegte. Im Laufe der Zeit vieles, unter anderem hatte dey sogar mal deren Kochleidenschaft zum Beruf machen wollen, aber nur ein Traum hatte sich durchgezogen.

»Musiker*in.«

»Echt?« Dahlia starrte demm mit großen Augen an. »Oh Gott, London, hattest du mal eine Band?«

London schnaubte verlegen.

»Du überschätzt meine Coolness maßlos. Aber ich war in einer Big Band. Zählt das?« Sie hatten Londons Zimmertür erreicht. London lehnte sich dagegen und Dahlia an die gegenüberliegende Wand.

»Welches Instrument hast du gespielt?«, fragte sie.

»Trompete. Tu ich auch immer noch.«

»Moment mal.« Dahlia hob tatsächlich ihre Hand mit einer Halt-Geste. »Du spielst echt Trompete? Nur so zum Spaß, oder …? *Oh Gott*, bist du vielleicht Teil eines Jazzquartetts oder so?«

»Nein.« London wand sich, peinlich berührt. »Nur zum Spaß.« Dabei gab es nichts, was demm peinlich sein sollte. Ein Instrument zu spielen, war ein völlig normales Hobby. Dey hatte keine Ahnung, was Dahlia daran so lustig fand.

»Hm«, machte die wieder.

»Was?«

»Nichts.« Sie lächelte verschmitzt. »Trompete ist nur … irgendwie sexy.«

London starrte sie an. »Dahlia, hast du schon mal jemanden richtig Trompete spielen sehen? Das ist *nicht* sexy.«

Und das stimmte. War es wirklich nicht.

Aber womöglich verbrachte London trotzdem den Rest des Abends damit, sich mit roten Wangen selbst zu gratulieren, dass dey in Dahlia Woodsons Augen von »süß« zu »sexy« aufgestiegen war.

*

Auch am Dienstagabend gingen sie gemeinsam nach Hause. Nachdem London die Eliminierungschallenge gewonnen hatte, bei der es sich um Herzen gedreht hatte. »*Bah*, ekelhaft, aber schon klar, dass du liebend gern Herz kochst, du *Unmensch*«, hatte Dahlia, wieder ganz sie selbst, mit liebenswert gerümpfter Nase gesagt.

Und das, obwohl Dahlia mit ihrem eigenen Herzen sehr gut zurechtgekommen war. Anders als Jacob. Den hatte die Challenge aus der Show gekickt.

Am Mittwochmorgen übernahm Barbara seinen Platz neben Dahlia. Als Janet den Wechsel verkündete, machte Dahlia buchstäblich einen Freudensprung und klatschte in die Hände. London tat so, als würde dey sich ein paar Rezeptnotizen auf deren Block schreiben, aber hauptsächlich lächelte dey dümmlich ins Leere. Ahmed wusste genau Bescheid, was los war, und klopfte demm auf die Schulter, was ziemlich peinlich war.

Als Dahlia und London am Mittwochabend nach einem weiteren Tag mit Face-off und Mysterychallenge ins Hotel zurückkehrten, fühlte London sich gefährlich sicher. Beim Kochen am Set. Dabei, Dahlia zum Lachen zu bringen. Und dabei, sich an diesen neuen Alltag zu gewöhnen.

Doch nachdem die Tür zugefallen war, sank dey in den

Sessel in der Ecke des Hotelzimmers und atmete erst mal tief durch.

London starrte auf deren Handy und versuchte, Dahlia Woodson aus deren Gedanken zu vertreiben. Es gab zwei Anrufe, die dey hinter sich bringen musste. Na ja, eigentlich nur den einen, und den hatte dey so lange wie möglich aufgeschoben. Wie ein lästiges Jucken war er London den ganzen Tag im Hinterkopf herumgeschwirrt. Seit dey in L. A. war, hatte dey ihn absichtlich verdrängt. Aber morgen Abend lief die Premiere der achten Staffel. Es war höchste Zeit.

Der andere Anruf diente nur zur Beruhigung. Ihn tätigte London zuerst.

»London«, keuchte Julie nach dem ersten Klingeln ins Telefon. »Gott sei Dank rufst du an. Ich könnte heute Nacht sterben, und du solltest wissen, wo man meine Leiche findet.«

»Julie.« London runzelte die Stirn. »Wovon verdammt noch mal sprichst du da?«

»Ich bin im Percy Warner Park. Auf dem … Wo zum Teufel sind wir hier noch mal?« Julie verstummte kurz. »Dem Mossy Ridge Trail. Ich bin auf dem Mossy Ridge Trail im Percy Warner Park. Schreib das auf, für die Polizei.«

»Julie.« London rieb sich die Stirn. »Ich kenne den Mossy Ridge Trail. Warum verflucht bist du um …« London schaute auf die Uhr und rechnete zwei Stunden drauf. »… zweiundzwanzig Uhr im Percy Warner Park?«

»Bescheuert, wem sagst du das. Wir haben noch eine Stunde, bis der Park schließt. Hoffentlich hältst du eine schöne Rede bei meiner Beerdigung.«

»Julie, ich schwör dir, wenn du nicht sofort …«

»Der liebe Ben Caravalho trainiert dafür, den Pacific Crest Trail zu wandern.«

»Ja, ich weiß. Ich habe letzte Woche mit ihm gesprochen.«

Ben war schon seit der Grundschule Julies bester Freund. London war lange Zeit eifersüchtig auf ihn gewesen, obwohl Julie demm versichert hatte, dey würde immer ihre Nummer eins bleiben. Dass London während der gesamten Highschool total in Ben verschossen war, hatte die Sache nicht besser gemacht, obwohl das zu jener Zeit scheinbar total hoffnungslos gewesen war, da Ben superschwul war und London noch die Illusion gehabt hatte, bloß ein sehr seltsames Heteromädchen zu sein.

»Ich habe versucht, ihn davon zu überzeugen, dass das eine grauenhafte Idee ist …«

»Julie! Warum das denn? Den PCT zu wandern, ist richtig krass!«

»Ja, vor allem krass gefährlich.«

London lächelte. »Ben schafft das schon.«

»Na ja, jedenfalls wollte er diesen dämlichen Pfad im Dunkeln ablaufen, um sicherzugehen, dass er auf Nachtwanderungen vorbereitet ist. Das muss man in der kalifornischen Wüste anscheinend, wenn man die richtige Anzahl Meilen pro Tag erreichen will, weil es wohl zu heiß ist, um den ganzen Tag bei Tageslicht zu laufen. Hast du das gehört, London? Hast du gehört, wie *absurd* das klingt?«

»Also bist du mit ihm mitgegangen, um ihn davon zu überzeugen, wie absurd das ist.«

»Ganz genau.«

»Und, klappt es?«

Stille am anderen Ende. London konnte Julies finsteren Blick förmlich hören.

»Nein. Er amüsiert sich *königlich*.«

»Hallo, London!«, rief Ben ins Telefon.

»Weißt du, was Ben mir gerade erzählt hat, bevor du angerufen hast?«, schaltete Julie sich wieder ein. »Dass wir uns nach Zecken absuchen müssen, wenn wir zurück im Auto sind. *Genau deswegen* werden die besten Sportarten drinnen gespielt.«

Während London sich in den späteren Schuljahren auf die Musik konzentriert hatte, war Julie eine erstklassige Basketballspielerin gewesen. Sie weigerte sich immer noch zu glauben, dass irgendeine andere körperliche Aktivität mithalten konnte.

Außerdem beschützte sie die Menschen, die sie liebte, auf völlig übertriebene und ungeheuerliche Art und Weise.

Gott, London vermisste sie wirklich.

»Du solltest dann wohl mal los, damit ihr beim Auto seid, bevor der Park geschlossen wird. Ich kann später zurückrufen.«

»Klappe jetzt. Bis zum Auto sind's vielleicht noch zehn Meter. Wir können sprechen.«

»Dann muss ich dich also doch nicht als vermisst melden.«

»Weißt du, wer sich nachts auf Parkplätzen von gruseligen Parks herumtreibt, London? Gruselige Gestalten. Noch sind wir nicht in Sicherheit.«

London hörte das Piepen von Bens Autotür.

»Okay. Jetzt sind wir sicher. Es sei denn, ich habe Zecken in der Poritze, die mich mit Borreliose anstecken wollen. Ich halte dich diesbezüglich auf dem Laufenden.«

»Ja, bitte, unbedingt. Kann's kaum erwarten.«

»Was gibt's denn?«

London seufzte. Eigentlich würde dey viel lieber weiter über Bens PCT-Pläne reden, aber dey musste aufhören, so ein Feigling zu sein, und endlich zur Sache kommen.

»Also, morgen wird die erste Folge von *Chef's Special* ausgestrahlt.«

Julies Seufzen war kein gutes Zeichen.

»Sag bloß. Aber ja, was das angeht … Warte mal! Du bist doch nicht etwa rausgeflogen oder so?«

»Theoretisch dürfte ich dir das gar nicht erzählen. Aber nein, ich bin noch hier.«

»Natürlich bist du das. Gut. Okay, hast du mit Dad gesprochen?«

London zuckte zusammen. »Nein.«

»Hör zu, London, das solltest du aber. Mom hat eine Art großes Public Viewing bei uns zu Hause organisiert. Sie hat sogar Catering und all so was bestellt.«

London stöhnte auf.

Das bedeutete, halb Nashville würde sich in dem Wohnzimmer, in dem London aufgewachsen war, versammeln und zusehen.

Im Grunde hätte das demm nicht überraschen sollen. War ja klar, dass ihre Mutter ein Public Viewing organisieren würde. Sie liebte ihre Kinder, und sie liebte Events.

Londons Familie war privilegiert, aber nicht auf die dysfunktionale Art. Die Parkers standen sich nahe. In deren Kindheit hatten Londons Eltern immer lange gearbeitet. Vor allem deren Vater war viel auf Reisen gewesen. Trotzdem besuchten deren Eltern immer alle Basketballspiele von Julie und alle

Konzerte von Londons Band und Chor. Jeden Abend aßen sie zusammen am Esstisch, und jeden Sonntag gab es ein besonders großes Abendessen, zu dem jede*r Cousin, Cousine, Onkel, Tante sowie alle Nachbar*innen und Freund*innen der Familie eingeladen waren, wenn sie kommen wollten. Londons Kindheit war voll von Liebe und Gemeinschaft gewesen.

»Ich wollte Dad schon ansprechen, um ihn vorzuwarnen, aber …« Julie brach ab.

»Nein, ich verstehe. Das ist meine Aufgabe.«

Und das *war* es auch wirklich. Dey musste deren Vater darauf vorbereiten, dass halb Nashville live in ihrem Wohnzimmer miterleben würde, wie London sich im landesweiten Fernsehen als nichtbinär vorstellte.

London blickte aus dem Fenster auf die Lichter von Burbank vor dem dunkler werdenden Himmel.

Dey hatte nicht so recht gewusst, was demm erwarten würde, als dey sich vor drei Jahren vor deren Familie geoutet hatte. Deren Mutter schien ein wenig irritiert, hatte aber sofort Nachforschungen angestellt, wie ihr wissenschaftlicher Geist es für gewöhnlich tat. Und dann hatte sie demm voll und ganz akzeptiert, auch wenn sie mit ihrer mütterlichen Neugierde noch viele aufdringliche Fragen gestellt hatte.

Auch Londons beiden älteren Schwestern Jackie und Sara waren von Anfang an auf deren Seite gewesen. Jackie und Sara waren sieben und neun Jahre älter als dey – Julie und London waren eine doppelte Überraschung für ihre Eltern gewesen – und schon aus dem Haus, als London in die Middleschool kam. Allerdings erinnerte London sich noch immer daran, wie demm die Zwillinge in ihrer Kindheit beschützt hatten, und daran hatte sich nichts geändert.

Julie war wütend gewesen. Sie hatte sogar geweint. Zuerst war das die verletzendste Reaktion, die London sich hätte vorstellen können. Wenn ausgerechnet Julie demm nicht akzeptierte … Nun, das wäre ziemlich hart geworden. Aber wie sich herausstellte, machte es Julie gar nichts aus, dass London nichtbinär war – sie war vielmehr verärgert darüber, dass sie über etwas so Wichtiges nicht im Bilde gewesen war.

Obwohl Julie als deren Zwillingsschwester natürlich etwas geahnt haben musste. Immerhin hatten sie ihre Kindheit über förmlich aneinandergeklebt. Sie kriegte jedes Mal brühwarm mit, wenn London tobte, weil dey ein Kleid tragen sollte, wenn dey zum Geburtstag oder zu Weihnachten »blöde Mädchengeschenke« bekam, obwohl dey sich neues Kochequipment und Geschenkgutscheine fürs Musikgeschäft gewünscht hatte. Sie war auch dabei, als London im College schließlich anfing, deren Sexualität infrage zu stellen und sich als pan outete.

Als Julie also während der Fragestunden ihrer Mutter herausfand, dass London bereits mit der Mikrodosierung von Testosteron begonnen hatte, fühlte sie sich verraten. London hatte sich damals geärgert, weil dey glaubte, Julie wäre egoistisch und hätte zu hohe Erwartungen an die ganze Zwillingsnummer. Aber rückblickend verstand dey es. Womöglich war dey selbst ein bisschen egoistisch gewesen. Aber vielleicht war es in Ordnung, in manchen Dingen egoistisch zu sein.

Und es war ja auch schwer zu erklären. Dass dey kein Mann sein wollte, sich aber als Mädchen nie richtig wohlgefühlt hatte. Dass es demm erst richtig gut ging, als demm klar wurde, dass dey etwas ganz Eigenes sein konnte. Dass dey in einem Raum existieren könnte, der demm ganz allein gehörte, und sich verändern und neu sortieren durfte, bis es sich richtig anfühlte. Dey hatte sich für die Selbstbezeichnung *nichtbinär* entschieden, eben *weil* es sich richtig anfühlte, auch wenn dey wusste, dass andere wie dey ihre eigenen Begriffe dafür hatten, die zu ihrem persönlichen Erleben passten. Und auch das war tröstlich. Die Tatsache, dass jede Person für sich selbst entscheiden konnte, womit sie sich am ehesten identifizierte, gab demm Kraft. Zu wissen, dass die Menschen eines Tages vielleicht noch bessere Worte dafür finden würden. Dass Freiheit allein daraus erwachsen würde, immer wieder neue Namen für das zu finden, wer man war und wer man sein konnte.

Nach weiteren Gesprächen hatte Julie sich beruhigt, und zwischen ihnen war es so wie immer. Vielleicht sogar besser.

Deren Dad jedoch hatte Londons Geschlechtsidentität von Anfang an abgelehnt. Das hatte zu Reibereien zwischen den Eltern geführt, wie London sie noch nie erlebt hatte, und dey fühlte sich verdammt schuldig. Dey verstand es noch immer nicht ganz. Sicher, deren Vater hatte die Augen verdreht, als London sich als pansexuell geoutet hatte, was zwar nicht gerade ideal war, aber London hatte das nie als vollkommene Ablehnung aufgefasst. Es war, als ob … als ob das nichtbinäre Coming-out das Fass für ihn zum Überlaufen gebracht hätte. Als hätte London in seinen Augen lange genug den Freak gespielt, und jetzt reichte es ihm.

Julie, Jackie, Sara – sie alle hatten probiert, auf ihn einzuwirken, und London war davon überzeugt, dass ihre Mutter es von allen am meisten versucht hatte. Aber in den drei Jahren, die seitdem vergangen waren, hatte deren Vater nicht *ein* Mal das richtige Pronomen für London benutzt.

Je länger deren Vater darauf wartete, dass London aus »dieser Phase« herauskam, desto größer und tief greifender würde sich der Riss durch ihre Familie anfühlen, fürchtete London.

Es war demm wirklich leichtgefallen, vor zwei Wochen diese paar kurzen Sätze in dem Einzelinterview auszusprechen. Da waren nur dey, ein ruhiger Raum und Maritzas wohlwollende Miene hinter der Kamera gewesen. Dey hatte sich so weit weg von Nashville, vom wahren Leben gefühlt. Es war wichtig gewesen. Notwendig. Aber jetzt gerade kam es demm ein bisschen naiv vor.

»London?«, fragte Julie leise. Sie wusste natürlich, dass London sich in der Show outen würde. Darüber hatten sie vor deren Abreise gesprochen. »Er sollte es erfahren, bevor wir es uns alle ansehen.«

»Ich weiß.«

»Und du weißt auch, wie stolz ich auf dich bin, oder?«

Julie kannte London besser als irgendwer sonst auf der Welt. Sie war *immer* stolz auf demm. Aber in diesem Moment war es trotzdem genau das, was dey hören musste. Einen Augenblick lang verdrängte London deren Dad aus deren Kopf. Und demm wurde wieder klar, dass das, was dey getan hatte, es wert sein würde: Die Zuschauer*innen würden von Beginn an sehen, wer London war. Sofern sie sich darauf einließen. Erleichterung breitete sich in deren Brust aus.

»Was ist mit allen anderen in der Show?«, fragte Julie. »Akzeptieren sie dich? Was ist mit den Jurymitgliedern? Oh mein Gott, es würde mir das Herz brechen, wenn Sai Patel sich dir gegenüber wie ein Arschloch aufführen würde.«

»Nein, Sai Patel scheint tatsächlich ein echt netter Kerl zu sein. Alle Juror*innen sind ziemlich genau so, wie sie im Fernsehen rüberkommen. Wenn überhaupt, nehmen sie den Wettbewerb sogar noch ernster, als ich gedacht hätte. Nichts davon ist gespielt. Es ist ... wirklich beeindruckend.«

London beschloss, deren Schwester nichts von Lizzie zu erzählen. In deren Hinterkopf braute sich schon genug negative Energie für einen Abend zusammen, da brauchte dey nicht auch noch Julie zu beunruhigen. Außerdem hatte dey Lizzies Existenz bisher ziemlich gekonnt ignoriert, lobte dey sich selbst.

»Gott sei Dank. Okay, und die anderen Kandidat*innen, ich muss es wissen ... Sind das Arschlöcher? Gibt es Leute, die ich anfeuern sollte oder gerade nicht? Halt, ahh, sag's mir nicht. Ich will nicht gespoilert werden. Warte, bis ich zumindest die erste Folge gesehen habe und die Namen den Gesichtern zuordnen kann. Und *dann* musst du mir alle Details verraten. *Heilige Scheiße*, London, ich kann nicht glauben, dass du *ins Fernsehen* kommst!«

London hatte sich eigenhändig für diese Show angemeldet. Aber glauben konnte dey es ebenso wenig.

*

Am Donnerstagmorgen spürte London es in den Knochen: Heute war der Wurm drin. Und dey wusste nicht, ob selbst ein ganzer Tag voll süßer Dahlia-Momente das beheben könnte.

Schlussendlich hatte dey, statt anzurufen, deren Dad nur geschrieben. Weil dey offenbar feige war. Dey hatte die Nachricht mindestens zehnmal umgeschrieben und versucht, möglichst friedfertig zu klingen. London hatte ihn schlicht gewarnt, dass dey sich in der Show geoutet hatte und das Ganze dann auf der Hab-dich-lieb-und-vermiss-dich-Schiene beendet.

Deren Dad hatte einen halben Tag für die Antwort gebraucht, und als sie endlich kam, lautete sie:

O.k.

Nur diese beiden Buchstaben. Die schlimmstmögliche Antwort in der Geschichte der elektronischen Kommunikation. London war drauf und dran, das Handy aus dem Fenster zu schmeißen. Aber was hatte dey erwartet? Heute Morgen hatte dey wie verrückt aufs Telefon geschaut, als hätte jeden Augenblick wie von Zauberhand eine Nachricht mit ermutigenderem Inhalt auftauchen können:

Hey London, ich habe eine Nacht drüber geschlafen und beschlossen, kein Arsch mehr zu sein und dich zu akzeptieren, wie du bist. Entschuldige, dass ich so lange falsche Pronomen verwendet habe und dir drei Jahre lang das Gefühl gegeben habe, du würdest unsere Familie kaputt machen. Inzwischen bin ich wahnsinnig stolz auf dich, Kiddo. Schnapp dir den Sieg!

London rieb sich das Gesicht. Stattdessen stand dey jetzt völlig übermüdet an deren Kochinsel. Dey hatte schlecht geschlafen, was vielleicht mit ein Grund war, warum dey so neben der Spur war. Hinzu kam natürlich, dass drei lange Drehtage am Stück hinter ihnen lagen und der vierte bevorstand. Auch wenn vier Tage immer noch besser waren als fünf, war es trotzdem viel.

Gott sei Dank hatte London ab morgen drei Tage Wochenende. Offensichtlich brauchte dey sie sehr.

Dahlia an der Kochinsel vor demm lachte über etwas, das Barbara sagte.

Mittlerweile waren sie im einstelligen Kandidat*innenbereich angelangt. Nur noch acht von ihnen waren übrig. Mit jeder Person, die rausflog, wurde die Stimmung am Set angespannter und ungezwungener zugleich. Alle hatten sich inzwischen an die Abläufe gewöhnt. Sie kannten die Crew, die Vorratskammer, die Küchengeräte, die Marotten der Jury und des Produktionsteams. Und sie hatten einander besser kennengelernt.

Aber während die Teilnehmenden weniger wurden, stand zugleich immer mehr auf dem Spiel.

Dahlia schien Londons Blick zu spüren und drehte sich um. Allmählich war sie richtig gut darin, zu bemerken, wann London in der Nähe war und sich wünschte, sie würde sich umdrehen und demm anlächeln. So wie jetzt.

Andererseits wünschte London sich eigentlich ständig, Dahlia würde demm anlächeln, von daher steckte vielleicht auch kein besonderes Talent dahinter.

»Weißt du, was? Man muss Barbara einfach lieben«, rief sie fröhlich.

»Ja, ich weiß.« London versuchte zurückzulächeln.

»Hey.« Dahlia legte den Kopf schräg. »Ist alles okay?«

London nickte. Was natürlich das Gegenteil bedeutete.

Dahlia verstand und runzelte die Stirn, aber in dem Moment gab Janet ein Zeichen, die Kameras begannen mit der Aufzeichnung, und sie drehte sich wieder nach vorn.

Heute trug sie ein Kleid mit floralem Muster: Hibiskusblüten, Frangipani und Paradiesvogelblumen auf schwarzem Hintergrund. Es war wunderschön. Am liebsten würde London sich darin verkriechen.

Dey konzentrierte sich darauf – auf Dahlias Kleid, das dunkle Haar, das ihr in Kaskaden über Schultern und Rücken fiel –, statt daran zu denken, dass alle, die dey kannte, sich heute Abend bei demm zu Hause in Nashville versammeln und demm im Fernsehen anschauen würden. In etwa einer Viertelstunde würde Dahlia die Haare hochbinden, schätzte London. Dey kannte ihre Haarroutine inzwischen in- und auswendig.

Ein paar Minuten später wurde der Vorführtisch in den Goldenen Kreis gerollt. In der Mitte lag nur ein einziges Gerät.

Dahlia wippte leicht auf ihren Fußballen und verschränkte aufgeregt die Hände hinter dem Rücken.

Eine Nudelmaschine.

London wusste, dass Pasta zuzubereiten eine von Dahlias Lieblingsbeschäftigungen war. Es würde gut für sie laufen.

Bei dem Gedanken löste sich die Anspannung in Londons Schultern ein wenig.

Eine Stunde später lief es für London selbst allerdings alles andere als gut.

Deren Teig war zu klebrig und, nachdem dey das auszugleichen versucht hatte, zu trocken, als wäre dey ein totaler Neuling und hätte noch nie im Leben auch nur irgendeinen

Teig zubereitet. Nach der Hälfte der Zeit gab es eine kleine Ruhepause für den Teig, die London größtenteils damit verbrachte, sich die schmerzenden Arme zu reiben und finster in die Gegend zu starren, während Dahlia sich mit Cath unterhielt.

Selbst nach der Pause blieb Londons Teig noch ständig in der Nudelmaschine stecken.

Klar, London hatte bisher nicht oft Pasta selbst gemacht, aber galt das nicht eigentlich als einfach? Sogar entspannend? Warum hatte dey vor Beginn der Sendung nicht noch mal geübt, wie man Nudeln herstellt? Das hier war ja noch schlimmer als das Fisch-Fiasko. Dey war nervös, fühlte sich inkompetent.

Als dey die Ravioli endlich auf dem Teller platziert hatte, war demm klar, dass sie alles andere als ein Meisterwerk waren. Die Füllung war gut, aber sie waren ungleichmäßig geformt, außerdem war es viel zu viel Soße, die obendrein auch noch zu dünn geraten war. Aber es blieb keine Zeit mehr, um das zu fixen. *Fuck.*

»So dramatisch ist es nicht.« London wäre vor Schreck fast in die Luft gesprungen, als Dahlia demm die Hand auf den Arm legte, nur für eine Sekunde. Dey hatte gar nicht bemerkt, dass sie so nah gekommen war. Aber es wunderte demm nicht. Seit Montag schien Dahlia irgendwie ständig in deren Nähe zu sein.

Dey versuchte, vor sich selbst daraus kein allzu großes Ding zu machen, aber die zehn Minuten Fußweg, die sie zusammen bei Dunkelheit zurücklegten, waren mit Abstand Londons Tageshighlight. Und in diesem Augenblick wollte dey nichts mehr, als bis dahin vorzuspulen. Dahlia sah besorgt zu demm auf, ihr offener und ehrlicher Blick war wie eine Umarmung. Heute war das London fast zu viel. Dahlias Urteil über deren Ravioli war nämlich deutlich zu nachsichtig.

Vorhin hatte dey Dahlias Bolognese probiert, überrascht, dass sie die wirklich innerhalb von nur einer Stunde hatte kochen wollen, aber natürlich hatte sie gewollt, und natürlich war sie lächerlich köstlich geworden. Reichhaltig, voller Geschmack, aber nicht zu schwer. Ihre Pappardelle waren perfekt: weich, aber trotzdem al dente. Jeder ihrer Handgriffe bei der Zubereitung – wie sie den Teig mit dem Handballen geknetet, die langen, zarten Nudelstreifen durch ihre Finger hatte gleiten lassen und den Kochlöffel immer wieder an die Lippen gehoben hatte, um die Soße zu kosten – hatte etwas unheimlich Sinnliches an sich gehabt.

In der Pause hatte sie London erzählt, dass ihre Familie mütterlicherseits italienische Wurzeln hatte. Ihr Urgroßvater war von einer Kleinstadt im Süden, in der Nähe von Salerno, in die USA ausgewandert. Mit einem kleinen Lachen hatte sie gescherzt, dass ihre Art, Pasta zu kochen, vermutlich das Einzige war, was sie in den Augen der mütterlichen Verwandtschaft richtig machte. Später wünschte London sich, dey hätte weiter nachgefragt. Doch in diesem Moment hatte dey nur darüber nachdenken können, wie viel Haut dieses Kleid freiließ und wie gern dey sie berühren wollte.

Als die Bewertungsrunde anfing, fühlte London sich zugleich frustriert, erregt und enttäuscht von sich selbst. Dey hatte heute jämmerlich versagt, so viel war sicher.

Dey würde die Show verlassen müssen, ohne zu wissen,

wie Dahlias Lippen schmeckten, und das machte demm fertig.

Dahlia schnitt bei der Wertung ziemlich gut ab, wie London vorausgeahnt hatte. Auf dem Rückweg zu ihrer Kochinsel lächelte sie demm zu, wie immer, wenn es gut lief. London starrte sie bloß an und dachte an all die Dinge, die dey ihr sagen wollte, zu denen dey womöglich nie die Chance erhalten würde.

London war nicht überrascht, unter den letzten dreien zu landen.

Als dey nach vorn gerufen wurde, sah dey Dahlia nicht an. Trotzdem spürte dey ihren Blick – sie ließ demm nicht aus den Augen. London kroch Röte den Hals hinauf. Da stand dey nun, im Goldenen Kreis neben Eric und Ayesha, und konnte nur an diese blöden zwei Buchstaben denken:

O.k.

Einen Wimpernschlag lang wünschte London, Sai Patel würde demm endlich erlösen. Dey stellte sich vor, wie er demm ansah und lediglich sagte:

O.k.

Und London wüsste Bescheid, würde versuchen, einen würdigen Abgang hinzulegen.

Aber Sai Patel tat nichts dergleichen.

Er und die anderen Jurymitglieder konnten Erics Pasta noch weniger leiden.

Londons Nudeln waren zwar schlecht, aber anscheinend nicht die schlechtesten. Dennoch schimpfte Audra Carnegie sie »eine Schande«.

»Wir waren alle etwas überrascht von deiner Performance heute, London. Zum jetzigen Zeitpunkt erwarten wir Besseres von dir. Du solltest ab jetzt dringend einen Gang raufschalten«, lautete Sais abschließendes Urteil.

London nickte, setzte eine angemessen zerknirschte Miene auf und trottete zurück zu deren Kochinsel.

Dey bekam das lange Wochenende also doch noch und obendrein die Chance, sich nächste Woche zu verbessern. London war dankbar, aber auch ein bisschen perplex.

Eine Sekunde später erinnerte dey sich daran, dass heute die erste Folge ausgestrahlt wurde. Und London hatte keine Ahnung, was danach auf demm wartete. Abseits vom Set, zurück im echten Leben. Londons Hirn fühlte sich an wie ein Radio zwischen zwei Frequenzen, sprang konstant zwischen L. A. und Nashville hin und her, und dabei wollte dey nur, dass das Gerät Ruhe gab.

Gedankenverloren bemerkte London kaum, dass die Kameras kurz drauf nicht mehr liefen.

Bis die Antenne des Radios sauber abgebrochen und Londons Hirn in vollkommene Stille geschockt wurde, und zwar von Dahlias Armen, die sich um deren Körper schlangen.

»Oh Gott«, hauchte Dahlia an Londons Hals und drückte demm fest. »Ich wusste, dass deine Pasta nicht die schlechteste war, aber trotzdem … London, du darfst noch nicht rausfliegen.«

Wie durch ein Wunder ließ sie London nicht los. Dey blinzelte und registrierte langsam, dass Dahlias gesamter Körper an deren eigenen gepresst war und ihre Haare deren Wange kitzelten.

Alle anderen Teilnehmenden hielten inne und starrten sie an.

Scheiß drauf.

Vorsichtig umfasste London Dahlias Rücken und bewegte den Kopf wenige Millimeter, erlaubte sich, den Geruch von Dahlias Haaren einzuatmen. Sie rochen nach Kokos, betörend und warm. Das Zusammenspiel mit ihrem Pfefferminz-Lippenbalsam überwältigte Londons Sinne.

Dey wollte bis in alle Ewigkeit genau das riechen, Wärme und Kühle zugleich.

»Dahlia«, setzte London an, stellte aber fest, dass es demm die Sprache verschlagen hatte.

Dey trat einen Schritt zurück, holte tief Luft, und obwohl objektiv klar war, dass die Umarmung zu lange gedauert hatte, kam sie demm trotzdem nicht lange genug vor. London ließ die Arme hängen. Ohne Dahlia fühlte deren Körper sich kalt an.

»Gehen wir«, sagte dey.

Sie spazierten zurück zum Hotel.

Heute schwiegen sie. Aus einem Impuls heraus, über den dey nicht eine Sekunde nachdachte, nahm dey auf halbem Weg Dahlias Hand.

Ihre Finger verflochten sich sofort mit Londons. Dey drückte sie. Demm war ein bisschen schwindelig. Eigentlich wollte dey Dahlias Hand nach dem Drücker freigeben, aber Dahlia ließ nicht los, also tat dey es auch nicht. Ihre Hand war weich und warm, und London hätte schwören können, dass dey ihren Puls im kleinen Finger spürte.

Beim Betreten der Lobby lösten sie sich voneinander, als hätte der kalte Luftzug der Klimaanlage einen Bann gebrochen. Vor Londons Zimmertür angekommen, steckte London die Hände in die Taschen und fixierte einen Punkt über Dahlias Schulter.

»Danke«, sagte dey heiser und räusperte sich. »Weil du nicht möchtest, dass ich rausfliege. Fürs Protokoll: Ich möchte selbst auch nicht gehen.«

Dahlia lächelte. Aber nur verhalten. »Ja, das habe ich mir fast gedacht.« Sie atmete langsam aus. »Alles klar, dann … Gute Nacht.«

London wollte sich vorbeugen und sie auf die Stirn küssen. Nein, *eigentlich* wollte dey viel mehr, wollte sie auf den Mund küssen, wollte ihre Zunge spüren. Wollte ihren Hals und ihre Schultern mit Küssen bedecken. Wollte sie hier und jetzt, ganz und gar.

Und danach wollte dey ihr den Kopf in den Schoß legen und ihr von deren Dad erzählen. Dass er ein wirklich guter Vater gewesen war. Früher. Dass London nicht kapierte, warum das für ihn so ein Riesending war. Genauso wenig kapierte, warum es für demm selbst so ein Riesending war, dass er eins draus machte. Wie sehr dey sich deshalb über sich ärgerte.

Wenn sie noch länger hier in diesem Hotelflur standen, würde London sich vielleicht wirklich vorbeugen. Würde vielleicht alles Mögliche wagen.

Aber es war eine lange Woche gewesen. Und als demm klar wurde, dass nach der Central Standard Time, der Zeitzone von Nashville, die erste Folge bestimmt längst gelaufen war, kündigte sich ein heftiger Kopfschmerz an. Es war vollbracht. Heißt, die Leute zu Hause hatten alles gesehen, und wahrscheinlich trollten schon irgendwelche Fremden auf Londons Twitteraccount herum, während dey und Dahlia noch hier standen und einander anstarrten.

Die Umarmung war schön gewesen. Mehr als schön.

Sie musste reichen. In der Luft dieses Hotelflurs lag ein Hauch Leichtsinn, und London traute gerade nichts und niemandem mehr über den Weg, vor allem nicht sich selbst.

»Gute Nacht, Dahlia Woodson.«

London steckte die Schlüsselkarte ein und trat ins kühle Dunkel.

Kapitel 10

Am Freitagmorgen klopfte Dahlia an Londons Zimmertür.

Sie hatte ganz schwitzige Hände.

»Hey«, sagte sie, als London öffnete. »Wollen wir irgendwas unternehmen?«

Dey sah sie mit übernächtigten Augen an und blinzelte ein paarmal. Wie sie befürchtet hatte, sah London furchtbar aus. Nein, *furchtbar* war nicht das richtige Wort. London trug noch zerknitterte Schlafsachen: ein graues T-Shirt und eine grünblaue Flanellhose. Die rotblonden Haare standen in alle Richtungen ab. Es sah hinreißend aus. Einfach nur todesniedlich, und vielleicht war das bloß, wie dey nun mal morgens um halb neun aussah.

Doch Dahlia fürchtete, dass London nicht deshalb so zerzaust war, weil dey aus Versehen verschlafen hatte, sondern weil dey zu lange aufgeblieben war, um die Kommentare zu lesen.

Es hatte unmittelbar nach der Ausstrahlung der ersten Folge gestern begonnen. Die Sendung selbst hatte sie sich nicht angesehen – viel zu peinlich –, aber mit einem flauen Gefühl im Magen hatte sie in ihrem Zimmer durch die sozialen Medien gescrollt, nachdem sie London Gute Nacht gesagt hatte. Nachdem sie deren Hand gehalten hatte.

Die Leute, die nicht ihr episches Stolpern kommentierten, zogen über London her. Sie wünschte, sie wäre das einzige Gossipthema.

Denn im Grunde waren fast alle Nachrichten über sie total nett.

O-M-G, seit ich diese Show gucke, hatte ich Angst, dass mal jemand mit dem Essen in der Hand stolpert. Die Ärmste, ich fühle mit ihr!

Selbst die Leute, die sich über sie lustig machten, meinten damit nur diesen kurzen peinlichen Moment. Sie machten sich nicht über ihre Identität lustig, über ihr Wesen.

Es überraschte Dahlia nicht, dass man aus ihrem Sturz ein GIF gemacht hatte. Als sie es das erste Mal sah, war sie entsetzt, aber mit jeder Wiederholung der Dauerschleife kam es ihr lustiger vor. Ihr überraschter Gesichtsausdruck, die Art, wie der Reis und die Tacos durch die Luft segelten. Das *war* lustig. Es war absolut GIF-würdig, und sie versuchte zu verarbeiten, dass ihr Moment der Schande wahrscheinlich jahrelang im Internet kursieren würde. Überraschenderweise fand sie es okay.

Aber Dahlia hatte unterschätzt, wie sehr die Menschen an der Zweiteilung der Geschlechter hingen.

Sie hatte es nur eine Stunde lang ertragen, ehe sie ihr Handy mit dem Display nach unten auf den Nachttisch gelegt und sich ein Buch geschnappt hatte. Eines, auf das sie sich nicht hatte konzentrieren können, sie hatte kein einziges Wort behalten, aber es hatte ihr beim Einschlafen geholfen.

Dahlia hatte wirklich gehofft, dass London die Kommentare, die Threads und die Hashtags nicht lesen würde. Dass dey schlauer war als sie.

London rieb sich den Nacken.

»Was sollen wir denn unternehmen?«, fragte dey schließlich, die Stimme noch kratzig vom Schlaf.

»Irgendwas. Ans Meer fahren, habe ich überlegt. Wir sind jetzt schon drei Wochen hier, und ich habe den Pazifik noch kein einziges Mal gesehen. Das schreit zum Himmel, wirklich.«

Londons Mundwinkel schoben sich leicht nach oben, und in Dahlia keimte ein wenig Hoffnung auf.

»Wir könnten ein Auto mieten«, fuhr sie fort. »Gleich um die Ecke gibt es eine Firma, und für einen Tag ist das bestimmt nicht so teuer …«

»Ich habe ein Auto«, unterbrach London sie.

»Wirklich?« Dahlia hatte bisher nicht mitbekommen, dass dey irgendwohin gefahren wäre. »Bist du damit von Nashville hergekommen? So einen Roadtrip wollte ich schon immer mal machen.«

»Nein.« London räusperte sich. »Ich habe eins gemietet. Ich dachte, in L. A. würde man das irgendwie brauchen. Auch wenn ich es bisher kaum genutzt habe. Es steht in der Hotelgarage.«

Dahlia versuchte auszurechnen, wie viel ein Mietwagen für so eine lange Zeit kostet, und das, obwohl man ihn gar nicht benutzte, gab allerdings nach ein paar Sekunden auf. Aus dem, was London ihr erzählt hatte, hatte sie geschlossen, dass dey Geld hatte.

»Na dann, los.«

London sah sie einen Moment lang an und schließlich an sich hinunter.

»Gibst du mir einen Moment?«

Zwanzig Minuten später betraten sie die Garage. London warf die Schlüssel hoch.

»Willst du fahren?« Dey sah zu Dahlia herüber. »Ich bin irgendwie noch nicht ganz da und …«

»Scheiße ja, und wie ich das will!« Dahlia schnappte sich die Schlüssel. London lächelte.

Rückwärts setzte Dahlia aus der Garage aus, und dann ließen sie Burbank hinter sich.

*

London hatte keine Ahnung, wie lange dey sich schon in diesem Auto befand. Alles zwischen zehn Minuten und mehreren Tagen war denkbar. Wer hätte gedacht, dass L. A. *so* groß war? Mit so viel Verkehr?

Wenn man das Ganze mal bewusst auf sich wirken ließ, war es echt überwältigend.

London war in einem Auto, allein mit Dahlia, und ihr Ziel war der Strand. Dahlia hatte zuerst Santa Monica ins Navi eingegeben, aber der Verkehr war dort noch schlimmer als irgendwo sonst, falls das überhaupt möglich war. Sie hatte mit der Hand gewedelt, gesagt: »Völlig überfüllt«, und war einfach weiter den Pacific Coast Highway hochgefahren.

Eigentlich wollte London unbedingt im Hier und Jetzt sein, mit Dahlia über alles und nichts quatschen, sich darüber freuen, dass sie bei Sonnenschein und strahlend blauem Himmel auf dem fucking Pacific Coast Highway unterwegs waren.

Stattdessen herrschte den Großteil der Fahrt bis auf das Plärren aus dem Radio vollkommene Stille. London lehnte den Kopf ans Fenster und driftete mit den Gedanken ab. Die Landschaft zog verschwommen an demm vorbei. Demm war klar, dass dey gerade keine besonders gute Gesellschaft war, aber dey konnte nichts dagegen tun.

London fühlte sich seltsam. Das war alles. Sehr seltsam. Dey hatte sich die Folge selbst nicht angeschaut, hatte sich aber nicht davon abhalten können, Kommentare durchzulesen. Die sozialen Medien waren Teil von deren Leben, mehr, als dey zugeben wollte. Sie hatten demm dabei geholfen, überhaupt erst herauszufinden, dass dey nichtbinär war. Online hatte dey eine Community gefunden, in der London dey selbst sein konnte.

Und von dieser Community hatte London auch eine Menge positives Feedback bekommen. Nicht nur GIFs auf Twitter, sondern auch freundliche Nachrichten.

OMG London! Wie cool! Schreiben dir schon viele Trolle? Pass auf dich auf, wir kümmern uns um die. <3 <3 <3 Übrigens bist du echt heiß, das weißt du, oder?

*Verrückt, da stellst du dich einfach so ins landesweite Fernsehen und verkündest mal eben deine Pronomen, als wär nichts dabei. Du schlägst dich wirklich held*innenhaft, London Parker!*

Das Ding mit den Trollen war: London wusste natürlich, dass sie nur trollten. Dass man sie ignorieren sollte. Vielleicht war London schwächer, als dey hätte sein sollen, aber es war demm nie gelungen, sich von den Worten dieser Leute nicht verletzen zu lassen. Auch wenn demm klar war, dass sie so gewannen.

Julie, Jackie und Sara hatten ermutigende Nachrichten geschrieben. Jackie wohnte in Atlanta, Sara in Pittsburgh, sie waren also nicht beim gemeinsamen großen Fernsehabend dabei gewesen, aber Julie meinte, er sei ein Erfolg gewesen. London hatte keinen Schimmer, was das bedeuten sollte, argwöhnte aber, dass es eigentlich nur unangenehm für alle Anwesenden gewesen sein konnte. Londons Mom hatte auch geschrieben:

Dein Lamm sah wirklich perfekt aus. Wir sind so stolz auf dich! Ich hab dich lieb!

Von Londons Vater war nichts gekommen. Natürlich.

Während sich das Auto durch die Hügel schlängelte und links das Meer glitzerte, kehrten Londons Gedanken nicht ins Hier und Jetzt zurück, sondern wurden irgendwie zäher, dehnten sich mit jeder Meile aus. Warum nahm dey noch mal an diesem Wettbewerb teil? Warum war das Thema Geschlecht für einige Menschen so einfach und für andere nicht? Warum interessierte es einen so sehr, was andere Leute dachten? Warum war Dahlia so nett zu demm?

Jetzt sah London zu ihr rüber. Und deren Herz setzte einen kleinen Schlag aus. Dahlia trug eine riesige Sonnenbrille, ein schlichtes weißes T-Shirt mit V-Ausschnitt und kurze Jeansshorts mit Fransen. Ihre Haare waren offen, und sie strahlte. Lächelte einfach so durch die Windschutzscheibe, nur eine Hand am Steuer, während London sich im Sitz vergrub und eine existenzielle Krise ausstand.

»Du wirkst glücklich«, bemerkte dey.

Dahlias Lächeln erlosch. Ihr Blick huschte rüber zu London.

»Oh, hi. Sorry, ich dachte, du wärst vielleicht eingeschlafen.«

»Nein. Ich habe nur nachgedacht.«

Sie nickte. »Ich bin überhaupt nicht glücklich mit … Du weißt schon.« Erneutes Wedeln mit der Hand. »Ich habe bloß festgestellt, dass mir Autofahren in L. A. Spaß macht.«

»Wirklich?«

»Ja.«

London grinste. »Okay, das freut mich.«

»Es sind so viele Leute unterwegs, und alle fahren so schnell. Es ist … beängstigend, aber auch irgendwie aufregend.« Dahlia wurde rot. London fragte sich, ob sie überhaupt echt war. Die Frau, die mir nichts, dir nichts einen Schwertfisch filetierte, immer ein Schweizer Taschenmesser in der Handtasche hatte und das Autofahren in L. A. genoss. London wurde heiß. »Ich meine, der Verkehr in Washington, D. C. bringt einen dazu, dass man am liebsten jemanden erstechen würde. Das hier ist was völlig anderes. Und das Auto ist auch ziemlich cool. Du solltest die Klapperkiste sehen, mit der ich durch die Vorstädte in Maryland rattere.«

Der Mietwagen war ein Nissan. Und er war in Ordnung. Londons Mutter bezahlte für ihn, es war ihre Idee gewesen. Aber das war London ein bisschen peinlich, deshalb wollte dey es Dahlia gegenüber nicht erwähnen.

London verschwieg außerdem, dass dey zu Hause einen Tesla fuhr.

»Und guck dir mal diese Straße an! Hast du so was schon mal gesehen?«

Der Pacific Coast Highway war wirklich etwas Besonderes. Sie hatten den dichten Stadtverkehr inzwischen hinter sich gelassen, und die Straße wand sich sanft durch die Hügel, geradezu poetisch, wie eine Symphonie in Asphalt.

London wollte, dass Dahlia weiter übers Autofahren redete, über den Highway, ihr Auto zu Hause in Maryland, egal was. Sie hätte auch das Abc singen können. London hätte ihr gern gesagt, dass sie demm damit half. Doch Worte zu formen, fiel demm noch schwer.

Daher schwieg London, und da Dahlia schließlich ebenfalls aufhörte zu reden, brausten sie stumm noch etwa zehn Minuten weiter. Bis Dahlia auf irgendeinen Parkplatz am Straßenrand fuhr. Sie stellte den Motor aus und saß einen Moment lang einfach nur da. Dann sah sie rüber zu demm.

»Hey, London?«

Dey schnallte sich ab, wandte sich ihr zu und zog fragend eine Augenbraue hoch.

»Scheiß auf alle, die nicht sehen, wie toll du bist.«

Sie stieg aus, warf die Autotür zu und marschierte auf die Klippe zu.

London blickte ihr hinterher, lauschte deren Herzschlag in den Ohren. Dey wollte diesen Moment einfrieren, so bittersüß er auch war: Dahlia Woodson am Rande des Ozeans, windzerzauste Haare und sonnengebräunte Beine. Die fand, dass London toll war.

Schließlich öffnete London die Tür. Dey fühlte sich seltsamer als je zuvor, während dey auf Dahlia zulief.

Sie entdeckten eine wacklige Treppe, die hinunter zum Strand führte. Außer ihnen war niemand hier, was sich nach dem Großstadttrubel von Los Angeles unwirklich anfühlte. Zwei imposante goldbraune Steinsäulen ragten aus den Wellen.

»Sieh dir das an«, hauchte Dahlia. »Das ist der schönste Ort, an dem ich je war.«

Stumm pflichtete London ihr bei. Endlos erstreckte sich der Ozean vor ihnen. Das Donnern der Wellen und das Geschrei der Möwen ließen sich unmöglich ignorieren, zogen demm mit Macht zurück in die Gegenwart.

Dey wollte irgendwas sagen. Ihr dafür danken, dass sie demm hierhergebracht hatte. Oder für das, was sie eben im Auto gesagt hatte. Oder ihr klarmachen, wie toll sie selbst war.

Sobald London zu ihr hinübersah, prustete dey jedoch halb verärgert, halb belustigt los.

»Um Himmels willen, Dahlia.«

Und ehe dey sich zurückhalten konnte, hatte dey schon die Hände ausgestreckt und in Dahlias Haaren vergraben. Der Wind ließ sie völlig außer Rand und Band geraten, sie peitschten wie ein Wirbelsturm in alle Richtungen und verdeckten ihr Gesicht. »Siehst du überhaupt irgendwas?« London versuchte, die dunklen Strähnen in Schach zu halten, strich sie ihr aus der Stirn, aber sie ließen sich nicht zähmen und flogen immer wieder zurück. »Mal im Ernst.«

Als London genug Haare in Händen hielt, um einen Blick auf Dahlias Miene erhaschen zu können, lächelte sie hoch zu demm, und in Londons Innerem fügten sich klar und deutlich sämtliche Puzzleteile zusammen: deren Finger in den Haaren, von denen dey schon seit drei Wochen träumte, deren Gesicht nur Zentimeter von ihrem entfernt, der menschenleere Strand und der Wind, der demm den Atem raubte.

Da beugte Dahlia sich vor und küsste demm.

Londons Hirn hatte kaum Zeit, das Gefühl ihrer Lippen zu verarbeiten – weich und süß – oder ihre seidige, dichte Mähne, in die dey die Finger automatisch noch tiefer vergrub, oder dass ihre Nasen gegeneinanderstießen, ehe dey husten musste.

Unwillkürlich wich London zurück, ließ Dahlia los und hustete noch ein bisschen mehr. Dey hatte sich an ein paar von Dahlias Haaren verschluckt.

Die fing prompt an zu lachen. Auch sie trat einen Schritt zurück und griff nach dem schwarzen Haargummi, das sie stets am rechten Handgelenk trug. Sie senkte das Kinn und klaubte die dunkle Lockenpracht auf ihrem Kopf zusammen. Mit klopfendem Herzen stand London stocksteif daneben, fasziniert davon, diese Geste aus nächster Nähe mitzuerleben, so nah, dass lose Strähnen in Londons eigenes Gesicht flogen, während Dahlia versuchte, sie einzufangen. Gleichzeitig machte sich Enttäuschung in demm breit.

London war sicher, der Moment war vorüber. Dey spürte jeden Zentimeter zwischen ihnen schmerzlich. Wie hatte dey das so grandios verbocken können?

Wobei streng genommen Dahlias Haare schuld waren.

Als Dahlia eine halbe Minute später – die längsten dreißig Sekunden in Londons Leben – endlich fertig war, überwand sie den Abstand zwischen ihnen jedoch sofort wieder. Ohne auch nur den Hauch eines Zögerns. Was bedeutete, das gerade eben war nicht einfach einer Laune entsprungen, war nicht die spontane Folge davon gewesen, dass London ihr unsanft die Haare aus dem Gesicht gestrichen hatte. Dey stand noch immer wie angewurzelt da, doch Dahlia kam trotzdem näher. London nahm ihren Kokosduft wahr.

Ihre Hände umfassten Londons Gesicht. *Oh.* Dahlias Hände waren an *deren* Gesicht. *Sie waren so weich.*

Einen Moment lang sah London runter zu ihr, bemerkte das Lächeln in ihren Augen, bevor sie sie schloss und sich demm entgegenreckte. Und diesmal verbockte London es nicht.

Dey presste deren Lippen so heftig auf Dahlias, dass sie ins Straucheln geriet. Hastig schlang London die Arme um sie, legte eine stützende Hand an ihren Rücken.

Ihre Lippen öffneten sich, und da war ihre Zunge, *endlich*, warm und überraschend zielstrebig, genau wie Dahlia selbst. Sie zu spüren, schlug eine Saite in London an, eine Saite, die alles andere in Flammen setzte.

Zur Abwechslung war die Welt mal genau richtig. Sie waren fest mit dem Boden verbunden, mit dem Wind, der Sonne und dem Himmel. Es gab keine Geschlechter, kein Internet, keine Kommentare – nur Haut, Muskeln und Salz.

Dahlia sank London entgegen, und dey schlang ihr die Hände um den Hals, zog sie so nah an sich wie irgendmöglich. Es kam demm so natürlich vor, sie zu halten, sie wurden praktisch eins. Londons Körper fühlte sich gut an, wenn dey ihren Körper hielt. Gott, Dahlia fühlte sich gut an.

Nach einer ganzen Weile entzog Dahlia sanft ihre Zunge, und dey atmete aus. Dey senkte den Kopf, und Dahlia drückte demm eine Reihe kleiner Küsse auf die Wange, bis hoch zu deren Ohrläppchen, das sie in den Mund saugte.

Ein ersticktes Keuchen entrang sich Londons Kehle.

Nur widerwillig löste dey sich von Dahlia.

Jetzt standen sie sich gegenüber, starrten einander an, mit erhitzten Gesichtern und noch leicht geöffneten Lippen. Sie atmeten schwer, und London spürte den Puls des Meeres in sich, als wären sie mit allem um sich herum verbunden, spürte, wie der Ozean unaufhörlich von innen gegen deren Brustkorb donnerte, ursprünglich und wild.

Dey holte noch einmal tief Luft und fuhr sich durch die Haare.

Der überirdische Moment des Friedens und der Lust begann zu bröckeln, das wirkliche Leben drängte sich mit Macht zurück in Londons Hirn. War das ein Mitleidskuss gewesen? Hatte Dahlia all die gehässigen Kommentare im Internet gelesen und demm hier raus an diesen wunderschönen Ort gebracht, um demm aufzumuntern? Und außerdem …

»Dahlia, bist du hetero?«

Darüber zerbrach sich London schon seit einer ganzen Weile den Kopf. Und dieser Kuss, wie Dahlia demm berührt hatte – das war jetzt einfach zu viel.

London wusste nur, dass Dahlia verheiratet gewesen war. Mit einem Mann.

Was natürlich nichts bedeuten musste, aber dey wusste auch, dass dey selbst oft männlich rüberkam, und … Na ja, genau genommen wusste London gerade gar nichts mehr, außer dass dey auf keinen Fall irgendein Experiment oder Fetisch für Dahlia sein wollte. Das würde dey nicht überleben.

London wollte all das erklären, aber seit Dahlia demm geküsst hatte, waren demm mindestens fünfundachtzig Prozent aller Wörter aus deren Wortschatz abhandengekommen.

Dahlia sah demm aufmerksam an, ihr Blick so klar und ehrlich wie immer.

»Oh. London, nein, ich bin queer.« Sie hielt inne. »Ich … Das habe ich wohl bisher nicht erwähnt?«

London musste die Augen schließen. Genau die Antwort hatte dey hören wollen, aber irrationalerweise hatte dey das Bedürfnis, in ein Kissen zu boxen. Mehr denn je wollte dey Dahlia angrummeln. »Nope, hast du nicht.«

»Tut mir leid.« Dahlia biss sich auf die Lippen, wirkte auf einmal nervös. »Ich war ja auch nur mit David zusammen, bevor …« Sie deutete auf London, dann auf sich selbst. »Abgesehen von David bist du die einzige Person, die ich je geküsst habe. Was … vielleicht ein bisschen peinlich ist. Aber ich weiß schon seit der Uni, dass … na ja, dass ich nicht hetero bin.«

Dahlia holte tief Luft, ehe sie wieder näher kam.

Sie streckte die Hände aus, überlegte es sich dann jedoch offenbar anders und steckte sie in die hinteren Taschen ihrer Shorts.

»London«, sagte sie im selben Augenblick, als London »Dahlia« sagte.

Sie sah zu demm auf. »Du zuerst.«

»Das ist keine gute Idee.«

Der schlimmste Satz, der jemals über Londons Lippen gekommen war. Dey beobachtete, wie Dahlias Miene in sich zusammenfiel, ehe sie Londons Blick auswich und zu Boden sah. Sie bohrte die Spitze ihrer Sandalen in den Sand. Jede Faser in London wollte die Worte zurücknehmen. Wollte sich mit Dahlia in den Sand werfen und sie nie wieder loslassen.

Stattdessen schob dey hinterher: »Du warst seit deiner Scheidung mit niemandem zusammen und ich nicht, seit ich mich als nichtbinär geoutet habe. Das an sich ist schon chaotisch genug. Aber vor allem könnten du oder ich nächste Woche rausfliegen, Dahlia, und ich kann das nicht …«

Jetzt starrte London ebenfalls zu Boden.

»Klar«, hörte dey Dahlia murmeln, fast übertönt vom Wind. Ihre Stimme klang so kleinlaut, dass London beinahe auf der Stelle zu Staub zerbröselt und von der Flut weggespült worden wäre.

Ich kann das nicht, hatte dey sagen wollen, *weil ich schon nach diesem einen Kuss nicht weiß, ob ich es in deiner Gegenwart noch aushalte. Wenn du mich noch mal küsst, werde ich mich nicht zurückhalten können, ich werde mehr wollen, gleich hier, an diesem Strand, werde deinen Körper so lange erkunden wollen, bis ich jeden Zentimeter auswendig kenne. Sobald ich das mit dir einmal richtig anfange, kann ich nicht mehr aufhören. Ich brauche dich so sehr, das funktioniert nicht als was Vorübergehendes.*

Dahlia wandte sich ab und starrte aufs Wasser.

London wagte kaum zu atmen, während dey ihr Profil studierte.

Nach einer Minute fiel demm auf, dass dey die Hände zu Fäusten geballt hatte.

»Tut mir leid«, entschuldigte sich Dahlia erneut. »Ich wollte das zwischen uns nicht verkomplizieren.«

London rieb sich den Nacken. »Nein, Dahlia, du … du hast nichts falsch gemacht.«

Sie schluckte und drehte sich wieder zu demm.

»Wir können aber schon noch befreundet sein, oder? Ich weiß nicht, wie ich sonst weiter an *Chef's Special* teilnehmen soll.«

Oh Gott, London wollte wirklich im Erdboden versinken.

»Na klar«, antwortete dey und hatte das Gefühl, Schleifpapier im Hals zu haben.

Dahlia blickte wieder raus aufs Meer. Nach einer Weile verkündete sie: »Ich würde gern was tun.«

London straffte die Schultern. »Okay.« Auf jeden Fall sollten sie schleunigst von diesem verfluchten Strand abhauen. Falls sie noch länger hierblieben, würde womöglich Londons Brustkorb explodieren. »Wir könnten …«

»Vielleicht findest du es blöd«, unterbrach Dahlia demm. »Wenn du magst, kannst du die Augen zumachen.«

London blinzelte. »Was?«

Und dann zog Dahlia Woodson ihr T-Shirt aus.

London fiel die Kinnlade runter, während Dahlia sich auch aus ihren Shorts schälte und die Sandalen von den Füßen kickte.

Und ohne sich noch mal umzusehen, rannte sie los, Richtung Meer. Sand wirbelte unter ihren Sohlen auf.

»Fuck«, sagte London zu sich selbst.

Dahlia quiekte laut, als das Wasser zuerst ihre Knöchel umspielte, dann ihre Knie, ihre Oberschenkel. Wie vom Blitz gerührt schaute London zu, wie sie sich den Wellen entgegenwarf. Ihr Kopf verschwand unter der fast aggressiv blauen Wasseroberfläche. Als sie wieder auftauchte, schnappte sie nach Luft, dann lächelte sie. Das Weiß ihrer Zähne war unverkennbar, sogar hier vom Ufer aus.

Sie planschte ein bisschen herum, schwamm aber nicht so weit raus, dass London sich hätte Sorgen machen müssen. Die Sonne schien ihr auf den Kopf und London ins Gesicht. Dey spürte förmlich, wie deren Haut verbrannte. Auf dem Rückweg musste dey irgendwo Aloe vera besorgen. *Verdammt. Der Rückweg!* Dahlia und London mussten noch den ganzen Weg bis nach Burbank zusammen im Auto sitzen.

Irgendwann kam Dahlia zurück ans Ufer. Langsam lief sie auf London zu und drückte Salzwasser aus ihren Haaren. Vage fragte London sich, ob dey vielleicht gerade eine Panikattacke hatte, ob dey halluzinierte. Dahlia trug zusammenpassende Unterwäsche, glatte dunkellila Seide, die sich an ihren Körper schmiegte. Beim Anblick ihres entblößten Bauchs schmolz London innerlich.

Jetzt war sie wieder an deren Seite und lächelte schüchtern. London konnte sich nicht erinnern, dass Dahlia vorher je schüchtern gewirkt hätte. Andererseits hatte dey auch noch keiner halb nackten, tropfenden Dahlia gegenübergestanden. Sosehr dey es auch versuchte, dey konnte die Augen nicht abwenden.

»Der Pazifik ist verdammt kalt«, bemerkte Dahlia, ein bisschen zu sehr um einen ungezwungenen Tonfall bemüht. Sie errötete. Ihre Haut und ihr Lächeln strahlten um die Wette, ihre Kanten wirkten abgerundet vom Wasser. Nie hatte sie küssenswerter ausgesehen, und das, obwohl sie die meiste Zeit unheimlich küssenswert aussah.

»Okay. Jetzt musst du deine Augen aber wirklich zumachen.«

»Wie bitte?«, fragte London.

Dahlia sammelte ihre Klamotten vom Boden auf.

»Ich will mich umziehen. Wenn ich die nassen Klamotten den ganzen Weg zurück anbehalte, scheuern sie bestimmt. Oder ich kriege eine Blasenentzündung.«

London schloss die Augen und fluchte stumm vor sich hin.

Einen Moment später klatschte irgendetwas Nasses gegen Londons Hand. Fast hätte dey aufgeschrien.

»Sorry, tut mir leid, aber kannst du das kurz halten? Ich will nicht, dass gleich alles voller Sand ist.« Londons Finger umklammerten den Bügel von Dahlias durchweichtem BH. Die stummen Flüche in deren Kopf wurden immer lauter.

»Alles klar, ich bin vorzeigbar. Also, zumindest einigermaßen.«

Als London es wagte, die Augen einen Spalt zu öffnen, trug Dahlia wieder Shorts und T-Shirt. Mit dem nassen Slip in der Hand führte sie allerdings eine Art merkwürdigen Tanz auf. Sie ging in die Hocke, schoss wieder hoch, ging wieder in die Hocke …

»Hm«, machte sie. »Das scheuert wahrscheinlich auch. Hätte ich mir eigentlich denken können, aber es wird wohl gehen.«

London litt. »Dahlia? Kannst du bitte kurz still stehen bleiben?«

Zwar lief Londons Hirn jetzt schon seit geraumer Zeit auf Sparflamme, aber dabei zuzusehen, wie Dahlia sich wand, um zu testen, wie sich diese Hose an ihren Vulvalippen anfühlte, während dey immer noch ihren nassen BH in der Hand hielt, würde deren Denkorgan vermutlich bald komplett den Garaus machen.

Doch als Dahlia tat wie geheißen und mit in die Hüften gestemmten Armen still vor demm stand, wusste London, dass dey hoffnungslos verloren war. Aus dem gefährlich schief sitzenden Haarknoten tropfte Wasser auf ihre Schultern. Durch das T-Shirt konnte London deutlich die dunkelrosa Aureolen und darin ihre aufgerichteten Nippel erkennen. Sie war das Schönste, das London je gesehen hatte. London war ihr völlig ausgeliefert, und doch hatte dey sie gerade davon abgehalten, demm weiterzuküssen. Es fiel London schwer, sich an den Grund zu erinnern.

»Möchtest du auch rein?« Dahlia deutete mit dem Kinn aufs Wasser. »Ich gucke nicht, versprochen. Es pustet den Kopf frei.«

London konnte ihr kaum eine Sekunde in die Augen sehen. »Nein danke.«

Dahlia vergrub die Hände in den Hosentaschen und biss sich wieder auf die Unterlippe.

»Bist du sauer auf mich?«

London schüttelte den Kopf. Auch wenn dey selbst nicht genau wusste, ob oder auf wen dey sauer war.

»Willst du noch bleiben? Oder lieber irgendwas anderes machen?«

In Wahrheit wollte London sich auf magische Weise von diesem Strand wegteleportieren und gleichzeitig für immer mit Dahlia hierbleiben, weit ab von Fernsehstudios, Hotelzimmern und Verantwortung. Noch immer war außer ihnen beiden keine Menschenseele hier, als wäre dieses Stück Strand für sie bestimmt, als hätte Dahlia genau gewusst, wo sie anhalten musste. Sie könnten diesen Ort zu ihrem Reich machen, in einer Höhle in den Klippen wohnen, über offenem Feuer kochen, sich auf dem Sand lieben. Ab und an würden sie in die Gesellschaft zurückkehren, um sich bei ihren Familien zu melden, ihnen zu versichern, dass es ihnen gut ging. Julie und Hank würden es verstehen.

»Was anderes«, sagte dey schließlich.

»Okay.« Dahlia holte tief Luft und lächelte, wie um London und sich selbst zugleich Mut zu spenden. Sie schnappte London den BH aus der Hand. Endlich. Hob ihre Sandalen auf. Dann schaute sie London an, und einer ihrer Mundwinkel zuckte. »Du wirst dich eh nicht darauf einlassen, aber … Wettrennen zurück zum Auto?«

Und zack, sprintete sie los. Ein paar Sekunden lang sah London ihr einfach nach, ehe dey langsam einen Fuß vor den anderen setzte und ihr folgte. Sie hatte natürlich recht, London würde nie mit ihr um die Wette rennen. Dahlia Woodson war ein Glühwürmchen in der Dunkelheit. Für einen flüchtigen Moment konnte man sich in ihrem Licht sonnen, aber man konnte sie nicht jagen. Sie war nicht dazu gemacht, dass man sie einfing.

Als dey oben auf der Klippe ankam, warf Dahlia demm die Autoschlüssel zu.

»Wär's okay, wenn du fährst? Ich bin plötzlich ganz schön müde.«

Während London den Pacific Coast Highway entlangsteuerte, wollte dey zum Hinweg zurückspulen, als Dahlia außer sich vor Freude über den kalifornischen Verkehr gewesen war. Als die Stimmung zwischen ihnen noch Sinn ergeben hatte, nicht wie diese stickige Atmosphäre, die jetzt herrschte.

Vielleicht sollte dey lieber noch viel weiter zurückspulen. Dey hätte sich nie an Jacob vorbeidrängeln sollen, um auf dem Weg zu dieser Bar-Mizwa neben Dahlia sitzen zu können, hätte deren Rugelach besser allein an einem anderen Tisch zubereitet. Dey hätte sie nie dazu überreden sollen, eine Hochzeit zu crashen, hätte heute in deren Hotelzimmer bleiben, sich einigeln und sich aufs Kochen konzentrieren sollen.

Wahrscheinlich hätte dey sich trotzdem verknallt, ganz still und leise. Im stummen Anschmachten war London gut. Das wäre deutlich einfacher gewesen, als zu wissen, wie Dahlia schmeckte. Und vor allem hätte dey sie nicht verletzt.

London warf einen kurzen Blick rüber, drauf und dran, etwas zu sagen, hielt dann aber inne. Dahlia war eingeschlafen. Die Sandalen lagen einsam im Fußraum, ihre Füße steckten unter den gebräunten Beinen, nur wenige Zentimeter neben der Gangschaltung. Mit dem Kopf lehnte sie am Fenster, die Hand hielt sie noch fest um ihre Unterwäsche geschlossen.

Kapitel 11

Dahlia war ins Meer gesprungen, eine morsche Treppe an einer Sandsteinklippe hinaufgerannt und hatte viel zu viel Geld bei Mitfahr-Apps ausgegeben, um den Rest des Wochenendes alleine Sightseeing in L. A. zu machen, bloß um dem Gefühl von London Parkers Umarmung zu entfliehen.

Und dann kam Tanner Tavish am Montagmorgen zu ihnen und steckte sie beide direkt wieder zusammen, weil er ein verbittertes Arschloch war. Dahlia hätte ihm am liebsten ins Gesicht gespuckt.

Beim Face-off ging es diesmal um Törtchen. Natürlich würde London sowieso gewinnen. Desserts waren deren Stärke.

Vor ihnen standen jeweils zwei Tabletts mit vorgebackenen Törtchenböden sowie eine Reihe von Cremefüllungen, Früchten und einigen Verzierungen. Sie hatten mickrige fünf Minuten Zeit, um so viele Törtchen so schön wie möglich zu arrangieren.

»Richtig bescheuert«, hörte Dahlia London neben sich murmeln. »Den wichtigsten Teil haben sie schon für uns erledigt. Wer schafft es denn nicht, vorgebackene Törtchen zu dekorieren?«

Dahlia, wie es aussah.

Als sie den Spritzbeutel das erste Mal füllte, drückte sie etwas zu enthusiastisch zu, und der glibberige Pudding quoll über den Rand ihres ersten Förmchens. Dann verschwendete sie eine Minute mit Aufräumen, weil sie nicht wollte, dass London es mitbekam. Und das, obwohl sie wusste, dass London sich gar nicht für ihre Seite des Tisches interessierte, weil sie selbst ständig hinüberlinste.

Es frustrierte Dahlia mehr als erwartet, dass London so cool und gefasst blieb. Denn sie konnte demm *spüren*, deren Aura, die den Raum um sie beide erfüllte. Sie stellte ihr die Haare auf den Armen auf, sandte ihr ein Kribbeln über den Rücken und ließ die Luft in ihren Lungen knapp werden.

Audra Carnegie eilte herbei und flüsterte: »Dahlia, wen interessiert das Chaos? Dir läuft die Zeit davon! Los, weiter, weiter!«

Dahlia interessierte das Chaos. London war ordentlich und präzise. Dey fertigte gerade systematisch zwei Reihen von Törtchen ab, *bumm, bumm, bumm,* jede Füllung gleichmäßig und einheitlich. Perfekt. Dahlia beobachtete die Muskeln, die sich unter der sommersprossigen Haut der Unterarme abzeichneten, und die rotblonden Haare, die demm während der Arbeit über den Augen hingen. Sie glänzten im Scheinwerferlicht.

Natürlich blieb Dahlia keine Zeit, ihren Arbeitsplatz zu reinigen. Sie hatte noch genau zwei Minuten dreißig Zeit, um all ihre Törtchen hinzukriegen.

Aber sie wollte vor London nicht als die unordentliche, schlampige Dahlia dastehen. Sie hasste es, wie sehr sie das gerade jetzt nicht wollte. Denn, *uff*, warum eigentlich?

Vielleicht war sie ein bisschen chaotisch. Wen kümmerte das? Was war nur los mit ihr?

Dreißig Sekunden vor Schluss warf sie einen Blick hinüber.

London arrangierte Brunnenkresseblüten entlang der Törtchenränder – heiter, zierlich und wunderschön.

Verfluchte Scheiße.

Als die Uhr ablief, hatte Dahlia acht Törtchen gefüllt. Sie hatte ihre Beerenmischung genau in die Mitte jedes Törtchens plumpsen lassen, während London sie elegant asymmetrisch drapiert hatte. Insgesamt waren es zwanzig Stück. Dahlia schämte sich in Grund und Boden.

Tanner Tavish warf ihr lediglich einen abschätzigen Blick zu, als er bei ihrer Kochinsel ankam. Den hatte sie verdient.

»Sehr hübsch, London.« Tavish nickte. »Wirklich, außerordentlich hübsch.«

Dahlia konnte es kaum erwarten, dass die Kameras ausgeschaltet wurden, damit sie auf die Toilette rennen und sich auf dem Handy Bilder von süßen Hundewelpen anschauen konnte.

»Hey«, sagte London, sobald die Produktionsassistent*innen das offizielle Signal gaben, noch bevor sie sich in den digitalen Trost von Schlappohren und weichem Fell flüchten konnte. London wischte sich die Hände an einem Geschirrtuch ab, drehte sich dann zu ihr um, verschränkte die Arme und lehnte sich mit der Hüfte an den Tisch. Dahlia warf demm einen kurzen Blick zu und musste tragischerweise feststellen, wie gut dey in dieser Pose aussah. »Schon okay«, meinte London. »Wir haben alle mal einen schlechten Start in den Tag.«

»Ach ja?« Dahlia schnappte sich eins von Londons perfekten Törtchen und stopfte es sich hastig in den Mund, bevor die Crew kam, um alles abzuräumen.

Londons Mundwinkel wanderten leicht nach oben. »Ja. Tatsächlich.« Dann verschwand das Lächeln und dey räusperte sich. »Ähm. Wie war dein Wochenende?«

Dahlia schluckte den Rest des leckeren Törtchens hinunter und blickte zu Boden.

»Okay.«

Sie schloss kurz die Augen. Die Situation war schrecklich unangenehm. Ihre Zehen kribbelten, und mehr denn je wollte sie davonlaufen. Aber wenn es zwischen ihnen irgendwie wieder normal werden sollte, musste sie es versuchen. Obwohl ihr nicht danach war, zwang Dahlia sich, mehr Details preiszugeben.

»Am Samstag war ich am Venice Beach. Er war total überfüllt und hat seltsam gestunken. Aber ich fand's super.«

Darüber lächelte London breit.

»Ich war am Griffith-Observatorium«, sagte dey. »Hab versucht, diesen Pfad runterzuwandern, der zum Hollywood Sign führt.«

Dahlias Miene hellte sich ein wenig auf. Diesmal schaute sie demm wirklich an. »Echt? Das steht auch auf meiner Liste. War es toll, die Buchstaben aus der Nähe zu sehen?«

»Keine Ahnung. Der Weg war staubig, und es war verdammt heiß und viel zu voll. Nach ungefähr einer Viertelmeile bin ich umgekehrt.«

Dahlia grinste. »Am Venice Beach konnte man sich kaum bewegen, so viele Leute waren da. Du hättest es gehasst.«

London lächelte zurück. »Wahrscheinlich.« Eine Pause.

»Du kannst übrigens jederzeit meinen Wagen benutzen, am Wochenende oder an freien Tagen oder wann auch immer. Sag einfach Bescheid.«

Dahlia zögerte. »Verbietet die Mietwagenfirma so was nicht?«

London zuckte mit den Schultern und stieß sich vom Tisch ab.

»Betrachte uns als rücksichtslose Regelbrecher*innen, Dahlia.« Dey schenkte ihr noch ein kleines Lächeln und ging davon.

Dahlia aß ein weiteres Törtchen, eins von ihren eigenen. Es mochte zwar unansehnlich sein, schmeckte aber trotzdem gut.

Es half ein wenig, den Geschmack zu überdecken, den die Vorstellung, ohne London allein mit deren Auto durch Los Angeles zu fahren, in ihrem Mund hinterlassen hatte.

Und dann setzte sie sich in eine Ecke und öffnete Twitter. Dort wimmelte es von Leuten, die viel cooler waren als sie, hipper und charmanter, die sich zu aktuellen Themen äußerten, über die sie nicht genug wusste. Sie fühlte sich schuldig. Mit jeder Minute sank ihre Laune, trotzdem scrollte sie weiter.

Sie wurden zu ihren Plätzen zurückgerufen. Bevor die Kameras aufzeichneten und Sai Patel verriet, was die Geheimzutat für die heutige Mysterychallenge sein würde, beugte Barbara sich herüber und drückte ihre Hand.

»Geht es dir heute gut, Dahlia?«

Dahlia sah auf ihre ineinander verschlungenen Hände hinunter, auf Barbaras vom Alter gezeichneten und weichen Finger, die ihre so vertrauensvoll umfassten.

Ihr war nicht ganz klar, warum Londons Zurückweisung am Strand ihr so naheging. Sie hatte nur gedacht … Barbara hatte doch gesagt … aber nein. Sie hatte *gespürt*, wie London ihren Kuss erwidert hatte. Sie wusste, wie dey sie ansah. Oder zumindest, wie dey sie bis dahin angesehen hatte. Dahlia wusste, dass sie sich die Anziehung zwischen sich nicht eingebildet hatte, auch wenn sie eine ganze Weile auf dem Schlauch gestanden hatte. Dass sie bislang nur in einer romantischen Beziehung gewesen war, hatte anscheinend dafür gesorgt, dass sie einen Flirt nicht mehr erkannte.

So schwer von Begriff gewesen zu sein, machte es allerdings irgendwie noch schmerzhafter. Denn als es ihr dann endlich wie Schuppen von den Augen gefallen war – wie richtig es sich angefühlt hatte, London an diesem Strand zu küssen, und dass sie das schon lange hatte tun wollen –, war das wie ein Schlag in die Magengrube gewesen. Allumfassend, schockierend, atemberaubend.

Nur hatte London schrecklicherweise recht damit, dass nichts, was über diesen Kuss hinausging, schlau wäre, auch wenn jede Zelle in ihrem Körper dagegen rebellieren wollte. Es war wirklich keine gute Idee, denn wie London gesagt hatte, konnten sie jederzeit aus der Show gekickt werden.

Und zwar schon morgen, erinnerte sich Dahlia.

Morgen gab es eine weitere Eliminierungschallenge. Egal, wie wohl sie sich hier allmählich fühlte, es gab keinerlei Garantie. Für nichts.

Doch auch jenseits der Eliminierung, jenseits der Show … Die Sache war die, dass London eine äußerst bodenständige Person war. Ein guter Mensch mit Zielen und Talenten. Dey liebte Nashville, einen Ort, an dem Dahlia noch nie gewesen war und den sie auch für einen Besuch nie ernsthaft in Erwägung gezogen hatte, und dey hatte nicht den Wunsch, ihn zu verlassen. Dey hatte einen cool klingenden Job, der demm Spaß machte. Dey wollte einen gemeinnützigen Verein gründen, der womöglich Leben verändern und wirklich etwas bewirken könnte. Dey hatte Familie und Freunde. London hatte eine Zukunft.

Dahlia hingegen hatte eine Nullachtfünfzehn-Wohnung in einem seelenlosen Mehrfamilienhaus in einer langweiligen Vorstadt und wusste nicht, wie sie im nächsten Monat die Miete bezahlen sollte, wenn sie die einhunderttausend Dollar nicht gewann. Sie hatte Kreditkarten mit überzogenem Guthaben und zu hohen Zinsen. Dahlia hatte nicht nur keinen Job mehr, sondern auch keine Ahnung, was für einen Job sie in Zukunft wollte oder suchen sollte, wenn sie wieder zu Hause war. Sie hatte einen etwas nerdigen Vater und einen lieben Bruder, der Hunderte von Meilen entfernt wohnte und den sie nicht oft genug besuchte. Sie hatte eine Mutter, die von ihr enttäuscht war und mit der Dahlia verlernt hatte zu reden. Und ob sie noch Freund*innen hatte, konnte Dahlia gar nicht so genau sagen.

Dahlia war ein Wrack, und London hatte etwas viel Besseres verdient.

Sie schaute auf Barbaras Hand in ihrer und versuchte, sich daran zu erinnern, was sie gefragt hatte. *Oh. Richtig.* Ob es ihr gut ginge.

»Nein«, sagte sie leise. Denn sie fühlte sich immer wohl damit, Barbara die Wahrheit zu sagen.

»Das ist okay, Liebes«, antwortete Barbara nach einer Weile. »Es ist okay, wenn es einem manchmal nicht gut geht.«

Dahlia ließ ihre Hand erst los, als ein Produktionsassistent das Signal gab und die Kameras wieder eingeschaltet wurden.

*

Nie hatte London so reine Dankbarkeit verspürt wie am nächsten Morgen, als Tanner Tavish das Thema der Elimierungschallenge bekannt gab.

Soufflés. Ein Schokoladen- und ein Käsesoufflé. Das war alles. Keine Verzierungen oder kreativen Personalisierungen. Bloß zwei Soufflés.

Für London ergaben Soufflés Sinn. Eigelb und Eiweiß. Geschmolzene Schokolade. Béchamel. Eischnee. Vielleicht wurde das heute ja sogar mal ein kurzer Drehtag. Aus irgendeinem Grund hatten die meisten Leute total Respekt vor diesen luftigen Aufläufen, aber eigentlich waren sie wirklich einfach. Viel einfacher, als zum Beispiel herauszufinden, was dey in Dahlias Gegenwart mit deren rasendem Herzen machen sollte.

Gestern am Set hatte dey sich mehr auf die Challenges konzentriert als je zuvor. Das war auch der Plan für heute, morgen und übermorgen. Abseits des Studios starrte dey stundenlang die Decke im Hotelzimmer an und dachte an Dahlia, die nur in Unterwäsche an einem einsamen paradiesischen Strand vor demm stand. An Dahlia, die verschwitzt in diesem schwarzen Kleid auf einer Tanzfläche voller Fremder tanzte. Oder an Dahlia, die sanft mit einer gottverdammten Kuh sprach, die sie Margaret getauft hatte, und vielleicht wurde dey dabei langsam, aber sicher wahnsinnig.

Aber am Set würde dieses Elend London eine solche Konzentration bescheren, dass dey gar nicht anders konnte, als die hunderttausend Dollar zu gewinnen. Wozu dey immerhin überhaupt erst nach L. A. gekommen war.

Alles in allem glich sich das also aus.

Nach der Hälfte der Backzeit wurde diese Konzentration allerdings durch einen panisch wippenden dunklen Wuschelkopf gestört.

»Ich habe keinen Schimmer, was ich falsch mache.« Dahlia hatte sich umgedreht, war an Londons Kochinsel getreten und umklammerte mit verzweifelter Miene die Kanten der Arbeitsfläche. London war seltsam erleichtert, dass sie überhaupt noch bei demm Rat suchte. Auch wenn sie echt mitgenommen aussah. Vor dem Ausflug nach Malibu hatte sie ständig den Austausch gesucht, und das war seitdem der erste Moment, der sich normal anfühlte. »Sie gehen einfach nicht auf.«

»Warst du vorsichtig mit dem Eischnee? Hast du ihn wirklich nur untergehoben?«

»Ja, London, natürlich, was denkst du denn, verdammt?«, zischte Dahlia. Sie stemmte die Hände in die Hüften und wandte sich ängstlich wieder ihrem Backofen zu, und London musste sich ein Grinsen verkneifen. Das fühlte sich erst recht normal an. Dass Dahlia in deren Gegenwart fluchte, war absolut himmlisch.

»Du hast noch genug Zeit«, beschwichtigte dey. »Füll so viele Förmchen, wie du kannst. Sie müssen nicht alle perfekt werden.«

»Aber was, wenn keins perfekt wird?« Gedankenverloren pustete sie sich eine Strähne aus dem Gesicht. Über eine

Wange zog sich ein Streifen Mehl. »Deine werden es auf jeden Fall.« Sie stand kurz vorm Ausflippen.

London zögerte. Dann legte dey ihr eine Hand auf den Arm. Nur für eine Sekunde, und doch sandte das Gefühl ihrer Haut unter Londons Fingern ein Kribbeln bis hoch unter deren Scheitel.

»Das wird schon.«

Dahlia starrte die Stelle an, auf der eben noch Londons Hand gelegen hatte. »Okay«, sagte sie nach kurzem Zögern und kehrte an ihren Platz zurück.

Aber nichts war okay für Dahlia, und sie wussten es beide.

Normalerweise verging nur die Zeit zum Kochen wie im Flug, während sich die anschließende Bewertung viel zu lang hinzog, ganz besonders bei Eliminierungschallenges. Hier wurde es schließlich dramatisch, deshalb wurden Szenen wieder und wieder gefilmt, damit alles möglichst perfekt war. Heute allerdings war London so angespannt, dass jede von Sai Patels hochgezogenen Augenbrauen, jeder besorgte Blick von Audra und jede mürrische Miene von Tanner Tavish ineinanderflossen.

Irgendwie brachte Londons Körper die Soufflés nach vorn zur Bewertung, aber deren Hirn steckte in einer Art Windkanal. Dey nahm kaum wahr, was die Jurymitglieder sagten, erkannte nur, dass sie lächelten.

Als Dahlia an der Reihe war, lächelten sie nicht mehr.

Und da bekam London erst richtig Panik.

So musste Dahlia sich gefühlt haben, als London wegen dieser furchtbaren Ravioli fast rausgeflogen wäre. Falls Dahlia heute die Show verlassen musste, konnte London sich vielleicht freiwillig melden, um an ihrer Stelle zu gehen.

Einen kleinen Tausch anbieten. Wie Katniss Everdeen aus *Die Tribute von Panem*. Das sollte doch möglich sein, oder? Gott, wie hieß Katniss' kleine Schwester doch gleich? Warum machte London nicht lieber bei den Hungerspielen mit? *Chef's Special* war die Hölle!

Als die Juror*innen für die gespielte Beratung die Köpfe zusammensteckten, wurde London klar, dass dey die Kontrolle über deren Gedanken verloren hatte. Dey musste sich konzentrieren, musste …

London, Ahmed und Khari wurden in den Goldenen Kreis gerufen.

Die besten drei.

»Herzlichen Glückwunsch, London.« Audra lächelte demm an. »Wieder eine Spitzenleistung.«

Ahmed lächelte ebenfalls und klopfte London auf die Schulter.

London hatte das Gefühl, Kreide im Mund zu haben.

Tanner Tavish verkündete die schlechtesten drei.

Dahlia, Barbara und Cath.

Sie tauschten Plätze, und London konnte nichts tun. Es war der reinste Horror.

Alle drei waren so exzellente Köchinnen. Das ergab einfach keinen Sinn. Was war passiert? Vielleicht war irgendwas mit der Stromleitung an Dahlias und Barbaras Kochinsel, gab es irgendein Problem mit ihren Backöfen …

Cath wurde erlöst. Sie blies die Backen auf und atmete langsam aus.

Barbara und Dahlia schmorten noch immer im Goldenen Kreis der Hölle. Sie rückten dichter zusammen, nahmen sich an den Händen. Dahlia legte den Kopf auf Barbaras Schulter.

London umklammerte deren Arbeitsfläche und versuchte krampfhaft, sich zu erinnern, wie das bei den Kandidat*innen abgelaufen war, die bereits rausgeflogen waren. Sie hatten das Set verlassen, und dann … hatte London sie nie wiedergesehen. Die Produzent*innen setzten sie wahrscheinlich direkt ins nächste Flugzeug nach Hause. Das ergab Sinn. Kein Grund, unnötig Geld für Hotelzimmer aus dem Fenster zu werfen.

Plötzlich umarmten Barbara und Dahlia sich. Beide weinten. *Moment mal.* Was war passiert? London hatte es nicht mitbekommen! Gar nichts bekam dey mit. *Warum kriegte London deren Leben nicht auf die Reihe?* Wie durch Nebel verfolgte dey, wie Barbara Dahlia etwas ins Ohr flüsterte, ihr den Arm drückte und ihr ein aufmunterndes Lächeln schenkte.

Und dann kehrte Dahlia an ihre Kochinsel zurück. Aber sie sah London nicht an. Ihr Kopf blieb gesenkt, während Barbara das Studio verließ.

Immerhin: Dahlia war wieder an ihrem Platz!

Der Dreh war damit für heute beendet, doch Londons Herz klopfte noch immer wie wild. Dahlia wurde sofort für ein Einzelinterview abgeholt. Beim Laufen wirkten ihre Schultern angespannt. Janet kam herbeigeeilt, um London mitzuteilen, dass dey als Nächstes an der Reihe war.

Dey vermutete, dass Janet darüber reden wollen würde, wie es sich anfühlte, die Challenge gewonnen zu haben. Als dey jedoch in den Raum für das Einzelinterview geschoben wurde – Dahlia war nicht mehr da –, wollte Janet stattdessen wissen, wie es für London gewesen war, Barbara, Dahlia und Cath im Goldenen Kreis zu sehen.

Sie erwähnte alle drei, aber instinktiv ahnte London, dass Janet am meisten deren Reaktion auf Dahlia interessierte. Und dann ging London auf, dass Janet Bescheid wusste. Maritza schenkte demm ein trauriges Lächeln von hinter der Kamera. Sie wussten *alle* Bescheid.

Im Grunde hatte London einen Extrapreis von *Chef's Special* verdient, egal, ob dey es bis zum Ende schaffte. Dey sorgte für verdammt gutes Sendematerial. Und wollte sich übergeben.

Dey gab ein paar Worte von sich, die hoffentlich Teil der menschlichen Sprache waren, und sprintete dann aus dem Studio. Sobald dey kühle Nachtluft atmete, blickte dey hastig in alle Richtungen, als würde dey in einer Krimiserie ermitteln und wäre kurz davor, über fahrende Autos zu springen, um den Bösewicht zu schnappen.

»Deine Perle ist schon vor ein paar Minuten los.«

London kannte die Stimme. Dey wirbelte herum und bemerkte Cath, die sich an die Hauswand gelehnt hatte und an einer Zigarette zog.

Seit London ein naiver Teenie gewesen war, hatte dey nicht mehr geraucht, aber plötzlich erschien demm kaum etwas attraktiver.

»Sie ist nicht *meine Perle*«, brachte dey hervor und beschwor deren Herz, nicht mehr so schnell zu klopfen, in dem Versuch, vor Cath nicht so armselig zu wirken, denn die war unbestreitbar cool. Dey fixierte den Rauch, der von ihrer Zigarette aufstieg, und bemühte sich, nicht an Dahlia zu denken, die allein nach Hause gegangen war. Ohne London.

Doch Cath hob nur eine Augenbraue und nahm einen weiteren tiefen Zug. Sie trug das Basecap mit dem Schirm nach hinten, das auf magische Weise immer auftauchte, wenn nicht mehr gefilmt wurde. Der Rand streifte die Wand hinter ihr.

»Wenn du das sagst«, sagte sie, nicht sarkastisch, aber wohlwollend-zweifelnd.

London stand wie der letzte Volltrottel vor ihr und sehnte sich auf einmal nach einem weisen lesbischen Rat. Oder einem freundlichen Klaps auf den Hinterkopf und der Aufforderung, sich ein bisschen zusammenzureißen. Oder so.

Nach einer Weile schob Cath hinterher: »Diese eine Umarmung von ihr neulich war so Zucker, das hat mir fast mein Butch-Herz zerrissen.«

London senkte den Blick.

»Sie war noch nie mit einer Person wie mir zusammen. Und …« Die Worte ließen demm im Stich, all die Argumente, die am Strand so einleuchtend geklungen hatten. Oder vielleicht waren sie auch da schon nicht einleuchtend gewesen, aber zumindest war es das Vernünftigste. Sich nicht bei einer Reality-TV-Show in die Konkurrenz zu verlieben.

»Ach fuck, keine Ahnung.«

Aus dem Augenwinkel sah dey Cath nicken. »Tja.« Wieder eine kurze Pause. »Aber sie wirkt wie eine von den Guten. Und sie hatte einen harten Tag. Sie und die alte Lady schienen sich sehr zu mögen.«

Oh Gott, natürlich. London hatte nur Dahlia im Kopf, aber die war vermutlich gerade wegen Barbara am Boden zerstört.

Cath stieß sich von der Wand ab, klopfte London unsanft auf die Schulter und drückte die Kippe mit ihrem Sneaker aus.

»Manchmal muss man tun, was man tun muss. Aber … pass auf dich auf, ja?« Sie nickte London noch mal zu und setzte sich dann in Bewegung.

Vor der überraschend nichtssagenden Fassade des Studios blieb London noch eine Weile stehen. Sah Cath nach. Atmete ein und aus, während das letzte bisschen Tageslicht aus dem Himmel tröpfelte.

Dann rannte London los und hielt erst an, als dey vor Dahlias Tür stand.

Kapitel 12

Dahlia öffnete sofort. Sie seufzte leise. »Ich habe schon auf dich gewartet.«

»Dahlia.« London trat einen Schritt ins Zimmer. Nahm entfernt das Klicken wahr, mit dem die Tür ins Schloss fiel. Ihr Zimmer war unordentlicher als Londons eigenes. Dey gab sich Mühe, die achtlos auf einen Haufen geworfenen Klamotten zu ignorieren, die herumliegenden Bücher und zerknüllten Kassenbons. Sich nicht vorzustellen, wie Dahlia all das zurück in ihren Koffer stopfte. »Als ich dich da vorhin im Kreis gesehen habe …«

Vom Rennen war London ganz außer Atem, aber auch abgesehen davon wusste dey nicht, wie dey den Satz beenden sollte. Mit offenem Mund hielt dey inne, wie ein Fisch, während Dahlia demm gegenüberstand, die Hände in den hinteren Taschen ihrer Shorts vergraben. Ihr Blick war so traurig und so sanft, und sie schaute London unentwegt an. Als wartete sie auf irgendetwas. Die Luft in Londons Lunge fühlte sich schwer an, und die Härchen in deren Nacken stellten sich auf.

»London«, sagte Dahlia bloß.

Londons Füße machten von allein einen Schritt auf sie zu,

als würden sie von ihrer Stimme, ihren Augen angezogen, und der Rest von London konnte nichts dagegen tun.

Noch ein Schritt, und dey stand nun direkt vor ihr.

Dahlia sah zu demm auf, beinahe flehend. Londons Atem hatte sich gerade normalisiert, doch jetzt blieb demm die Luft irgendwo in der Kehle stecken. Mit welchem Plan war dey hierhergerannt? London wusste es nicht mehr. Vielleicht hatte es nie einen Plan gegeben. Nur Panik. Und jetzt: Dahlias Gesicht.

»Bitte«, flüsterte sie.

London umfasste ihr Gesicht mit beiden Händen und fuhr ihr mit dem Daumen über die Wange. Dahlia schloss die Augen, schmiegte sich an Londons Handfläche und stieß erneut einen Seufzer aus, so leise und verletzlich, dass er sämtliche von Londons Barrieren durchbrach, die noch an Ort und Stelle gewesen waren.

Dey küsste sie.

Hier gab es kein Meeresrauschen, keinen Wind, der ihnen Dahlias Haare ins Gesicht peitschte, kein Salz in der Luft. Nichts, das von ihrer Echtheit ablenken konnte, ihrem Geschmack, den Lauten voller Erleichterung und Verlangen.

Nach einem kostbaren Moment sanfter Zärtlichkeit erwiderte Dahlia den Kuss, mit einer Intensität, die London überraschte, demm fast von den Füßen fegte, und dey lehnte sich ihr entgegen. Dahlia ließ ihre Zunge in Londons Mund gleiten und umfasste gleichzeitig deren Hals, zog demm an sich heran.

Londons Herz raste, aber deren Verstand kam zur Ruhe.

Mit einem weiteren ihrer leisen Seufzer presste Dahlia sich fester an London. Dey ließ die Arme sinken, umschlang ihre Hüfte und legte ihr die Hände auf den unteren Rücken, um sie noch näher heranzuziehen, so nah, bis es keinen Millimeter mehr zwischen ihnen gab. Der Kokosduft ihrer Haare war berauschend, dey konnte sich nicht vorstellen, jemals wieder Luft ohne ihn zu atmen.

Und dann ging plötzlich wieder dieser nervige, instinktive Alarm in Londons Kopf los, zwang demm, einen Schritt zurückzutreten, verschlungene Körperteile zu lösen, tief durchzuatmen und sich mit den Händen – statt Dahlia zu liebkosen – die Schläfe zu reiben.

»Warte mal«, sagte dey.

London war es wirklich leid, Küsse mit Dahlia immer unterbrechen zu müssen. Das wurde langsam zu einer lästigen Angewohnheit.

»Du bist aufgewühlt. Es war ein harter Tag für dich. Wir sollten darüber reden ...«

»London.« Dahlia kam wieder auf demm zu. »Nein. Hier geht es nicht nur um heute. Versuch nicht, mir zu erklären, was ich fühle, okay?«

Mit dem Handrücken fuhr sie zärtlich über Londons Wange, und London spürte die Berührung bis in die Fingerspitzen. Sie biss sich auf die Lippen, wirkte, als wollte sie noch mehr sagen. Mehr als alles andere auf der Welt wollte London ihr vertrauen. Wollte sich fallen lassen.

Jetzt trat Dahlia einen Schritt zurück und zog ihr Oberteil aus.

London grub die Nägel in die Handflächen. »Himmel, Dahlia. Du tust es schon wieder.«

Sie trug eine zierliche Kette mit einem länglichen Goldplättchen daran, das über ihrem lavendelfarbenen BH baumelte. London konnte die Augen nicht abwenden. Es bewegte sich leicht im Takt ihres Atems. Unverwandt, entschlossen blickte Dahlia demm an. Oh Gott, war sie schön.

»Warte«, sagte London noch einmal, aber das Blut pochte demm so laut in den Ohren, dass dey sich selbst kaum hörte. Verzweifelt versuchte dey, sich an die Notizen auf deren Handy zu erinnern. Sonntagnacht, als dey nicht schlafen konnte, hatte dey eine Liste von Dingen erstellt, die dey nicht über Dahlia wusste. Eine sehr triste Aufgabe, aber jetzt erschien es demm wichtig. Dey wollte nicht, dass das zwischen ihnen impulsiv und flüchtig wäre. Dey wollte eine gemeinsame Basis.

»Dahlia, was ist dein Lieblingsfilm?«

Stirnrunzeln. »Was?«

»Dein Lieblingsfilm. Welcher ist das?«

Dahlia schüttelte den Kopf und kam wieder näher. Legte ihre Hände auf Londons Hüfte, grub die Finger in die weichen Pölsterchen, die London selbst an sich hasste, ehe sie sich noch weiter vorbeugte und an deren Hals knabberte. Oh Gott, diese Zähne. Hitze stieg in London auf, die Haut wurde überempfindlich.

»Ich hasse solche Fragen. Mir fällt nie ein Lieblingsirgendwas ein. Der Druck ist zu groß.«

»Außer Rice Krispies Treats.«

Sie lachte, ihr Atem streifte Londons Ohren. »Natürlich. Da besteht kein Zweifel.«

London schluckte. Unternahm einen weiteren tapferen Versuch.

»Okay. Lieblingslied.«

Dahlia stöhnte auf, und das Geräusch war zu viel für London. Dey schlang erneut die Arme um Dahlia, legte die Hände wieder auf Dahlias Rücken, als gehörten sie dorthin. Mit dem Daumen malte dey Kreise auf ihrer nackten Haut, die sich so weich unter deren rauen Händen anfühlte, und spürte, wie sie erzitterte, während sie gleichzeitig zur Widerrede ansetzte.

»Die Frage ist sogar noch schlimmer, und das weißt du auch. Das kommt total drauf an! Genre? Jahrzehnt? Stimmung?«

London senkte den Kopf, vergrub die Nase in ihrem Haar. Es stimmte. Dey verhielt sich albern und wusste es. Dey hätte ganz genauso geantwortet.

Doch während Dahlia sprach, entspannte sie sich und klang wieder wie die echte Dahlia. Und das beruhigte London. Das war nicht nur die erschrockene, verletzliche Dahlia, sondern die, die zu viel redete, die London zum Lachen brachte und nicht verbarg, wenn sie sich über demm ärgerte.

»Aber«, fügte sie nun hinzu und zuckte kurz zusammen, als Londons Fingerspitzen auf ihren Bauch glitten, »rein objektiv betrachtet ist ›The Chain‹ von Fleetwood Mac vermutlich der beste Song, der jemals geschrieben wurde.«

London hielt inne.

»Hm«, murmelte dey in ihre Haare.

»Ist die Antwort nicht cool genug? Ich sollte wahrscheinlich erwähnen, dass mein Vater mich unter konstanter Beschallung mit Classic Rock aus den Siebzigern großgezogen hat, und zwar *nur* Classic Rock aus den Siebzigern, also weiß ich nicht, ob …«

»Nein.« London unterbrach sie, lehnte sich zurück, um ihr Gesicht betrachten zu können. »Die Antwort ist perfekt. Du bist perfekt.«

Dahlia verdrehte die Augen und gab London einen leichten Klaps auf die Schulter. »Ach, sei still.«

»Sei du doch still.« London musste grinsen und zog sie wieder näher an sich. Durch den seidigen Stoff ihres BHs rieb dey mit dem Daumen sacht über einen von Dahlias Nippeln. Sie senkte den Kopf und stieß eine Art Wimmern aus.

London spürte, wie sich ihre Hände unter deren T-Shirt schoben, über den Rücken wanderten, Haut berührten, die seit Jahren keine andere Person berührt hatte.

»Ist das in Ordnung? Gibt es Stellen, die ich lieber nicht anfassen soll?«, fragte sie leise.

London schloss die Augen. »Nein. Du darfst mich überall anfassen. Aber, Dahlia ...«

Ein letztes Mal übte London sich in Beherrschung. Dey war sich inzwischen sicher, dass Dahlia demm beim ersten Mal nicht aus Mitleid geküsst hatte und es jetzt nicht aus Selbstmitleid tat. Es war schlicht und ergreifend das, was Dahlia wollte.

Aber London war sich auch sicher, dass es für demm hundertprozentig ernst war, falls das hier gleich passieren sollte. Dass dey nicht locker damit umgehen können würde, nicht in der Lage wäre, sich von ihr zu verabschieden – nicht morgen, nicht, wenn eine*r von ihnen beiden aus der Show flog, niemals.

Dahlia legte die Hände um Londons Gesicht. Stellte Augenkontakt her.

»Ich brauche dich, okay? Und ich möchte, dass du mich auch brauchst.«

London atmete tief ein.

»Du hast ja keine Ahnung.«

»Dann ist ja alles klar.«

Dahlia küsste London, gierig, fordernd, und London ließ los. Es fühlte sich an wie ein bewusster körperlicher Prozess. *Loslassen.* Es fiel demm kein bisschen leicht, aber es gelang. Dey vergaß die Notizen auf dem Handy, verdrängte *Chef's Special* aus deren Gedanken. Das Einzige, was wirklich zählte, war diese Person vor demm, ihre Haut, ihre Haare, ihr großes Leben, an dem sie demm wundersamerweise teilhaben ließ.

Mit dem Mund wanderte London Dahlias Hals entlang, leckte und saugte auf der Suche nach diesen Lauten aus ihrer Kehle, wollte sie mit den Lippen erkunden. Gleichzeitig kehrten Londons Finger zurück zu Dahlias Brustwarzen, umspielten sie, fester diesmal, und sie belohnte demm damit, dass sie ihr Becken stärker gegen Londons presste. Scharf sog sie die Luft ein, ein Geräusch, dass London direkt in die Lenden fuhr.

Flink löste London den Verschluss von Dahlias BH, streifte ihr die Träger über die Schultern und stieß sie sanft aufs Bett. *Endlich.*

London war inzwischen ganz berauscht. Eine Stimme in deren Kopf mahnte demm zur Langsamkeit, aber als dey Dahlia aufs Bett folgte, sich über ihre Schenkel kniete, zogen ihre aufgerichteten Nippel demm in ihren Bann. Das Zittern, als London sie in den Mund nahm, machte süchtig. Dahlia reagierte auf alles so intensiv, dass London sich vorkam, als beherrschte dey Zauberei. Der Fluch, den sie ausstieß, als London die empfindliche Erhebung ganz sacht mit den Zähnen streifte, sandte ein elektrisierendes Prickeln durch Londons Körper.

Mit den Händen fuhr dey gleichzeitig an Dahlias Seiten entlang. Dey hörte, wie sich ihr Atem beschleunigte, spürte, wie sie bei jeder Berührung leicht den Rücken bog. Demm überkam ein so ungezügeltes Gefühl von Macht, dass es beinahe beunruhigend war.

Schließlich erhob London sich etwas, um Luft zu holen, um sie zu betrachten, in sich aufzunehmen. Unter schweren Lidern sah sie demm entgegen.

London zeichnete mit dem Finger eine Linie an ihrem Bauch hinab. »Mal im Ernst. Du bist wirklich perfekt.«

Dahlia erstarrte. Einen Wimpernschlag später stützte sie sich auf die Ellbogen. Ihre dunklen Augen waren jetzt weit geöffnet.

»Als Teenie hatte ich richtig schlimm Akne. Ich habe immer noch überall Narben.« Sie deutete auf ihr Gesicht. »Nicht perfekt.«

Jetzt blickte auch London ernst. Dey beugte sich vor, um ihr Gesicht zu mustern, das nicht einfach abzutun. Es gab ein paar Narben. Möglich, dass sie demm aufgefallen waren. Na und?

London schüttelte den Kopf. »Kommt mir immer noch ziemlich perfekt vor.«

Frustriert stöhnte Dahlia auf. Sie ließ sich zurück aufs Bett fallen, ballte eine Faust und boxte sich gegen den Oberschenkel.

»Hör auf damit.«

London legte sich neben sie.

»Warum? Das ist die Wahrheit. Für mich bist du perfekt.«

»Perfektion ist nicht real«, widersprach Dahlia aufgebracht. Sie drehte sich auf die Seite, schaute demm an. »Ich will nicht für perfekt gehalten werden, weil ich weiß, dass ich es nicht bin. Ich will, dass das hier …« Sie berührte Londons Brust. »… echt ist.«

Einen Moment lang sah London sie nur an. Noch nie waren Dahlias Augen so nah gewesen. Dey versuchte, deren Hirn davon abzuhalten, sie als »perfekt« abzuspeichern, und scheiterte.

London fragte sich, was *echt* für Dahlia bedeutete, konnte kaum fassen, dass *echt* hierfür wirklich infrage kam.

Demm war bewusst, dass Dahlia mit niemand anderem als David intim gewesen war. Dass es mit einer neuen Person komisch sein musste oder erschreckend. Vielleicht … vielleicht hatte sie die Sache mit David für perfekt gehalten, bis sie es auf einmal nicht mehr gewesen war.

Aber Dahlia sollte spüren, dass das hier echt war.

Also musste London ihr zeigen, *wie* echt es war.

Dey erhob sich und zog so schnell wie möglich jedes einzelne Kleidungsstück aus.

Dahlia drehte sich wieder auf den Rücken, richtete sich auf und beobachtete demm. Ein etwas belustigter, aber zugleich aufmerksamer Ausdruck vertrieb die Unsicherheit aus ihrem Gesicht.

»Du bist sehr unperfekt«, sagte sie, als London splitternackt vor ihr stand. »Und so mag ich dich unheimlich gern.«

London hatte eigentlich zurück auf die Matratze springen und Dahlia die Shorts vom Leib reißen wollen – der schnelle Striptease hatte lediglich effizient sein sollen, nicht aufreizend –, aber plötzlich hielt dey inne. Demm wurde klar, dass Dahlia demm musterte, demm studierte, was dey eben noch umgekehrt getan hatte. London war so konzentriert auf Dahlia gewesen, auf ihre Gefühle und Bedürfnisse, dass deren Hirn ausgesetzt haben musste, und jetzt ... Oh. Jetzt erstarrte dey, und eine Welle der Unsicherheit überspülte demm.

Das war's. Das war vermutlich der Grund, warum dey seit dem Coming-out mit niemandem Sex gehabt hatte. Falls Dahlia Angst hiervor hatte, war das noch gar nichts. Dey hatte gerade deren Körper vor ihr entblößt, diesen Körper, der sich Londons gesamtes Leben nicht ganz richtig angefühlt hatte.

Es war besser geworden, mit der Zeit und mit mehr Wissen und Verständnis. Durch Internetfreund*innen, Mut und Testosteron.

Und vielleicht, das dämmerte London soeben, hatte dey das mit niemandem außer sich selbst teilen wollen.

Demm war klar, dass deren Klamotten nicht vollständig verbargen, was darunter lag, dass Dahlia nicht überrascht sein sollte von dem, was sie sah. Auch ein Binder hatte seine Grenzen. Und doch pochte die Angst in Londons Schläfen, dass die Dinge jetzt anders lagen. Dahlia demm mit anderen Augen sah.

»Hey, ist alles okay?«, fragte Dahlia leise. Sie kniete sich ans Fußende. Der belustigte Ausdruck war verschwunden.

London brachte ein Nicken zustande. Deren Hals war ganz trocken.

Dahlia betrachtete demm noch einen Moment, aber diesmal nur deren Gesicht.

»Darf ich dir verraten, was ich am meisten mag?«

London erwiderte ihren Blick und versuchte zu lächeln, so zu tun, als wäre nichts. »All meine unperfekten Stellen?«

Sie nickte ernst. »Genau.«

London schluckte. Und schließlich nickte auch dey.

»Diese Sommersprossen hier«, Dahlia streckte die Hände aus und strich über Londons Schultern, »sind zum Anbeißen.« Sie fuhr über Londons Handfläche bis zu den Fingerspitzen, übers Schlüsselbein und übers Brustbein nach unten. »Und ich mag die hier.«

London blickte nach unten, wo ihre Finger ruhten, und unterdrückte ein Schnauben.

»Du magst meine Fettröllchen? *Bullshit.*«

»Doch. Aber das Wort *Fettröllchen* mag ich nicht.« Sie strich ganz leicht darüber, und London schnappte nach Luft.

»Das alles hier ist weich und wunderbar.« Dahlia packte London überraschend heftig an den Hüften. »Das ist … *mhmm*. Speckig und kräftig, und ich *liebe* es.«

London starrte sie bloß an und hatte keine Ahnung, wie dey darauf reagieren sollte.

»Und dann natürlich dein Gesicht.« Dahlia hob die Hände und fuchtelte damit herum. »Und deine Unterarme machen mich sprachlos.« Dahlia warf sich wieder aufs Bett und breitete theatralisch die eigenen Arme aus. »Die sind einfach unglaublich.«

Das brach den Bann.

Jetzt kniete London sich ans Fußende, die Wangen noch ganz rot, und hob einen von Dahlias kleinen Füßen an. »Speckig«, wiederholte dey, küsste ihren Spann und knetete die Sohle.

»Ist das keine gute Beschreibung? Immerhin habe ich gesagt, dass ich es liebe.«

Dahlia sah noch kurz zu, wie London ihren Fuß liebkoste,

dann schloss sie die Augen und berührte gedankenverloren ihren eigenen Bauch. Offenbar gefiel ihr, was London tat. Und London gefiel, dass es ihr gefiel.

»Nur … interessant. Unperfekt und speckig. Es gäbe vermutlich schönere Beschreibungen.«

Dey nahm ihren großen Zeh in den Mund.

Ihr Atem stockte. »Na gut. Du bist ganz und gar sexy, und ich finde dich wahnsinnig attraktiv. Besser?«

London schnappte sich ihren anderen Fuß.

»Jap.«

»Laaangweilig«, murmelte Dahlia.

London glitt weiter zu ihrem Knöchel, und ihr entwich ein glückliches Summen. Dey grinste.

Als dey sich zwischen ihren Beinen hochtastete – Mund und Hände auf ihren Knien, der Innenseite ihrer Oberschenkel –, als dey ihre Shorts aufknöpfte und ihr den Slip auszog, wurde London dann doch langsamer. Wollte jede Minute bewusst genießen.

Denn demm war aufgegangen, dass dey vielleicht doch noch unsicher gewesen war. Nicht in Bezug darauf, was dey für Dahlia, sondern was sie umgekehrt für demm empfand. Der Kuss am Strand war … spektakulär gewesen. Aber selbst ein legendärer Kuss war weit entfernt von dem hier, von nackten, unbeholfenen Körpern – *Londons Körper* –, von Haut an Haut in der Stille eines Hotelzimmers.

Normalerweise nahm London es als gegeben hin, wenn Menschen demm sagten, wer sie waren. Schließlich wussten sie es am besten. Und dey hoffte, das Universum würde dieses Vertrauen eines Tages erwidern, zumindest was die nächste Generation anging. Hoffte, dass eines Tages Menschen sagen konnten: *So bin ich*, und kein ungläubiges Schnauben ernten würden, kein *Entschuldige, aber wie meinst du das?*.

Also glaubte London Dahlia auch, dass sie queer war.

Doch die Tatsache, dass sie bisher nur was mit David gehabt hatte … Während London Küsse auf Dahlias Bauch drückte, den Mund wieder zu ihren Brüsten wandern ließ, wurde demm klar, dass dey bis zuletzt Angst gehabt hatte, ein Experiment zu sein. Tief in deren Inneren hatte dey befürchtet, Dahlia würde ihre Meinung ändern, sobald es zu diesem Grad an Nähe kommen, so real werden würde. Dass sie sich schämen und schuldig fühlen würde. Und London hätte es akzeptiert, und es wäre vorbei gewesen.

Aber jedes Geräusch, das Dahlia machte, jedes Beben ihres Körpers erzählte eine völlig andere Geschichte. London küsste den glänzenden glatten Streifen unter ihren Brüsten, streichelte sie. Und als Dahlias Atem wieder schneller wurde, sie *»Oh«* und *»Fuck, London«* sagte und die Finger in deren Rücken krallte, glaubte London es endlich wirklich. Dass sie nicht verstört gewesen war, als London sich ausgezogen hatte. Dass sie nicht bloß kokettiert hatte, als sie die Stellen von Londons Körper aufgezählt hatte, die sie besonders mochte. Dass sie London nicht plötzlich mit anderen Augen sah. Dass Dahlia im Gegenteil immer schon *ganz* genau gesehen hatte, wer London war.

Und dass sie sich zu demm hingezogen fühlte.

London glitt mit den Lippen zu ihrem Hals und schob die Haare beiseite, damit sie nicht den Weg versperrten.

»Oh, das wollte ich eh noch fragen.« Ihre Stimme klang entzückend benommen. Sie räusperte sich, blinzelte und wollte sich aufsetzen. London machte ihr ein bisschen Platz. »Ich weiß, dass du ein Faible für meine Haare hast.«

Ertappt. Fast hätte London losgeprustet. War das so offensichtlich? »Tja, man kann ihnen nur schwer entkommen.«

»Soll ich sie offen lassen oder zusammenbinden?«

London musterte sie. Dahlia erwiderte den Blick. Ihre Augen glänzten, und sie wirkte glücklich. Nicht im Geringsten unsicher oder peinlich berührt.

»Zusammenbinden«, entschied London schließlich. »Dann komme ich besser an deinen Hals.«

Dahlia griff nach dem Haargummi an ihrem Handgelenk.

»Oh Gott.« In Londons Bauch breitete sich Hitze aus, während Dahlia sich mit erhobenen Armen durch die dunkle Mähne fuhr. *Ihre* Unterarme waren auch nicht schlecht. »Ich liebe es, dir dabei zuzusehen.«

Bei der letzten Umdrehung des Haargummis warf Dahlia demm einen Blick zu.

»Du liebst es zu sehen, wie ich mir einen Dutt mache?«

Ernst antwortete London: »Ja. Am Set tust du das etwa eine Viertelstunde nach Beginn einer Challenge.« Dey beugte sich vor, flüsterte ihr ins Ohr: »Und es turnt mich jedes Mal an.«

Dahlia machte ein Geräusch, das vielleicht ein Lachen hätte werden sollen, das sich aber eher wie eine Mischung aus Quietschen und Keuchen anhörte.

London legte die Lippen wieder an ihren Hals, aber Dahlia drückte demm leicht an der Schulter von sich.

»Okay, halt.« Sie lächelte, leckte sich über die Lippen und holte tief Luft, um sich zu sammeln. Dann wackelte sie mit den Hüften und schob sich in eine aufrechtere Position.

»Hm, wie wäre das, wenn ich eines Tages ein, sagen wir mal, nicht sehr stabiles Haargummi drin hätte, und … nachdem ich mir damit die Haare hochgebunden hätte, würde das hier passieren?« Abrupt zog sich Dahlia das Haargummi aus den Haaren, und ihre Mähne fiel ihr wieder über die Schultern. »Und dann«, fuhr sie mit einem dramatischen Seufzer fort, offenbar empfand sie hierbei eine diebische Freude, »müsste ich es noch mal wiederholen, und …«

Beim Versuch, sich die Haare erneut hochzubinden, unterbrach London sie und warf sie zurück aufs Bett.

»Du bist eine wirklich sehr unnette Person.«

Dey kniff sie spielerisch in den Nippel und hauchte ihr einen Kuss unters Ohr, und Dahlias selbstzufriedenes Grinsen wich einem leisen Stöhnen.

Und so blieben Dahlias Haare schließlich doch offen.

Dey küsste sie wieder, bedächtig und leidenschaftlich zugleich, und London hatte das Gefühl, noch nie so sehr irgendwohin gehört zu haben wie an genau diesen Ort, mit der Zunge in Dahlias Mund, dem Körper auf ihrem. Mit den Fingernägeln fuhr Dahlia über Londons Rücken, zuerst ganz sanft, dann immer stärker, je intensiver sie sich küssten. London genoss es, das unverkennbare Kratzen, die leise Ahnung von Schmerz.

Als Dahlia ein Bein um demm schlang, hörte London komplett auf zu denken. Das hier ging weit über Neckerei hinaus, sie waren jenseits aller Fragezeichen. London wollte sie vollständig spüren. Wollte, dass sie die Kontrolle verlor.

Dey platzierte eine Reihe von Küssen von ihrem Hals bis zum Schlüsselbein. Ihre Haut war erhitzt, klebrig. Langsam schob dey sich an ihrem Körper nach unten.

»Warte«, sagte Dahlia. London sah hoch zu ihr. »Komm zurück.« Sie machte eine vage, aber eindringliche Geste. Die Atemlosigkeit in ihrer Stimme sorgte dafür, dass London ihrem Wunsch sofort nachkam.

Sanft flüsterte London ihr ins Ohr.

»Ich wollte dich lecken. Magst du das nicht? Das wäre natürlich vollkommen in Ordnung, aber …« Dey küsste wieder die Haut unter ihrem Ohrläppchen. »Ich bin ziemlich gut darin.«

Dahlias Kehle entrang sich ein Laut, den London nicht deuten konnte.

»Nächstes Mal. Ich … ich will dich einfach hier auf mir spüren.«

Um ihre Worte zu untermalen, schlang sie die Arme um London und zog demm dichter an sich heran. Vorsichtig legte London sich mit dem ganzen Gewicht auf sie, um ihr die Nähe zu geben, die sie brauchte, und kostete die Worte *nächstes Mal, nächstes Mal, nächstes Mal* voll aus.

Ein bisschen erheben musste dey sich dann doch, um eine Hand zwischen ihre Körper und ihre Beine schieben zu können.

»Fuck«, sagte Dahlia so laut, dass London erschrocken innehielt und sie besorgt ansah. War das zu plötzlich gewesen? Eigentlich hatte dey sich bemüht, vorsichtig zu sein, aber vielleicht hätte sie mehr Vorwarnung gebraucht?

»Sorry«, schob Dahlia hinterher. Sie biss sich auf die Lippe. Röte kroch ihren Hals hinauf. »Du hast nur auf Anhieb genau den richtigen Punkt erwischt. Puh.«

Tja. Damit konnte London arbeiten.

Dey ließ den Blickkontakt nicht abreißen, als dey den Finger wieder auf *genau den richtigen Punkt* legte. Ein warmer Schauer durchfuhr demm, als Dahlias Pupillen sich weiteten und ihr Blick glasig wurde.

»Und? Fühlt sich das echt genug an für dich?« London versuchte, nicht *zu* selbstgefällig zu klingen.

»Fick dich«, brachte Dahlia hervor, ehe sie den Blick abwandte und den Kopf ins Kissen drückte. Sie schloss die Augen, während London weiter Kreise zog. Einen Moment später fügte sie leiser hinzu: »Ja.«

London gab sich Mühe, Dahlia so nah wie möglich zu bleiben, wie sie es sich gewünscht hatte, während deren Hand in einen steten Rhythmus verfiel. »Ist das gut so?«, fragte dey und führte den Finger etwas tiefer zwischen ihre Vulvalippen.

»Ja. Mhm. Bitte«, hauchte Dahlia mit noch immer geschlossen Augen, und London lächelte in ihre Schulter. Behutsam ließ dey den Mittelfinger in sie hineingleiten. Er versank in ihr, als sie demm ihre Hüfte entgegenreckte. London kehrte mit den Lippen zu ihren Brüsten zurück, schmeckte jeden Zentimeter Haut, den dey erreichen konnte, während dey zugleich den Finger in ihr bewegte und mit der Handfläche über ihre Klitoris rieb.

»Schaffst du noch ein bisschen mehr?«, fragte dey.

»Hm?« Dahlias Augen öffneten sich einen Spalt. Sie wirkte benommen, als hätte London die Frage in einer ihr unbekannten Sprache gestellt. Gott, wie sie keuchte. Gott, wie gut London sich fühlte.

Dey wurde deutlicher.

»Dahlia, kann ich noch einen zweiten Finger benutzen?«

»Oh.« Sie schloss die Augen wieder und leckte sich über die Lippen. »Oh, hm, nein, lass es so. Es fühlt sich gut an.«

London lächelte, zog den Mittelfinger ein ganzes Stück raus, bevor dey ihn wieder zurückgleiten ließ und gleichzeitig etwas mehr Druck auf die Klitorisperle ausübte. »Nur ›gut‹?«

Sie stöhnte. »London.« London bog deren Finger leicht nach oben, biss ihr sanft in die Schulter. Sie wimmerte. »Du bist schlimm!«, stieß sie hervor und schob fast sofort hinterher: »Oh, das ist unglaublich.« London fühlte sich, als könnte dey fliegen.

Danach brachte Dahlia kaum mehr kohärente Sätze zustande, aber nichts war London je so wichtig gewesen wie die Laute, die sie von sich gab. London war früher beim Sex oft vollkommen still gewesen, überfordert und peinlich berührt von all den Eindrücken und Gefühlen. Aber Dahlia hielt sich nicht zurück, und das war erregender als alles, was London je erlebt hatte. Jeder Atemzug, jedes Stöhnen wurde zu einem Teil von demm, jeder Seufzer fühlte sich an, als würde er sich Londons eigener Kehle entringen. Alle diese Laute spürte dey tief zwischen den Beinen.

London ahnte, dass es bald so weit sein würde. Dahlias Innerstes schloss sich um Londons Finger, ihr Bein schlang sich um deren Schenkel. Sie runzelte konzentriert die Stirn und biss die Zähne zusammen, fast, als hätte sie Schmerzen.

»Dahlia«, hauchte dey und rieb noch schneller. Die Essenz alles Guten auf dieser Erde lag in deren Händen, in den Pausen zwischen Dahlias Keuchen.

Und dann war sie plötzlich still, war still und bebte, mit geöffnetem Mund, und krallte die Hände in Londons Rücken. London bestaunte ihr Gesicht, verschwitzt und orientierungslos und trotzdem so umwerfend schön. Stirn an Stirn lagen sie da, ihre Brustkörbe hoben und senkten sich langsam, während Dahlia sich beruhigte. Behutsam zog London den Finger heraus. Dahlia seufzte noch einmal, schob London sanft von sich und legte sich einen Arm übers Gesicht.

»Ich … Das war …«, setzte sie an. London rutschte zur Seite, um ihnen beiden Raum zum Atmen zu geben, aber sie beendete den Satz nicht.

»Ist alles okay?«, fragte London leise und strich ihr zärtlich über den Bauch.

Weder antwortete Dahlia, noch nahm sie den Arm weg. Allmählich machte London sich Sorgen. Dey wollte ihr in die Augen schauen. Stattdessen übte dey sich in Geduld, beobachtete ihre Atemzüge, ihr Haar, das auf dem Kissen ausgebreitet war, die feinen dunklen Strähnen, die an ihrem Hals klebten.

Endlich zog Dahlia sich den Arm vom Gesicht. Sie starrte an die Decke.

»Du machst das so gut. Was, wenn ich nicht gut darin bin, *dich* anzufassen?«

London nahm eine ihrer Hände, legte sie sich zwischen die Beine und seufzte, als Dahlias Finger ihr Ziel erreichten.

»Dahlia, ganz egal, wie du mich berührst, ich komme wahrscheinlich in circa dreißig Sekunden.«

Das brachte sie immerhin zum Lächeln. Sie drehte sich auf die Seite, sodass sie sich direkt anschauen konnten.

»Aber du magst es so«, murmelte sie, und ihre Finger bewegten sich unter Londons weisender Hand. Dey hob ein

Bein an und legte es über ihren Oberschenkel, um sich mehr für sie zu öffnen.

»Ja.« London spielte mit dem Gedanken, die eigene Hand wegzunehmen, ihr die Kontrolle zu überlassen, verwarf ihn dann aber.

Es gefiel demm, Dahlias Fingern zu zeigen, was sie tun sollten, zu spüren, wie sie demm spürte. Dey mochte es, die Regie zu übernehmen.

Dahlia hielt den Blick auf ihre beiden Hände gerichtet, und London spürte deren Haut prickeln, in dem Bewusstsein, dass Dahlia demm erneut gründlich musterte. Einen Moment später sah Dahlia hoch.

»Hi«, sagte sie, und London musste lachen. Allerdings bloß für eine Sekunde, denn deren Lunge hatte keine Kapazitäten mehr frei, so überwältigt war dey von all den anderen Empfindungen, die durch deren Körper strömten. Okay, vielleicht würde London mehr als dreißig Sekunden brauchen, um zu kommen, aber lang würde es auf keinen Fall dauern. Dey fühlte sich schwerelos, war bloß ein Tier mit einem anderen Tier, nichts als Wärme, Bedürfnisse, Instinkte.

Es war eine halbe Ewigkeit her, dass jemand demm so berührt hatte. Und dass es schließlich Dahlia tun würde, hatte dey für einen Traum gehalten.

So lange wie möglich hielt London den Blickkontakt, während ihre Hände sich im Gleichklang bewegten, doch als sich der Druck aufbaute, musste dey die Augen schließen. Dey legte die Stirn wieder an Dahlias. Schwach hörte dey sie ermutigend flüstern: »Keine Sorge, ich hab dich gleich so weit.« Und das war so aufrichtig süß, dass es London mitten ins Herz traf, auch wenn eine kleine Stimme in demm lachen und protestieren wollte: »Na ja, eigentlich haben *wir* mich gleich so weit.« Und dann war dey vollkommen weg, das Hirn fror ein, und demm durchlief ein Beben. Mit einem letzten benommenen Japsen hielt dey Dahlias Hand noch ruhig an Ort und Stelle, bis dey es nicht mehr aushielt und ihre Finger freigab. Dey zog das Bein von ihrem Körper und ließ sich auf den Rücken fallen, um tief Luft zu holen.

London konnte nicht sagen, wie viele Sekunden oder Minuten vergingen, während dey wieder zu Atem kam. Irgendwann sammelte dey genug Stückchen deres gesplitterten Bewusstseins zusammen, um sich wieder zu Dahlia umdrehen zu können. Sie lag immer noch auf der Seite, einen Arm unter dem Kopf, und beobachtete demm. Sie lächelte, streckte die Hand aus und strich London wieder und wieder die Haare aus der Stirn.

»Danke«, flüsterte sie.

Als Dahlias Finger demm über die Wange streiften, schloss London die Augen. Deren Gliedmaßen waren schwer, die Muskeln tiefenentspannt, und deren Geist driftete schon in die Dunkelheit.

London ließ sich von Dahlia in den Schlaf streicheln, spürte ihren Bauch an deren Arm, als sie sich näher herankuschelte, und in diesem Augenblick fühlten sich beide Körper, wenn nicht perfekt, dann doch auf wunderbare Weise echt an. Londons und Dahlias Körper waren speckig und vernarbt und warm, und sie schmiegten sich genau richtig aneinander, genau so, wie es sein sollte.

Kapitel 13

Dahlia wachte lange vor London auf. Der Himmel war noch dunkel.

Sie beobachtete demm, wie deren Augenlider gelegentlich zuckten und die Wimpern über den sommersprossigen Wangen flatterten, die in dem schummrigen Licht gespenstisch weiß wirkten. Sie lauschte dem gleichmäßigen Rhythmus von Londons Atem, sog deren Duft ein und betrachtete die leicht geöffneten Lippen.

Irgendwann kam sie sich selbst ein bisschen creepy vor und drehte sich herum, um das Smartphone aus ihrer Hose zu fischen, die zusammengeknüllt neben dem Bett lag.

Dahlia wischte stumpf durch Instagram und likte jeden einzelnen Beitrag, auch die langweiligen und sogar die, die sie wahrscheinlich nicht liken sollte, von Leuten, denen sie wahrscheinlich nicht mal mehr folgen sollte, die sie nach der Scheidung hätte links liegen lassen sollen, so wie sie sie links liegen gelassen hatten. Sie stellte sich vor, wie sie überrascht auf ihr Handy schauten, wenn die Likes zu dieser unchristlichen Uhrzeit aufpingten. Dahlia fragte sich, wie viele von ihnen überhaupt wussten, dass sie hier war, bei *Chef's Special*.

Wobei, natürlich wussten sie das. Diese Art von Klatsch verbreitete sich doch wie ein Lauffeuer. Sie fragte sich, was ihre alten Freund*innen wohl sagen würden. *Aha, sie hat David sitzenlassen und posiert jetzt im Fernsehen? Also wirklich. Ganz schön dreist.*

Dahlia warf das Handy aufs Bett. Sie beobachtete, wie der Himmel hinter den dünnen weißen Vorhängen allmählich heller wurde, und überlegte, ob sie aufstehen und duschen sollte. Aber sie wollte nicht, dass London aufwachte und glaubte, sie hätte demm allein gelassen. Sie wollte da sein, wenn London aufwachte.

Sie sah hinüber, wo dey immer noch so still dalag und zufrieden und unschuldig aussah. Dahlia raufte sich die Haare und unterdrückte einen Schrei. Es gab zwei Gründe, weshalb sie Sex mit London Parker gehabt hatte.

Erstens: Sie hatte es gewollt. Sie hatte es *wirklich, wirklich* gewollt. Und L.-A.-Dahlia tat, was sie wollte.

Zweitens: Sie hatte einen furchtbaren Tag am Set gehabt und angenommen, nach dem Sex würde sie sich besser fühlen.

Und das tat sie auch, glaubte sie. Zumindest waren ihr die Soufflés nun scheißegal.

Dafür dachte Dahlia jetzt viel zu viel über etwas anderes nach.

So wie der Kuss am Strand gewesen war und anhand der Blicke, die London ihr manchmal zuwarf, hatte sie vermutet, der Sex wäre schnell und schmutzig. *Hart und befriedigend.* Sie hatte nicht damit gerechnet, dass London jeden einzelnen Zentimeter ihres Körpers küssen würde, langsam und mit Hingabe.

Obwohl, eigentlich hätte sie das natürlich vorhersehen müssen. Schließlich hatte sie London kochen sehen. Sie wusste, wie aufmerksam, wie detailverliebt dey war.

Natürlich spielte Sex für London eine große Rolle. Dey hatte ihr gerade erst erzählt, dass dey mit niemandem mehr geschlafen hatte, seit dey sich als nichtbinär geoutet hatte. Und dieser Gesichtsausdruck, als dey sich vor ihr ausgezogen hatte. Sie hätte sich am liebsten für immer an demm geschmiegt. War sie eines solchen Vertrauens überhaupt würdig?

Nein. War sie nicht. Tief im Inneren war ihr das klar.

Dahlia rollte sich auf ihrer Seite zusammen und betrachtete das unordentliche Zimmer. Londons weiches T-Shirt, achtlos auf die Armlehne eines Stuhls geworfen. Sie liebte Londons T-Shirts.

Oh Gott. Sie schlug sich eine Hand vors Gesicht. Es waren bloß T-Shirts. Total basic, nicht mal gemustert. Gut, wahrscheinlich waren es hochwertige, teure T-Shirts, keine Fünf-Dollar-Sonderangebote vom Discounter, aber trotzdem. *Was war bloß los mit ihr?*

Aber wem wollte sie hier was vormachen? Sie wusste, was mit ihr los war: Sie hatte nicht erwartet, dass der Sex sie so vollkommen aus der Bahn werfen würde. Allein der Gedanke daran löste eine Hitzewelle zwischen ihren Beinen aus. Es war kaum sechs Uhr morgens, und sie war erregt bis in die Zehenspitzen. Obwohl London schlief wie ein Engel, wollte sie demm wach rütteln, auf demm draufspringen und sagen: »Hey, du kannst mich jetzt lecken«, und dann in die sommersprossige Schulter beißen.

Sie presste die Augenlider zusammen und versuchte, einen Yoga-Atemzug zu nehmen.

Zu Anfang war Sex mit David aufregend gewesen. Zumindest war sie sich sicher, dass es so gewesen sein musste. Doch nachdem sie geheiratet, zu arbeiten angefangen und sich in das Erwachsenenleben gestürzt hatten ... Sie konnte sich nicht mehr genau erinnern, ab wann es nicht mehr gut gewesen war. Die meiste Zeit über waren sie beide einfach nur müde von den langen Arbeitstagen und der ganzen Pendelei. Sie schliefen schon noch ab und an miteinander, mit der Zeit jedoch immer weniger.

Vor allem im letzten Jahr, als ihr Streit am schlimmsten war, brachte der Sex Dahlia fast zum Weinen. Denn er gab David nicht das, was er sich davon erhoffte. Sie fragte sich, ob er es überhaupt noch wollte oder ob es seine Enttäuschung nur noch verstärkte. Das war alles, woran sie während der letzten Male hatte denken können. *Tut mir leid, dass ich deine Spermien nicht in eine meiner Eizellen eindringen lassen kann, damit sie sich in meiner Gebärmutter einnisten.* Sie begann, sich ihren Körper als ein Gefäß voller Leere und Schmerz vorzustellen, eines, das sie der Welt vorenthielt. Es mochte ein leeres Gefäß sein, aber es war ihres.

Hatte sie wirklich vergessen, dass man auch einfach nur zum Spaß Sex haben konnte?

David hatte auf jeden Fall nicht an ihren Zehen gesaugt. Oder ihr in die Brustwarzen gezwickt oder ihren Hals geleckt. In jeder Sekunde, in der London ihre Klitoris gestreichelt hatte oder mit dem Finger in sie eingedrungen war, hatte dey gleichzeitig eine andere Stelle berührt oder geküsst, und dadurch hatte sich alles noch intensiver angefühlt, als würde überall Feuerwerk explodieren, bis ihr Körper jegliche Kontrolle verloren und sie nur noch hatte denken können: *Oh ja, genau! Deswegen mögen die Leute Sex,* und *Mein Gott, wie kann sich ein einzelner Finger so gut anfühlen* und *Womit habe ich das verdient* und *Ich glaube, ich habe vergessen, dass ich so viel Haut habe* und *Fuck, fuck, fucking fuck.*

Und auch als London ihre Hand umklammert und sie an sich gepresst hatte, als dey gekommen war … Das war überraschend sexy gewesen. David hatte sich nach dem Orgasmus immer zurückgezogen – es gefiel ihr, wie London sich stattdessen gegen sie gelehnt, die Stirn gegen ihre gedrückt hatte, sodass sie jede Regung auf deren Gesicht miterlebt, deren Atem eingeatmet hatte. Sie wollte, dass dey ihre Hand über deren ganzen Körper führte, damit sie alle Stellen erkunden konnte, die sich gut anfühlten.

Jeder einzelne Aspekt der vergangenen Nacht war anders als alles, was sie je erlebt hatte: weicher, heißer, zärtlicher. Es war nicht nur Vergnügen gewesen, sondern … Nähe.

Natürlich wachte London genau in dem Moment auf, als Dahlia darüber nachgrübelte, und gab ein kehliges Stöhnen von sich. *Als wäre Dahlia nicht schon feucht genug.*

»Hallo«, sagte sie und hoffte, dass es sich wie ein normales Hallo anhörte und nicht wie ein »Der Sex mit dir hat mich völlig zerstört«-Hallo.

London rieb sich die Augen, bevor dey sie ansah.

»Bist du schon lange auf? Du siehst so wach aus.«

»Vielleicht.«

Dey streckte die Arme über dem Kopf. »Du bist ein richtiger Morgenmensch, was?«

»Vielleicht.«

Das war sie auf jeden Fall. Auch wenn sie heute nicht allein deswegen so früh aufgewacht war.

London stöhnte erneut auf. »War ja klar.« Es klang so übertrieben genervt, dass es sie bis in die Zehenspitzen begeisterte und ihre Tagträumerei unterbrach. Sie musste so sehr lächeln, dass ihr die Wangen schmerzten.

»Wie spät ist es?«

Dahlia warf einen Blick auf die Uhr auf dem Nachttisch. »Zehn vor sechs.«

London setzte sich auf. »Ist das dein Ernst? Dahlia, wir müssen um Viertel nach am Set sein! Verdammt noch mal, ich muss mir die Haare machen!«

London rollte sich aus dem Bett und warf sich wütend die Klamotten über.

»Du musst dir die Haare machen?«, wiederholte Dahlia und versuchte, dabei nicht zu lachen.

»Ja.«

»Dafür haben wir doch Profis am Set.«

»Die machen es da nicht richtig!«, rief London.

Jetzt lachte Dahlia tatsächlich.

»Ich hasse dich«, sagte London und sprang in die Hose.

»Nein, tust du nicht.«

»Stimmt. Willst du dich nicht auch mal anziehen?«

Dahlia machte sich fertig, während London in deren Zimmer rannte, um sich ebenfalls frisch zu machen. Als sie in den Flur trat, wartete London bereits auf sie. Dey sah so grießgrämig wie hinreißend aus. Sie eilten zum Set, wobei London die ganze Zeit über Dahlias Hand hielt.

Obwohl, nein: Dey hielt nicht bloß ihre Hand, dey umklammerte sie regelrecht, als ginge es um Leben und Tod. Als wollte dey ihr etwas mitteilen.

Erst vor der Tür zum Studio ließ dey sie los. Kaum waren Dahlia und London eingetreten, stand Janet vor ihnen.

»Dahlia Woodson, bist du unterwegs in einen Tornado geraten?« Stirnrunzelnd betastete sie Dahlias wirren Dutt. »Ab in die Maske, *sofort*. Und noch was ...«, sagte sie, deutete abwechselnd auf sie beide und blickte streng über den Rand ihrer Brille, heute mit Schildpattmuster. »Wenn ihr es euch zur Gewohnheit macht, zu spät und so zerzaust hier aufzutauchen, solltet ihr euch darauf gefasst machen, dass ich euch jemanden aus dem Produktionsteam vor die Tür stelle, der um Punkt fünf Uhr in ein Signalhorn bläst. Ernsthaft. Ich habe Signalhörner. Und ich zögere nicht, sie zu benutzen.« Janet schüttelte den Kopf, drehte sich um und marschierte davon, wobei sie leise murmelte: »Nicht zu fassen, in jeder einzelnen Staffel irgendein Techtelmechtel.«

Dahlia war noch nie so dankbar dafür gewesen, von Janet zurechtgewiesen zu werden. Irgendwie beruhigte es sie. Sie musste dem Drang widerstehen, ihr nachzulaufen. Sie zu bitten, noch weiter mit ihr zu schimpfen. Vielleicht wäre sie sogar so lieb, Dahlia Eiswasser über den Kopf zu schütten.

Natürlich würde Janet so was nicht tun, denn das Leben war grausam, aber Dahlia hatte in der Maske trotzdem einen Moment Ruhe, fernab von der Lust- und Gefühlswolke um London Parker. Erst als Mack ihr an den Haaren zog, begriff sie, was Janet im Weggehen eigentlich gesagt hatte.

Techtelmechtel. In jeder einzelnen Staffel! *Oh mein Gott. Wer hat in all den anderen Staffeln ein Techtelmechtel gehabt?*

Chloe und John? Aus der fünften Staffel? Dahlia hatte immer den Verdacht gehabt, dass zwischen den beiden etwas lief. Oder *halt* – fast hätte Dahlia laut aufgeschrien –, Patrick und Tony aus der letzten Staffel? Ihre gegenseitige Abneigung war offensichtlich gewesen, aber vielleicht war das in Wirklichkeit bloß *sexuelle Spannung* gewesen!

Dahlia musste unbedingt mit London darüber reden.

*

Dahlia brauchte entschieden zu lange, um zu begreifen, warum sich ihre Kochinsel so leer anfühlte.

Barbara.

In ihrem Sexrausch hatte Dahlia doch tatsächlich vergessen, dass Barbara weg war.

»Da seid ihr ja endlich.« Janet tauchte vor ihr auf und starrte auf ihr Handy. »London, hier rüber.«

Dahlias Hände erstarrten, während sie sich gerade die Schürze hinter dem Rücken zuband.

Einen Augenblick lang rührte sich nichts. Janet schaute auf.

»Parker«, blaffte sie, blickte über Dahlias Schulter und zeigte neben Dahlia. »Du übernimmst Barbaras Platz. Und zwar zackig, verdammt noch mal.«

Janet eilte davon und murmelte etwas Undeutliches. Doch bevor sie verschwand, trafen sich ihre Blicke, nur für eine Sekunde. Und Dahlia sah es.

Janet lächelte.

Dahlia schluckte.

Sie konzentrierte sich auf die Arbeitsfläche vor sich, auf das Schneidebrett, die schönen glänzenden Messer, doch sie spürte es sofort, als London endlich herüberkam.

»Tja«, sagte dey. »Ist doch super.«

Dahlia erlaubte sich einen kurzen Blick in deren Richtung. Londons Miene war angespannt.

»Klar«, sagte Dahlia und strich ihre Schürze glatt. »Super.«

»Ich meine, es ist absolut großartig, dass das hier nicht der Arbeitsplatz ist, an den ich mich jetzt im letzten Monat gewöhnt habe«, fuhr London fort. »Und dass ich ohne Vorwarnung weiter nach vorne geschoben wurde und meine Haare furchtbar aussehen und ich dir jetzt nicht mehr auf den Hintern gucken kann, wenn ich nervös bin, und dass der Dreh in etwa zwei Sekunden beginnt. Alles ganz großartig.«

Dahlia schaute zu demm hinüber und hätte beinahe überrascht aufgelacht. Aber wenn London ausflippte, konnte Dahlia nicht auch noch ausflippen. Das half tatsächlich.

»Deine Haare sehen toll aus«, sagte sie. Denn sie sahen buchstäblich aus wie immer. An dem Morgen, als sie vor ihrem Ausflug ans Meer an deren Tür geklopft hatte, hatte sie Londons Haare ein einziges Mal auch nur ein bisschen durcheinander erlebt. Und, na ja, gestern Nacht, als sie sie demm aus der Stirn gestrichen hatte, da waren sie ganz verschwitzt gewesen und …

»Warte mal«, sagte sie. »Du hast mir auf den Hintern geguckt?«

»Äh, hauptsächlich auf deine Haare. Ich weiß nicht, warum ich gerade Hintern gesagt habe. Na ja, manchmal habe ich dir auch auf den Hintern geguckt.«

Dahlia schüttelte lächelnd den Kopf.

»Das kannst du immer noch, wenn du willst. Sag einfach Bescheid, falls du ihn brauchst.«

London stieß ein nervöses Kichern aus, das auf lustige Art untypisch für demm war, und Dahlia fühlte sich getröstet, weil sie vielleicht *beide* dabei waren, den Verstand zu verlieren.

Als die Kameras zu laufen begannen, legte sich der Lust- und Gefühlsnebel wieder fest um sie. Jede Zelle von Dahlias Körper nahm London neben sich wahr, deren Arme, den Hals, die Hüften und die Hände. Zu Beginn des Wettbewerbs hatte sie Jacobs Anwesenheit bewusst ignoriert – so war es einfacher, sich zu konzentrieren. Und Barbara war so unaufdringlich, so angenehm gewesen, dass das Kochen neben ihr zum Kinderspiel geworden war.

Jetzt allerdings musste Dahlia ganz bewusst darauf achten, mit ihrem Ellbogen nicht Londons zu streifen. Sie nahm kaum wahr, wie die Jury die heutige Challenge erklärte. Bis ihr einfiel, dass sie gestern beinahe rausgeflogen wäre.

Sie blinzelte und biss die Zähne zusammen. Sie konnte das hier schaffen. Sie *musste* es schaffen. Sie weigerte sich, jetzt schon nach Hause zu fliegen.

Dahlia holte ihr winziges Notizbuch mit dem gepunkteten Einband und den abgegriffenen Seiten aus der Gesäßtasche, während sich die sechs verbliebenen Teilnehmer*innen um den vertrauten Vorführtisch versammelten, den man in den Goldenen Kreis gerollt hatte. Darauf lag ein großes gerupftes Huhn. London stand neben ihr, als Tanner mit der Vorführung begann, wie man das Huhn richtig zerlegt. Deren Baumwoll-T-Shirt streifte ihren Arm, so weich und wunderbar, und mal ernsthaft, wollte London nicht rübergehen und mit Cath reden oder so? Dahlia musste sich konzentrieren.

Und das tat sie kurz darauf zum Glück auch. Während Dahlia Tanner dabei zusah, wie er mit dem Ausbeinmesser souverän das Fleisch von den Knochen des Huhns trennte, war sie nicht mehr so panisch und unsicher wie bei den ersten Challenges, sondern machte sich Notizen und dachte bei sich: *Das kann ich auch.*

Und genau deshalb war sie hier.

Das Face-off sollte sie gegen Ahmed bestreiten, eine vollkommen neutrale Partei. Sie lächelten sich an, bevor der Timer startete, und Dahlia ging es okay. Oder zumindest etwas okayer. Sie nahm das Huhn auseinander wie ein Profi. Ihre Hände waren ruhig. Sie war schon fast wieder sie selbst, der atemberaubende Sex so gut wie vergessen. Dahlias zerlegter Vogel war eindeutig besser als der von Ahmed, und als alle drei Jurymitglieder dies bestätigten, füllte sich ihre Brust mit Stolz.

»Dahlia, Cath, Khari – ihr werdet euren Vorteil vor der nächsten Eliminierungschallenge herausfinden.« Audra lächelte sie alle an. »Und jetzt nehmt euer neues Selbstvertrauen mit in die Mysterychallenge.«

Als die Kameras für eine Pause abgeschaltet wurden, kehrte Dahlia an ihren Platz zurück. Sie warf ihr Notizbuch auf die Arbeitsfläche und wollte sich gerade die Hände waschen, als London auf sie zukam. Dey sagte nichts, berührte jedoch ihre Hand, bevor dey schnell den kleinen Finger um ihren kleinen Finger hakte und kurz drückte.

Dann ging London weiter, ohne sich umzudrehen.

Dahlia schaute auf ihre Füße und versuchte, ihr dämliches Grinsen zu verbergen. Vielleicht kriegte sie es hin, neben demm zu arbeiten. Vielleicht verdiente sie einen aufmunternden kleinen Finger, nachdem sie gute Arbeit geleistet hatte.

Die Geheimzutat für die Mysterychallenge war heute Passionsfrucht, »eine sehr verbreitete und beliebte Frucht in anderen Ländern, weniger jedoch in den USA«, wie Sai Patel erklärte. Dahlia hatte zwar schon vieles mit Passionsfruchtgeschmack gegessen, aber mit der Frucht selbst hatte sie noch nie gearbeitet: eine pflaumenfarbene Schale mit vielen Kernen im Inneren, umhüllt von gallertartigem leuchtend orangefarbenem Fruchtfleisch. Alles in allem ein sehr seltsames Ding. Dahlia liebte seltsame Dinge. Sie erinnerten sie daran, dass die Welt voller Überraschungen steckte.

Mit dem Stift über dem Notizbuch beugte Dahlia sich über die Arbeitsfläche, bevor sie in die Vorratskammer ging. Sie beschloss, eine Passionsfruchtcoulis zu machen, denn an eine Coulis hatte sie sich noch nie gewagt. Vielleicht würde sie ein paar einfache, doch zugleich dekadente Cheesecake-Cupcakes damit überziehen, was in vierzig Minuten leicht zu schaffen wäre. Unten ein Boden aus knusprigen Graham-Crackern, in der Mitte eine cremige Füllung und darauf die süßsaure Coulis. Sie hatte keine Ahnung, ob sie es sich damit zu einfach machte, allerdings hatte sie bereits einen Vorteil vom Face-off. Wenigstens hätte sie ein gutes Gefühl dabei, etwas Neues auszuprobieren.

Zwanzig Minuten später war sie sich da jedoch nicht mehr so sicher.

Die Coulis *schmeckte* gut, aber war die Konsistenz richtig? Sollte sie nicht dickflüssiger sein?

Ohne nachzudenken, drehte sie sich um. »London.« Dey sah von einem Haufen Passionsfruchtkerne auf. »Kannst du das mal probieren?«

Dahlia hielt London einen Löffel mit Coulis an die Lippen, die andere Hand hielt sie darunter, um herabfallende Tropfen aufzufangen.

Ihre Blicke trafen sich für einen Moment, bevor London den Mund öffnete und den Löffel umschloss.

Sobald Dahlias Fingerspitzen Londons Lippen berührten, bemerkte sie ihren Fehler.

Die Kandidat*innen durften sich gegenseitig Tipps geben. Das Essen der anderen zu probieren, war auch in Ordnung. Aber die Konkurrenz mit dem Löffel zu füttern, sodass man deren Lippen berührte, während die andere Hand so gefährlich nahe vor dem Kinn schwebte, dass es den Daumen dazu verleitete, am Hals entlangzustreifen – tja, das war wohl eher nicht normal.

Dahlia ließ die Hände sinken und wurde rot. Londons Augen fixierten ihre, und als dey schluckte, kam Dahlia nicht umhin, hilflos auf die Hals- und Kiefermuskeln zu starren, die sich verführerisch bewegten. Langsam streckte London die Zunge heraus und fuhr sich über die Lippen, verdammt, und Dahlia spürte, wie das Herz in ihrer Brust pochte und die Gelassenheit, die sie sich den ganzen Morgen über erarbeitet hatte, sich wieder in Luft auflöste.

Es hatte sich ganz natürlich angefühlt, London auf diese Weise um Rat zu fragen, demm den Löffel an die Lippen zu führen. Sie hatte es getan, ohne nachzudenken.

Ein Tagtraum drängte sich in ihr Bewusstsein. Sie und London in einer Küche – einer echten, keiner Industriekuche in einem Fernsehstudio in Burbank. Sie stellte sich vor, wie London sie beobachtete, während sie frischen Nudelteig knetete. Wie sie demm Mehl auf die Nase schnippte. Wie sie den Holzlöffel mit Soße wieder und wieder zum Probieren an deren Mund hielt.

Sie würden das Essen frisch essen und Hüfte an Hüfte an der Kücheninsel stehen, wobei sie den Wein direkt aus der Flasche tranken, wie sie es an jenem Abend im Innenhof des Hotels getan hatten. Dahlia würde die Augen verdrehen, weil London sich über ihren Sauvignon blanc lustig machte, und sie würde demm wegen des überteuerten Pinot noirs als Snob bezeichnen. Das Fenster über der Spüle wäre ganz beschlagen vom Wasserdampf, und London würde sich mit der Nase an ihren Hals schmiegen, während sie leicht beschwipst den Abwasch erledigte und ab und zu etwas Seifenwasser über ihre Schultern spritzte.

Nach dem Abtrocknen würde London Dahlia gegen die Arbeitsplatte drücken, und sie würde nur zu gern hinaufhüpfen, dann die Arme um deren Hals schlingen und die Beine um …

»Genau so und nicht anders.«

Schnell klappte Dahlia den Mund zu. Sie hatte gar nicht bemerkt, dass er offen stand. Sie löste den Blick von Londons Lippen, die sie ebenfalls unbewusst angestarrt hatte, und richtete ihn nach oben, wo sich Fältchen in Londons Augenwinkeln bildeten. Dey konnte ein anzügliches Grinsen kaum unterdrücken.

»Dein Gericht, die Coulis«, ergänzte London. »Die schmeckt wirklich großartig.«

Dahlia schluckte. »Ah, klar. Danke.«

»Hätten Sie für mich vielleicht auch eine Kostprobe, Ms. Woodson?«

Dahlia wäre fast hintenübergefallen, als Tanner Tavishs dröhnende Stimme direkt neben ihr erklang. Als sie sich umdrehte, bemerkte sie die beiden Kameras hinter seiner Schulter, die geradewegs auf sie gerichtet waren.

»Selbstverständlich.« Dahlia wirbelte herum und trat mit glühenden Wangen zurück an ihre Seite des Tisches.

Vermutlich hatten die Kameras die ganze Szene festgehalten. Sie standen so nah beieinander. Barbaras Stimme hallte in Dahlias Ohren wider: *Dey will ganz offensichtlich mehr, als nur auf Instagram mit dir befreundet zu sein. Das sehen alle, die an dieser Show beteiligt sind, genauso. Und sobald die erste Folge diese Woche ausgestrahlt wird, werden es auch die Leute zu Hause erkennen, wollen wir wetten?*

Kurz fragte Dahlia sich, ob Janet nach dem Blick auf ihre Techtelmechtelfrisur gleich zum restlichen Produktionsteam hinübergeeilt war, um vorzuschlagen: »Wisst ihr, was? Wir sollten Parker neben Woodson stellen. Behaltet die beiden genau im Auge, okay? Das Publikum wird diesen Scheiß lieben.«

Dahlia wollte nicht glauben, dass Janet so etwas tun würde. Aber auch beim Fernsehen ging es nun mal ums Geschäft.

Eine Welle der Übelkeit schwappte ihr durch den Magen.

Sie versuchte, sie zu ignorieren, und kehrte zu ihrer Coulis zurück, zum tröstenden Essen und ihren eigenen Gedanken.

Ihren Gedanken, die gerade eine seltsame Route eingeschlagen hatten.

Es gab viele unsinnige Facetten an dem Tagtraum, den Dahlia gerade gehabt hatte, bevor er von den Kameras ruiniert worden war. Da war zum Beispiel die Tatsache, dass sie und London derzeit in einem Hotel wohnten, in dem es eindeutig keine gemütliche Küche mit beschlagenen Fenstern gab. Und dass, wenn sie von *Chef's Special* in ihre jeweiligen Küchen zurückkehrten, die eine Küche unzweifelhaft in Nashville war, während sich die andere Küche in Maryland befand. Wie sie bereits festgestellt hatten. Das waren nun mal die Ausgangsbedingungen. Außerdem hatte Dahlia bereits bewiesen, dass sie in Sachen häusliches Glück denkbar schlecht war. Hatte sie denn gar nichts gelernt? Der Gedanke, London zu enttäuschen, so wie sie David enttäuscht hatte – falls London auch an häuslichem Glück interessiert war –, lag ihr wie ein Stein im Magen.

Davon abgesehen, hatten sie erst ein einziges Mal miteinander geschlafen. Ihr Verstand musste wirklich umnebelt sein. Heute Morgen hatte sie noch geglaubt, sie sei bloß von dem guten Sex überwältigt, doch jetzt stand sie hier und richtete im Kopf ihre imaginäre gemeinsame Küche ein. Sie musste dringend einen kühlen Kopf kriegen.

Nur hatte London anscheinend auch keinen besonders kühlen Kopf.

Als die Crew nach der Kochzeit der Mysterychallenge alle zur Pause rief, wartete London, bis die anderen Kandidat*innen die Bühne in Richtung Snacktisch oder Toiletten verlassen hatten, bevor dey Dahlias Hand ergriff und sie in eine Nische hinter der Einzelinterview-Kulisse zerrte.

Dey drückte sie gegen eine Wand, fuhr mit den Händen an ihrem Körper hinunter und presste die Stirn gegen ihre. Es war alles sehr schnell und überraschend und aufregend. Also nicht mehr nur heimliches Verhaken der kleinen Finger.

Dahlia versuchte, einen bebenden Seufzer zu unterdrücken, als London sich plötzlich wieder ganz an sie presste.

»Verrat mir, woran du vorhin gedacht hast«, sagte London, deren Lippen nur wenige Zentimeter von ihren entfernt waren. »Als ich deine Coulis probiert habe und deine Augen ganz glasig wurden.«

»Ich will aber nicht.« Dahlia erschrak darüber, wie kindisch das klang.

London neigte den Kopf zur Seite, um an Dahlias Ohr zu knabbern, während dey die Hüfte leicht nach vorne schob. *Eins a, London.*

»Verrat's mir.« Deren Atem kitzelte ihre Wange.

In Dahlias Ohren dröhnte das Blut. Sie schluckte.

»Du bist gerade sehr gebieterisch und sexy, weißt du das? Im Ernst, Spitzenleistung.«

»Dahlia.«

Sie versuchte, den Tagtraum von sich und London in ihrer gemütlichen Küche aus ihrem Kopf zu vertreiben, aber Londons Anwesenheit drängte ihn nur noch mehr in den Vordergrund. Was sie nicht alles miteinander auf dieser imaginären Kücheninsel treiben könnten …

»Ich habe darüber nachgedacht, was wir alles anstellen könnten«, sagte Dahlia, nachdem ihre Gedanken einen Moment lang gerast waren. »Mit Essen.«

Streng genommen war das keine Lüge.

Auch wenn sie die Zweideutigkeit in ihrer Stimme so nicht beabsichtigt hatte.

Andererseits hatte sie auch nichts gegen die Andeutung, die ihr gerade aus dem Mund gesprudelt war. Insofern: *Gut gerettet, Gehirn.*

London erstarrte. »Ich brauche Details, Woodson.«

»Na ja … Schlagsahne ist ein bisschen zu klischeebeladen, nicht wahr? Also vielleicht etwas anderes.«

London schwieg einen Augenblick.

»Ich weiß nicht«, murmelte dey in ihr Haar. »Wenn es selbst geschlagene Sahne ist, könnte es einen Versuch wert sein.«

Dahlia schüttelte den Kopf, inzwischen etwas gefasster.

»Nein, dazu muss man viel zu viel quirlen. Mir wäre es lieber, du würdest die Kraft in deinen Handgelenken für etwas anderes aufsparen.«

Aus Londons Kehle brach ein Lachen hervor, und Dahlia lächelte und entspannte sich weiter. Gott, sie liebte es, London zum Lachen zu bringen.

»Vielleicht Honig. Oder Karamell«, fuhr sie fort. »Aber das wäre wahrscheinlich ziemlich klebrig. Wir würden die Bettwäsche schmutzig machen.«

»Vermutlich wird alles, was wir uns hier überlegen, eine ziemlich schmutzige Angelegenheit, Dahlia. Zum Glück wohnen wir an einem Ort, der Personal beschäftigt, das uns da weiterhelfen kann.«

Dahlia runzelte die Stirn und lehnte sich ein kleines Stück zurück.

»Ist das nicht ein bisschen unhöflich? Der Job der Reinigungskräfte ist doch schon schwer genug.«

»Stimmt, aber sie müssen die Bettwäsche sowieso waschen.«

»Hm, vermutlich.«

»Dahlia. Was ist dein Lieblingsobst?«

»Blaubeeren«, antwortete sie instinktiv. London lachte erneut. »Was denn?«, fragte sie abwehrend.

»Ich stelle mir gerade vor, wie ich einen Eimer Blaubeeren über dir ausschütte, die dann überallhin rollen. Das kommt mir nicht sehr … zielführend vor. Nenn mir eine andere Frucht.«

»Honigmelone.«

London überlegte. »Damit können wir arbeiten. Auch wenn das eine schreckliche Frucht ist.«

»Okay, wenn du so pingelig bist: Was ist denn deine Lieblingsfrucht?«

»Nektarinen.«

»Oh. Gute Wahl.«

»Ich habe eben einen erlesenen Geschmack.«

Dahlia beugte sich vor, um demm zu küssen, als die Geräusche der anderen Teilnehmenden, die zurück an ihre Plätze schlurften, viel zu nah an ihre Ohren drangen.

»Willst du nach den Dreharbeiten noch einen Abstecher zum Supermarkt machen? Zu Vons?«, fragte London. »Du darfst fahren.«

Dahlia nahm eine von Londons Händen und drückte einen Kuss darauf. »Ich würde sagen, wir haben ein Date.«

Kapitel 14

London stellte die Tüten aus dem Vons auf den kleinen Tisch in deren Hotelzimmer und begann, sie auszuräumen.

»Also. Wir sollten langsam mal einen Plan entwickeln.«

Dahlia lachte.

»So was plant man doch nicht? Sollte es nicht irgendwie … spontan und schmutzig werden?«

London versuchte, einen Anflug von Gereiztheit zu unterdrücken. Schließlich war Dahlia diejenige, die ihnen überhaupt erst diese Flausen in den Kopf gesetzt hatte. Allerdings hatte sie den halben Einkaufstrip nur damit verbracht, rot anzulaufen und zu kichern. Was einerseits sehr süß gewesen war, andererseits war London erschöpft und wollte schnell zur Sache kommen.

Und *natürlich* wäre der Sex besser, wenn sie ihn planten.

»Na schön.« Dey schnaubte und verschränkte die Arme. »Wo fangen wir an?«

Dahlia schnappte sich die Sprühsahne, nahm den Deckel ab und spritzte sich einen Strahl davon direkt in den Rachen.

»Zuallererst sollten wir nackt sein«, nuschelte sie mit dem Mund voll Zucker und Chemie.

Sie war einfach zum Verzweifeln. Und verdammt noch mal, diesmal würde London ihr das Shirt ausziehen.

Bemerkenswerterweise löste sich Londons leichte Verstimmung mit jedem Kleidungsstück, das sie loswurden, immer weiter auf. Sie waren heute vertrauter, genierten sich weniger, und doch war die Spannung für London fast noch größer. Dey wusste jetzt, wie Dahlia sich anfühlte. Deren Körper lernte bereits, sich nach ihrem zu sehnen.

Den ganzen Tag neben ihr zu stehen, war die reinste Folter gewesen. Wenn auch die köstlichste Art von Folter.

Nur Minuten später lagen sie auf dem Bett, die Beine ineinander verschlungen, Brust an Brust, Dahlias Zunge süß in Londons Mund. Sie rieben sich aneinander, und es bereitete London immense Genugtuung zu spüren, wie feucht sie schon war. Dey dachte an den Ausdruck auf Dahlias Gesicht, als sie demm ihre Coulis hatte probieren lassen. Ein aufregendes Prickeln lief demm über den Rücken, als dey sich fragte, ob sie schon den ganzen Tag deretwegen so feucht gewesen war.

»Okay.« Ehe sie sich zu sehr mitreißen ließen, zog dey sich hastig zurück und griff nach der Sprühdose, die Dahlia auf den Nachttisch gestellt hatte. »Dann legen wir mal los.«

»Oh.« Dahlia biss sich auf die Unterlippe. »Wir müssen nicht wirklich … Ich meine, ist das …«

London unterbrach sie mit zwei gezielten Pumpstößen. Zwei perfekte Sahnehäubchen für zwei perfekte Brüste.

Dahlia platzte fast vor Lachen und boxte London spielerisch gegen den Arm. »Gott, London.«

»Du wolltest ja keinen Plan machen. Das hier ist meiner.«

Dey beugte sich nach unten und leckte den einen Nippel ab. Auch als Dahlia sich versteifte und sich ihr Atem beschleunigte, hörte sie nicht auf zu kichern. London richtete sich auf, die Dose noch in der Hand, und platzierte einen großen Klacks auf ihrer Nase, bevor dey sich über die andere Brust hermachte. »Hör auf zu lachen.«

Aber das tat sie nicht. Dahlia war schon völlig fertig, als sie aufquietschte, weil die Melone, die London als Nächstes aus der Tüte geholt hatte, zu kalt war. Und auch wenn dey die Komik durchaus zu schätzen wusste, war dey schon fast wieder an der Grenze zur Gereiztheit. Dey setzte sich zurück auf die Fersen.

»Hey, das war deine Idee.«

»Ich weiß.« Dahlia holte tief Luft. »Ich weiß.« Sie schluckte und versuchte, ein erneutes Grinsen zu unterdrücken. »Tut mir leid, ich gelobe Besserung. Versuch's mal mit etwas anderem.«

London lehnte sich aus dem Bett und fischte eine Nektarine aus der Tüte.

Im Laden hatte dey erspüren können, wie reif und weich sie war, was für die Obst- und Gemüseabteilung in Supermärkten sonst selten war. Die Ware kam normalerweise steinhart dort an, damit sie sich länger hielt. Mit der Frucht in der Hand, deren Haut so geschmeidig war wie Dahlias, empfand dey auf einmal ungeheure Dankbarkeit.

Dey nahm einen großen uneleganten Bissen, ließ den Saft das Kinn hinunterrinnen und kam sich ein bisschen animalisch vor. Dey drückte die Nektarine leicht zusammen und spürte, dass noch mehr von dem durchsichtigen Saft deren Arm hinunterlief.

Dahlias Mundwinkel zuckten, aber ihr Grinsen verblasste. Ihre Lippen öffneten sich leicht.

»Oh«, machte sie.

London hatte die Bissstelle der Nektarine auf Dahlias Haut gepresst und fuhr nun damit über ihren Körper: über die sanfte Kurve von ihrem Nabel bis zum Schenkel, dann über ihren Bauch. Dey hatte über ihrer Hüfte gekauert, bewegte sich nun aber abwärts, kniete sich zwischen ihre Beine, die sich weiter für demm spreizten. Dey strich mit der Frucht über die Innenseite ihrer Oberschenkel, erst rechts, dann links, wanderte neckend weiter nach oben, nur um dann wieder hinunter bis zu ihren Waden zu gleiten. Dabei beobachtete dey jedes Zucken ihres Körpers, achtete auf jedes kleine Keuchen.

Dey machte kehrt, stützte sich mit einer Hand über Dahlia ab und schob das Fruchtfleisch über ihren Bauch nach oben, bis ihre Gesichter auf einer Höhe waren.

Dahlia lachte nicht mehr.

Ihre Züge wirkten entspannt, der Mund stand leicht offen, aber ihre Augen waren noch dunkler als sonst, voll wildem Verlangen. Hochzufrieden mit sich selbst, nahm London geräuschvoll einen weiteren Bissen von der Nektarine.

»Fuck«, sagte Dahlia. »London, fick mich.«

Einen Moment lang schwieg London, kaute und ließ sich Dahlias Aufforderung auf der Zunge zergehen.

»London.« Dahlia riss demm die Frucht aus der Hand und warf sie gegen die Schrankwand. Dumpf hörten sie den Aufprall, zweimal, erst an der Schranktür und dann auf dem Boden.

»Mach's mir. Jetzt.« Dahlia leckte sich über die Lippen. »Mit dem Mund.«

Und das brachte London schier um den Verstand.

Dey folgte der Spur der verschmähten Nektarine und hinterließ einen Pfad aus Küssen auf ihrem Bauch. Als sich die Süße des Fruchtsafts mit dem Salz von Dahlias Haut mischte, befand London, dass das die beste Idee war, die Dahlia je gehabt hatte. Dey war dankbar, mit einem Genie im Bett zu sein.

Nachdem dey es sich zwischen ihren Beinen bequem gemacht hatte, nahm dey sich Zeit und massierte die Innenseite ihrer Schenkel. Sie zitterte.

»Hey«, flüsterte London und versuchte, deren eigenes Adrenalinlevel unter Kontrolle zu bringen. »Ist alles okay?«

»Nope«, antwortete sie. London sah hoch zu ihr. Sie hatte sich einen Arm übers Gesicht gelegt. »Kein bisschen.«

London runzelte die Stirn. »Möchtest du aufhören?«

Unter ihrem Arm schüttelte Dahlia wild den Kopf.

London massierte sie weiter.

»Ich brauche eine mündliche Bestätigung von dir.«

Sie seufzte bewusst theatralisch.

»Und es wäre schön, dein Gesicht sehen zu können«, wagte London sich vor.

Sie zog den Arm weg, hielt den Blick aber starr gegen die Decke gerichtet.

»Kannst du mich küssen?«, fragte sie. London schoss nach oben, um der Aufforderung nachzukommen.

»Sorry«, sagte sie, als London über ihrem Mund verharrte. Sie verdrehte die Augen und machte seltsame Gesten, die London nur aus dem Augenwinkel wahrnahm. »Es ist nur ...« London sah ihr in die Augen, wartete geduldig darauf, dass sie den Gedanken vollendete. »Ach, Gefühle«, murmelte Dahlia schließlich bloß und seufzte.

London küsste sie sanft auf die Lippen und bemühte sich, all die Zärtlichkeit hineinzulegen, die dey ihr gegenüber empfand. Sie so aufgelöst und verwundbar zu erleben, war faszinierend. Dey verstand, dass sie nicht die richtigen Worte fand, weil es manchmal nicht die richtigen Worte gab, wusste, dass sie etwas Großes gefühlt hatte und es nicht verworfen hatte, sondern innegehalten und das Gefühl zugelassen hatte. Dahlia war vermutlich die emotional ehrlichste und empfindsamste Person, der London je begegnet war, und es tat demm in der Seele weh zu sehen, dass sie das selbst nicht für eine bewundernswerte Fähigkeit zu halten schien. London hingegen hatte nie jemanden mehr bewundert.

In der Gegenwart von Menschen, die alles fühlten, bekam man den Eindruck, selbst auch alles fühlen zu können. Als könnte man die Tiefen der Welt bis ins Grenzenlose ausloten.

»Okay.« Dahlia löste den Kuss und nickte. »Ich bin bereit. Dann zeig mir mal, was du kannst.«

London lächelte sie an, küsste sie noch einmal auf den Mund und begab sich dann wieder zwischen ihre Beine. Dey schob sie sanft ein bisschen weiter auseinander und setzte die Kussreihe dort fort, strich mit dem Daumen über Schenkel und Po. Schließlich spreizte dey behutsam ihre Vulvalippen und leckte sie so, wie sie es verdient hatte, geleckt zu werden.

Durch Dahlias leises Stöhnen ermutigt, hielt auch London sich nicht mit Geräuschen zurück. Dey drückte sich dicht an sie, um das Pulsieren ihrer Lippen zu spüren, ihren sensibelsten Punkt unter deren Zunge, ehe dey rhythmische Kreise um ihre Klitoris zog.

»London«, murmelte Dahlia.

Ohne die Kreise zu unterbrechen, schaute dey zu ihr auf und bemerkte, dass sie demm ansah und dabei bedächtig lasziv eine ihrer Brüste streichelte.

London schob einen Finger in sie hinein.

Dahlia warf den Kopf zurück und schloss die Augen. »Kannst du diesmal mehr als einen benutzen?«

Als London einen zweiten Finger einführte, spürte dey eine Veränderung in ihr. Als würde sie innen und außen für demm locker lassen.

»Und vielleicht noch einen?«, hauchte sie.

London musste kurz den Kopf heben, um sicherzustellen, dass dey vorsichtig genug war.

»Sag sofort Bescheid, falls es unangenehm wird.« Dey änderte die Position der Finger, um Platz für einen dritten zu schaffen. Dahlias Augen blieben geschlossen, aber ihr Mund öffnete sich einen Spalt, während London sich den Weg in ihr Innerstes ertastete. Dey hielt inne, wartete auf ihre Reaktion.

Einen Moment später nickte sie und sagte atemlos: »Ja, das ist gut.«

Nach dieser Bestätigung setzte London wieder die Zunge ein, und mit einem lauteren Stöhnen warf Dahlia jegliche Zurückhaltung über Bord. Sie reckte demm die Hüfte entgegen, und gemeinsam mit ihr fand London den perfekten Rhythmus aus Fingern, Mund und Stößen.

Als London sie erneut anschaute, hatte sie beide Arme über dem Kopf verschränkt und kaute genüsslich auf ihrer

Unterlippe. Ihre Körpersprache ergab ein so anderes Bild als am Vortag, als sie London so nah bei sich gebraucht hatte, um ihren Körper zu umfangen, zu beschützen. Heute Abend wirkte es, als ließe sie ihren Körper frei. Das war ihre Lust, und London durfte sich schlicht glücklich schätzen, dabei zu sein.

Sie schmeckte gut in Londons Mund. Sie fühlte sich gut an unter deren Händen. Aber London hatte den Eindruck, dass sie sich auch selbst gut fühlte. Das Ganze hatte nichts Schmutziges an sich. Es war einfach nur schön.

Nachdem Dahlia gekommen war, setzte London sich zurück auf die Fersen und betrachtete sie. Diesmal verdeckte sie ihr Gesicht nicht, ließ nur den Kopf zur Seite fallen und legte eine Hand auf die Brust, wie um ihren eigenen Herzschlag zu spüren. Sacht strich London über ihren Oberschenkel. Demm schnürte sich die Kehle zu, dey war ganz berauscht und von Wärme erfüllt.

Endlich hob Dahlia den Kopf vom Kissen. Sie sah London an und streckte eine Hand aus, um deren Wange zu streicheln. London beugte sich ihr entgegen und schmiegte sich an ihre Handfläche.

»London, was kann ich für *dich* tun?«, fragte sie leise.

London dachte nach. Dey musterte ihre feucht glänzende Haut, ihren Silberblick. Sie wirkte vollkommen zufrieden.

Brauchte London etwas anderes? War das nicht genug? Es war mehr, als dey sich je hatte erträumen können.

Aber nach einer Weile meinte dey: »Kann ich mich auf den Bauch legen?«

Dahlia rutschte zur Seite, damit London Platz in der Bettmitte hatte.

Sobald London lag, deutete dey auf deren Rücken. »Tob dich hier gern aus.«

Weder lachte Dahlia, noch brachte sie irgendeinen dummen Kommentar oder machte sonst irgendetwas, worum London nicht gebeten hatte. Sie lehnte sich über die Bettkante und kramte in der Einkaufstüte. Plötzlich fühlte London, wie etwas zwischen deren Schulterblätter tropfte, hintertückisch und kalt. Es lief deren Rücken hinab bis zum Steißbein und sandte einen Schauer über Londons Arme und Beine.

Und dann begann Dahlia zu kneten.

London hatte die Augen geschlossen, und selbst wenn nicht, hätte dey immer noch in die falsche Richtung geschaut. Doch vor dem inneren Auge konnte dey sie sich ganz genau vorstellen. Seit Wochen beobachtete dey, wie Dahlia ihre Hände benutzte. Als sie ihre Handballen in Londons Haut drückte, sah dey Dahlia, wie sie den Teig für ihre Pappardelle geknetet hatte. Die Finger, die sorgfältig Olivenöl und Gewürze in Hühnerhaut gerieben hatten, waren dieselben, die jetzt behutsam, aber kräftig Londons Schultern und Seiten massierten.

Für London war Kochen schon immer sowohl eine Kunstform als auch eine Art Therapie und ein Ausdruck von Aufmerksamkeit und Liebe gewesen. Ohne all die Lektionen von deren Nanny – in der vom Ofen und kochendem Wasser warmen und feuchten Küche – wäre Londons Kindheit sehr viel einsamer gewesen. Noch heute gab Kochen London ein Gefühl von Kontrolle, das dey sonst im Alltag vermisste. Dey konnte die Gefühle deres Vaters nicht kontrollieren oder deren Gene oder die sprachlos machende Ungerechtigkeit auf dieser Welt.

Aber dey konnte Torten backen, Soufflés oder hauchzarte Steaks zubereiten. In der Küche konnte London tun und lassen, was dey wollte.

Für London ergab es total Sinn, dass Kochen Dahlia durch die Trennungsphase von David geholfen hatte. Das war nur logisch. Dey hatte in der Show beobachtet, wie es sie beruhigte, wenn sie ein Messer in der Hand hielt, vor sich eine Reihe von Zutaten und einen Plan im Kopf. In dieser Hinsicht verstanden sie sich blind, eine Gemeinsamkeit, die London bisher mit niemandem geteilt hatte.

Und so wusste dey, ohne hinschauen zu müssen, dass sie gerade diesen besonderen Gesichtsausdruck hatte, gleichzeitig entspannt und konzentriert, während sie mit den Händen Londons Rücken bearbeitete und – wie London vermutete – Melone darauf verteilte. Seit dey gesehen hatte, was Dahlia Woodson mit einem Fisch anstellen konnte, hatte dey diese Hände auf dem eigenen Körper spüren wollen, wie sie Schicht um stachelige Schicht abtrugen. Vielleicht hatte Dahlia über die letzten Wochen heimlich auch Londons Schuppen entfernt, eine nach der anderen, bis deren Körper nun glatt und nachgiebig in ihren Händen lag und dey sich endlich vollkommen sauber fühlte.

Dahlia beugte sich vor und nutzte jetzt ihren Mund. Oben im Nacken fing sie an, dann wanderte sie über die Schulterblätter nach unten. Sie stieß ein zufriedenes »Mhmm« aus.

»London, du schmeckst himmlisch.«

London lächelte ins Kissen. »Das war ’ne ziemlich gute Idee.«

Dahlias Hände hatten demm in einen beinahe meditativen Zustand versetzt, doch ihre Zunge weckte ganz andere

Gefühle in London. Nach einigen ekstatischen Minuten spreizte dey die Beine.

»Berühr mich.«

London hob die Hüfte an, um ihr besseren Zugang zu gewähren. Und Dahlias Finger tasteten sich vor, genau richtig, während ihre Zunge weiter Londons Rücken und die Schultern liebkosten und ihre Brustwarzen deren Haut streiften. Das war alles, was London brauchte, um sich emporzuschrauben, immer leichter, immer enger, bis die Empfindungen in einer Feuersäule gipfelten. Schließlich streckte dey einen Arm aus, presste Dahlia an sich und drehte das Gesicht nach hinten. Dey küsste Dahlia auf die Schulter, murmelte ihren Namen und glaubte, sie auch deren eigenen flüstern zu hören.

Und dann sank London aufs Bett, deren ganzer Körper zog sich zusammen. Dahlia legte sich zu demm auf die Seite, schlang die Arme um demm und hielt demm fest. Die Haut zwischen ihnen war noch immer klebrig und süß.

*

Dahlia blieb noch eine letzte Sekunde unter dem heißen Wasserstrahl stehen, bevor sie sich widerwillig vorbeugte und ihn abstellte.

Sie schob den Duschvorhang beiseite und beobachtete, wie London vor ihr sich energisch mit einem Handtuch den Kopf trocken rubbelte, bevor dey es sich um den Oberkörper schlang. Dey sah zu ihr herüber, das feuchte rotblonde Haar zerzaust und wunderschön, die Haut rosig und benetzt vom heißen Dampf.

»Hey.« London lächelte. Dann verengte dey leicht die Augen und fragte: »Alles okay?«

Dahlia schnappte sich das Handtuch, das dey ihr reichte, und wickelte sich schützend darin ein.

Das fragte dey immer genau dann, wenn sie nicht wusste, was sie darauf antworten sollte.

Die Nacht zuvor war zugleich das Lustigste und Erotischste gewesen, was sie je erlebt hatte. Sie hatte jede einzelne Sekunde davon genossen. Jeder Moment mit London war für sie eine neue Erfahrung darin, sich gehen zu lassen. Eine Übung darin, verletzlich zu sein. Ein Probelauf für wahres, berauschendes Glück. Letzte Nacht hatte sie sich … frei gefühlt.

Als sie mit verhedderten Gliedmaßen in durchwühlten und klebrigen Laken aufgewacht waren, war der einzig vernünftige nächste Schritt eine gründliche Dusche gewesen. Und obwohl Dahlia zuerst geglaubt hatte, dies könnte in ein ebenso erotisches Unterfangen münden – sie hatte schon immer mal Sex unter der Dusche ausprobieren wollen –, waren ihre beiden Körper zu erschöpft, um das in Betracht zu ziehen.

Stattdessen war das gemeinsame Waschen schon fast beschämend zärtlich.

London hatte jeden Quadratzentimeter von Dahlias Haut abgeschrubbt, wobei dey sich ungelenk bücken musste, um zwischen die Oberschenkel, in die Kniekehlen, unter die Fersen und zwischen all ihre Zehen zu gelangen. Dahlia herrschte demm immer wieder an, aus Angst, London könnte auf den nassen Fliesen ausrutschen und sich den Kopf aufschlagen, doch dann berührte dey sie so aufmerksam, so wertschätzend, dass es ihr wieder die Sprache verschlug.

Es gab Stellen an ihrem Körper – wund davon, wie entschlossen London die klebrige Süße von ihnen aufgesaugt hatte –, von denen sie nicht sicher war, ob sie sie vorher überhaupt schon mal bewusst wahrgenommen hatte.

Sie hatte versucht, sich zu revanchieren, indem sie London die Schultern, den Rücken sowie all die verborgenen Fältchen und Sommersprossen gewaschen hatte, damit dey sich sauber, umsorgt und wie neu fühlte.

Und nun, da sie tropfend in der Dusche stand und London dabei zusah, wie dey sich abtrocknete und die Zähne putzte – so alltägliche, intime Dinge –, fühlte sich Dahlia mit einem Mal ganz zerbrechlich. Als wäre sie plötzlich zu groß für ihren Körper, als wüsste sie nicht, wie sie weitermachen sollte, ohne dass ihr Arme und Beine abfielen.

»Ich brauche noch ein Handtuch für meine Haare«, sagte sie schließlich und deutete schwerfällig auf ihren Kopf. »Das schafft eins nicht allein.«

»Natürlich.« London reichte ihr ein weiteres Handtuch, und sie knetete damit die Nässe aus den Haaren, dankbar für eine praktische, ganz normale Tätigkeit.

»Du hast mir nicht geantwortet«, sagte London und sah sie an. »Alles okay? Du wirkst … ein bisschen durch den Wind.«

Dahlia wickelte das Tuch auf dem Kopf zu einem Turban. »Ich bin bloß müde. Du machst mich ganz schön fertig, London Parker.«

Deren Mundwinkel zuckten nach oben.

»Ich würde mich ja entschuldigen, weißt du, aber es tut mir kein bisschen leid.«

Dahlia schüttelte den Kopf, doch auch sie grinste. Londons selbstgefällige sexy Art war einfach zu viel.

»Ich glaube, ich muss ein bisschen Schlaf nachholen«, sagte sie. »Ist das okay? Dann fallen wir heute Nacht in unser eigenes Bett und machen morgen genau hier weiter?«

Je mehr sie darüber nachdachte, desto klarer wurde ihr, dass sie das brauchte. Ein Hauch von bittersüßer Erleichterung durchströmte sie.

»Das klingt sehr vernünftig und gesund. Ich meine, ich finde es nicht *soo* prickelnd, aber klar, wenn es dir lieber ist.« London trat einen Schritt näher an die Dusche heran. Dey beugte sich herunter und gab ihr einen Kuss auf die Schulter.

»Danke.« Sie stieg aus der Dusche, um sich für den Tag fertig zu machen.

Erst als sie später das Set betraten, um eine weitere Eliminierungschallenge aufzuzeichnen, die dazu führen konnte, dass eine*r von ihnen nach Hause geschickt wurde, bemerkte Dahlia ihren Fehler.

Sie hatte vorgeschlagen, eine Nacht Pause einzulegen. Morgen genau dort weiterzumachen.

Als gäbe es eine Garantie für eine weitere Nacht.

Als wäre der nächste Tag ein Versprechen.

Kapitel 15

»Dahlia!« Janets Hand landete auf Dahlias Schulter. »Husch, husch, ab in die Maske. Parker, du bist startklar.«

Dahlia schenkte London ein kleines Schulterzucken, das dey erwiderte, bevor sie Janet den Flur entlangfolgte. Als sie in der Maske ankamen, ließ Janet sich auf einen der schwarzen Stühle neben ihr fallen und drehte sich darauf ein wenig hin und her, während Mack Dahlias noch feuchtes Haar aus der Spange löste, mit der sie es hochgesteckt hatte.

»Morgen, Süße.« Wie jeden Tag lächelte er sie sanft an. Mack war einfühlsam, beruhigend.

Janet hingegen schien unter Strom zu stehen. Sie war immer ein bisschen drüber, aber auf diese kontrollierte, einschüchternde Art. Heute wippte sie mit dem Fuß auf dem silbernen Ring am unteren Ende des Stuhls, und ein leicht manisches Grinsen zeichnete sich unter der klobigen magentafarbenen Brille auf ihrem Gesicht ab.

Wirklich seltsam.

Oh Gott. Ein panisches Gefühl schlich sich ninjaartig in ihre Magengrube. Janet wirkte merkwürdig gut gelaunt, aber vielleicht versuchte sie, etwas zu verbergen und Dahlia auf einen Tiefschlag vorzubereiten? Stimmte irgendetwas nicht? War Hank etwas zugestoßen? Ihrer Mom oder ihrem Dad?

»Janet? Ist irgendetwas nicht in Ordnung?«

»Ha!«

Janets überschwänglicher Ausruf erschreckte Dahlia so sehr, dass sie zusammenzuckte. Mack warf Janet einen bösen Blick zu.

»Tut mir leid.« Janet räusperte sich und verschränkte die Finger im Schoß. »Nein, Woodson, ausnahmsweise ist mal alles in Ordnung. Genau genommen läuft die achte Staffel *wesentlich besser* als nur *in Ordnung*.«

Janet lehnte sich in ihrem Stuhl nach vorne.

»Die Einschaltquoten von *Chef's Special* haben während der letzten Staffeln deutlich abgenommen, musst du wissen.«

Dahlia atmete tief durch die Nase ein. Ihr Herz war nach der vergangenen Nacht und dem Aufruhr der letzten Tage noch immer zartbesaitet, und sie wollte bloß einen weiteren Tag als Köchin überstehen und sich danach für zehn Stunden in ihr Bett verkriechen. Die Einschaltquoten juckten sie nicht im Geringsten, und sie hatte keine Ahnung, warum Janet mit ihr darüber sprach.

»Inzwischen gibt es unzählige Kochsendungen, auf jeder beliebigen Plattform«, fuhr Janet fort und wedelte mit der Hand durch die Luft. »Auf Netflix, auf jedem anderen random Streaming-Dienst, von denen heutzutage einer pro Monat aus dem Boden zu schießen scheint, sogar auf YouTube. *Chef's Special* ist inzwischen ein alter Hut. Wir haben an allen Ecken und Enden Zuschauer verloren. Aber …«

Janet lehnte sich zufrieden grinsend auf ihrem Stuhl zurück. »Wie ich es vorausgesagt habe, hat London Parker das Ruder herumgerissen.«

Dahlias Kopf wirbelte so schnell zu Janet herum, dass es wehtat. Mack schnalzte leise mit der Zunge.

»London? Wie meinst du das?«

»Ach, du weißt schon, diese ganze Team-Lizzie-gegen-Team-London-Sache …«

»Wie bitte?«

»Oh.« Janet hob die Augenbrauen, sie schien wirklich überrascht. »Ich dachte, du würdest das mitverfolgen.« Sie kramte ihr Handy aus der Tasche und suchte kurz, bevor sie es Dahlia reichte.

Die Beklemmung in ihrem Bauch wurde zu einem Geist, der ihr seinen eiskalten Hauch in die Lunge blies, als sie die Schlagzeile in Janets Browser las:

Chef's Special-*Fans vor der Entscheidung: #TeamLizzie oder #TeamLondon?*

Ungläubig überflog Dahlia den Artikel. Ihr fiel die Kinnlade herunter.

»Aber … aber Lizzie und London reden am Set doch kaum miteinander. Woher wissen die Leute überhaupt, dass sie sich nicht leiden können? Dass Lizzie ein Problem mit London hat?«

Zum ersten Mal, seit sie Dahlia vor ein paar Minuten begrüßt hatte, wirkte Janet unbehaglich.

»In der ersten Folge, als die Jury Londons Lamm gelobt hat … Eine der Kameras hat Lizzie dabei erwischt, wie sie die Augen verdreht hat. Und dann … hat Lizzie in einem ihrer Einzelinterviews ein paar Dinge gesagt.«

»*Was?*« Dahlia sah vom Handy auf. Sie hätte gern ruhiger, besonnener reagiert, sah sich dazu aber außerstande. »Was hat sie gesagt?«

Janet verzog den Mund, als hätte sie etwas Saures gegessen.

»Das ist nicht weiter wichtig. Nichts … nichts, was dich oder London überraschen würde.«

Sie beugte sich rüber und legte Dahlia eine Hand aufs Knie. »Das ist auch gar nicht der Grund, warum ich mit dir reden will. Du weißt ja, dass wir alle hier #TeamLondon sind, nicht wahr?«

Janet warf Mack einen bedeutungsvollen Blick zu. Ihm war sichtlich unbehaglich zumute, aber er nickte Dahlia zu.

Dahlia hatte das Gefühl, keine Luft mehr zu bekommen.

Wenn Janet wirklich #TeamLondon wäre, hätte sie verlangt, das Interview rauszuschneiden, verdammte Kacke.

Wenn *Chef's Special* #TeamLondon wäre, würden sie London nicht als Figur in ihrem Spiel missbrauchen.

»Der Zwist zwischen London und Lizzie hat unsere Einschaltquoten schon in die Höhe getrieben. Aber dann …« Janet strahlte, die Hand noch immer auf Dahlias Knie. »… kamst *du*.« Sie lehnte sich wieder auf ihrem Stuhl zurück. »Ich habe auf etwas zusätzliches Medieninteresse spekuliert, als London uns mitgeteilt hat, dass dey sich in der Show outen würde. Aber mit dir habe ich nicht gerechnet.«

Janet lächelte, und ihre Augen leuchteten.

»Wie du London heldenhaft zur Seite geeilt bist, als dey sich beim Fischausweiden geschnitten hat. Und die Art, wie dey dich ansieht … Das Einzige, worüber sich die Menschen im Internet beschweren, ist, dass man aus London und Dahlia keinen guten Ship-Namen machen kann. Glaub mir, unser Team ist dran, aber bisher haben wir auch noch nichts Gutes. Wenn nächste Woche die neue Folge ausgestrahlt wird und alle sehen, wie viel Spaß ihr bei der Bar-Mizwa hattet, mein *Gott* …«

Janets Handy, das Dahlia noch immer umklammert hatte, rutschte ihr aus der Hand und schlug mit einem blechernen Klappern auf, das viel zu laut in ihren Ohren nachhallte. Sie war kurz davor, sich zu übergeben. Falls es so weit kam, würde sie auf Janets Gesicht zielen.

»Dahlia«, sagte Janet und beugte sich mit leicht verärgerter Miene vor, um das Handy aufzuheben. »Du hast sicherlich einige der Kommentare im Internet gelesen, oder? Ich weiß, dass die Leute euch auf Instagram bestürmen. Du und London seid total liebenswert.«

»Ihr guckt euch mein *Instagram-Profil* an?«

»Natürlich tun wir das«, antwortete Janet ganz sachlich. Anscheinend hätte das keine Überraschung für Dahlia sein sollen.

Aber das war es. Dahlia kam sich vor, als wäre sie im *Chef's Special* einer anderen Realität gelandet. Einer, in der sie der Star war, aber nicht, weil sie gut in dem war, was sie tat. Sondern aus Gründen, die rein gar nichts mit ihren Kochkünsten zu tun hatten.

Sie hatte die Kommentare im Internet nicht gelesen. Seit dem Strandausflug letzte Woche, nachdem die erste Folge ausgestrahlt worden war und sie all die schrecklichen Dinge gesehen hatte, die die Leute über London schrieben, hatte sie alle Benachrichtigungen auf ihrem Handy ausgeschaltet. So wie sie es auch London geraten hatte.

Und sie war … beschäftigt gewesen. Mit anderen Dingen. Zum Beispiel damit, sich auf ein romantisches Abenteuer einzulassen, in der Illusion, das sei ihre Privatsache.

Sie schluckte Galle, während Janet mit einem seltsamen Gesichtsausdruck den Kopf schief legte.

Dahlia biss sich auf die Lippe und schüttelte sich innerlich. Nein … Sie hatte es ja geahnt. Sie wusste, dass das mit ihr und London landesweit im Fernsehen zu sehen war. Barbara hatte sie gewarnt. Sie hatte es selbst gestern am Set befürchtet, als sie sich den Schnitzer geleistet und viel zu vertraulich mit London geworden war, bevor ihr aufgefallen war, dass alle Kameras auf sie gerichtet waren. Erst gestern hatte Janet Dahlias *Techtelmechtelfrisur* bemerkt und kommentiert. Nichts davon sollte sie überraschen.

Doch plötzlich war ihr das alles zu viel. Dieses Gespräch. Die letzten zwei Nächte mit London. Einfach alles.

»Warum erzählst du mir das?«

Janet beugte sich herüber.

»Heute wird es am Set eine günstige Gelegenheit geben. Die Voraussetzungen sind perfekt. Du, Cath und Khari habt den Vorteil vom Face-off gestern.«

Vom Face-off? Daran konnte Dahlia sich kaum noch erinnern. Der gestrige Tag schien schon so lange her zu sein.

»Ihr werdet eine*n der anderen Kandidat*innen retten dürfen. Ihr habt die Wahl zwischen London und Lizzie. Oder Ahmed, aber der spielt eigentlich keine große Rolle.« Janet machte eine wegwerfende Handbewegung. »Nun, ich stelle es mir wie folgt vor«, fuhr sie fort und grinste, als hätte sie diebischen Spaß an dem, was hier passierte. »Khari und

Lizzie sind ziemlich dicke, also vermute ich, dass er um sie kämpfen wird.«

»Khari und Lizzie?« Das verblüffte Dahlia so sehr, dass es durch den Nebel drang, der ihr Gehirn umwaberte.

Janet verdrehte die Augen. »Du und London habt davon sicher nichts mitbekommen, aber ja, andere Teilnehmende haben sich auch miteinander angefreundet. Na ja, jedenfalls kann ich mir vorstellen, dass Khari um Lizzie kämpfen wird. Und das wird deine Chance sein, dich wirklich für London einzusetzen und zu erklären, warum dey den Vorteil mehr verdient als Lizzie. Ein klassischer Team-Lizzie-gegen-Team-London-Konflikt, gewürzt mit ein bisschen Romantik. Pures TV-Gold.«

Janet lehnte sich in ihrem Stuhl zurück.

»Ich dachte, ich warne dich vor, damit du vorbereitet bist, wenn du da oben stehst, und dir vielleicht ein paar schlagfertige Bemerkungen über Lizzie zurechtlegen kannst oder so.« Janet schnaubte. »Also *mir* würden da ein paar richtig gute einfallen.«

Dahlia öffnete den Mund, doch Janet war noch nicht fertig.

»Und das Beste daran?« Janet klatschte die Hand auf ihre Armlehne. »Das Beste ist, dass Lizzie und London beide so starke Konkurrent*innen sind. Ich sehe das Finale *Team Lizzie gegen Team London* schon förmlich vor mir. Wahrscheinlich wäre es unser meistgesehenes Finale überhaupt.«

Sie hielt inne, und ihr Lächeln geriet erneut für einen Moment ins Straucheln.

»Noch mal«, ergänzte sie und streckte eine Hand nach Dahlia aus. »Wir sind alle total Team London. Stimmt's?« Sie sah wieder zu Mack hoch. »Stimmt's?«

»Stimmt«, murmelte Mack mit verdrossener Miene, während er Dahlia den letzten Schliff verpasste.

Obwohl Dahlias Gedanken in der letzten Viertelstunde so benebelt gewesen waren, sickerte jetzt etwas hindurch. Ein träger, zähflüssiger Schmerz wie Honig ohne jegliche Süße.

Hielt Janet es wohl in irgendeinem Winkel ihres Geistes für möglich, dass auch Dahlia das Finale erreichen könnte?

War eigentlich irgendwer Team Dahlia?

Oder brauchte man sie nur als niedliche Anekdote, als lustigen Tollpatsch, eine Nebenrolle für das Team London?

Londons Nähe hatte ihr das Gefühl gegeben, lebendiger zu sein, enger mit einer Person verbunden zu sein, als sie es vielleicht je in ihrem Leben gewesen war.

Aber genau in diesem Moment – im verwirrenden Gegensatz dazu, wie sehr sie ebenfalls mit ganzem Herzen Team London sein wollte, wie sehr sie gerade eben noch deren Ehre hatte verteidigen wollen – fühlte Dahlia sich plötzlich sehr allein.

»Ich dachte«, brachte sie schließlich heraus und musste schlucken, »ich dachte, *Chef's Special* wäre nicht gescriptet. Woher weißt du, wer ins Finale kommt?«

»Oh!« Janets Augen weiteten sich vor Erstaunen. »Nein, nein, das mit dem Finale war reine Spekulation. Obwohl ich bei so was öfters mal richtigliege, nachdem ich nun schon so lange dabei bin. Aber entschuldige, du hast recht, ich habe mich ein bisschen zu sehr hinreißen lassen. Es war ein aufregender Morgen, mit den neuesten Zahlen und alldem. Aber nein, Dahlia.« Die ernste Produzentinnenmiene, die Dahlia kannte und stets als tröstlich empfunden hatte, kehrte wieder auf Janets Gesicht zurück. »Wenn du meinetwegen auch nur eine Sekunde an der Integrität unserer Jurymitglieder gezweifelt hast, tut es mir aufrichtig leid. Alles, was Sai, Tanner und Audra am Set machen, ist vollkommen authentisch. Nichts wurde vorher festgelegt. Sie nehmen diesen Wettbewerb sehr ernst. Genau wie ich. *Chef's Special* ist jetzt seit acht Jahren mein Leben. Ich liebe, was ich tue, und ich bin gut darin. Die Jury ist immer objektiv, aber ich muss dafür sorgen, dass die Leute auch wirklich einschalten. Verstehst du?«

Eine Produktionsassistentin steckte den Kopf durch den Türspalt.

»Hey, Janet. Können wir bald loslegen? Die Kandidat*innen werden schon unruhig.«

Janet nickte knapp. »Fünf Minuten noch.«

Dahlia hatte keine Ahnung, wie sie nach diesem Gespräch zurück ans Set sollte. Am liebsten hätte sie sich in einem dunklen Loch verkrochen.

Janet stand auf und wischte sich unsichtbaren Staub von der Hose.

»Du wirst dich heute großartig schlagen, okay? Wir sind alle so froh, dass du noch hier bist. Zeig's ihnen, Woodson.«

Nachdem sie Mack zugenickt hatte, klopfte Janet Dahlia auf die Schulter und schenkte ihr ein Lächeln, bevor sie ging. Als hätte sie gerade die motivierende Trainerrede vor einem großen Spiel gehalten.

Dahlia blinzelte. Sie lauschte Janets leiser werdenden Schritten, und im Gleichtakt schlug ihr einsames Herz.

*

London runzelte die Stirn.

»Ist wirklich alles in Ordnung?« Nicht zum ersten Mal an diesem Tag hielt dey die Hand an Dahlias Stirn. Sie wischte sie weg, und ihr Blick irrte durchs Studio.

»London, im Ernst, es geht mir gut«, zischte sie.

»Du bist blass. Und … ein bisschen verschwitzt.«

»Danke für den Egoboost. Konzentrier dich auf deine Torte, okay?«

Sie selbst machte sich auch wieder an die Arbeit. Mit zusammengepressten Lippen zerdrückte sie wütend Himbeeren in einer kleinen Keramikschüssel. Londons Stirnrunzeln vertiefte sich noch, aber dey ließ es gut sein.

Bei der heutigen Eliminierungschallenge drehte sich alles um Kuchen und Torten, und das war genau Londons Ding. Außerdem hatte dey fantastischen Sex mit einer fantastischen Person gehabt. Eigentlich hätte es nicht besser laufen können.

Bis auf die Tatsache, dass Dahlia aussah, als stünde sie kurz vor einer Ohnmacht, und kaum ein Wort mit demm wechselte.

Mit Londons Vorbereitungen lief trotzdem alles rund – Kaffee, Mehl, Zucker, Schokolade und Pfefferminze, richtig abgemessen, untergehoben, vermengt –, bis die Uhr plötzlich anhielt. Mitten in der Eliminierungschallenge, die noch exakt vierzig Minuten gehen sollte, froren die roten Ziffern auf dem Tisch der Jury ein.

Sai Patel bat um Aufmerksamkeit. Die Hände der sechs verbliebenen Kandidat*innen erstarrten nun ebenfalls, auf Backblechen, an Mixern oder um den Löffel in einer Rührschüssel für Zuckerguss.

Sai fuhr fort: »Dahlia, Cath und Khari, bitte kommt vor zum Tisch der Jury.«

London wollte Dahlia ein aufmunterndes Lächeln zuwerfen, um ihr Mut zu spenden für was auch immer da auf sie zukam, aber sie wischte sich bloß mit grimmigem Gesicht die Hände an der Schürze ab und drehte sich kein einziges Mal um.

Klar, Dahlia ging es so richtig gut.

»Zeit für ein kleines bisschen mehr Spannung. Würdet ihr drei bitte hier Platz nehmen?« Mit übertriebener Geste deutete Sai auf den Tisch mit der großen eingefrorenen Stoppuhr. Dahlia nahm Tanner Tavishs Platz ein, Cath und Khari setzten sich jeweils links und rechts von ihr hin. London konnte ein Lächeln nicht unterdrücken. Selbst wenn sie sich gerade die Pest geholt hatte oder ihr Blinddarm kurz vorm Durchbrechen war, was sie ja so vehement leugnete, sah sie da vorn immer noch toll aus.

»Wisst ihr, es kann ganz schön ermüdend sein, ständig die Verantwortung für alle Entscheidungen zu tragen.« Die Hände zu einer Raute zusammengelegt, schlenderte Sai unbekümmert durch den Goldenen Kreis. »Ihr drei konntet euch gestern im Face-off einen Vorteil erkämpfen. Und diesmal ist es ein ziemlich großer. Genau jetzt sollt ihr nämlich eine Person auswählen …«, Sai zeigte auf die restlichen Kandidat*innen an ihren Kochinseln, »… die ihr retten möchtet. Sie kann sofort aufhören, das Set völlig unbehelligt verlassen und sich bis zur nächsten Folge entspannen.«

Sai wandte sich wieder in Richtung des Jurytischs.

»Außerdem werdet ihr einer zweiten Person einen Nachteil verschaffen. Diese Person muss ihr Backwerk fünfzehn Minuten früher fertigstellen.«

London hob die Augenbrauen. Krass, das war ein heftiger Nachteil.

Beim Backen ging es vor allem ums richtige Timing. Ihnen war gesagt worden, sie hätten eine Stunde Zeit. Falls man den Teig nicht jetzt schon im Ofen hatte, konnte man praktisch nichts mehr tun.

»Das kommt mir ziemlich hart vor, Boss«, bemerkte Cath.

Sai lächelte freundlich. »Mag sein. Aber wer richtig geplant hat, wird seinen Kuchen ohnehin eine Viertelstunde vor Ablauf der Zeit aus dem Ofen nehmen, damit er abkühlt, bevor es an den Überzug geht. Mit dem Nachteil muss man lediglich ein bisschen kreativ werden. Ihr habt drei Minuten für eure Entscheidung.«

Mit großem Getue stellte Sai einen Timer an seiner Smartwatch.

»Und … los.«

Khari und Cath steckten vor Dahlia die Köpfe zusammen. Die ersten dreißig Sekunden sagte sie selbst gar nichts, saß einfach mit seltsam ausdruckslosem Blick da, während Khari und Cath hitzig murmelnd debattierten. London überlegte, ob dey das Erste-Hilfe-Team rufen sollte. Irgendwas stimmte ganz offensichtlich nicht mit Dahlia.

Aber dann setzte sie eine finstere Miene auf, verschränkte die Arme vor der Brust und mischte sich in die Diskussion ein. Sie wirkte wütend. London hätte sie am liebsten auf der Stelle geküsst.

»Zehn Sekunden!«

Dahlia verdrehte die Augen, seufzte und ließ sich in Tanner Tavishs Stuhl zurücksinken.

»Uuuund die Zeit ist um.« Sai schnippte mit den Fingern.

»Jury, wir sind bereit für euer Urteil. Khari, wer hat heute eine Viertelstunde weniger Backzeit?«

»Ahmed«, sagte er.

Ahmed stöhnte auf und ließ den Kopf hängen.

»Und Dahlia, wer hat das Glück, den restlichen Tag freizubekommen?«

Für einen kurzen Moment schloss Dahlia die Augen. Als sie sie wieder öffnete, huschte ihr Blick zur Seite, an den Kameras vorbei, hinter den Rand des Sets. Verwirrt sah London sich um. Wem galt dieser Blick? Janet?

Dahlia klappte den Mund auf. Erst als ihre Zunge schon das L formte, dachte London überhaupt darüber nach, was sie wohl sagen würde. Doch als sie mit *izzie* endete, ging demm auf, dass dey unterbewusst fest damit gerechnet hatte, sie würde einen anderen Namen aussprechen.

Es klang *falsch*. Tief in Londons Innerem fühlte es sich auch falsch an, diesen Namen aus Dahlias Mund zu hören.

London war klar, dass es hier nur um einen lächerlichen Vorteil für mehr Drama ging. Das war alles Show. Aber dey wusste auch, dass dey mit Zähnen und Klauen für Dahlia gekämpft hätte, um ihr ein Quäntchen mehr Seelenfrieden zu verschaffen, wäre die Situation umgekehrt gewesen. Und niemals hätte dey zugestimmt, ausgerechnet Lizzie zu retten.

Die in diesem Moment hinter demm nach Luft schnappte. London fuhr herum. Sie presste die Hände aufs Herz.

»Herzlichen Glückwunsch, Lizzie! Du kannst deine Schürze für heute an den Nagel hängen und dich ausruhen.« Sai Patel schenkte ihr sein strahlendes, preisgekröntes Lächeln.«

»Oh, wow«, zwitscherte sie. »Aber …«

London meinte, Sai Patels Mundwinkel zucken zu sehen.

»Wäre es in Ordnung, wenn ich trotzdem zu Ende backe?«, fragte Lizzie. »Ich bin schon halb fertig, und es tut mir in der Seele weh, einen guten Kuchen zu verschwenden.«

»Ach komm, dein Ernst?«, murmelte London.

Aber Sai Patel hatte keine Einwände. Dahlia, Cath und Khari durften an ihre Kochinseln zurückkehren.

»London«, wisperte Dahlia eindringlich, während sie sich die Schürze neu zuband, »es tut mir leid, das war …«

London unterbrach sie. »Die Zeit läuft wieder, du solltest dich um deine Ganache kümmern.«

Dey spürte, wie sie neben demm erstarrte, die Schwere, die sich über die gemeinsame Arbeitsfläche senkte.

Mit vielleicht einem My mehr Kraft als nötig gewesen wäre, zerschmetterte London Pfefferminzzuckerstangen.

Es verschaffte demm ein kleines bisschen Genugtuung zu sehen, wie Dahlia bei jedem Schlag mit dem Fleischklopfer zusammenzuckte. Wie die harte Süßigkeit in zig scharfkantige Scherben zersplitterte.

Während Dahlia an ihrer Torte werkelte – Schokoladenbiskuit mit Schichten aus Himbeermarmelade und dekadenter Ganache verziert –, verkündete irgendwo im rationalen Teil von Londons Hirn eine Stimme, dass Dahlia das unmöglich gewollt haben konnte. Cath auch nicht. Khari musste echt Druck ausgeübt haben, um Lizzie zu retten.

Wie bei vielen anderen Kandidat*innen der Show, und zwar allen, die beim Kennenlerndinner peinlich berührt geschwiegen hatten, war London nicht sicher gewesen, woran dey bei Khari war. Außer Lizzie hatte niemand abfällig reagiert, aber das musste ja nichts heißen. Vielleicht hielt auch Khari demm für widernatürlich.

Wie auch immer, Dahlia hätte sich mehr für demm einsetzen sollen als Khari für Lizzie.

Deren Torte stellte kein Problem dar. London machte sich keine ernsthaften Sorgen, dass dey rausfliegen könnte. Dey hätte den Vorteil nicht gebraucht.

Aber als Dahlia Lizzies Namen ausgesprochen hatte, war alles, wofür Lizzie stand, aus deren Unterbewusstsein an die Oberfläche gekommen. Schmerzhaft, omnipräsent und unmöglich zu ignorieren.

In Wahrheit war London bloß sehr gut darin geworden, am Set so zu tun, als würde Lizzie nicht existieren. Aber das klappte natürlich mehr schlecht als recht. Wie bei deren Dad. Wie fast jede Minute jedes Tages, die dey in der Öffentlichkeit war.

Die Tatsache, dass London immer von Leuten umgeben sein würde, die deren Identität nicht verstanden oder nicht verstehen wollten, war nichts, das man einfach ignorieren konnte. London konnte sie zwar verdrängen, musste das sogar, um überhaupt leben zu können, doch das Wissen darum lauerte stets irgendwo in den Schatten und sorgte dafür, dass London sich ständig fragte, wie dey sich vor anderen Menschen verhalten oder was dey vor ihnen sagen sollte.

So sehr hatte dey sich an diesen Status quo gewöhnt, dass dey die wahre Tragweite dessen nur begriff, wenn dey sich vorstellte, wie sich das Gegenteil anfühlen würde. Wenn es eine Gesellschaft gäbe, in der alle die Zweiteilung der Geschlechter ablehnen würden. In der keine Geschlechtsnormen existierten, alle Körper bloß Körper waren – alle echt und valide und gleich menschlich – und sich niemand Sorgen machen musste, welche Annahmen andere Leute über einen trafen und welche nicht.

Bei dieser Vorstellung fühlte London sich so frei und leicht, dass dey gerade dadurch das volle Ausmaß der unsichtbaren Last bewusst wurde, die dey auf den Schultern trug und die demm in den Knochen steckte.

Nur spürte London diese Last nicht, wenn demm mit Dahlia zusammen war. Allein mit ihr konnte deren Unterbewusstsein loslassen.

Aber als Dahlia Lizzies Namen ausgesprochen hatte, war es gewesen, als wäre diese Last mit schlammbeschmierten Füßen in Londons Erinnerungen an Dahlia gesprungen, wäre darin herumgerannt und hätte überall schmutzige Spuren hinterlassen.

Als die sechzig Minuten um waren, schielte London noch einmal hinter sich. Dey war hochzufrieden mit der eigenen Tortenkreation, aber Lizzies Torte, die sie gegenüber den Jurymitgliedern als »Erdbeerlimo-Nachmittag« bezeichnete, sah auch wirklich fantastisch aus. Die Ummantelung an den Seiten war makellos und gab durch kunstvolle Lücken den Blick auf das zitronengelbe Innere frei. Es wirkte luftig und dekadent zugleich. Die gezuckerten Erdbeeren obendrauf leuchteten saftig.

Lizzie hatte sich selbst ein Stück abgeschnitten und steckte sich soeben mit einem zufriedenen »Mhmm« eine Gabel in den Mund.

Jetzt, da Lizzie wieder ganz vorn in Londons Bewusstsein war, musste dey anerkennen, wie gut sie war. Lizzie war eine gefährliche Gegnerin.

Lizzie könnte gewinnen.

Und das wäre ja wohl mal wieder typisch.

»Verflucht. Das schmeckt ausgezeichnet«, sagte Tanner Tavish, nachdem London deren Kreation nach vorn gebracht hatte, und klopfte sich mit der Gabel gegen die Lippen.

Audra nickte. »Da stimme ich zu. Eins a Geschmackskombination. Die Vollmundigkeit der Schokolade und des Kaffees kommt schön durch, aber zuletzt bleibt die Frische der Minze auf der Zunge zurück. Und auch die Deko aus Zuckerstangensplittern an der Seite ist handwerklich ausgesprochen gut gelungen. Das hätte schnell chaotisch wirken können, aber bei dir sieht es richtig edel aus. Wirklich raffiniert.«

»Da hast du einen Volltreffer gelandet«, ergänzte Sai.

Das hätte ein echt guter Tag werden können, dachte London.

Auch Dahlia bekam Lob. Sie selbst wirkte geschockt, zu den besten dreien zu gehören, aber der Jury hatte ihre Torte sehr gefallen.

Sais Urteil hatte gelautet: »Die Ganache zergeht einem wie Samt auf der Zunge. Der Schokoladenbiskuit ist üppig, aber die süße Säure der Himbeerfüllung gleicht das perfekt aus. Natürlich hätten die Zutaten noch ein bisschen kreativer sein können, aber das ist ein professionell zubereitetes Dessert. Gute Arbeit.«

London gewann die Challenge. Und zum ersten Mal an diesem Tag kehrte Dahlias Strahlen zurück.

Sie war so schön, wenn sie glücklich war.

London verspürte ein Ziehen in der Brust.

Und dann wurde Ahmed rausgekickt.

Kreativität hatte seiner Torte offenbar wenig geholfen. Weder war der Teig ganz durchgebacken, noch hatte er so weit abkühlen können, um es mit der Buttercreme überhaupt erst zu versuchen.

Sobald die Kameras nicht mehr liefen, marschierte London auf ihn zu, um sich zu verabschieden. Dey hätte am liebsten irgendwas kaputt geschlagen.

»Hey, London.«

Ahmed lächelte demm an. Er wirkte beinahe unerhört gut gelaunt.

»Das war echt mies! Tut mir leid, Ahmed.« London hatte die Arme vor der Brust verschränkt und schüttelte den Kopf. Der Nachteil war total ungerecht gewesen.

»Alles gut. Ist schließlich ein Wettkampf.« Ahmed zuckte mit den Schultern. »Wenn überhaupt war ich überrascht, dass sie mich für eine so große Gefahr halten. Fast wäre ich ein bisschen übermütig geworden.«

London versuchte ein Grinsen. Demm wurde klar, wie sehr dey Ahmed mochte. Er hatte demm schon beim Kennenlerndinner zugelächelt. Vielleicht hatten sie nicht unbedingt Freund*innenschaft geschlossen, aber Ahmed hatte sich demm gegenüber immer cool verhalten. Und dey wusste, wie viel Glück dey gehabt hatte, ihn zu Anfang der Show als Tischnachbarn zu haben. Durch seine ruhige Unterstützung hatte London sich wohlgefühlt, hatte Raum gehabt, um beim Kochen deren Bestes geben zu können.

Eine der wenigen Personen, die London in den Entspann-dich-Teil deres Gehirns hatte einordnen können. Und jetzt musste er gehen.

»Hör zu, London, du musst dich meinetwegen nicht schlecht fühlen. Ich war noch nie so lange von meiner Frau und meinen Kindern getrennt, und ehrlich gesagt hat mich das total verrückt gemacht. Allein die Tatsache, dass ich es so weit geschafft habe, wird definitiv zu meinem coolsten Papa-Moment *ever*, also alles okay.«

London streckte die Hand aus. Ahmed warf einen Blick darauf.

Und dann zog er London in eine Umarmung.

»Pass auf dich auf, London«, raunte er leise neben deren Ohr. »Lass dich von den Arschlöchern nicht unterkriegen.«

Ahmed wich einen Schritt zurück, lächelte London noch mal aufrichtig zu und klopfte demm auf die Schulter. Schließlich verschwand er zu seinem letzten Einzelinterview.

Auch London drehte sich um und lief zurück zur Kochinsel, wo Dahlia auf demm wartete. Nervös rang sie die Hände und trat von einem Fuß auf den anderen.

»Hey, lass uns gehen«, sagte sie, machte auf dem Absatz kehrt und strebte unter dem großen hölzernen Torbogen hindurch auf den Ausgang zu. London verfiel in einen Trab, um sie einzuholen.

Schweigend machten sie sich auf den Weg zum Hotel. Schwüle Abendluft erfüllte Londons Lunge.

Statt direkt zu fragen: *Was zur Hölle ist los mit dir?*, beschloss dey, einen neutralen Gesprächseinstieg zu wählen: »Gute Arbeit. Ich weiß, dass du einen Heidenrespekt vor Desserts hast. Nach heute ist dir hoffentlich klar, dass das nicht nötig ist.«

Dahlia blieb mitten auf dem Bürgersteig stehen und schlug die Hände vors Gesicht. »London. Ich weiß, dass du sauer auf mich bist wegen der Lizzie-Sache. Und du hast jedes Recht dazu. Es tut mir *so, so* leid!«

London rieb sich den Nacken. Dey hasste es, wütend auf sie zu sein. Hasste es sogar, wütend auf Lizzie zu sein. Wut nahm so viel Raum ein. Wut war anstrengend.

»Schon okay. Ich mach mir eher Sorgen, ob es *dir* gut geht.«

Aber Dahlia ließ sich nicht beirren: »Aus irgendeinem Grund wollte Khari Lizzie unbedingt retten. Und dir den Nachteil verpassen. Ich wollte einfach sichergehen, dass du ihn nicht bekommst. Und ich war so aufgeregt da vorne und müde, und ich konnte nicht …«

»Dahlia.« London griff nach ihrer Hand. Auf einmal wollte dey nicht mehr darüber sprechen. Es war eine dumme kleine Angelegenheit. Dahlia hatte recht: Wenigstens hatte dey den Nachteil nicht erhalten, was katastrophal hätte ausgehen können. Dey schob Lizzie wieder weg, zurück in den hintersten Winkel deres Hirns, wo sie hingehörte.

»Es ist in Ordnung, hörst du? Wir sind beide eine Runde weiter, wir sind beide immer noch hier. Das ist das Einzige, was zählt.«

Zudem hatten sie eine ziemlich große Eliminierungschallenge überstanden. Heute war Donnerstag. Das bedeutete: Sie hatten ein langes Wochenende vor sich und liefen erst am nächsten Dienstag wieder Gefahr rauszufliegen. Sie hatten sich also fünf Tage mehr Zeit zusammen verdient.

Und die wollte London noch immer.

London wollte auch am liebsten heute Abend neben ihr einschlafen.

»Glaubst du, Ahmed ist böse auf mich? Ich wollte mich eigentlich noch entschuldigen.«

»Ach nein, Ahmed geht's gut. Er ist froh, nach Hause zu seiner Familie zurückzudürfen.«

Dahlias Schultern entspannten sich sichtlich. »Echt? Das ist super.«

»Ja.«

»London, findest du …?« Dahlia biss sich auf die Lippe. »Findest du, hier mitzumachen ist das alles wert?«

London runzelte die Stirn.

»Was meinst du?«

Dahlia wich deren Blick aus, schlang die Arme um den Oberkörper und erzitterte, obwohl es warm war.

Nach einer langen Pause sagte sie: »Ach, vergiss es.« Sie schüttelte den Kopf und lächelte. Aber es war ein gezwungenes Lächeln, das un-Dahlia-hafteste, das London je gesehen hatte.

Sie wandte sich nach vorn und marschierte zielstrebig weiter. Die inzwischen vertrauten Großstadtgeräusche erfüllten die Stille. London folgte ihr und überlegte, wie dey sie wieder zurück in die Gegenwart holen konnte.

»Du hast übrigens einen maßgeblichen Beitrag zu meinem Gewinn heute geleistet«, erklärte dey, als das Hotel in Sichtweite kam. »Du warst die Inspiration.«

»Aber …« Dahlia zog die Brauen zusammen. »Ich trinke doch nicht mal Kaffee?«

»Ja, und das ergibt überhaupt keinen Sinn. Der Kaffeeteil war ich. Aber …« Etwas verlegen unterbrach London sich. Doch dey musste den Abstand zwischen ihnen mit etwas Gutem, Wahrem verringern, ehe sie allein auf ihre jeweiligen Zimmer gingen. »Du schmeckst nach Pfefferminz.«

»Was?« Diesmal hoben sich Dahlias Mundwinkel zu einem echten Lächeln, einhundert Prozent Woodson, und in Londons Brust breitete sich Wärme aus.

»Oh Gott. Du hast eine Torte für mich kreiert!«

»Eine meiner besten, wenn ich das so sagen darf.«

Dahlia hielt erneut an und zerrte an Londons Hand. Dey stolperte auf sie zu, und sie schlang demm die Arme um den Hals und küsste demm mitten auf den Mund.

London spürte ihr neckisches Lächeln an den Lippen. Dey packte sie an der Hüfte, zog sie näher an sich heran und gab dem Kuss eine neue Richtung. Dey wollte ihre Zunge spüren, ihren heißen Atem und schob ihre Lippen auf.

Das hier war unkompliziert. Es war himmlisch. Es erforderte kein Nachdenken, und London wollte mehr davon.

Sie lösten sich nur wenige Zentimeter voneinander. »Willst du immer noch eine Nacht allein verbringen? Immerhin können wir morgen ausschlafen.« London strich ihr über die Taille.

Ihre Stimme klang heiser vor Anstrengung. »Ja, London. Ich glaube, wenn ich dich nur noch ein einziges Mal küsse, werde ich ohnmächtig. Wir brauchen ein bisschen Raum, um zu Atem zu kommen.«

London seufzte und drückte ihr einen Kuss auf die Schläfe. Einen Moment standen sie einfach nur da, hielten einander im Arm und sogen die Nachtluft ein, eine Mischung aus Jasminduft und Abgasen.

Schließlich gab London sie frei. »Alles klar, Woodson. Dann gehen wir mal atmen.« Und sie schlenderten auf das erleuchtete Hotel zu.

Kapitel 16

Als Dahlia am nächsten Morgen aufwachte, war der Himmel vor ihrem Fenster diesig, aber hell und entsprach damit ihrer Stimmung, zugleich gelöst und gedämpft.

Es war ein seltsames Gefühl, allein zu sein.

Obwohl sie sich vor ihrem *Chef's Special*-Leben daran gewöhnt hatte, so gut wie immer allein zu sein.

Sie fragte sich, was London wohl gerade tat. Kaffee trinken im Pyjama, mit dieser niedlichen Schlaf-Strubbel-Frisur? Sich im Laden um die Ecke einen Frühstücksburrito holen? Noch immer schnarchend unter der Bettdecke liegen? Bloß schnarchte London gar nicht. Was seltsam war. Wer schnarchte denn bitte nicht? Oder las dey gerade ein Buch? Was las London wohl gerne?

Auch wenn Dahlia nicht wusste, was dey in diesem Augenblick tat, nahm sie deren Anwesenheit seltsamerweise noch immer wahr. Zwei Nächte in deren Armen, und es war, als habe sich ihre Haut deren Berührungen eingeprägt, als könnte sie deren Gewicht noch immer auf sich spüren, wie einen Geist, der Raum in ihrem Bett einnahm. Zu wissen, dass sich dey nur ein paar Zimmer weiter den Flur entlang befand, machte es nur noch schlimmer.

Sie sehnte sich nach der Geborgenheit derer Nähe.

Aber zuerst musste sie ihre Gedanken in Ordnung bringen. Denn darin herrschte dank der letzten vierundzwanzig Stunden das reinste Chaos.

Nachdem sie gestern mit Janet gesprochen hatte, fühlte sie sich, als würde sie ihre eigenen Erinnerungen durch einen verzerrten Spiegel betrachten.

Dahlia drehte sich auf die andere Seite, weg vom Fenster.

Das Gespräch mit Janet hätte schon gereicht, um ihr den Tag zu verderben, aber dann war da auch noch dieser beschissene Vorteil gewesen. Lizzies Namen auszusprechen, war grauenhaft gewesen. Wie von Janet vorausgesagt, *hatte* Khari dafür gekämpft, dass Lizzie automatisch weiterdurfte und London fünfzehn Minuten weniger bekam. Cath hatte sich als Friedensstifterin versucht, indem sie den Kompromiss vorgeschlagen hatte, dass Lizzie zwar den Vorteil, London jedoch nicht den Nachteil erhalten würde. Und dann war die Zeit um gewesen.

Aber ein Teil von Dahlia fragte sich: Hätte sie wohl noch ein bisschen härter gekämpft? Hätte sie vielleicht trotzdem Londons Namen gesagt, als Sai sie aufrief, und sich damit über die Entscheidung der Gruppe hinweggesetzt? Wenn sie noch nicht gewusst hätte, dass es gegen alle Erwartungen verstoßen würde, Lizzies Namen zu sagen? Dass es Janet überrumpeln würde? Und Dahlia wollte Janet überrumpeln.

Denn Dahlia wollte nicht zu einer Figur in ihrem Spiel werden.

Sie igelte sich ein und schloss die Augen vor der grellen Morgensonne.

Im Laufe des gestrigen Tages waren ihr Janets Worte immer weiter ins Bewusstsein gedrungen. Und ihr erschien das meiste davon zunehmend weniger schockierend als vielmehr leicht deprimierend. Das hier war eine Realityshow. Natürlich würde es da Hashtags und ein bisschen Gemauschel geben.

Aber mit jedem weiteren Tag, den Dahlia in Los Angeles verbracht hatte – den sie mit London verbracht hatte –, war für sie stärker in Vergessenheit geraten, dass nichts hiervon normal war.

Und bestimmte Dinge, die Janet gesagt hatte, waren noch nicht vollständig zu ihr durchgedrungen. Sie schwirrten ihr unablässig im Kopf herum.

Ich sehe das Finale Team Lizzie gegen Team London *schon förmlich vor mir. Wahrscheinlich wäre es unser meistgesehenes Finale überhaupt.*

Und kurz bevor sie wegging:

Wir sind alle so froh, dass du noch hier bist.

Es war ihr herablassend vorgekommen. Als … wäre es eine Überraschung, dass Dahlia noch hier war.

In der Hinsicht machte sie sich selbst nichts vor. Jeden Tag hatte sie sich vor Augen gehalten, dass all das jeden Moment vorbei sein könnte. Und ihr war klar, dass es noch mehrere starke Konkurrent*innen gab. London. Cath. Und – *irks* – Lizzie. Gott, Dahlia wusste nicht, ob sie es *Chef's Special* jemals verzeihen konnte, dass sie ausgestrahlt hatten, was auch immer Lizzie über London gesagt hatte.

Und dennoch. Dahlia spürte, wie ihre Kochkünste mit jeder Challenge besser wurden. Sie war unter den Top Fünf. *Fünf.* Mehr als die Hälfte bis zur Ziellinie.

Das musste doch etwas bedeuten.

Es war doch nicht völlig absurd, oder? Dass sie weiterkämpfen wollte?

Sie erinnerte sich daran, was Barbara ihr ins Ohr geflüstert hatte, bevor sie den Goldenen Kreis für immer verlassen hatte, an jenem Nachmittag, der zwar noch nicht lange her war, sich aber sehr lang her anfühlte:

Du verdienst so viel mehr, als du glaubst. Gib alles, um alles zu bekommen.

Dahlia wollte gern glauben, Barbara hätte mit *alles bekommen* andeuten wollen, dass sie ihr zutraute, die einhunderttausend Dollar zu gewinnen.

Doch im Grunde ihres Herzens war ihr bewusst, dass Barbara mehr als nur das gemeint hatte.

Und jetzt gerade war der Gedanke an mehr als nur das – nämlich *wirklich* alles zu bekommen – einfach überwältigend.

Mit kaum etwas davon hatte sie gerechnet, als sie vor einem Monat von Baltimore aus nach Los Angeles geflogen war. Die hunderttausend Dollar hatte sie immer gewinnen wollen, keine Frage. Sie hatte ihre Koch-Skills verfeinern wollen. Und von L.-A.-Dahlia geträumt, davon, auf dem Weg zum Sieg vielleicht ein paar lustige Abenteuer zu erleben.

Mit London hatte sie *nicht* gerechnet.

Und sie hatte nicht erwartet, dass L.-A.-Dahlia ihr so in Fleisch und Blut übergehen würde. Sich *tatsächlich* wie ein anderer Mensch vorzukommen, wie jemand, mit dem sie vielleicht gerne befreundet wäre. Sich an einen trockenen, überbevölkerten Landstrich zu gewöhnen, sich unter dem smoghaltigen Himmel geborgen zu fühlen. Unter dem wohlwollenden Blick von Palmen.

Falls sie aus der Show fliegen würde … wusste Dahlia nicht einmal, wie sie dann weitermachen sollte. Wie sollte sie sich von L.-A.-Dahlia verabschieden?

Wie sollte sie sich von London verabschieden?

Obwohl ich bei so was öfters mal richtigliege, nachdem ich nun schon so lange dabei bin.

Nein.

Dahlia schüttelte den Kopf und rollte sich endlich aus dem Bett. Sie durchquerte das Zimmer, vorbei am Fenster, der Kommode und dem Stuhl voller schmutziger Klamotten in der Ecke. Dieser kleine, unpersönliche Raum war auf eine seltsame Art fast schon zu einem Zuhause geworden.

Immerhin war Dahlia jetzt schon mehrere Wochen hier.

Janet mochte oft richtigliegen. Und sie mochte auch eine ausgezeichnete Produzentin sein.

Aber sie entschied nicht über Dahlias Schicksal.

Nein. Dahlia würde sich nicht von alldem verabschieden. Gott, gestern hatte sie den ganzen Tag über am Rande eines Zusammenbruchs gestanden und trotzdem die beste Torte ihres Lebens gebacken. Sie hatte es verdient, hier zu sein.

Wen kümmerte es, dass das einzige andere Mitglied in #TeamDahlia Barbara war?

Grandmas waren verdammt schlau.

Dahlia hielt inne, als ihr plötzlich ein Gedanke kam.

Es gab noch mindestens ein weiteres Mitglied in ihrem Team.

Sie nahm ihr Handy vom Nachttisch und wählte die Nummer der Person, die sie am meisten vermisste.

»*Schwes-ter-heeeeerz!* Na, wie fühlt es sich an, berühmt zu sein?«

»Hank. Mir ist fast das Trommelfell geplatzt.« Dahlias Stimme war rau, weil sie sie heute Morgen zum ersten Mal benutzte, aber sie musste grinsen.

»Bist du bei der Arbeit?«, fragte sie. »Kannst du reden? Oder schreien?«

»Natürlich bin ich bei der Arbeit, und natürlich kann ich reden. Mein Chef wird Verständnis haben, dass ich mit meiner sehr berühmten, sehr kleinen Schwester spreche. Solange kann jemand anders den Leuten sagen, dass sie ihren Computer neu starten sollen.«

Hank, der nur ein Jahr älter war als Dahlia, arbeitete schon seit mehreren Jahren in der IT-Abteilung einer Hotelgruppe in Boston. Genau wie ihr Vater war er schon immer ein liebenswerter Nerd gewesen, und Dahlia konnte sich nicht vorstellen, dass er irgendwas *anderes* als IT machen würde.

»Hank, sei still, du bist auch nicht viel größer, und ich bin nicht berühmt.«

Hank schnaubte. »Wie du meinst, Schwesterchen.«

Dahlia hüpfte zurück aufs Bett und wackelte mit den Zehen. »Was macht die Arbeit?«

»Was die *Arbeit* macht?! Mein Gott, Dahlia, was soll die schon machen, rück du mal lieber raus mit der Sprache: Was geht in L. A.? Und wie zum Teufel geht's dir? Ist Sai Patel im wahren Leben auch so ein Traum? Rockst du das Ding? Also, wir haben nämlich gestern Abend die zweite Folge geguckt, und – ich hab ja keine Ahnung, wie das alles funktioniert und wann ihr den Kram eigentlich gedreht habt, aber nur für den Fall, dass du es vergessen hast: Du hast das Ding gerockt!«

Dahlia lachte.

Und dann passierte etwas Seltsames.

Ihr Lachen wurde zu einem Schluchzen.

Es war ein Lach-Schluchzen. Dicke, salzige Tränen rannen ihr übers Gesicht, während sie gleichzeitig nicht aufhören konnte zu kichern.

Womöglich litt sie noch immer etwas unter Schlafmangel.

Und anscheinend trafen die tiefschürfenden Veränderungen der letzten vier Wochen sie irgendwie am härtesten beim Klang der Stimme ihres Bruders. Dessen Stimme sie schon vor L.-A.-Dahlia gekannt hatte. Der sie lieben würde, egal, welche Dahlia sie war. Sie wünschte sich, er wäre persönlich hier und könnte sie in eine seiner Rippen-Quetscher-Umarmungen ziehen. Ihr helfen, diese neue Version von sich mit all den vorherigen zu vereinen. Ihr versichern, dass alles gut enden würde, dass Team Dahlia nicht nur ein Hirngespinst war.

Am anderen Ende der Leitung herrschte eine bedeutungsschwangere Pause.

»Ähm, Dahlia? Alles okay mit dir?«

»Sorry«, murmelte Dahlia schniefend. Sie schnappte sich ein Taschentuch und stieß ein letztes schwaches Lachen aus. »Ich, äh. Ich habe angerufen, weil ich genau das hören wollte. Also … danke dafür.«

»Äh, gern geschehen. Oder so ähnlich. Hast du dir den Kummer eingefangen? Ich mag mir kaum vorstellen, unter was für einem Druck du stehst, Schwesterchen. Da ist das verständlich.«

»Um ehrlich zu sein …« Dahlia seufzte. »Ich … Ach, ich weiß auch nicht.«

»Ah. Ein akuter Fall von Ich-weiß-auch-nicht. Gut, dass du angerufen hast. Bleib mal kurz dran.«

Dahlia hörte Rascheln und gedämpfte Stimmen im Hintergrund.

»Okay.« Hank war wieder zurück in der Leitung. »Ich mache eine frühe Mittagspause. Ich kann im Gehen reden. Hast du was zu schreiben?«

»Ja. Irgendwo schon. Warte, ich schau mal eben.«

Dahlia stellte Hank auf Lautsprecher, stand auf und sah sich in ihrem phänomenal chaotischen Zimmer um. Sie warf Klamotten umher, suchte den Boden ab. An den lauter werdenden Hintergrundgeräuschen bei Hank konnte sie genau hören, wann er das Gebäude verließ und zum Copley Square hinüberlief.

»Uff, heute sind hier jede Menge Touris unterwegs. Ich versuche, ein ruhiges Plätzchen bei der Bibliothek zu ergattern. Sag mir Bescheid, wenn du so weit bist.«

»Aha!« Unter dem Bett entdeckte Dahlia ein Notizbuch. Es hatte etwa Taschenbuchformat und diente einem anderen Zweck als das kleine Büchlein, das sie sonst immer bei sich trug. Das kleine war fürs Essen, das große für Gefühle. »Hab's gefunden.«

»Gut. Ich mache mir natürlich Sorgen, weil du dir eine Ich-weiß-auch-nicht-Infektion geholt hast, und du kannst mir später auch den Grund dafür nennen, wenn du willst, aber zuerst muss ich loswerden, dass ich mich ziemlich über deinen Anruf freue. Ich habe schon seit *geraumer* Zeit ein paar richtig geniale Ideen auf Lager.«

»Fantastisch. Schieß los.«

Dahlia setzte sich wieder aufs Bett und lehnte sich gegen das Kopfteil.

»Die zehn besten Britney-Songs, nur 2001 oder früher.«

Dahlia verdrehte so heftig die Augen, dass sie sicher war, Hank könnte es hören.

»Hank. Britney hatten wir schon. Mindestens fünf Mal.«

»Aber wir lassen immer wichtige Titel aus! Mir ist aufgefallen, dass wir »I'm Not a Girl, Not Yet a Woman« bisher in keines unserer Rankings aufgenommen haben, und das ist schlichtweg schockierend.«

Schon seit Jahren erstellten Hank und Dahlia Top-Ten-Listen, um den Kummer – oder anscheinend auch das Ich-weiß-auch-nicht-Virus – zu bekämpfen. Angefangen hatte es mit der Scheidung ihrer Eltern, als Dahlia in der fünften Klasse war. Der Auszug ihres Vaters hatte sie besonders schwer getroffen, und als Hank sie eines Nachts weinen hörte, kam er in ihr Zimmer, setzte sich auf ihr Bett und streichelte ihr über den Kopf, bis sie sich beruhigt hatte. Und dann forderte er sie auf, ihre zehn Lieblingsfolgen von *Lizzie McGuire* aufzulisten.

Dahlia hatte sich sofort im Bett aufgesetzt und die Aufgabe so ernst genommen, dass sie schließlich ein Notizbuch suchen musste, um ihre Gedanken aufzuschreiben, durchzustreichen und umzuformulieren, bis sie ihre perfekten zehn Episoden zusammenhatte. Daraufhin hatte Hank sie gebeten, ihre zehn Lieblingsgerichte aus der Mensa der New Bedford Intermediate School aufzuschreiben.

Auch im Nachhinein war Dahlia noch von Hanks Genialität überwältigt und wusste bis heute nicht, wie er in dem

Moment auf diese Idee gekommen war. Aber als er an jenem Abend ihr Zimmer verlassen hatte, um in sein eigenes Bett zurückzugehen, hatte Dahlia sich deutlich weniger traurig gefühlt und war sofort eingeschlafen.

»Schluss mit Britney. Wie wäre es mit …?« Dahlia klopfte mit dem Stift auf eine leere Seite. »Den zehn besten Käsesorten?«

Jetzt lachte Hank. »Das hatten wir doch bestimmt auch schon.«

»Hatten wir nicht, ich schwöre! Eis, ja, daran erinnere ich mich, aber Käse noch nie.«

»Na gut.« Hank seufzte. »Platz zehn. Emmentaler.«

»Ach nee.« Dahlia streckte ihrem Handy die Zunge heraus. Ihre Tränen waren inzwischen komplett getrocknet. »Lass uns Havarti auf Platz zehn setzen.«

Hank stöhnte auf. »Das ist genau der Grund, warum ich keine Essenslisten mehr mit dir mache.«

»Hank! So fancy ist Havarti auch wieder nicht!«

»Dahlia Woodson, ich habe wirklich nicht die geringste Ahnung, wie Havarti-Käse schmeckt.«

Sie lächelte und kritzelte die Nummern eins bis zehn in ihr Buch. In die zehnte Zeile schrieb sie Havarti.

»Ich vermute, du würdest Schmelzkäsescheiben nicht auf Platz neun setzen?«

Dahlia kaute auf der Kappe ihres Stifts, bevor sie antwortete.

»Doch, so machen wir's«, sagte sie. »Die sind köstlich.«

Während sie es aufschrieb, stellte sie sich grinsend vor, was London sagen würde. Dey würde bestürzt die Liste anstarren und dann wild mit den Armen fuchteln. »*Schmelz-*

käse ist nicht einmal echter Käse, Dahlia«, würde dey sich ereifern. Und dann würde sie demm küssen.

Hank und Dahlia stellten die Käseliste fertig. Sie wollte gerade eine Top Ten der Dad-hat-seine-Schlüssel-im-Auto-eingeschlossen-Erlebnisse vorschlagen, als Hank abrupt das Thema wechselte.

»Also, was ist los, Schwesterchen? Bist du aus der Show geflogen?«

»Oh.« Dahlia war nicht auf den harten Wechsel zurück in die Realität vorbereitet gewesen. »Ich habe eine Verschwiegenheitsklausel unterschrieben, deshalb darf ich dir das eigentlich gar nicht sagen. Aber ich, ähm, bin immer noch in L. A.«

Dahlia stand auf, ging ins Bad und füllte ein Glas mit Wasser.

»Also ...« Hank wartete. »Was ist los?«

Im Spiegel über dem Waschbecken betrachtete Dahlia die Schatten unter ihren Augen.

Die Frage schoss ihr aus dem Mund, bevor ihrem Gehirn überhaupt klar war, dass sie sie stellen musste.

»Wärst du enttäuscht? Wenn ich nicht gewinne?«

Sie hörte, wie Hank mit der Zunge schnalzte. »Dahlia«, sagte er. »Ist das dein Ernst?«

»Mom wäre vermutlich enttäuscht. Ich habe das Gefühl, Mom immer nur zu enttäuschen.«

»Ach, sag bloß.« Hank schnaubte. »Damit das klar ist, sie war mit uns beiden streng, ja? Du hast kein Exklusivrecht darauf, unsere Mutter zu enttäuschen.«

»Immerhin hast du dich nicht von ihrem geliebten Schwiegersohn scheiden lassen, weil du ihr keine Enkelkinder schenken wolltest«, erwiderte Dahlia.

»Und du hast dich nicht mit Mitte zwanzig als trans* geoutet«, konterte Hank.

Dahlia hielt inne. »Okay, guter Punkt. Aber das hat Mom ehrlich gesagt ziemlich gut aufgenommen.«

»Ich glaube, sie hat auch kein Problem mit deiner Scheidung. Das kannst du dir bloß nicht vorstellen.«

Dahlia seufzte leise und ging zurück ins Zimmer. Hank wusste nicht, wie begeistert ihre Mutter immer gewesen war, wenn sie Dahlia und David in ihrer Vorstadtidylle besucht hatte, wie ihre Augen geleuchtet hatten, wenn sie von Enkelkindern sprach. Wie dieses Leuchten erloschen war, als Dahlia ihr die Nachricht von der Scheidung überbracht hatte.

»Sie ist wirklich stolz auf dich, Dahlia«, sagte Hank nach einem kurzen Moment. »Das muss dir doch klar sein.«

»Hm, das ist es aber nicht.«

»Weißt du, wir haben die erste Folge zusammen angeguckt. Du hättest sehen müssen, wie aufgebracht sie war, als du gestürzt bist.«

»Oh Gott.« Dahlia ließ sich schwer aufs Bett fallen und stützte den Kopf in die Hände. »Inwiefern zeigt das, dass sie stolz auf mich ist?«

»Weil sie so beschützerisch reagiert hat. Sie saß stocksteif auf der Couch und meinte: ›Das hätten sie nicht zeigen sollen. Die machen sich doch über sie lustig.‹ Sie war richtig angepisst.«

»Das klingt eher nach Fremdscham.«

Jetzt seufzte Hank hörbar ins Telefon.

»Nein, das war es ganz sicher nicht. Du weißt doch, dass Nonna und Nonno auch streng zu ihr waren. Sie wurde nun mal dazu erzogen, hohe Erwartungen zu haben.«

»Wenn du meinst«, sagte Dahlia schwach, auch wenn sie

wusste, dass es stimmte. Dahlias und Hanks Großeltern mütterlicherseits waren liebevolle, aber strenge Menschen gewesen. Als kleines Kind hatte Dahlia immer ein bisschen Angst vor ihnen gehabt.

»Du solltest … keine Ahnung, vielleicht versuchen, mehr mit ihr zu reden«, sagte Hank. »Ich weiß, dass du zu Dad den besseren Draht hast, aber wenn du das Gefühl hast, zwischen dir und Mom ist es irgendwie komisch, dann meld dich bei ihr und sprich mit ihr darüber. Schau einfach mal, was dabei rauskommt.«

»Ich spreche mit ihr über alles Mögliche«, sagte Dahlia abwehrend.

Hank schnaubte wieder.

Schon gut. Das war deutlich.

»Und wir haben dich alle lieb, ganz gleich, was in der Show passiert. Mir ist egal, wenn du insgeheim in der dritten Folge rausgeschmissen wurdest und seitdem nur noch in L. A. herumlungerst. Okay?«

Dahlia schwieg einen langen Augenblick.

»Okay«, sagte sie schließlich. »Die Top Ten der Sandra-Bullock-Filme.«

Sie nahm ihr Notizbuch zur Hand, setzte sich auf die Bettkante und ließ den Fuß baumeln.

»Ziemlich einfach«, sagte Hank. »Platz zehn ist *Selbst ist die Braut*.«

Nachdem sie sich eine Weile darüber gestritten hatten, ob *Während Du schliefst, Miss Undercover* oder *Speed* den ersten Platz verdient hatte, legte Dahlia den Stift weg.

»Deine Mittagspause müsste doch gleich vorbei sein«, sagte sie.

»Vielleicht«, antwortete Hank unverbindlich.

Sie wollte ihm von London erzählen. Sie wusste, dass Hank bei so vielen Themen auf ihrer Seite wäre. Zum Beispiel, dass Rosenkohl definitiv *nicht* als Wohlfühlessen zählte. Oder dass London die zugleich süßeste und anziehendste Person war, die es je gegeben hatte.

Sie wollte, dass sie sich eines Tages trafen, damit London Hank all das über Nashville verraten konnte, was er schon immer wissen wollte.

Ja, sie wollte Hank alles erzählen.

Aber das würde sie ein andermal tun.

Für den Moment genügte ihr die Gewissheit, dass sie Hank selbst dann noch hätte, wenn sie am Ende dieser ganzen Geschichte nicht alles bekommen würde.

Sie atmete tief durch.

Okay.

Okay.

Team Dahlia, bereit zum Abflug.

»Du bist ein wirklich toller Bruder, Hank.«

Sie konnte ihn lächeln hören. »Das kannst du gar nicht oft genug sagen.«

»Okay, dann mal husch zurück an die Arbeit, bevor sie dich feuern.«

»Die würden mich niemals feuern. Ich schicke immer die besten Memes rum. Ohne mich hätten die nichts mehr zu lachen.«

»Hab dich lieb, Loser.«

»Ich dich auch, Schwesterchen.«

Kapitel 17

Als absolutes Weichei in Sachen Dahlia Woodson war London fest davon ausgegangen, dass dey zuerst einknicken würde. Tatsächlich war dey ein bisschen stolz auf sich, es volle zwanzig Stunden ausgehalten zu haben, ohne ihr zu schreiben oder alternativ ihre Tür einzurennen.

Es war leichter gewesen als gedacht. Jedes Mal wenn die Sehnsucht zu groß wurde, hatte London sich Dahlia auf Tanner Tavishs Stuhl vorgestellt, wie sie Lizzies Namen aussprach.

Und war ein klein wenig in sich zusammengesackt.

Aber als am Freitag um vier Uhr nachmittags die Nachricht kam –

Hi, ich vermisse dich

–, breitete sich Wärme in Londons Brust aus, genau wie bei ihrem Kuss am Abend zuvor.

Vielleicht sollte London sich mal von einem Profi durchchecken lassen.

Womöglich hätte dey auch nicht die letzten acht Stunden im Bett liegen und Rom-Coms gucken sollen. Dadurch hatte dey wahrscheinlich jeglichen Sinn für Realität verloren.

London schnappte sich das Handy.

London: Na, genug geatmet? ☺
Dahlia: jap
Dahlia: Was machst du Schönes?

London überlegte. Warf einen Blick zum Fernseher.

Dey könnte lügen. Das wäre vermutlich das Beste.

London: Eventuell …
London: gucke ich …
London: *Mamma Mia*.
Dahlia: OH
Dahlia: MEIN
Dahlia: GOTT
Dahlia: Eins oder zwei?
London: … zwei
Dahlia: Oh Gott!!!
Dahlia: Bist du auf deinem Zimmer?
London: Ja.
Dahlia: Here we go agaaain!!!

Dreißig Sekunden später – der Bildschirm des Handys war noch nicht wieder dunkel – klopfte es. *Oha.* London sah an sich hinunter. Dey war noch im Schlafanzug, der Binder lag auf der Erde, und auf deren Oberteil prangte ein Fleck von dem Burrito, den dey zum Lunch gehabt hatte. Und deren Haare standen wahrscheinlich …

Erneutes ungeduldiges Klopfen.

Grummelnd erhob sich London aus dem Bett.

»Oh nein«, sagte Dahlia, sobald London die Tür geöffnet hatte.

Sie trug ihr himbeerfarbenes Sweatshirt und Shorts. Die Haare waren offen und noch feucht, als hätte sie vor Kurzem erst geduscht. Was bedeutete, dass London sie sich jetzt unter der Dusche vorstellte. Gerade biss sie in den Ärmel des Sweatshirts, den sie sich über die Hand gezogen hatte.

»Was?«, fragte London, die Finger noch auf dem Türgriff, etwas irritiert von dem *Oh nein*.

»Ich hatte vergessen, wie süß du bist.«

Und dann warf sie sich London in die Arme, drückte demm einen Kuss auf die Lippen, schmeckte sauber, frisch und fühlte sich so weich an, dass London sich ein Aufstöhnen verkneifen musste. Sie wieder so nah bei sich zu haben, flutete demm mit Wärme. Mit einem Klicken fiel die Tür ins Schloss, während dey die Finger in Dahlias Rücken grub. Demm war ganz leicht und flauschig zumute und …

»Okay. Wo sind wir?« Dahlia löste sich von London und marschierte weiter ins Zimmer. Beim Anblick des Bildschirms schnappte sie nach Luft. »Ach du meine Güte, es ist ja schon fast vorbei! Gleich kommt Cher.«

Sie sprang auf Londons Bett und kuschelte sich in die Decke. Als London zu ihr schlüpfte, schmiegte sie sich sofort an demm, schob wie ein kleiner Hund den Kopf unter Londons Arm hindurch und legte ihn auf deren Brust.

Genau das wollte London. Jeden verdammten Tag deres Lebens.

Dahlia stieß ein Lachen aus, als Cher tatsächlich kurz darauf auftauchte.

»Hast du jemals irgendwas gesehen, was so drüber ist? Wow, das zu drehen muss echt Spaß gemacht haben.«

London wandte den Kopf, vergrub die Nase in ihrem Haar und sog den Duft ein. Gott, fühlte es sich gut an, so nebeneinanderzuliegen. Den ganzen komischen Tag gestern verblassen zu lassen.

»Möchtest du noch was anderes anschauen?« Als der Abspann begann, wühlte dey sich unter Dahlia hervor und suchte im Bett nach der Fernbedienung.

»Gern.« Dahlia setzte sich auf.

Während London durch das Netflix-Menü scrollte, nahm dey wahr, wie sie die Knie ans Kinn zog.

»London?«

Dey sah zu ihr rüber.

»Ja?«

Aber sie biss sich nur auf die Unterlippe und schwieg. London schaltete den Fernseher stumm.

Dahlia hatte ihr Grübelgesicht perfektioniert. London konnte die Gedanken, die dahinter umherwirbelten, förmlich spüren. Doch sie saß weiterhin still da.

Plötzlich sprang sie auf, öffnete die Schublade des Nachtschranks und zog einen typischen Hotel-Notizblock heraus.

»Lass uns eine Liste machen.« Im Schneidersitz setzte sie sich wieder aufs Bett.

»Eine Liste?«

»Mit Dingen, die wir noch in L. A. unternehmen wollen, bevor wir nach Hause fliegen. Eine Top Ten.«

Bei Dahlias Worten verspürte London ein schmerzhaftes Ziehen im Bauch. *Bevor wir nach Hause fliegen.* Dahlia fing sofort an, mit ihrer ausufernden Schnörkelschrift irgendwas aufzuschreiben.

»Ich möchte nach Hollywood und ein Selfie mit Dolly

Partons Stern auf dem Walk of Fame machen, für Hank«, sagte sie, ohne aufzusehen. »Und du?«

London starrte sie bloß an. Dey fiel absolut nichts ein, abgesehen davon, Zeit mit ihr zu verbringen, so lange wie irgend möglich bei *Chef's Special* zu bleiben, neben ihr einzuschlafen. Dey wollte nicht darüber nachdenken, dass sie irgendwann nach Hause mussten.

»Vielleicht könnten wir die Universal Studios besuchen?«, schlug dey schließlich vor und zermarterte sich das Hirn auf der Suche nach Dingen, die es in L. A. gab. »Oder Disneyland?«

Dahlia lächelte, doch dann schüttelte sie den Kopf.

»Ich wollte schon immer mal ins Disneyland, aber nein, das ist zu teuer.«

»Ich könnte den Eintritt zahlen, das macht mir nichts aus«, bot London an.

»Nein«, schoss Dahlia sofort scharf zurück. »Nein. Um genau zu sein ... sollte alles auf der Liste eher ... günstig sein. Oder umsonst. Ich habe mein Budget schon letzte Woche fürs Durch-die-Gegend-Kommen beim Sightseeing verbraten. Aber kein Problem, in L. A. kann man superviel umsonst unternehmen.« Ihre Stimme hatte einen geschäftsmäßigen Tonfall angenommen, als wäre sie die Mitarbeiterin eines Reisebüros mit einer PowerPoint-Präsentation. »Ich möchte in den Last Bookstore. Oh, und es gibt noch einen, von dem habe ich gelesen, die haben da nur Liebesromane.«

Sie schrieb *Buchläden* neben die Zwei auf ihrer Liste.

»Okay. Was möchtest du sonst noch erleben?«, fragte sie. »Du musst mindestens eine Sache beitragen. Bitte«, fügte sie hinzu.

Nach einer kurzen Denkpause sagte London: »Vor irgendeinem Museum hier gibt es eine Kunstinstallation. Lauter alte Straßenlaternen.« Dey hatte Bilder auf Instagram gesehen. »Bei Dunkelheit soll das ziemlich cool aussehen.«

Dahlia nickte begeistert und setzte es auf die Liste.

»Sollen wir das morgen Abend machen?« Sie sah auf zu London, den Blick voll verhaltener Hoffnung, als wäre sie nervös.

Fast als … würde sie London nach einem Date fragen.

»Gern.« Londons Magen schlug einen kleinen Purzelbaum.

»Cool.« Sie lächelte, ihr Gesicht entspannte sich, und sie betrachtete erneut den Notizblock.

»Und ich möchte noch mal mit dir an diesen Strand in Malibu«, ergänzte dey. Deren Hirn kreiste jetzt darum, was dey *wirklich* in L. A. unternehmen wollte. »Und diesmal möchte ich da richtig mit dir rummachen. So mit Auf-dem-Sand-Wälzen und vollem Körpereinsatz. Die Du-wirst-tagelang-Sand-in-den-Haaren-haben-Art von Rummachen.«

Dahlia lachte, und es war das beste Geräusch der Welt. Auch wenn es noch keine vierundzwanzig Stunden her war, dass sie sich das letzte Mal gesehen hatten – London hatte es trotzdem vermisst.

»Das erscheint mir meinen Haaren gegenüber ein bisschen unfair.«

London zuckte mit den Schultern. »Tja, das ist nun mal mein Wunsch.«

Dahlia grinste und steckte einen Daumen zwischen die Zähne.

»Ich kann mir kein Rummachen mit vollem Körpereinsatz vorstellen, das nicht in *Sex* mit vollem Körpereinsatz gipfelt.«

»Tja, dann musst du das wohl aufschreiben.«

Neben die Vier schrieb Dahlia: *Sex am Strand*. Und ergänzte dann: *vielleicht*.

»Entschuldige mal!« London schnaubte, riss ihr den Stift aus der Hand und strich das letzte Wort durch. »Du kannst doch nicht deinen eigenen Vorschlag vielleichten!«

»Ich hab doch nur …« Dahlia verhaspelte sich. »Ich hab mir bloß Sand da unten vorgestellt, und … hört sich das für dich nicht echt unangenehm an?«

»Dann packen wir halt ein Handtuch ein«, brummte London, und Dahlia lachte wieder.

»Okay, okay! Ah, und ich will nach Koreatown«, fuhr sie nahtlos fort, als wäre das der nächste logische Schritt, und London war bereit, Punkt Nummer vier direkt abzuhaken, egal ob Strand oder nicht.

»Taco-Trucks«, schlug dey stattdessen vor, um sich von schmutzigen Fantasien abzulenken. »Die sind günstig«, fügte dey hinzu.

Dahlia schrieb es auf.

Ihnen fielen noch vier weitere Sachen ein: Santa Monica Pier, das Getty-Museum, die Grand-Central-Markthalle, der Sunset Boulevard. Schließlich legte Dahlia den Stift nieder.

»Weißt du, was auch nicht viel kostet? Eis. Wir brauchen auf jeden Fall Eis für den nächsten Film.« Sie stand auf. »Kurze Runde Snacks-Besorgen?«

London sah an sich hinunter.

»So kann ich unmöglich raus.«

Dahlia verdrehte die Augen. »Zur Tanke gegenüber? Doch London, das kannst du.«

Und damit schob sie demm einfach aus der Tür.

Eine halbe Stunde und einen geteilten Becher *Chunky Monkey* später, lagen sie wieder aneinandergekuschelt im Bett und hatten schon ein gutes Stück von *Always Be My Maybe* geguckt. Etwa zehn Minuten zuvor hatte London versucht, die Hand unter Dahlias Sweatshirt zu schieben, aber sie hatte London einen Klaps gegeben und gebannt weiter auf den Fernseher gestarrt. »Hey, lass das, den hab ich noch nie gesehen.«

Da London bereits seit ungefähr neun Stunden Filme guckte, hatte dey inzwischen ganz trockene Augen. Außerdem machte Dahlias Körperwärme demm schläfrig. Einen Abend lang nur zu kuscheln, war wahrscheinlich gar keine schlechte Idee. Na ja, jedenfalls keine furchtbar schlechte.

Dey fuhr ihr mit den Fingern durchs Haar.

»Weißt du, das könntest du sein«, sagte dey und zeigte auf Ali Wong, die im Film eine Promiköchin spielte.

Dahlia schüttelte den Kopf an Londons Brust.

»Nein. Das solltest *du* sein.«

London schwieg einen Moment, die Hand noch immer in Dahlias Haaren.

»Das will ich gar nicht.«

»Ich auch nicht«, murmelte sie.

Ein paar Minuten später umarmte sie London fester.

»Was soll ich bloß machen, London? Nach *Chef's Special*?«

London versuchte, sie anzusehen. »Was *möchtest* du denn machen?«

»Ich weiß es nicht«, flüsterte sie.

Dey gab ihr einen Kuss auf die Stirn.

»Ich glaube, die Träume, die wir als Kinder haben, spielen eine größere Rolle, als wir denken.«

Darüber hatte London auch schon nachgedacht, seit dey hier war, wenn auch eher unbewusst. Sobald dey zurückkehrte, würde dey sich mehr Mühe geben, bei einem Tonstudio einen Fuß in die Tür zu bekommen. Heutzutage gab es tonnenweise Leute da draußen, die sich mehr für Podcasts interessierten als London. Dey wollte sich mit Gitarren, Schlagzeug und Keyboards umgeben. Wollte Basslinien im Körper wummern spüren. Wollte den ganzen Tag in Musik eintauchen.

»Vielleicht solltest du schreiben.«

Ersticktes Lachen.

»Worüber denn? Ich sage es dir wirklich nur ungern, London, aber mein Dad hat sich geirrt: Die Camp-Sunnywood-Bücher waren leider *nicht* pulitzerpreisverdächtig.«

»Also, erstens: Das bezweifle ich.« London streichelte ihr über den Rücken. »Und zweitens: Warum schreibst du nicht über was, womit du dich auskennst?« Einen Augenblick später ergänzte dey: »Über Essen, zum Beispiel.«

»Schreiben wird meine Rechnungen nicht bezahlen.«

»Aber dafür gewinnst du ja die hunderttausend Dollar. Dann musst du dir um die Rechnungen keine Gedanken mehr machen.«

Sie antwortete nicht, drückte London aber noch einmal fest.

London war ein bisschen traurig, als Dahlias Atem kurz vor der Dinnerszene mit Keanu Reeves langsamer und regelmäßiger wurde. Schade, die würde Dahlia richtig gut gefallen. Aber dey war ziemlich sicher, dass sie inzwischen weggedämmert war.

Und dann hörte dey neben sich leises Gemurmel.

»Was?«

»Ich werde dich enttäuschen.« Ihre Augen waren geschlossen.

»Was?«, fragte London erneut.

»Ich enttäusche alle.«

»Dahlia«, flüsterte London und rüttelte sie sacht an der Schulter.

Was meinte sie damit, sie enttäusche alle?

Aber sie träumte offensichtlich bereits.

London runzelte die Stirn und streichelte ihr noch mal übers Haar.

Vorsichtig, um sie nicht aufzuwecken, tastete London über sie hinweg nach der Fernbedienung. Aber bevor dey den Film ausstellen und Dahlia ins Traumland folgen oder weiter darüber grübeln konnte, was Dahlia gerade gesagt hatte, vibrierte Londons Handy.

London, mal im Ernst, war unser Vater immer schon ein Arschloch? Wussten wir das nur nich, weil er halt Dad is?? Muss die ganze Zeit drüber nachdenken …

London blinzelte.

Ehe dey überhaupt überlegen konnte, was dey darauf antworten wollte, tippte Julie schon weiter.

Aber Mom ist supercool!!11
Warum sollte sie mit einem Arschloch verheiratet sein?
Hm, Liebe macht ja bekanntlixh blind, oder?
Uff…

Endlich fand London die Fernbedienung und schaltete den verdammten Fernseher aus. Jetzt war das lauteste Geräusch im Zimmer das Klopfen von Londons Herz. Dey starrte das Handy an.

Auf diese Nachrichten hatte London gewartet. Zumindest unterbewusst. Seit Wochen klang Julie komisch und wich jeder stinknormalen Frage von London aus wie: *Hey Jules, wie war das Essen am Sonntag?* Und Julie war keine, die auswich, war nicht der Typ für vage, einsilbige Antworten. Julie Parker sagte normalerweise ganz genau, was sie dachte, ob London es hören wollte oder nicht.

Und doch war zu Hause in Nashville angeblich alles in Ordnung. In Ordnung, in Ordnung, *in Ordnung*. London fing an, diesen Ausdruck zu hassen.

Aber jetzt, da Julie endlich wieder klang wie sie selbst, überkam London ein mulmiges Gefühl.

Julie, was ist los?, tippte dey. *Was hat Dad gemacht?*

Darauf kam natürlich nichts mehr.

London wand sich vorsichtig unter Dahlia hervor, rollte sie sanft auf die andere Betthälfte. Sie ließ es bereitwillig geschehen und stieß nur eine Art Summen aus.

London drehte sich auf die Seite und atmete tief durch.

London: *Julie?!*

Dey versuchte es noch einmal.

Julie: *Uff, sorry London, Ben hat mir Tequila verabreicht, wird morgen dafür bestraft!*
Vergiss, was ich gesagt habe
Alles in Ordnung hier
Hab dich lieb! <3

Ein paar lange, nutzlose Minuten starrte London noch auf das Display und hoffte wider besseres Wissen, die schonungslose Ehrlichkeit der Zwillingsschwester würde auf magische Weise zurückkehren. Aber natürlich tat sie das nicht.

Denn Julie hatte noch eine zweite charakteristische Eigenschaft: Sie würde alles in ihrer Macht Stehende tun, um ihre Lieben zu beschützen.

Seufzend warf London das Handy auf den Nachttisch, drehte sich zu Dahlia und kuschelte sich an sie. Dey legte einen Arm um sie, suchte nach ihrer Hand, fand sie und verflocht deren Finger mit ihren. Dahlia murmelte irgendetwas Unverständliches, während sie ihren Hintern noch stärker an London drückte, und dey lächelte in ihr Haar.

Tief im Inneren wusste London, dass dey Julie nicht brauchte, um eins und eins zusammenzuzählen. Dey gefiel es zwar nicht, dass sie die Details verschwieg, aber London konnte es sich im Grunde auch so sehr gut vorstellen: dass ein stolzer Mann wie Tom Parker daran zu knabbern hatte, wenn das eigene Kind mit einer Identität herumflanierte, die er selbst nicht anerkannte, und das auch noch in einer landesweit ausgestrahlten TV-Show.

Was London *nicht* wusste, war, wie dey damit umgehen

sollte. Wie es sich anfühlen würde, wenn dey nach Hause zurückkehren und deren Familie und allen Bekannten gegenüberstehen würde. Dey hatte sich vor Millionen von Fremden geoutet. Es war klar, dass das Konsequenzen haben würde.

Nur war es so leicht, die Realität zu ignorieren, wenn dey am Set war. Oder hier, an Dahlias Seite. London schmiegte das Gesicht an ihren warmen Hals, schloss die Augen und versuchte, deren Puls in den Griff zu kriegen.

Vielleicht hatten Dahlia und London mehr gemeinsam als die Leidenschaft fürs Kochen. Zwar wusste dey immer noch nicht, wovon sie gesprochen hatte, bevor sie vollends eingeschlafen war. Aber damit, Leute zu enttäuschen, kannte London sich zufällig nur allzu gut aus.

Kapitel 18

Als sie am Montagabend vom Set zum Hotel zurückliefen, drückte Dahlia Londons Hand. Dey grinste sie an. Sie grinste stumm zurück.

Das vergangene Wochenende war … unglaublich gewesen. Dahlia hatte beschlossen, alle noch verbliebenen Bedenken in Bezug auf *Chef's Special* zu verdrängen und an diesem einen magischen Wochenende einfach nur zu sein. Keine Hashtags, keine Teams, keine Angst vor dem Rauswurf. Keine Kameras. Sie wollte alles, und sie und London gönnten es sich, eine Erinnerung nach der anderen.

Unbeschwert und fröhlich hatten sie gemeinsam L. A. erkundet und sich lachend die Mägen mit Tacos, Bubble Tea und Wein vollgeschlagen. Und diese magische Stimmung war geblieben, auch wenn heute der Druck, wieder am Set zu sein, zurückgekehrt war. Gemeinsam mit den anderen verbliebenen Kandidat*innen hatten sie an einer speziellen Gruppenchallenge gearbeitet und ein Essen für die *Chef's Special*-Crew gekocht. Es fühlte sich so *richtig* an, Seite an Seite zu kochen. Dahlia liebte es, London bei der Arbeit zuzusehen. Deren Talent beim Anrichten war unübertroffen, alles war so präzise und wunderschön.

Dey war ein*e Künstler*in. Das waren die besten Köch*innen alle.

Dahlia hatte ihrerseits geholfen, mehrere Runden köstlichster Schweinefilets zuzubereiten. Es war sehr stressig gewesen, so viele Teller auf einmal zu füllen, aber die Crew hatte es gefeiert. Es war so befreiend, mal für jemand anderes zu kochen als die Jury. Es erfüllte sie mit Stolz, gutes Essen für gute Menschen zu kochen.

Am nächsten Tag stand eine weitere Eliminierungschallenge an. Doch die rastlose Energie, die Dahlia erfüllte, als sie die Lobby betraten, hatte nichts damit zu tun.

Sie gingen in Richtung der Aufzüge, aber Dahlia hielt inne und zerrte an Londons Arm, als ihr eine Idee kam.

Dey zog eine Augenbraue hoch, folgte ihr allerdings, ohne zu fragen, bis Dahlia vor einer massiven Doppeltür stehen blieb.

»Ich glaube, er ist leer.«

Dahlia hielt ihr Ohr noch einen Moment lang an die Tür des Ballsaals gepresst, bevor sie einen der Griffe ausprobierte. Zu ihrer Freude schwang die Tür auf. Leichtfüßig hüpfte sie hinein. Sie drehte sich erst zu London um, als sie die Mitte der Tanzfläche erreicht hatte, auf der sich heute keine Hochzeitsgäste tummelten.

»Als wir das letzte Mal hier waren, haben wir den letzten Tanz ausfallen lassen.«

London schlenderte zu ihr herüber und rieb sich den Nacken. »Ich glaube nicht, dass wir gerade hier sein dürfen.«

»Das hat dich beim letzten Mal auch nicht aufgehalten.« Als eine Erinnerung in ihrem Gedächtnis aufblitzte, entschlüpfte ihr ein Lachen.

»Du hättest mal dein panisches Gesicht sehen sollen, als sie diesen langsamen Song gespielt haben. Ich *musste* den Wein für uns klauen, um dich zu retten.«

»War sowieso ein schlechtes Lied.« London zog deren Handy aus der Gesäßtasche. »Fällt dir ein besseres ein?«

Sie schüttelte den Kopf. »Such du eins aus.«

London schwieg einen Moment und scrollte durchs Handy.

Dahlia wippte auf den Füßen, hatte aber kein Problem mit dem Warten. Sie hätte auch kein Problem damit, diesen Abend so weit wie möglich in die Länge zu ziehen.

»Das Kleid, das du an dem Abend anhattest …« London sah kurz zu ihr auf. »Das war wirklich unverschämt, Dahlia.«

»Ich hatte es davor noch nie an.«

»Wirklich?« London hob leicht die Augenbrauen, ein Mundwinkel zuckte. Dey freute sich offensichtlich, di*er Erste gewesen zu sein, di*er sie in diesem Kleid gesehen hatte.

»Jap. Ich habe es mir irgendwann vor dem Flug hierher als kleine Motivation gegönnt. Ich habe mir vorgestellt, in L. A. vielleicht neue Freund*innen zu finden, mit denen ich ausgehen möchte.« Sie lächelte. »Und *tadaa*, dann bist du mir vor die Füße gelaufen.«

London traf schließlich eine Wahl und legte das Handy auf den Boden.

Dahlia wollte die Hände um deren Taille legen, hielt jedoch inne, als dey sie stirnrunzelnd ansah.

»Was? Du willst nicht mal dann eng mit mir tanzen, wenn wir hier vollkommen allein sind?«

»Nein, nein, das ist es nicht. Bloß …« London deutete verärgert auf das Handy. »Die Tonqualität über Handylautsprecher ist grauenhaft. Ganz ehrlich, das ist eine Beleidigung für Sam Cooke.«

Dahlia umfasste deren Taille und legte den Kopf an deren Brustkorb. »Mir genügt es.«

»Warte mal«, sagte London. »Müsste ich nicht meine Arme um *deine* Taille legen? Ich habe keine Ahnung, was ich sonst mit ihnen anstellen soll.«

Sie lehnte sich zurück und sah demm an. »Ist das nicht ziemlich sexistisch?«

»Nein. Ich bin größer als du. Du legst deine Hände um meinen Hals und ich meine auf deinen Rücken. So funktioniert das nun mal.«

Dahlia legte ihr Gesicht wieder an deren Brust und drückte ihren Oberkörper noch fester an demm.

»Pech gehabt. Ich fühle mich wohl so.«

Sie spürte, wie dey den Kopf schüttelte, dann aber die Arme auf ihre Schultern legte. Deren Finger streichelten sie im Nacken.

Es war eher eine leicht wiegende Umarmung als ein Tanz, aber genau so gefiel es ihr. Sie schloss die Augen und lehnte die Stirn an deren Schulter.

»London«, sagte sie leise, nachdem sie eine Weile dem Text gelauscht hatten. »Ich finde, das Lied ist ziemlich traurig.«

Sie spürte, wie dey ihr einen Kuss ins Haar hauchte. »Das sind die besten Liebeslieder alle.«

Dahlia wusste nicht, was sie darauf antworten sollte. Also hielt sie London Parker einfach ein weiteres bittersüßes Lied lang fest im Arm.

Mitten im dritten Lied fuhr London mit den Fingern ihren Nacken hinauf und begann, sanft ihren Kopf zu kraulen. Sie schloss die Augen.

»Mein Dad hat noch kein einziges Mal meine Pronomen benutzt«, sagte London.

Dahlia riss die Augen wieder auf.

Sie legte den Kopf in den Nacken, um demm richtig anzusehen. Schlagartig waren alle anderen Gedanken wie weggeblasen.

»Was?«

Londons Blick war unergründlich.

»Ich weiß nicht, warum ich dir das gerade erzählen wollte. Aber … jetzt weißt du's.«

»Das heißt, er …«

»Ja. Er glaubt, ich mache eine Phase durch oder so. Eine Drei-Jahre-andauernde-Schrägstrich-lebenslange-Phase.«

Dahlia löste eine Hand und strich demm mit einem Finger über die Wange.

»Das tut mir echt leid, London.«

»Julie hat mir in letzter Zeit ein paar mehrdeutige Nachrichten über ihn geschrieben. Ich glaube …« London runzelte die Stirn. »Ich fürchte, meine Teilnahme hier und das Coming-out hat zu einer Art Familiendrama geführt.«

»Und du hasst Drama«, stellte Dahlia fest.

»Ganz genau.«

»Und der Rest deiner Familie …?«

London nickte. »Die sind auf meiner Seite.«

»Gut«, flüsterte Dahlia.

»Ich möchte eigentlich gar nicht groß darüber reden. Ich wollte nur, dass du es weißt.«

»Okay.« Sie streichelte demm den Nacken.

»Lässt du mich in Zukunft auch mehr ... an Dingen teilhaben, die dich beschäftigen? Familienangelegenheiten, Alltagskram oder so was?«

Londons Blick war eindringlich, ernst.

Dahlia schluckte.

»Ja«, sagte sie. Obwohl der Kummer darüber, es ihrer Mutter nie recht machen zu können, ihr im Vergleich gerade nicht mehr so bedeutend erschien.

»Okay.« London atmete zitternd ein. »Schluss damit.« Dey bückte sich und hob das Handy auf. »Lass uns ein bisschen frische Luft schnappen.«

Dahlia folgte demm durch den Ballsaal zur Tür, die in den Innenhof führte.

Ihre Beine fühlten sich an wie Wackelpudding.

Mit jedem Schritt, mit jeder Sekunde, in der Londons Worte ihr durch den Kopf geisterten, sickerte heißere Wut durch ihren Körper. Er hatte in *drei Jahren* nicht ein einziges Mal Londons Pronomen benutzt? Von einer schnurrenden Katze in Londons Armen hatte sie sich in eine riesige Löwin verwandelt. Sie wollte brüllen, Londons Vater die Krallen in die Brust schlagen und zusehen, wie er sich vor Schmerzen krümmte.

Dahlia und London traten hinaus in die laue Abendluft, in den Hof mit dem beleuchteten, schimmernden Brunnen unter dem lilafarbenen Himmel.

»Schon komisch, dass sonst nie irgendwer hier draußen ist. Es ist herrlich«, sagte dey.

Dahlia nickte, obwohl sie demm kaum hörte und sich seltsam kurzatmig fühlte.

London drehte sich mit einem leichten Grinsen zu ihr um. »Vielleicht ist er nur für uns da.«

Ihre Blicke trafen sich, und Dahlia musste wegschauen. Plötzlich bekam sie wirklich keine Luft mehr.

Oh Gott.

Tief in ihrem Inneren musste es ihr schon lange klar gewesen sein. Vielleicht noch nicht, als sie das letzte Mal hier draußen gewesen waren, aber irgendwann danach musste es ihrem Unterbewusstsein gedämmert haben. Vielleicht als sie London das erste Mal geküsst hatte. Vielleicht an jenem Morgen unter der Dusche, nach dem Früchte-Sex. Relativ sicher dieses Wochenende, als sie durch Buchläden und Museen gestreift waren und London sich einen leichten Sonnenbrand geholt hatte – sie war glücklicher gewesen als je zuvor.

Aber jetzt, als dey einen Schritt auf sie zukam und sie schon erahnen konnte, wie sich deren Lippen in ein paar Sekunden anfühlen würden, gab es keinen Zweifel mehr. Als London sie eben gebeten hatte, etwas von sich zu erzählen, etwas, das sie beschäftigte, wusste sie, dass dey es ernst meinte, und sie wusste, dass sie demm Dinge anvertrauen wollte. *Einfach alles.* Als dey ihr das von deren Vater erzählt hatte, war in ihr der Drang gewachsen, London mit ihrem Leben zu beschützen und alles zu bekämpfen, was demm schaden könnte.

Denn sie war bis über beide Ohren in demm verliebt.

London schob sie rücklings gegen die Betonwand, ihre nackten Schultern stießen gegen die kalte, unnachgiebige Oberfläche. Sie trug ein luftiges marineblaues Sommerkleid mit kleinen fliederfarbenen Herzen, ärmellos und hochgeschlossen, mit einem gerüschten Kragen. Die Haare hatte sie hochgesteckt, sonst wäre der Kragen nicht zur Geltung gekommen.

Das Kleid war nicht so eng und offenherzig wie das schwarze vom letzten Mal, trotzdem fand Dahlia sich darin hübsch.

Ihr war bewusst, dass sie London so oder so gefiel. Aber sie fühlte sich noch besser, wenn es ihr genauso ging.

London beugte sich vor und eroberte ihren Mund. Instinktiv öffnete sie die Lippen, wollte erobert werden. Sie wollte, dass London sie vollkommen verzehrte.

Londons Mund wanderte hinter ihr Ohr, und deren Hände glitten von außen ihre Oberschenkel hinauf. Dahlia sah über deren Schulter zum diesigen Himmel hinauf, wo orangefarbene Schimmer die Lila- und Rosatöne durchzogen. Verstärkt durch den Smog war es eine Dämmerung wie aus dem Bilderbuch. Sie hüllte den Innenhof in ein warmes Licht, das selbst Londons blasse Haut golden erscheinen ließ. Deren Haar glänzte wie prickelnder Champagner.

»London«, stieß sie gepresst hervor. »Kannst du es mir besorgen? Hart und schmutzig, genau hier?«

Dey hob den Kopf und sah zu ihr herunter.

»Klar«, sagte dey einen Augenblick später. »Nichts lieber als das.«

Der Wind liebkoste die Haut ihrer Oberschenkel, als London ihr Kleid mit den Handflächen nach oben schob. Es war immer noch mild, obwohl die Sonne bereits fast verschwunden war, und dieses Wärmer-als-es-sein-sollte-Gefühl eines Spätsommerabends war schwer und berauschend.

Dahlia seufzte auf, als London mit den Fingern über

ihren Slip strich, bevor dey ihn ganz herunterzog, und Dahlia blieb kaum eine Sekunde Zeit, ihn abzustreifen, bevor London sie wieder mit dem Rücken gegen die Wand schob und die Lippen voller Kraft auf ihre presste, während deren Hand wieder unter ihr Kleid glitt und den genau richtigen Punkt fand.

Sie stöhnte an deren Lippen. Sie wollte, dass dieses Gefühl für immer anhielt, hoffte wider besseres Wissen, dass alle Probleme sich irgendwie auflösen würden, wenn London sie nur hart genug fickte. Sex war einfacher als reden, als die Wahrheit auszusprechen.

Denn die knallharte Wahrheit, die sich wie ein trauriges, langsames Lied unter der Oberfläche verbarg, war, dass eher früher als später eine*r von ihnen gehen musste.

Und vielleicht hatten sie beide zu viel Angst, darüber zu sprechen.

Dahlia zog diese Wahrheit vor: wie Londons Hände immer genau die richtigen Stellen berührten und wie deren Mund ihre intimsten Stellen erschloss.

Als könnte dey ihre Gedanken lesen, ließ London die Lippen an ihren Hals wandern und drang mit zwei Fingern tief in sie ein. Dahlia ließ sich etwas sinken und presste sich näher an deren Hand.

»Ich liebe es, wie feucht du immer für mich bist«, hauchte London an ihrem Nacken, während jetzt deren Daumen seinen Weg zu ihrer Perle fand.

Sie stöhnte auf und ließ den Kopf auf deren Schulter fallen. »Mhm, das ist gut. Sprich weiter.«

Dahlia versuchte, sich darauf zu konzentrieren, wie aufregend das hier gerade war: Sie waren draußen, in aller Öffentlichkeit, die lauten Geräusche der Straße jenseits der Hofmauer in den Ohren, die unverschlossene Tür zu Ballsaal und Hotel buchstäblich Zentimeter entfernt. So etwas hatte Dahlia noch nie gemacht. Hinzu kam, dass London komplett angezogen war. Und Dahlia im Grunde ebenfalls, auch wenn ihr Kleid gerade bis zur Taille hochgeschoben war. Sie wusste, dass London es ihr besorgen und dass es gut werden würde, während dey noch in diesen Skinny Jeans und dem ausgeblichenen fliederfarbenen T-Shirt steckte. Dahlia war nicht ganz klar, was genau sie daran so sexy fand, aber so war es nun mal.

London hielt inne, zog sich aus ihr zurück und machte einen kleinen Schritt nach hinten. »Kannst du irgendwie ein bisschen weiter nach oben? Der Winkel ist noch nicht perfekt.«

Dahlia verlagerte das Gewicht und schlang ein Bein um Londons Oberschenkel, dann wölbte sie sich, so weit sie konnte, nach hinten und stemmte die Schultern gegen die Wand. London packte ihre Hüfte und hielt sie fest. Mit der anderen Hand griff dey ihr ins Haar. Es ziepte leicht. Bei diesem prickelnden Gefühl auf ihrer Kopfhaut wollte sie am liebsten aufschreien.

London beugte sich vor und biss ihr sanft in den Nacken.

»Fuck«, sagte Dahlia halb vor Überraschung, halb vor Verlangen. London fuhr mit der Zunge über den Abdruck, den deren Zähne gerade hinterlassen hatten, was den süßen Schmerz gleichzeitig linderte und verstärkte.

»Berühr mich wieder«, sagte sie und war sich qualvoll bewusst, dass Londons Hände noch immer woanders beschäftigt waren.

»Erst wenn du mir versprichst, dass du dich nicht mehr zurückhältst«, sagte dey an ihrem Ohr. »Normalerweise bist du viel lauter als jetzt.«

»Na ja.« Dahlia versuchte, mit dem Kinn an demm vorbeizudeuten. »Hinter der Mauer da ist direkt die Straße.«

»Na und?« London knabberte an ihrem Kinn. »Sollen sie dich doch hören. Stöhn für mich, Dahlia.«

Mit den Fingern glitt dey wieder zwischen ihre Beine und tat, was sie verlangt hatte. London hatte recht. Es fühlte sich besser an, wenn sie keine Hemmungen hatte. Es fühlte sich besser an, wenn sie ihrem Körper erlaubte loszulassen.

London umkreiste ihre Klitoris, langsam und quälend, bis Dahlia aufstöhnte.

»Schneller. Und wieder zwei Finger rein?«, keuchte sie.

»So?«

»Oh, *fuck*.«

London hatte richtiggelegen. Dieses Mal war der Winkel viel besser.

»Na los, reite meine Hand.« Londons Stimme dröhnte tief gegen Dahlias Wange. *Es war perfekt.*

Sie schlang demm die Arme um den Hals, klammerte sich an deren Rücken und leistete der Aufforderung Folge.

»Dahlia«, stöhnte dey und biss ihr sanft ins Ohr. »*Gott*, du bist so …«

Sie biss sich auf die Zunge und spürte, wie sie zu entgleiten begann so wie London die Worte. Doch sie wollte noch nicht. Alles sollte für immer so bleiben.

Sie atmete schwer ein und verlangsamte ihre Hüftbewegung. London leckte ihr den Hals hinab.

»Schrei für mich, Dahlia.«

»Bring mich dazu.«

In einer fließenden Bewegung, ohne den Rhythmus der Finger in ihr zu verändern, ließ London sich auf die Knie fallen.

Als sie deren Mund auf sich spürte, schrie sie wirklich auf. Sie schob demm eine Hand in die Haare und hielt sich daran fest.

»London«, hauchte sie.

Sie konnte es nicht aufhalten. Sie war an einem Punkt angelangt, an dem es kein Zurück mehr gab, sie würde den Höhepunkt erreichen, jenen Moment, in dem sich alles so unglaublich gut anfühlte, und dann würde sie in die Realität zurückstürzen, und warum, warum konnte es nicht so bleiben? Warum mussten sie an einer dämlichen TV-Show teilnehmen, warum lebten sie nicht in derselben Stadt, warum konnte es nicht einfach immer so weitergehen, so …

»Oh, *fuck*«, schrie sie auf und drückte Londons Gesicht an sich, wobei sie die Finger in das wundervolle rotblonde Haar krallte. Noch nie zuvor war sie ihm Stehen so heftig gekommen, und bevor sie wusste, wie ihr geschah, gaben ihre Beine unter ihr nach, und sie stürzte unelegant zu Boden, in Londons wartende Arme.

Dey umfing sie, während sie noch immer bebte, und strich ihr mit beiden Händen über den Rücken.

Deren Stimme war sanft und leise.

»Dahlia«, flüsterte London an ihrer Schläfe. »Meine Dahlia.«

Etwas in ihr brach sich mit Macht Bahn.

Tränen traten ihr in die Augen.

Ihre Arme, die schlaff neben ihr hingen, erwachten zum Leben, und sie legte sie um Londons Oberkörper, krallte die Finger in das weiche Baumwoll-T-Shirt.

Unter dem schweren Himmel von Los Angeles saßen sie auf dem harten Boden und hielten sich gegenseitig fest, bis sie die Kraft fanden, wieder aufzustehen.

Kapitel 19

Bei der Eliminierungschallenge am nächsten Tag ging es um das Thema Jahreszeiten.

Dahlia hatte man den Herbst zugeteilt, was perfekt war. Den hatte sie am liebsten.

Sie mochte das behagliche Gefühl, das die Gerichte dieser Jahreszeit wachriefen, es war ebenso wichtig wie Schals, kuschelige Cardigans und das fallende Laub.

Die beste Zeit für eine Suppe.

Eine Kürbis-Schwarzbohnen-Suppe, um genau zu sein, mit gerösteten Kürbiskernen und frischen, knusprigen Würzcroûtons. Sie war deftig, sättigend und schmackhaft. Es war ein Essen, das Dahlia sich tatsächlich zu Hause selbst kochen würde, und das fühlte sich irgendwie richtig an. Sie justierte bei den Gewürzen immer wieder nach, um sicherzugehen, dass die Suppe süß und cremig war, aber auch eine geschmackliche Tiefe bekam, einen Kick, der auf der Zunge verweilte. Ihr war klar, dass die Kameras und Janets wachsames Auge sie mehr denn je verfolgten, doch heute konnte sie sich einfach nicht beherrschen. Sie ließ London mindestens fünfzehn Mal probieren. Zum einen, weil sie deren ehrlichen Rat wollte. Zum anderen, weil sie es so sehr genoss, wenn sie dabei deren Lippen streifte und zu sehen, wie dey lächelte und nickte.

London hatte den Sommer zugeteilt bekommen und machte eine Blaubeer-Lavendel-Galette mit Zitronenbaisertopping. Sie war hübsch und leicht, das Gegenteil von Dahlias Rezept, aber sie mochte es, gemeinsam an verschiedenen Dingen zu arbeiten: London vergewisserte sich, dass sie die richtige Menge Chilipulver verwendet hatte, und sie versicherte demm, dass die Blaubeerfüllung nicht zu süß war.

Später würde Dahlia sich wünschen, der Tag wäre weniger schön und sie selbst nicht so zufrieden mit sich gewesen.

Dann hätte es sie weniger hart getroffen, dass die Jurymitglieder ihr Gericht nicht ausstehen konnten.

»Schlecht ist es nicht, Dahlia«, sagte Audra Carnegie. »Aber die Entscheidung, wer ins Finale kommt, rückt immer näher. Da muss man schon ein bisschen mehr Raffinesse an den Tag legen, und ich bin mir nicht sicher, ob dir das mit dieser Suppe gelungen ist.«

»Sie ist hässlich«, bemerkte Sai Patel unverblümt. »Sie schmeckt schon ganz gut, aber auf dem Teller sieht sie einfach hässlich aus.«

»Sai hat recht, die Suppe ist gut«, sagte Tanner Tavish. »Aber wir sind hier nicht auf der Suche nach *gut*. Das ist ein Rezept für Muttis auf Pinterest, nicht für eine Kandidatin bei *Chef's Special*.«

Dahlia konnte sich später nicht recht daran erinnern, was sie, *wenn überhaupt*, als Reaktion auf diese Urteile gesagt hatte oder wie sie zu ihrem Platz zurückgekommen war. Aber dort stand sie nun und starrte auf die Edelstahlarbeitsfläche, während die Gerichte der anderen Teilnehmer*innen bewertet wurden. Sie konzentrierte ihre gesamte Energie darauf, Londons Blicken auszuweichen.

Sie hörte nicht, was die Jury über deren Galette sagte, aber ganz sicher gefiel sie ihnen. Sie war wunderschön. Alles, was London machte, war wunderschön.

Immer wieder musste sie an ihren Sturz am ersten Drehtag denken. Wie ihre Tacos durch die Luft gesegelt waren. Wie beschämt sie gewesen war.

Aber das war albern, bloß ein Meme. Sie hatte nicht geahnt, wie viel schlimmer sich das hier anfühlen würde.

Dahlia hatte geglaubt, man würde sie rausschmeißen, wenn sie sich wirklich einen Patzer leistete, etwas verpfuschte, weil ihre Fähigkeiten einfach nicht ausreichten. Zum Beispiel, weil sie nicht wusste, wie man ein gutes Soufflé zubereitete.

Sie hätte nie gedacht, dass man sie wegen etwas rausschmeißen würde, das sie liebte.

Sie trat in den Goldenen Kreis, um ihr Urteil zu erhalten. Plötzlich hätte sie am liebsten bitter aufgelacht, denn die andere Kandidatin, die mit ihr am schlechtesten abgeschnitten hatte, war Lizzie.

Hatte Janet da ihre Finger im Spiel? Sie konnte sich die Schlagzeile schon vorstellen: *Londons Frauen – Antagonistin gegen Auserwählte.* Die Kameras mussten in diesem Augenblick alle auf London scharf gestellt sein, und den Cutter*innen hinter den Kulissen juckte es sicher bereits in den Fingern, deren Reaktion in die Sendung zu schneiden.

Lizzie stand neben ihr, das Kinn stolz in die Höhe gereckt, während Dahlia sich kaum noch zusammenreißen konnte. Lizzie wusste, dass sie es in die nächste Runde schaffen würde. Sie würde es schaffen, würde mit London hierbleiben, und Dahlia war krank vor Wut und Eifersucht.

Sie hatte das Gefühl, außerhalb ihres Körpers zu schweben und das Geschehen auf ihrem eigenen Fernsehbildschirm an der Ostküste zu verfolgen, als Lizzie zurück an ihren Platz ging und Dahlia hörte, wie Tanner Tavish mit einem Seufzer ihren Namen nannte. Sie spürte, wie sie nickte und Audra Carnegie ihre Schürze überreichte, die sie traurig anlächelte und ihr die Hand drückte. Audras Hände waren etwas spröde – raue Arbeitshände –, und irgendwas daran fühlte sich beruhigend auf Dahlias eigenen an. Vielleicht könnte sie eines Tages auch solche Hände haben.

Sie wandte sich um und richtete den Blick auf den Torbogen an der Rückseite der Bühne. Zwang sich, ein letztes Mal darunter hindurchzulaufen. Sie drehte sich nicht um, um ihrer Kochinsel einen Abschiedsblick zuzuwerfen.

Das war's also für Team Dahlia.

Hinter der Bühne nahm Janet sie ein letztes Mal leicht beim Arm. Sie tauschten ein knappes, wortloses Nicken aus. Okay. Zeit für ihr letztes Interview.

»Es ist in Ordnung, dass ich gehen muss«, sagte Dahlia in die Kamera und versuchte, ihre Stimme ruhig zu halten. Sie fühlte sich wie betäubt. Denn es war nicht in Ordnung. Ganz und gar nicht. »Ich habe so viel von der Jury und den anderen Kandidat*innen gelernt, und dafür bin ich sehr dankbar. Und ich habe hier wirklich tolle Menschen kennengelernt.«

Sie verstummte. Maritza legte den Kopf schief und schien sich zu fragen, ob Dahlia fortfahren würde.

»Tut mir leid«, sagte Dahlia. »Mehr habe ich gerade nicht.«

Maritza nickte mit freundlichem Blick.

Dahlia betrachtete das türkisfarbene Glas hinter sich, vor dem sie bei jedem Einzelinterview gesessen hatte. Ihr war klar, dass dafür alle in genau derselben Kulisse saßen, trotzdem fühlte sie sich fast privat an, wie ein sicherer Hafen, in dem sie sich seltsamerweise wohl damit fühlte, ihre Gedanken mit der Kamera zu teilen. Das türkisfarbene Glas war wirklich bildhübsch. Sie fragte sich, wie sie so etwas wohl in ihrer Wohnung nachbauen könnte, wusste aber, dass die Frage müßig war. Es sah teuer aus.

»Lass am besten dein Handy an«, sagte Maritza sanft. »Sobald das Produktionsteam dir einen passenden Rückflug rausgesucht hat, melden sie sich bei dir, und jemand bringt dir das Ticket vorbei. Wahrscheinlich irgendwann morgen früh. Ach, und, Dahlia? Du hast hier echt gute Arbeit geleistet. Gönn dir ein bisschen Ruhe. Du kannst stolz auf dich sein.«

Dahlia nickte und stand auf. Ein Teil von ihr wollte Maritza umarmen – sie hatte die gemeinsame Zeit mit ihr wirklich genossen –, aber ihr Körper wusste nicht recht, was er tun sollte, so als liefe er im Energiesparmodus. Vor der geschlossenen Tür zögerte sie und hatte ein mulmiges Gefühl bei der Vorstellung, was sie draußen vorfinden würde. Würde London dort auf sie warten, mit einem Blick voller Mitleid und Enttäuschung? Warum hatte sie nicht geplant, was sie demm sagen wollte?

Was *wollte* sie demm sagen?

Ein winziges Quäntchen Glück musste ein gnädiger Gott ihr gewährt haben, denn als sie – oder vielmehr Maritza – schließlich die Tür öffnete, stand London gerade auf der ganz anderen Seite des Raums und sprach mit Cath. Deren Hände steckten in den Taschen der weiten olivgrünen Chino, die dey so oft trug. Dey war das Hübscheste, was sie je gesehen hatte.

Sie machte auf dem Absatz kehrt und verließ fluchtartig das Studio, ohne sich noch einmal umzusehen.

*

Ihr Glück währte allerdings nicht lange.

»Dahlia. *Dahlia*, was soll das?«

London hielt sie an den Handgelenken fest.

Bei der Berührung schloss Dahlia die Augen. Ihr Sprint hierher hatte ihr ein paar zusätzliche Momente für sich verschafft, um den Koffer aus dem Schrank zu holen, durchzuatmen. Aber sie hatte das Klopfen an der Tür nicht ignorieren können, von dem sie gewusst hatte, dass es kommen würde. Jetzt stand London unweigerlich mit panisch flehendem Blick vor ihr. Und ihr Verstand war noch genauso vernebelt wie in der Einzelinterview-Kulisse. Nun würde der schlimmste Teil kommen.

»Das, wonach es aussieht.« Dahlia schluckte und versuchte, ihre Stimme ruhig zu halten. »Ich packe. Mein Flug geht morgen früh.«

»A-Aber du …«, stammelte London. Deren Gesicht war blass und übersät von roten Flecken. Dey schien verwirrt. »Du darfst nicht gehen.«

»Ich glaube nicht, dass ich eine Wahl habe.«

»Aber sicher hast du die!« London ließ ihre Handgelenke los und warf die Arme in die Luft. »Sag ihnen, du brauchst das Ticket nicht. Warte einfach mit mir. Warte, bis ich auch abreisen muss. Dann können wir …«

London stutzte. Demm wurde anscheinend klar, dass sie nie darüber gesprochen hatten, wie dieser Satz enden könnte.

»Du wirst nicht abreisen, London«, sagte Dahlia und gab sich Mühe, stolz und nicht traurig zu klingen, auch wenn sie wusste, dass es ihr nicht gelang. »Nicht vor dem Finale.«

»Dann *bleib* bis zum Finale!«, flehte London mit großen Augen. »Bitte. Bitte, Dahlia. Verlass mich nicht. Ich … ich schaffe das nicht ohne dich.«

Dahlia spürte, wie ihr ein Schauer den Rücken hinunterlief. Die Enttäuschung verwandelte sich in einen Anflug von Wut.

Sie wollte nicht wütend auf demm sein. Sie wollte demm umarmen, die nächsten acht Stunden lang von demm gedrückt werden und dann vor ihrem Abflug einen zärtlichen Kuss bekommen. Sie wollte, dass dey sie beruhigte und ihr sagte, alles würde gut werden. Und dann könnten sie beide wohlwollend auf all das zurückblicken.

Panik zerfetzte ihre strapazierten Nerven, brachte sie zornig und heiß unter ihrer Haut zum Brodeln.

Dey verstand nicht, worum es eigentlich ging. Dey hatte kein Recht, sich aufzuregen. Dey würde gewinnen – erkannte dey das nicht? Dey würde die hunderttausend Dollar bekommen. Dey würde deren Mission erfüllen.

Und sie freute sich für demm. *Wirklich.*

Aber im Moment hatte sie nur Platz für den Gedanken, dass sie verloren hatte.

So wie Janet es von Anfang an geahnt hatte. So wie es alle vor den Fernsehern zu Hause wahrscheinlich von Anfang an geahnt hatten.

Sie hatte nicht alles bekommen. Sie hatte alles verloren.

»*Gott*, London. Natürlich schaffst du das.«

Dahlia schnaubte und machte eine wegwerfende Handbewegung. Die Wut breitete sich in ihrer Brust aus wie ein Virus: unerwünscht und hoch ansteckend.

Sie drehte sich um und stopfte weiter Klamotten in ihren Koffer. Wenn sie in Bewegung blieb, würde sie vielleicht nicht weinen. Während sie herumfuhrwerkte, herrschte Stille. London hinter ihr bewegte sich nicht.

Doch auch wenn sie demm nicht sah, spürte sie demm. Die Anspannung deres Körpers, das besorgt verzogene Gesicht lastete auf ihren Schultern, eine Last, mit der sie nicht umzugehen wusste.

»Ich habe meinen *Job* gekündigt, London«, sagte sie schließlich und wirbelte wieder zu demm herum. Dahlia wusste natürlich, dass London keine Schuld an ihrem Scheitern traf. Aber dey musste es wenigstens anerkennen. Sich den Unterschied zwischen ihnen beiden eingestehen. »Ich weiß nicht, ob ich mir nächsten Monat überhaupt die Miete leisten kann. Fuck. *Fuck.* Ich bin so eine hohle Nuss.«

»Komm nach Nashville.« London machte einen Schritt auf sie zu und griff nach ihren Händen. »Dahlia. Du gehörst nicht nach Maryland. Du bist dort nicht glücklich. Komm nach Nashville. Es wird dir gefallen, versprochen.«

Dahlia wich zurück, ein eisiges Gefühl ergriff Besitz von ihrer Brust.

»Nein, London. Du hast nicht zu bestimmen, wo ich hingehöre und wohin nicht, okay? Es ist *mein* Leben. Ich bin selbst dafür verantwortlich. Ich habe mich nur hier beworben, weil ich sehen wollte, ob ich in etwas gut sein kann, ich ganz allein. Dir nach Hause zu folgen wie ein verirrtes Hündchen …« Sie schüttelte den Kopf und kniff kurz die Augen zu. »… das wäre ein noch viel größeres Desaster, als bei *Chef's Special* rauszufliegen.«

London wirkte getroffen.

»Ich glaube nicht, dass es ein *Desaster* wäre zu versuchen, mit mir zusammen zu sein«, sagte dey leise, und der Schmerz in deren Stimme war deutlich zu hören.

Doch irgendwas an diesem Schmerz bohrte sich in Dahlias Hirn fest, fühlte sich auf ekelhafte Weise richtig an. Sie wollte, dass London auch wütend wurde. Es war so einsam, allein wütend zu sein.

»Du verstehst das nicht. Ich weiß, dass du Geld hast, okay? Ich wette, du könntest den gemeinnützigen Verein so oder so gründen, auch ohne das Preisgeld. Aber ich hätte es wirklich gebraucht. Du hast ja *keine* Ahnung, wie demütigend das gerade für mich ist. Jetzt muss ich mir eingestehen, was für eine Versagerin ich bin.«

»Dahlia«, sagte London, deren Stimme endlich einen Anflug von Schärfe bekam. »Du bist keine …«

»Hör auf.«

Dey sollte mit diesen höflichen Lügen aufhören.

»Okay.« London ließ die Hände sinken und atmete tief ein. Deren Stimme zitterte. »Es tut mir leid. Dass ich versucht habe, dir vorzuschreiben, wo du hingehörst. Wie … wie wäre es, wenn ich nach Maryland komme?«

»Was?« Dahlia schüttelte den Kopf und erschauderte schon bei der reinen Vorstellung. Warum konnte dey das nicht begreifen? Sie hatte verloren. Sie *war* verloren. Aber dey … dey könnte deren Chance nutzen. Dey hatte noch

so viel Gutes vor sich. Sie würde in ihr Leben zurückkehren, die Scherben aufkehren, und dey würde das gemeinnützige Projekt in Tennessee in die Wege leiten. Wenn dey das für sie aufgeben würde, könnte sie sich das nie verzeihen. Oder demm. »*Nein.* Nein, London. Das will ich nicht.«

London starrte sie an, und die Farbe in deren Wangen verblasste, bis dey ganz fahl und am Boden zerstört aussah. Es war der schlimmste Anblick, der sich Dahlia je geboten hatte.

»London.« Sie stemmte die Hände in die Hüften und blickte zu Boden. Sie versuchte, die Stimme der Vernunft zu sein und sich wieder auf das Hier und Jetzt zu konzentrieren. »Ich muss gehen, aber du musst bleiben. Du darfst Lizzie nicht gewinnen lassen. Okay?«

»Dahlia.« London schnaubte. »Dir ist doch wohl hoffentlich klar, dass Lizzie mir im Moment *scheißegal* ist.«

Sie musste in Bewegung bleiben. Sie hatte schon zu lange stillgestanden.

Und so langsam gingen ihr die Dinge aus, die sie sagen konnte, um diese überwältigende Welle der Traurigkeit in Schach zu halten. Nichts half mehr, und hinter ihren Augen stieg der Druck. Sie wusste, dass ihr die Tränen kommen würden, wenn das Gespräch nicht bald zu Ende wäre oder irgendwie eine andere Wendung nahm. Und sie hatte keine Ahnung, ob sie sie würde aufhalten können, wenn sie sie erst einmal zuließ.

Dahlia nahm ein Buch, das sie vor drei Wochen angefangen und nie zu Ende gelesen hatte, und warf es in den Koffer.

»Vielleicht sollte es am Ende auch einfach so kommen«, murmelte sie, halb zu sich selbst. Sich so angestrengt zusammenzureißen, machte sie beinahe wahnsinnig. »Lizzie will eine Bäckerei aufmachen, nicht wahr? Ist das nicht der Grund, warum die Leute sich normalerweise für diese schreckliche Show bewerben? Um eine Karriere in der Gastro zu starten? Warum haben sie uns beide überhaupt hier mitmachen lassen? *Oh Gott.* Vielleicht sind wir einfach beide bescheuert.«

Dahlia schmiss einen BH auf das Buch.

»Also, ich …« Londons Stimme bebte. »Ich glaube nicht, dass du das ernst meinst.«

Tat sie auch nicht. Sie verstand zu diesem Zeitpunkt kaum noch, was sie da eigentlich sagte. Aber jetzt, wo sie darüber nachdachte, kam es ihr irgendwie komisch vor. Dass keine*r von ihnen so richtig in diese Show passte. Dass sie beide trotzdem irgendwie ihren Weg hierher gefunden hatten.

»Ich halte uns beide eigentlich nicht für bescheuert«, sagte London verhalten nach einer schrecklich peinlichen Minute des Schweigens, in der Dahlia unter ihrem Bett nach fehlenden Socken gesucht hatte. »Aber ich finde, auf dein Benehmen trifft das gerade schon zu.«

Autsch, dachte Dahlia. Und gleichzeitig: *Wo dey recht hat …*

Hinter ihren Augen begann der Druck zu kribbeln. *Oh, oh, Gefahr.* Sie stand auf und drehte sich im Kreis, auf der Suche nach Dingen in der Nähe, die sie noch in den Koffer werfen konnte.

»Dahlia.« In Londons Stimme schwang jetzt Frustration mit. »Kannst du bitte verdammt noch mal mit dem Packen aufhören und *mich angucken*? Mir zeigen, dass ich dir überhaupt etwas bedeute? I-Ich verstehe nicht, was du hier abziehst.«

Zitternd fuhr Dahlia sich durch die Haare. Sie wollte, dass dey ging, *sofort*. Das alles hier war einfach zu viel.

Sie drehte sich zu demm um.

Bei David hatte sie gelernt, wie es sich anfühlte, wenn einem das Herz langsam und quälend brach, Streit um Streit, Monat für Monat.

Gleich würde sie wissen, wie es sich anfühlte, wenn man es mit einem Schlag zerschmetterte.

»London.« Sie befeuchtete ihre Lippen. »Uns war doch klar, dass das passieren würde. Du weißt gar nicht, wie dankbar ich ... dir bin, für alles, aber jetzt müssen wir beide zurück ...«

»Tu das nicht.« London trat einen Schritt näher. »Wage es ja nicht, das zu tun. Willst du behaupten, das mit uns war bloß eine lockere Affäre? Und du erklärst es einfach für beendet? Ich habe kein Mitspracherecht?«

Dahlia konnte demm nicht ansehen. Sie starrte nur über deren Schulter zur Tür und wusste nicht, was sie sagen sollte. Sie wollte das alles irgendwie besser erklären. Was dey ihr wirklich bedeutete, was ihr das alles bedeutet hatte. Ihr war klar, dass sie genau die falschen Dinge sagte, aber sie konnte nur noch hören, wie Tanner Tavish zum letzten Mal ihren Namen aussprach. Maritza mit dem freundlichen, traurigen Blick, die ihr mitteilte, dass sich jemand vom Produktionsteam melden und ihr das Flugticket vorbeibringen würde.

Sie und London hätten das längst alles besprechen sollen, doch das hatten sie nicht, und jetzt, wo sie demm hätte deutlich machen sollen, wie sehr sie demm liebte, konnte sie nur noch ihren eigenen bitteren Verlust schmecken.

»Dahlia.« London versuchte es erneut, diesmal sanfter, und deren Kühnheit, in diesem Moment noch so sanft mit ihr umzugehen, während sie sich so schrecklich aufführte, war einfach nur herzzerreißend. »Lauf nicht weg. Warte mit mir. Bleib bei mir.«

Sie schluckte.

»Du bist mutiger als das hier«, flüsterte London. »Lauf nicht weg.«

Dahlia schloss die Augen. Es gab so viele Dinge, die sie hätte sagen können.

Ich bin nicht mutiger als das hier.

Ich liebe dich.

Aber sie sagte: »Ich glaube, du solltest gehen.«

London erstarrte. Dey starrte sie an, und jede Sekunde kam ihr ewig vor. Sie konnte sehen, wie dey darauf wartete, dass sie es zurücknahm.

»*Bitte*, London«, flüsterte sie, der Druck in ihrem Kopf schmerzte inzwischen. »Ich will, dass du gehst.«

Da veränderte sich deren wunderschöne Miene. Dey biss die Zähne zusammen und sah zu Boden.

»Gut.« London seufzte schwer, und endlich, endlich hörte Dahlia aus dem bleiernen Atemstoß einen Abschied heraus. »Am Ende ist deine sich selbst erfüllende Prophezeiung doch wahr geworden. Glückwunsch, Dahlia. Jetzt hast du mich auch enttäuscht.«

Sie blinzelte.

Ihre Knochen fühlten sich hohl an – kurz davor, zu zerbrechen und zu Staub zu zerfallen.

London trat einen Schritt zurück. Dey schüttelte ein letztes Mal den Kopf.

»Dann kannst du ja jetzt Lizzie anfeuern. Viel Spaß dabei.«

Nein!, wollte sie schreien. *Das würde ich nie …*

London ging auf die Tür zu.

Verzweifelt versuchte sie, dieses letzte Mal, dass sie London Parker sah, abzuspeichern. Aber vor ihrem inneren Auge blinkten nur Fehlermeldungen auf. Alles fühlte sich falsch an.

Dey drehte sich nicht noch einmal um. Hinter demm fiel die Tür mit einem sehr leisen Klicken ins Schloss. Natürlich schlug London Parker keine Türen zu. Dey schrie auch nicht.

Dey ging einfach davon, wortlos und unbeirrt. Dahlia starrte demm hinterher, die plötzliche Stille in ihrem Hotelzimmer überflutete sie, brutal und erdrückend, bis ihre Beine nachgaben und sie zu Boden sank, endlich allein mit ihrem schlampigen, halb fertig gepackten Koffer.

Kapitel 20

Als sie ihre Wohnung betrat, war Dahlias erster Gedanke, dass sie den Kabelanschluss kündigen sollte. Das hatte sie sowieso längst vorgehabt.

Während des gesamten Fluges von L. A. nach Baltimore war sie in einer Erinnerungsschleife gefangen gewesen. Eis essen und Filme gucken auf Londons Bett. Mit demm auf der Hochzeit tanzen. Ihr Haar, das in der durchs Autofenster hereinströmenden Meeresbrise wehte, während sie fuhr und dey sich auf dem Beifahrersitz entspannte. Doch dann schoben sich andere Szenen dazwischen: die Art, wie London sie gestern Abend angesehen hatte. Das Klicken der Tür hinter demm. *Wieder und wieder.*

Zwischen Londons Weggang und der Taxifahrt zum Flughafen hatte sie schon all ihre Tränen vergossen. Jetzt war es an der Zeit, die Schleife zu durchbrechen. Zu einer neuen Szene überzugehen.

Vielleicht könnte sie eine Stundung ihrer Studienkredite beantragen. Das wäre zwar auf lange Sicht keine kluge finanzielle Entscheidung, aber es wäre ja nur für kurze Zeit. Das machten doch alle so. Vielleicht könnte sie ihren alten Job zurückbekommen oder sich für eine andere Stelle bei der gleichen Zeitung bewerben. Sie hatte solide Arbeit geleistet. Vielleicht würde man sie wieder einstellen.

Dahlias Koffer traf hart auf dem Boden auf, als sie ihn neben der Tür fallen ließ. Sie betrat ihre winzige Küche. Betrachtete die leeren Schränke.

In den letzten Wochen hatte Dahlia mit den besten Zutaten der Welt gekocht. Beinahe hatte sie zu glauben begonnen, es wäre normal, eine stets gefüllte Vorratskammer voller Lebensmittel in höchster Qualität zu besitzen. Die Erlebnisse der letzten Wochen waren so bizarr gewesen, dass sie sich jetzt, da sie in ihrer kargen Küche stand, fragte, ob sie alle überhaupt stattgefunden hatten. Ob sie sich den letzten Monat ihres Lebens womöglich komplett eingebildet hatte.

Dahlia ging in ihr Schlafzimmer. Ohne sich auszuziehen, rollte sie sich auf der Bettdecke zusammen. Sie versuchte, sich klein zu machen, so unnatürlich klein, wie sie sich fühlte.

Als sie Stunden später aufwachte, konnte sie nur daran denken, wie sehr sie das Hotel vermisste.

Schließlich stand Dahlia auf und zog sich um. Sie würde das hier überstehen. Sie musste sich nur einen Plan zurechtlegen.

In der Küche entdeckte sie ein halb leeres Glas Erdnussbutter und einen Löffel. Damit ließ sie sich auf ihre durchgesessene Ikea-Couch fallen. Okay, den Teppich hatte sie tatsächlich vermisst. Ihre Zehen in diesem hochflorigen Luxusgut zu versenken, war manchmal der beste Moment ihres Tages gewesen. Vermutlich war er das Schönste, was sie sich nach der Scheidung gekauft hatte. Ihre alten Möbel hatte sie fast alle David überlassen.

Sie ging zum Fenster. Von ihrer Wohnung aus blickte sie

direkt auf einen Highway, die kastenförmigen grauen Dächer von Einkaufszentren und die ein oder andere Baumkrone. Manchmal, vor allem abends, beobachtete sie gerne die Lichter, die auf dem Highway vorbeiflitzten – so viele Menschen auf dem Weg irgendwohin.

Ihre Wohnung war *okay*. Sie war immer stolz darauf gewesen, einen Ort zu haben, der ganz allein ihr gehörte.

Es war in Ordnung, sagte sie sich, zuzugeben, dass es nicht leicht war. Sich einzugestehen, dass ihre Rückkehr hierher das bestätigte. Denn obwohl diese Wohnung ein wichtiger Schritt für sie gewesen war, fühlte sie sich hier noch immer nicht zu Hause.

Und plötzlich wünschte Dahlia sich nichts sehnlicher als ein Zuhause.

Du gehörst nicht nach Maryland. Du bist dort nicht glücklich.

Dahlia wandte sich wieder dem Wohnzimmer zu und rieb sich nachdenklich den Hals.

Bausteine. Einen auf den anderen.

In der Nähe gab es eine U-Haul-Filiale. Sie würde dort vorbeifahren und Umzugskartons holen. Auf dem Rückweg würde sie Brot und Milch besorgen. Und dann …

Dahlia griff nach ihrem Handy.

»Hallo, Dad? Hey, ja. Tja, ich bin wieder in Maryland. Ich bin aus der Show geflogen. Ja, ist schon okay. Aber erzähl's niemandem. Nein … nein, Dad, mir geht's gut. Aber ich habe mich gefragt … Was hältst du davon, für eine Weile Besuch zu bekommen?«

*

London blinzelte in die Sonne.

Es war kaum zehn Uhr, und der Tag fühlte sich an, als hätte er schon eine Million Jahre gedauert.

Dey hatte keine Ahnung, wie dey das Wochenende überstehen sollte.

Die letzten beiden Tage waren erträglich gewesen. Klar, innerlich hatte London Höllenqualen gelitten, aber zumindest hatte dey kochen können, hatte Aufgaben am Set zu erfüllen gehabt, Dinge, die Kopf und Hände beschäftigt hielten.

Am Dienstagabend, nach dem Streit mit Dahlia, hatte London wach im Bett gelegen, stundenlang aufs Handy gestarrt und versucht, allein durch Gedankenkraft eine Nachricht herbeizuzaubern. Oder ein Klopfen. Irgendwann musste der Schlaf demm übermannt haben, und dey erwachte erst, als Janet gegen die Tür hämmerte.

Als London endlich öffnete, sagte sie: »Ich hab's nicht über mich gebracht, das Signalhorn zu benutzen, aber du musst langsam in die Puschen kommen, Honey.«

Zu dem Zeitpunkt war Dahlia bereits fort gewesen.

Hatte sie wohl jemand am Flughafen abgeholt? London ging die Frage nicht aus dem Kopf. Hank und ihre Eltern waren in Massachusetts. Und wenn London so darüber nachdachte, hatte sie kaum Freund*innen in Maryland erwähnt bis auf einige Kolleg*innen. Vielleicht hatte sie die angerufen? Vielleicht war sie nicht allein. Beim Gedanken, dass sie einsam sein könnte, wollte London irgendetwas in Brand stecken.

Auch wenn dey dasselbe Bedürfnis überkam, sobald dey wieder einfiel, wie sie am Dienstagabend auseinandergegangen waren.

Genau genommen hätte dey nichts gegen ein schönes kleines Inferno. Einfach alles sauber niederbrennen. Und etwas Neues sprießen lassen.

Aber am Mittwochmorgen war dey Janet ans Set gefolgt und ebenso am Donnerstag. Hatte die Challenges absolviert, zugesehen, wie Khari rausgekickt wurde. Hatte sich angehört, wie die Jurymitglieder demm, Cath und Lizzie gratulierten, dass sie es in die Top Drei geschafft hatten.

Und hatte absolut nichts dabei gefühlt.

Jetzt lag ein langes Wochenende vor London, bevor die letzte Eliminierungschallenge nächste Woche bestimmen würde, welche beiden Kandidat*innen ins Finale kamen.

London hatte keine Ahnung, wie dey diese Tage ohne Dahlia füllen sollte.

Also würde dey tun, was dey auch die vergangenen beiden Abende getan hatte, als dey nach dem Dreh ins Hotelzimmer zurückgekehrt war und festgestellt hatte, dass dey zu nichts Lust hatte, außer Dinge zu zertrümmern:

Laufen.

Sneaker anziehen, das Hotel verlassen und einfach loslaufen. Laufen, obwohl dey schon völlig erledigt war. Laufen, bis demm die Füße wehtaten. Und irgendwann ein Uber rufen, um sich ins Hotel zurückbringen zu lassen.

Wahrscheinlich wäre es das Beste, den Mietwagen zurückzugeben. Dey rührte ihn ja doch nicht an. Er erinnerte demm zu sehr an Dahlia.

Jetzt zog London im Gehen das Smartphone aus der Tasche und checkte die neuen Nachrichten. In den letzten Wochen, nachdem die erste Folge ausgestrahlt worden war, hatte dey alles auf stumm geschaltet. Es war einfach zu anstrengend, die ganzen Trolle herauszufiltern, zu zeitaufwendig, alle zu blockieren, die sexistische Kackscheiße schrieben. London war klar gewesen, dass das bedeutete, von der Welt abgeschnitten zu sein, aber dey war ohnehin zu sehr mit Dahlia Woodson beschäftigt gewesen, um sich darum zu kümmern.

Seit sie weg war, hatte London die Verbindung wieder hergestellt. Dey war überwältigt von der Anzahl neuer Follower*innen. Zuerst hatte dey sich bei alten Online-Freund*innen gemeldet, die sich total darüber gefreut hatten. Es fühlte sich gut an, mit Leuten zu reden, die noch was von einem wissen wollten.

Und die ermutigenden Nachrichten, die jetzt in Londons Feed und in deren DMs auftauchten, waren demm inzwischen wichtig genug, um dafür die Trolle rauszufiltern. Den ganzen Bullshit mit #TeamLizzie versus #TeamLondon bemühte dey sich dabei, so gut es ging, zu verdrängen. In den letzten paar Tagen hatte London obsessiv aufs Handy geguckt: in den Pausen am Set, nachts, wenn dey nicht schlafen konnte. Dey versuchte, die schlimmsten Kommentare nur zu überfliegen und so schnell wie möglich den Button zum Blockieren zu drücken.

Und danach nahm dey sich Zeit für den Rest. Las aufmerksam jedes Wort.

Ich kann dir kaum sagen, wie viel es mir bedeutet, eine nichtbinäre Person in einer Fernsehshow zu sehen. Diese Woche haben Sai und Tanner über dein Gericht gesprochen und haben ständig Sachen gesagt wie »Hier hat dey guten Geschmack bewiesen« oder »deren Leistung«, und ich konnte es nicht fassen: Da saßen diese beiden Promis und haben mit deinen Pronomen um sich geworfen, als wäre das kein Ding. Jetzt kann ich mir eine bessere Welt für mich selbst vorstellen. Danke!

Mein Kind hat sich diese Woche vor mir als nichtbinär geoutet. Wir haben zusammen Chef's Special *geguckt, und ich habe eins uns eins zusammengezählt. Tausend Dank, dass du bist, wie du bist.*

Bist du vergeben? Ich stünde nämlich zur Verfügung, so ziemlich 24/7, nur zur Info. ☺

Ich weiß, du kommst aus Nashville, aber hast du irgendeinen guten Rat für eine trans Person vom platten Land in Kentucky? Wir sind ja leider nur fast Nachbar*innen … Ich hab mir schon vorgestellt, nach Nashville zu ziehen und mit dir rumzuhängen und dass dann alles gut wird. Aber ich gehe noch auf die Highschool und habe kein Geld, und ich will auch meine Mom nicht allein lassen, aber es ist echt nicht cool hier für mich.*

Meine Schwester war früher so halb transphob, und jetzt hat sie voll den Crush auf dich. Ultralustig! Sie verteidigt sich zwar mit so Sachen wie »Dey kocht einfach nur megagut«, aber wir wissen alle Bescheid. Sie sagt echt dey! *Wegen ihr müssen wir alle Folgen sofort gucken, wenn sie rauskommen. Ich find's aber mega. Du versetzt hier echt Berge, London!*

Hey, London, es ist so toll, dich bei Chef's Special *zu sehen! Ich hab mich gefragt, ob du diesen Thread retweeten könntest? Er ist voll von Enbys, denen bei der Geburt das männliche Geschlecht zugewiesen wurde, und ich hab den Eindruck, viele Leute wissen gar nicht, dass wir auch existieren. Danke! <3*

Ich hatte bisher noch nichts von dem Begriff »nichtbinär« gehört, aber mein Enkel hat ihn mir erklärt. Er hilft mir auch dabei, diese Nachricht zu schreiben. Ich wollte nur sagen, wie beeindruckt ich von Ihrer Generation bin. Ich kann mir vorstellen, dass man es Ihnen sehr schwer macht, aber junge Leute wie Sie bringen mir immer neue Sachen bei, und ich frage mich, wie viele aus meiner Generation wahrscheinlich nie sie selbst sein konnten und wie viele von uns sich selbst jetzt als alte Knacker noch besser fühlen, wenn sie dabei zusehen, wie Sie die Welt verändern. Vielen Dank, dass Sie mich neue Dinge lehren. Ich drücke Ihnen die Daumen, dass Sie gewinnen.

London konnte nicht auf alle Nachrichten antworten, es waren so viele – außerdem fehlten demm oft die Worte. Aber dey likte und retweetete alle die von anderen nichtbinären oder trans* Menschen. Und dem Teenager aus Kentucky hatte dey geschrieben, dey könne jederzeit mit demm in Nashville rumhängen.

Dey dachte viel über dieses Highschool-Kid nach.

Die Nachrichten waren auch ein Heilmittel gegen die aufkommende Panik, die London beim Gedanken an deren Familie überkam. Seit diesem kargen *O.k.* hatte dey nichts mehr von deren Vater gehört. Und auch Julie hatte seit der Tequila-Nachricht nichts Echtes mehr geschrieben. Bei den Parkers war immer noch »alles in Ordnung«.

London hielt inne, um eine Gruppe Kinder im Innenhof eines YMCA-Gebäudes zu betrachten. Ihr Gekreische hatte sich einen Weg durch deren Kopfhörer gebahnt.

Dey sah zu, wie sie Rutschen hinunterschlitterten, sich kopfüber wie kleine Äffchen an Klettergerüste hängten und irre kichernd im Zickzack hintereinanderherjagten und Fangen spielten.

Nach einer Minute schlenderte dey weiter, und eine Idee nahm in deren Kopf Gestalt an.

Ein paar Blocks weiter fühlte London sich beinahe ... euphorisch.

Ein Sommerferienlager für LGBTQIA+-Kinder. Eins, in dem sie kochen lernen konnten, um genau zu sein. London würde irgendein schönes Fleckchen im Wald ausfindig machen, um queeren und trans* und anderen Jugendlichen, zu denen die traditionellen Geschlechtsidentitäten nicht passten, das Kochen beizubringen.

Marginalisierten Kindern zu erklären, dass sie geliebt wurden, dass mit der Zeit alles besser werden würde, war sinnvoll und wichtig, aber es änderte nicht unbedingt ihre Lebensrealitäten. Doch ihnen eine Fähigkeit zu vermitteln, ihnen das Gefühl zu geben, dass sie in etwas gut waren, wäre nützlich und empowernd.

So würde Londons Verein aussehen.

Nach deren Rückkehr könnte dey sich an andere LGBTQIA+-Organisationen wenden und bei bereits existierenden städtischen Ferienprogrammen für unterprivilegierte Jugendliche nach Möglichkeiten zur Zusammenarbeit fragen. Hoffentlich würde demm die Bekanntheit aus der Show ein paar Türen öffnen. Dann musste dey nicht alles allein von null hochziehen.

Die Rädchen in Londons Kopf ratterten wie wild, als dey mental eine Liste aufzustellen begann, was es zu erledigen galt. Da klingelte das Handy.

Bei dem Geräusch hielt London erneut inne und schaute sich um. Dey hatte keine Ahnung, wo dey war.

»Julie? Ist alles gut bei dir?«

»Sicher, bis auf die Tatsache, dass du alle meine Nachrichten ignorierst. Also wollte ich mich vergewissern, dass du noch *lebst*.«

London verdrehte die Augen. Hatte dey ihre Nachrichten ignoriert? Ehrlich gesagt wusste dey das gerade gar nicht so genau. Die Erinnerungen der letzten paar Tage waren ein bisschen verschwommen.

»Du hast nicht mal auf das Video geantwortet, in dem ich Bens Wanderrucksack aufgesetzt habe, hintenübergekippt und auf meinem Arsch gelandet bin.«

London lachte. Gesehen hatte dey es auf jeden Fall. Dey hatte wohl vergessen zu antworten. Der Rucksack musste wirklich schwer gewesen sein, um Julie direkt zu Boden gehen zu lassen.

Nach diesem kurzen Lachen und durch die Begeisterung wegen der Kochfreizeiten fühlte London sich fast schon wieder lebendig.

»Tut mir leid. Ich hab es angeguckt. Ich war nur abgelenkt.«

»Ist irgendwas passiert? Bist du rausgeflogen?«

»Nein.« London entdeckte ein Café auf der gegenüberliegenden Straßenseite. Dey drückte den Knopf am Zebrastreifen und wartete darauf, dass die orangefarbene Hand an der Ampel verschwand. »Du weißt ja, ich darf eigentlich nichts sagen. Aber ich bin unter den ersten drei.«

»*Ach du scheiße*, London! Heißt, du musst nur noch eine Challenge bestehen, und dann kommst du ins Finale?«

»Jap.« London eilte über die Kreuzung.

»Oh Gott. *Oh Gott!* London, du wirst das Ding gewinnen!«

»Äh, wahrscheinlich eher nicht. Warte mal kurz, ich hol mir einen Kaffee. Und ich werde nicht die Kackperson sein, die sich telefonierend an die Kasse stellt.«

»London …«, hörte London Julie noch rufen, dann drückte dey sich das Handy an die Brust, um ihre Stimme zu dämpfen, trat an die glänzende schwarze Theke und bestellte einen Americano.

Nachdem London deren Getränk bekommen hatte, klemmte dey sich das Handy zwischen Ohr und Schulter und schüttete sich noch einen Schluck Milch in den Becher, ehe dey das Café verließ.

»Okay, also, was gibt's? Du hast doch nicht wirklich angerufen, weil ich dir nicht geantwortet habe?«

Julie ging einfach darüber hinweg. »Warum glaubst du, dass du nicht gewinnen wirst?«, fragte sie.

»Es gibt … Da ist noch diese Frau, Cath, die ist echt gut. Wahrscheinlich besser als ich. Es wäre okay, wenn sie gewinnen würde. Und dann …«

London hielt abrupt inne, mitten im Satz und auf dem Bürgersteig. Dey wollte immer noch nicht mit Julie über

Lizzie reden. Wollte nicht mal ihren Namen aussprechen. Also ließ dey es bleiben.

»Und dann wer? Wer ist noch dabei? Ist es ... Warte mal, London, ist die letzte Dahlia?«

London ließ sich auf eine Bank fallen.

»Nein.«

»Oh«, hauchte Julie. »Heißt ... sie ist schon raus?«

»Jap.« London trat gegen eine leere Dose auf dem Boden. »Seit Dienstag.«

Anfang letzter Woche hatte London Julie ein paar Eckdaten zu Dahlia geschickt. Aber das hätte dey gar nicht tun müssen. Sobald dey sich wieder mit deren Handy beschäftigt hatte, war demm ziemlich schnell klar geworden, dass offenbar die ganze Welt über demm und Dahlia Bescheid wusste.

Etwa einmal pro Stunde bekam London neue Likes für die albernen Fotos, die dey am Wochenende gepostet hatte, als sie zusammen durch L. A. gezogen waren, Tacos gegessen und Selfies vor Tourifallen gemacht hatten. Und weil dey anscheinend nicht genug von Selbstgeißelung bekommen konnte, hatte dey sich bisher nicht dazu durchringen können, sie zu löschen.

»Warte«, hakte Julie nach, »was wird denn jetzt aus euch? Probiert ihr eine Fernbeziehung, oder ...«

»Nein.« London öffnete den Mund, um weiterzusprechen, geriet aber ins Stocken. Dey hatte immer noch keine Ahnung, was zur Hölle diese Woche eigentlich genau passiert war, und fand keine Worte dafür. »Sieht ... nicht so aus.«

»Oh! Oh, London.« Pause. »Warum nicht?«

London nahm einen tiefen Schluck Americano.

»Sie will nicht.«

Julie prustete in ihr Telefon. »Also, das kann ich mir echt nicht vorstellen. Auf diesem einen Bild, was du gepostet hast, das letzte, das, auf dem ihr Eis esst und sie dich so anstrahlt … Ich schwöre dir, ich habe noch nie einen Menschen so …«

»Ich habe ihr vorgeschlagen, dass sie auf das bezahlte Ticket zurück nach Maryland verzichten und hier bei mir bleiben soll, dass sie danach zu mir nach Nashville zieht oder ich zu ihr oder was auch immer. Aber sie hat mir im Grunde gesagt, ich kann mir das sonst wohin stecken, also solltest du mir wohl besser glauben.«

London schnaubte gereizt.

Vielleicht hatte Dahlia auch nicht exakt diese Worte benutzt. Je mehr Zeit verstrich, desto schwerer fiel es demm, sich daran zu erinnern, was sie beide genau von sich gegeben hatten.

Aber es fühlte sich auf jeden Fall so an, als hätte sie diese Worte verwendet.

Julie war eine geschlagene Weile still.

»Hm … habt ihr vorher überhaupt mal darüber geredet, was passieren würde? Sobald eine*r von euch rausfliegt?«

London zermarterte sich das Hirn. Wie schon die ganze Woche. Irgendwann hatten sie das doch bestimmt erwähnt? Genau deshalb hatte London schließlich nach Dahlias erstem Kuss die Notbremse gezogen. Weil dey das bis zum Ende richtig durchdenken wollte, dey war …

Dey war nur ein paar Tage später zu ihrem Hotelzimmer gerannt, hatte mit ihr geschlafen und kein einziges Mal zurückgesehen.

London rieb sich das Gesicht. Deren Schweigen sagte vermutlich genug.

Julie seufzte.

»*Okaaay.* Du hast also einfach angenommen, dass Dahlia mir nichts, dir nichts für dich nach Nashville ziehen würde?«

Sofort regte sich Widerstand in London.

»Nein. Ich meinte, dass ich auch nach Maryland gehen würde, aber, Julie, Dahlia *hasst* Maryland. Sie ist da eh nur wegen ihres Ex-Manns hingezogen. Vor der Show hat sie ihren Job gekündigt, es hält sie also buchstäblich nichts mehr dort. Es wäre nur logisch, wenn sie nach Nashville käme.«

»Na gut, aber … hast du mal gefragt, was sie *will*? Selbst wenn sie nicht an Maryland hängt, hatte sie vielleicht andere Träume. Immer vorausgesetzt, sie möchte überhaupt umziehen, dann will sie womöglich nach … Colorado oder so, und Tennessee kam in ihren Plänen einfach nicht vor?«

London stand auf, warf den leeren Kaffeebecher in einen Mülleimer und lief wieder los. Darauf hatte dey keine Antwort. Aber es nervte demm, dass es sich anfühlte, als wäre Julie nicht auf deren Seite.

Außerdem hatte dey in den letzten Tagen zu viel Kaffee getrunken und zu wenig gegessen.

Möglicherweise schlug sich das auf deren Stimmung nieder.

Nach ein paar Minuten der Stille fuhr Julie fort: »London, du weißt, ich will nicht, dass du aus Nashville weggehst. Es wäre toll, wenn Dahlia hierherkommen würde. Im Ernst, ich stehe zu einhundert Prozent dahinter – *wenn* das ihre eigene Entscheidung ist. Ich denke bloß, ihr hättet darüber reden sollen.«

»Das hab ich ja versucht, wirklich, aber als ich da bei ihr im Zimmer war, nachdem sie rausgeflogen war ... Sie hat nur wie wild Zeug in einen Koffer geworfen und ... Keine Ahnung, es war, als wäre sie ein völlig anderer Mensch.«

»Na ja, London, du hast es eben selbst gesagt: Sie war gerade *rausgeflogen*. Wahrscheinlich stand sie total neben sich.«

London hielt schon wieder an, kniff sich in den Nasenrücken und holte tief Luft. Plötzlich wusste dey, dass dey weinen würde, und darauf hatte dey so gar keinen Bock.

»Ich wünschte, wir hätten zumindest irgendeine Art Abschluss gehabt. Es war *brutal*, Julie.« London lehnte die Stirn gegen den Pfosten eines Verkehrsschilds und kämpfte damit, deren Stimme unter Kontrolle zu behalten. »Ich ... ich weiß nicht mal, was ich hier überhaupt noch soll. Ich will einfach nur nach Hause.«

London hörte Julie schniefen. Fast hätte dey gelacht, denn sie hatte mit Sicherheit direkt in der Sekunde angefangen zu weinen, in der sie das erste Zittern in Londons Stimme gehört hatte. Sie fühlte zu sehr mit anderen Leuten mit.

»Aber egal, danke, dass ich mich bei dir auskotzen durfte, Jules«, ruderte dey hastig zurück, um Julie nicht noch trauriger zu machen. »Es geht mir schon viel besser.«

»Quatsch, geht es überhaupt nicht, du Knallkopf.« Julie schniefte erneut. »Gott, nervt das, dass ich nicht mit dir da drüben bin. Sonst hätte ich euch zwei Hohlbirnen dazu gebracht, viel früher miteinander zu reden, und alles wäre gut.«

Jetzt brachte London tatsächlich ein gequältes Lachen hervor.

»Was hab ich mir bloß dabei gedacht, ohne dich nach L. A. zu kommen?«

»Ja, das weiß ich auch nicht. Völlige Schnapsidee.«

»*Deine* Schnapsidee, falls du dich erinnerst.«

Julie schnaubte. »London, wir waren betrunken. Als ich gewettet habe, dass du dich nicht trauen würdest, da mitzumachen, habe ich nicht damit gerechnet, dass du das wirklich durchziehen würdest.«

London lächelte. »Und ob du das hast.«

Sie seufzte. »Na gut, vielleicht hast du recht. Aber zurück zum Thema: Ich weiß, du bist schlecht drauf wegen Dahlia, und bestimmt hast du auch Heimweh, aber Schluss jetzt mit diesem *Ich-weiß-nicht-was-ich-hier-überhaupt-noch-soll*, okay? Und auch kein *Äh-wahrscheinlich-eher-nicht*, wenn's ums Gewinnen geht. London, du bist unter den besten dreien. Ich hab dir schon beim Kochen zugeguckt, da waren wir gerade mal aus den Windeln. Ich weiß, wie sehr du das verdienst.«

London atmete tief durch, setzte sich wieder in Bewegung und überquerte eine weitere Kreuzung. Demm fühlte sich nicht ganz wohl mit der Idee, etwas zu *verdienen*. Dahlia hätte hunderttausend Dollar verdient. Cath auch. Wie alle, die hart arbeiteten und versuchten, gute Menschen zu sein.

»Wenn du das sagst«, antwortete dey ausweichend.

»Sage ich. Ich glaube mehr daran, dass du diese Show gewinnst, als ich jemals an irgendwas geglaubt habe. Und, hey – wenn du ins Finale kommst, laden sie die Familien ein, um zuzuschauen, oder?«

Richtig.

Und sie luden auch die vorherigen Kandidat*innen ein.

Aber Dahlia würde bestimmt nicht zurückkehren. Oder? Nicht dass London es schon bis ins Finale geschafft hätte. Darüber würde dey sich jetzt nicht den Kopf zerbrechen.

»Heißt, in nicht mal einer Woche bin ich hoffentlich bei dir und kann dich anfeuern. Ich hab hier bei der Arbeit schon Bescheid gegeben, dass ich vielleicht ein paar Tage frei brauche.«

Bei der Vorstellung, deren Schwester zu treffen, entspannte sich Londons gesamter Körper. Egal, ob dey ins Finale kam oder nicht, dey würde Julie bald wiedersehen.

»Ich freu mich drauf, Julie! Danke, dass du an mich glaubst. Das bedeutet mir viel.«

»Ach komm, jetzt wirst du aber sentimental. Die Westküste macht dich echt weich, was?«

»Um fair zu sein: Ich bin völlig erledigt und esse zu wenig. Mein Hirn funktioniert einfach gerade nicht richtig.«

»Du *isst* zu wenig?« Julies Stimme schraubte sich vor Entsetzen in die Höhe. »London, dir ist schon klar, dass du bei einer *Kochsendung* mitmachst, oder? Gott, du brauchst mich wirklich.«

London grinste und rieb sich die Augen. Heute war es besonders heiß, und der Binder nervte. Nach dem Telefonat würde dey ein Uber rufen. Während die Wirkung des Koffeins nachließ, würde dey einen Film anschauen und dann eventuell ein Nickerchen halten.

»Und hey, London?«

»Ja?«

»Gib Dahlia nicht auf, okay? Weil … Du solltest dich selbst auch nicht aufgeben. Und ich mach mir Sorgen, dass du vielleicht auf dem Weg bist, genau das zu tun. Menschen verhalten sich manchmal dumm, besonders in Stresssituationen. Aber … nicht alle sind wie Dad, weißt du? Die meisten sehen ihre Fehler ein, wenn du ihnen ein bisschen Zeit lässt.«

Schon wieder stoppte London mitten im Gehen. Dey starrte hoch in das ausladende Blätterdach einer Palme und fragte sich, ob dey Julie dazu bringen sollte, das mit ihrem Dad genauer auszuführen.

»Na gut«, sagte dey nach einer Minute.

»Ich habe in zehn Minuten ein Meeting, heißt, ich sollte Schluss machen. Aber ruf noch mal an oder schreib mir so viel wie nötig, um es durch die nächsten paar Tage zu schaffen, ja? Ich hab dich lieb.«

»Alles klar. Ich hab dich auch lieb.«

London buchte die Rückfahrt und steckte das Handy dann in die Hosentasche. Während dey wartete, blickte dey immer wieder hoch zu der Palme. Dahlia hatte sie so gemocht. Hatte Julie recht? Wäre zwischen ihnen echt alles gut, wenn sie bloß früher darüber gesprochen hätten, was nach *Chef's Special* passieren würde?

So, wie Dahlia am Dienstagabend drauf gewesen war, hatte dey da so deren Zweifel.

In dem Universum, das für London noch Sinn ergeben hatte, in dem sie einander wirklich etwas bedeutet hatten, wäre Dahlia demm in die Arme gefallen, sobald dey in der Tür aufgetaucht wäre. Sie hätte unter keinen Umständen Lizzie erwähnt, und London hätte die richtigen Worte und Gesten gefunden, um alles zum Guten zu wenden.

Sie wären nicht beim ersten Stein, der ihnen vor die Füße gelegt wurde, ins Straucheln gekommen und getrennte Wege gegangen.

Im Schatten der mächtigen Palmwedel hielt London Ausschau nach einem silbernen Toyota, bereit, der unbarmherzigen Hitze zu entfliehen, der schmerzhaften Helligkeit des Augusthimmels und all den unbeantworteten Fragen, die viel zu viel Platz in deren müden Gedanken einnahmen.

*

Am Ende ihres dritten Tages zurück in Maryland wurde Dahlia klar, dass die letzte Person, mit der sie gesprochen hatte, die Kassiererin bei Food Lion vor drei Tagen gewesen war. Die Wohnung war bereits zu drei Vierteln in Kisten verpackt. Vielleicht würde sie schon dieses Wochenende nach Massachusetts fahren können.

Außer ihrem Vater wusste keine Menschenseele davon.

Sie schüttete sich eine Schüssel Cornflakes ein und setzte sich auf die Couch. Vom Packen war sie so erschöpft, dass sie sich auf keines der Bücher konzentrieren konnte, die sie aufschlug. Da blieb ihr nur noch eine Alternative.

Seufzend schaltete sie den Fernseher ein und startete den Festplattenrekorder.

Chef's Special: 3 neue Folgen

Dahlia bereitete sich psychisch darauf vor, London zu sehen.

Doch das Erste, das sie nach dem Drücken des Play-Knopfs aus der Fassung brachte, war sie selbst.

Wie seltsam. Jeden Tag betrachtete Dahlia sich im Spiegel. Aber noch nie im Leben hatte sie so viel von sich selbst gesehen, aus einer Perspektive wie dieser. Als das Kochen dann tatsächlich begann, sah sie … gut aus. Kompetent. Stark.

Die Kamera schwenkte an ihr vorbei zu London.

Ein Schnitt zu deren Vorstellung in der Einzelinterview-Kulisse. Dahlia registrierte jedes Detail deres Gesichts, das von den Studiolichtern so perfekt in Szene gesetzt wurde: die Sommersprossen, die faszinierenden Sprenkel in deren grüngrauen Augen. Das leicht schiefe Lächeln.

Es schmerzte sie in der Brust.

London bei der Arbeit zuzusehen, war noch faszinierender, jetzt, wo sie dey so gut kannte. In der ersten Episode, in der dey so grummelig gewirkt hatte, erkannte sie nun die Anspannung an den Fältchen um deren Augenwinkel und an den zusammengebissenen Zähnen. Dey war gestresst. Dahlia wollte durch den Bildschirm, durch Raum und Zeit greifen und nachträglich deren Wange streicheln, demm beruhigend eine Hand auf den Rücken legen.

Londons Stressgesicht wich zwei Nuancen von deren hyperfokussierten Konzentrationsgesicht ab, das Dahlia erfreut entdeckte, als sie mit der zweiten Folge weitermachte. Es weckte ein Kribbeln, das Dahlia seit ihrer Landung in Maryland nicht gespürt hatte.

So ernst. So talentiert. Doch Dahlia kannte die ganze Sanftheit, die sich darunter verbarg. Sie wusste, wie es sich anfühlte, wenn das Konzentrationsgesicht sie ins Visier nahm.

Sie wollte deren Mund auf ihrer Haut spüren.

Dahlia blinzelte und rutschte auf der Couch hin und her. Sie legte sich auf die Seite und versuchte, die lebhaften Erinnerungen und die aufkommende Hitze zu unterdrücken.

Stattdessen konzentrierte sie sich darauf, wie süß Barbara bei diesen Challenges war, wie viel sie in sich hineingluckste, während sie kochte, und wie oft sie ihrer Tischnachbarin Ayesha beruhigend die Schulter tätschelte. Barbara fehlte Dahlia ebenfalls.

Dahlia war von so vielen dieser Leute eingeschüchtert gewesen, als sie das Set zum ersten Mal betreten hatte. Aber bei ihrer Abreise hatten nur einige wenige einen bitteren Nachgeschmack hinterlassen. Jeffrey. Khari. Lizzie. Die anderen waren einfach nur Menschen.

Irgendwann schwenkte die Kamera zurück auf London, die Stirn angestrengt in Falten gelegt.

Dahlia fragte sich, ob Julie einen ähnlichen Gesichtsausdruck aufsetzte, wenn sie und London gemeinsam Brettspiele spielten oder wenn sie als Kinder im Garten getobt hatten oder womit auch immer sich wetteifernde Zwillinge so beschäftigten.

Sie hätte so gerne ein Fotoalbum aus der Kindheit der beiden gesehen, mit schlaksigen Gliedmaßen und den sommersprossigen Gesichtern unter der Südstaatensonne. War Londons Blick schon immer so ernst gewesen, sogar als Kind?

Natürlich war es albern, sich diese Fragen zu stellen. Selbst wenn London und sie sich wiedersähen – würde dey dann überhaupt mit ihr reden wollen? Sie war diejenige, die demm von sich gestoßen hatte. Sie war jetzt nicht in der Position, sich Kindheitsfotos zu wünschen.

Es war eindeutig eine schlechte Idee gewesen, sich diese Folgen anzusehen. Aber sie redete sich ein, dass ein Bad in Selbstmitleid zum Trauerprozess dazugehörte.

In den letzten Tagen hatte sie sich wirklich stark zusammengerissen.

Aber jetzt ließ sie es wieder zu, nur für einen kleinen Moment. Sie vergaß, dass sie von Kisten umgeben war, in denen sich all ihr Hab und Gut befand. Sie vergaß, dass ihr der Rücken wehtat. Stattdessen tauchte sie wieder in die Welt von *Chef's Special* ein, in das Leben, das sie für ein paar Wochen hatte führen dürfen.

Dahlia war fasziniert von der Arbeit der Postproduktion, davon, wie all die Stunden am Set zu sechzig Minuten zusammengefasst worden waren und die Musik und die Schnitte das Ganze noch dramatischer machten. Dabei hatte es sich schon während der Dreharbeiten ziemlich dramatisch angefühlt.

Vor allem aber wurde Dahlia nicht müde zu sehen, wie viel Freude in ihren Augen lag. Und London, wie attraktiv und gut dey war. Sie war ganz ergriffen.

Plötzlich klopfte es an der Tür.

Dahlia zuckte zusammen, das Herz schlug ihr bis zum Hals. Sie drückte auf die Pause-Taste und brauchte eine Sekunde, um sich zu beruhigen. Wer sollte an ihre Tür klopfen?

Eine Minute später stand sie starr vor Schreck da, den Türgriff fest umklammert.

Die Person ihr gegenüber räusperte sich und rückte den Gurt einer kleinen Reisetasche auf der Schulter zurecht.

»Hallo, Dahlia.«

»Mom?!«

Kapitel 21

Dahlia wickelte eine weitere Schüssel in Zeitungspapier ein und legte sie in den offenen Umzugskarton vor sich.

Sie sah zu ihrer Mutter hinüber, die auf der gegenüberliegenden Arbeitsplatte Tassen verpackte.

Warum hatte Dahlia eigentlich beschlossen, die Küche zuletzt auszuräumen?

Alles war schwer und unförmig, es gab von allem viel zu viel, und Dahlia reichte es langsam.

Sie musste mehr Kartons besorgen.

Dahlia hasste Kartons.

Und zwar besonders, wenn sie sie in peinlichem Schweigen neben ihrer Mutter packte.

Schuldgefühle nagten an ihr, als sie zu den Tellern überging. Es war schon spät gewesen, als ihre Mom gestern Abend angekommen war. Dahlia hatte ein paar zusätzliche Decken aus einer zuvor gepackten Kiste gezogen und die Couch für sie hergerichtet. Viel geredet hatten sie nicht.

Doch gleich als ihre Mom durch die Tür getreten war, hatte sie gesagt: »Dein Dad hat mir erzählt, dass du wieder nach Massachusetts ziehst. Es hat sich so angehört, als würdest du bei ihm wohnen, da dachte ich, ich helfe dir wenigstens beim Packen, damit ich mich auch irgendwie nützlich machen kann.«

Und sofort hatte Dahlia sich beschissen gefühlt.

Es war ihr nicht mal in den Sinn gekommen, dass sie ja auch eine Weile bei ihrer Mutter hätte bleiben können.

Nicht dass es der Traum aller Eltern wäre, dass ihre erwachsene Tochter wieder bei ihnen einzieht. Aber sie hatte ihrer Mom nicht einmal eine Nachricht geschickt, dass sie bald wieder in der Nähe sein würde.

Miserable Ehefrau, miserable Freundin, miserable Tochter. Mittelmäßige Köchin.

Am Morgen waren sie frühstücken gegangen, und Dahlia hatte versucht, es wiedergutzumachen. Sie plauderte über die Show, welche Challenges ihr am besten gefallen hatten, und verstieß an allen Ecken und Enden gegen ihre Verschwiegenheitsklausel, um ihre Mutter zum Lachen zu bringen. Die wiederum berichtete Dahlia von den Veränderungen in New Bedford und den neuesten Infos über Bekannte der Familie. Es war wirklich entspannt gewesen.

Doch dann waren sie in Dahlias Wohnung zurückgekehrt, und jetzt herrschte wieder peinliche Stille.

Immerhin, das musste Dahlia zugeben, waren sie ein effizientes Team. Dank ihrer Mutter könnte Dahlia vielleicht sogar schon am nächsten Tag zurück nach Massachusetts ziehen.

Und dabei war sie sich noch nicht ganz sicher, wie es ihr damit ging.

Aber, ermahnte Dahlia sich, im Leben konnte man nicht immer auf Gefühle Rücksicht nehmen. Manchmal musste man als Erwachsene auch Tatsachen akzeptieren. Und es war nun mal eine Tatsache, dass Dahlia bei *Chef's Special* verloren hatte und es sich nicht mehr leisten konnte, hier zu leben. Eine Verschnaufpause in New Bedford war die einzige echte Option. Sie würde sich nach Redaktions- oder Lektoratsjobs in Boston umsehen. Dort gab es viele Verlagshäuser, und ihr alter Chef bei der Regionalzeitung würde ihr eine hervorragende Empfehlung ausstellen. Es wäre schön, in Hanks Nähe zu sein. Vielleicht würde sie eine Zeit lang bei ihm auf der Couch schlafen, um ein bisschen zu sparen und einige der beängstigendsten Rechnungen bezahlen zu können.

Dahlia klebte eine Kiste zu und ging zu einer anderen, die halb voll war. Darin könnte sie den Stabmixer, einige Schöpfkellen und die Holzlöffel unterbringen.

Als sie in der Kiste Dinge hin und her schob, um den Platz optimal nutzen zu können, fiel ihr etwas ins Auge. Sie griff in die Ecke, um es herauszuziehen, wobei sich der glatte, weiche Einband an ihre Fingerspitzen schmiegte.

Dahlias Herz machte einen kleinen Satz.

Hatte sie es heute Morgen tatsächlich gedankenlos in einen Karton geworfen? Vielleicht war es auch ihre Mutter gewesen.

Das Notizbuch war größer und edler als jenes, das sie am Set immer benutzt hatte. Plötzlich wollte Dahlia beide in der Hand halten. Sie rannte ins Schlafzimmer. Das kleine Büchlein vom Set lag auf ihrer Kommode, wo sie es am Abend ihrer Rückkehr hingepfeffert und seitdem nicht mehr angerührt hatte.

Zurück in der Küche schob sie Kisten und Zeitungen auf der Arbeitsplatte beiseite, um Platz zu schaffen. Sie stand da, die Hände in die Hüften gestemmt, und musterte die beiden Notizbücher vor sich.

Das kleinere war fleckiger, da sie bei den hektischen Kocheinsätzen in der Show häufiger etwas darauf verschüttet hatte. Das größere, ordentlichere Moleskine lag immer in ihrer eigenen Küche, wo sie sich Zeit nehmen konnte – meist stundenlang –, um Dinge auszuprobieren. Zu üben, zu experimentieren, abzuschmecken und von vorne anzufangen.

Ihre Mutter stellte sich neben sie.

»Ich vermute, die sind wichtig?«, fragte sie vorsichtig.

Dahlia reichte ihr das Moleskine. Ihre Mom schlug es auf und blätterte es vorsichtig durch.

»Die erste Hälfte sind Rezepte, die ich im Internet oder in Kochbüchern gefunden habe. Ich habe sie nur abgeschrieben, wenn ich Änderungen hatte, die ich mir merken wollte.« Wenn sie eine Zutat ersetzt, andere Gewürze genommen oder etwas Neues hinzugefügt hatte.

»Die zweite Hälfte«, erklärte sie, »ist von mir.«

Nichts war vergleichbar mit dem ersten Rezept, das sie selbst kreiert hatte.

Es war zwar sehr einfach, nur ein Reisgericht mit zufälligen Zutaten, etwa in der Mitte des Buchs, im Grunde ein Auflauf, doch Dahlia war trotzdem nervös gewesen, als sie es zubereitet hatte. Zum ersten Mal hatte sie alle Bausteine selbst gewählt. Sie war sich sicher gewesen, es würde eine Pleite werden.

Aber dann hatte es gut geschmeckt. *Richtig gut.*

In ihrem Kopf hallte die Stimme von Tanner Tavish wider.

Das ist ein Rezept für Muttis auf Pinterest.

Jetzt musste sie leise auflachen. Dass er das überhaupt für eine Beleidigung hielt!

Muttis auf Pinterest kochten verdammt leckeres Essen.

Eine Idee schoss Dahlia durch den Kopf, farbenfroh und erfrischend wie ein Krokus nach einem langen Winter.

»Hey, Mom, macht's dir was aus, wenn ich kurz zum Food Lion düse?«

Ihre Mutter blickte vom Moleskine auf.

»Soll ich mitkommen?«, fragte sie.

»Nein, schon okay. Wenn ich zurück bin, koche ich uns was zum Mittagessen.«

Dahlia kramte in ihrer Tasche nach den Schlüsseln. Das könnte eine der letzten Gelegenheiten sein, ihre alte Klapperkiste zu fahren, bevor sie sie verkaufte. Im Internet hatte sie bereits einige gute Angebote erhalten – das würde helfen, die Kosten für den Transporter auszugleichen.

»Klingt gut«, sagte ihre Mutter und wandte sich wieder Dahlias Aufzeichnungen zu.

Sie mochte in naher Zukunft weder ein Auto noch eine Wohnung besitzen, aber als Dahlia im Laden die paar Zutaten kaufte, die sie brauchte, wurde ihr klar, dass diese beiden Notizbücher ihr bleiben würden. Sie waren wie sie, chaotisch und authentisch, voller Misserfolge und Erfolge. Ein Beweis dafür, dass Dahlia Woodson neue Dinge lernen konnte, ganz allein. Sie musste es nur wollen.

Ihrer Mutter das Moleskine zum Anschauen zu geben, war ein weiterer Wiedergutmachungsversuch gewesen. Es hatte sich angefühlt, als hätte sie ihr ihr Herz auf Papier dargeboten.

Als sie zurückkam, breitete Dahlia die Zutaten auf der

Arbeitsplatte aus. Sie würde den Kürbis aushöhlen, klein schneiden und pürieren. Wäre sie eine professionellere Köchin, hätte sie auch die Bohnen selbst über Nacht eingeweicht, aber *pfft*. Dahlia schämte sich nicht für ihre Dosenbohnen.

Ihre Mutter half ihr, die nötigen Sachen zu finden, die sie bereits eingepackt hatte: ihren guten Topf, Gewürze und etwas Olivenöl.

»Kann ich dir helfen?«, fragte sie beinahe hoffnungsvoll.

Dahlia betrachtete die Zutaten und schüttelte den Kopf, lächelte jedoch.

»Nein, das schaff ich schon. Du kannst dich einfach entspannen. Dauert nicht lange.«

Dahlia stellte Musik an und machte sich an die Arbeit.

Die Bewegungen ihrer Hände, der Geruch von Gewürzen in der Luft. Der Rhythmus des Umrührens, die Geduld des Wartens, die Magie der Zutaten, die sich wie von selbst zusammenfügten.

Zum ersten Mal seit Tagen fühlte Dahlia sich wohl in ihrer Haut. Fast hätte sie vor lauter Erleichterung geweint.

Als die Suppe genug geköchelt hatte, trug sie zwei dampfende Schüsseln hinüber zur Couch.

Ihre Mom lächelte, nachdem sie den ersten Löffel probiert hatte. Dahlia tat es ihr gleich. Die Suppe war sowohl süß als auch pikant und hinterließ ein warmes, tröstliches Gefühl in ihrem Bauch, voller Verheißung auf wirbelnde Blätter und goldenes Licht.

Bald würde der September anbrechen, und Dahlia war froh darüber. Irgendwie, glaubte sie, wäre es einfacher, im Herbst traurig zu sein.

»Die ist köstlich«, sagte ihre Mutter.

Dahlia blickte in ihre Schüssel, noch immer lächelnd.

»Das war das Gericht, das mich aus der Show gekickt hat.«

Klirrend fiel ihrer Mom der Löffel in die Schüssel.

»Wie bitte?«

»Ich habe diese Suppe gekocht. Und ich vermute, sie war zu langweilig und hässlich«, sagte Dahlia und schluckte einen weiteren Löffel voll hinunter. »Aber ich mag sie.«

Energisch stellte ihre Mutter die Schüssel auf dem Couchtisch ab.

»Ist alles okay?« Dahlia sah zu ihr hinüber, das Lächeln schwand. »Zu heiß?«

Und dann bemerkte sie verwirrt, dass ihre Mom feuchte Augen hatte.

»Ich bin nicht sauer, dass du dich von David hast scheiden lassen«, sagte sie.

Dahlia erstarrte mit dem Löffel auf halbem Weg zum Mund.

»Ähm«, sagte sie und ließ ihn sinken. »Okay.«

Als ihre Mutter nur die Lippen schürzte und dieser merkwürdigen und schockierenden Aussage nichts weiter hinzufügte, stellte Dahlia ihre Suppenschüssel ebenfalls auf den Tisch.

Dann drehte sie sich zu ihr und stützte einen Ellbogen auf die Rückenlehne der Couch.

»Mom«, ermunterte sie sie.

»Hank hat vielleicht vage etwas angedeutet, etwas, das du ihm erzählt hast.«

»Uff.« Dahlia schlug sich mit der flachen Hand an die

Stirn. *Hank mit seiner großen Klappe.* Sie hätte es wissen müssen.

»Dahlia, ich weiß, du glaubst, ich wäre wütend auf dich. Oder traurig oder so. Und traurig war ich wirklich. Du hast keine Ahnung, wie schwer es ist, sein Kind leiden zu sehen.« Sie runzelte die Stirn. »Und ja, ich habe mich auf Enkelkinder gefreut.« Sie verdrehte kurz die Augen. »Ich gebe es ja zu.«

Obwohl dieses Gespräch ihre Befürchtungen *bestätigte*, brachte das Augenrollen ihrer Mutter, dieser für sie so ungewöhnliche Funken ehrlicher Offenheit, Dahlia zum Lachen.

»Aber ich war nie wütend auf dich«, fuhr ihre Mom schnell fort. »Ich war … vielleicht eher neidisch.«

»Neidisch«, wiederholte Dahlia tonlos.

»Ja, ich war neidisch, als mir klar wurde, dass die Scheidung deine Idee gewesen war. Dass es das war, was du wolltest. Aber das hat mich auch nicht überrascht. Du hast schon immer sehr genau gewusst, was du wolltest.«

Dahlia war drauf und dran zu widersprechen, doch ihre Mutter redete schon weiter.

»Und mehr noch, du setzt alles daran, es auch zu bekommen. Das erfordert eine Art Mut, die nicht sehr viele Menschen haben, weißt du? Ich definitiv nicht, sosehr ich es mir auch wünsche.«

Dahlias Gehirn arbeitete auf Hochtouren, um all das zu verarbeiten. Ihre Mutter sprach sonst nie über Gefühle. Doch in diesem Moment wirkte sie beinahe wehmütig.

Das alles ergab keinen Sinn.

»Du denkst … ich weiß, was ich will?«, fragte sie ungläubig.

Sie streckte den Arm aus und deutete auf den Raum voller Kartons.

»*Mom.* Das hier ist nicht die Wohnung einer Frau, die weiß, was sie will. Das ist die Wohnung einer Frau, die mit fast dreißig wieder bei einem Elternteil einzieht.«

»Genau«, sagte ihre Mutter leidenschaftlich. »Ich bitte dich, Dahlia, wenn du wirklich in dieser Wohnung bleiben *wolltest*, würdest du es möglich machen. Das versichere ich dir als jemand, der dich schon dein ganzes Leben lang kennt. Aber du weißt, dass du einen Neuanfang brauchst, und genau deshalb ziehst du das auch durch. Glaubst du, ich wäre in meinen Zwanzigern in der Lage gewesen, meinen Stolz runterzuschlucken und meine Eltern um Hilfe zu bitten? Nein, denn so bin ich nicht erzogen worden.«

In den Augen ihrer Mom blitzte so etwas auf wie … Wut? Bedauern?

»Ich hätte mir einen Job gesucht, den ich gehasst hätte, und wäre absolut unglücklich geworden, aber das wäre egal gewesen, solange ich bloß den Schein gewahrt hätte.«

Dahlia sank zurück auf die Couch und wusste nicht, was sie sagen sollte.

Ihre Mutter holte tief Luft und gewann allmählich die Fassung zurück.

»Was ich damit sagen will: Ich habe mein ganzes Leben lang versucht, das zu tun, was von mir erwartet wurde. Ich habe mir nie erlaubt, auf das zu hören, was ich eigentlich will. Ich bin so stolz auf dich, dass du es anders machst, schon immer gemacht hast.«

Dahlia wusste, dass sie diesen Moment nutzen sollte, um

ihren ganzen Schmerz in etwas Besseres zu verwandeln. Doch stattdessen war sie einfach nur verwirrt.

Und auch ein bisschen wütend. Dass ihre Mutter offenbar immer *so stolz* auf sie gewesen war, es aber jetzt erst zeigte.

»Dann bist du also nicht … enttäuscht?«

»Nein, Dahlia«, antwortete ihre Mutter sofort. »Natürlich nicht. Es tut mir leid, wenn …« Sie brach ab und schien in ihren Gedanken zu versinken. »Weil ich immer so zurückhaltend war«, setzte ihre Mutter wieder an, »und auch nie auf meine Instinkte gehört habe, beschleicht mich manchmal das Gefühl, als hätte mein ganzes Erwachsenenleben aus einer Überraschung nach der anderen bestanden. Wenn ich schlecht reagiert habe, als du mir gesagt hast, du willst dich scheiden lassen, dann war das der Grund. Das tut mir leid. Aber ich habe einfach nichts geahnt, und nach dem, was du erzählt hast, lief es ja schon eine Weile nicht mehr gut zwischen euch. Ich weiß, ich bin nicht dein Dad, ich weiß, wir sind keine … Freundinnen, aber eine Mutter sollte trotzdem wissen, wenn ihr Kind unglücklich ist. Deshalb war ich wütend auf mich selbst. Und wie schon gesagt, als mir dann klar wurde, dass die Scheidung deine Idee war, dass du diese schreckliche, Furcht einflößende Sache durchgemacht hast, weil du an dein eigenes Glück geglaubt hast …«

Als sie das sagte, stahl sich eine Träne aus dem Auge ihrer Mutter. Doch Königin der Contenance, die sie war, schniefte sie und wischte sie dann unauffällig weg.

»Ich war neidisch. Stolz auf dich, aber neidisch. Und das war sehr egoistisch. Es tut mir leid.«

»Aber … Mom … Sorry, ich kapier das nicht. Du hast

diese schreckliche, Furcht einflößende Sache doch selbst durchgemacht.«

»Ja«, sagte ihre Mutter schlicht. Steif wischte sie sich mit den Handflächen über die Jeans. »Meine Scheidung war anders. Aber es gehört sich nicht, mit dir darüber zu sprechen.«

Dahlia blinzelte. Und plötzlich verstand sie es.

Ihre Mom hatte diese Scheidung nicht gewollt.

Die Entscheidung ihres Vaters musste sie damals hart getroffen haben.

»Ich habe eine Therapie angefangen«, wechselte ihre Mutter schnell das Thema. »Mir ist klar, dass ich nur meine eigenen Reaktionen kontrollieren kann und nicht die von anderen, nicht einmal die meiner Kinder. Aber vermutlich ... wollte ich, dass du besser über meine Reaktionen Bescheid weißt. Für den Fall, dass ich sie in der Vergangenheit nicht gut erklärt habe.«

Vor lauter Überraschung fiel Dahlia die Kinnlade herunter.

»Mom«, sagte sie nach einer peinlichen Pause. »Du gehst zur Therapie?«

»An einer Therapie gibt es nichts auszusetzen«, entgegnete ihre Mutter nonchalant.

»Das weiß ich.«

»Aber ja. Es war nicht nur Hank, der mich dazu inspiriert hat hierherzukommen.« Sie betrachtete ihre Fingernägel, wobei sich ein verschmitztes Lächeln auf ihrem Gesicht abzeichnete. »Nonna und Nonno würden sich wahrscheinlich im Grabe umdrehen.«

»Vielleicht aber auch nicht, wer weiß?«, sagte Dahlia und zog fragend die Schultern nach oben. »Was hat dich sonst noch überrascht? Du meintest, dein ganzes Erwachsenenleben bestünde aus einer Überraschung nach der anderen.«

Dahlia versuchte nun, sie sich als Person vorzustellen. Nicht als ihre Mutter, sondern als ganz normalen Menschen mit Unsicherheiten und Zweifeln. Es war, als würde sich das Puzzle ihrer Mutter plötzlich Stück für Stück zusammensetzen, und Dahlia wollte es vollständig sehen.

Ihre Mutter schüttelte rasch den Kopf, als hätte sie schon zu viel verraten.

Aber dann sagte sie: »Ich kann dir noch eine Sache nennen, die mich überrascht hat. Du.« Mit funkelnden Augen sah sie Dahlia zum ersten Mal geradeheraus an. »Dass du im Fernsehen aufgetreten bist.« Sie deutete auf den dunklen Bildschirm ihnen gegenüber. »Und darin so richtig aufgeblüht bist.«

»Wirklich?« Dahlia biss sich in die Wange, um das Lächeln zu unterdrücken, das ihr angesichts des Lobs ihrer Mutter ins Gesicht schoss. Sie war tatsächlich versucht, ihr zu glauben.

Ein weiterer Sieg für Team Dahlia.

Um einen gelassenen Tonfall bemüht, fragte sie: »Du findest, ich bin aufgeblüht? Obwohl ich mich auf die Nase gelegt habe?«

»Natürlich«, sagte ihre Mutter. »Du wirkst so lebendig auf dem Bildschirm. Ein richtiges Naturtalent.«

Sie griff nach ihrer Suppenschüssel und beendete damit das Gespräch.

Schweigend und mit wirbelnden Gedanken drehte Dahlia sich wieder zurück und widmete sich ihrer eigenen Suppe. Sie war noch warm.

»Wo wir gerade über die Show sprechen ...«, ergänzte ihre Mutter. »Ich habe die neueste Folge noch nicht gesehen. Hast du sie aufgenommen? Wäre es komisch für dich, wenn wir sie gemeinsam angucken?«

Dahlia schüttelte zögernd den Kopf.

Auch sie hatte die dritte Folge noch nicht gesehen. Schließlich hatte ihre Mutter Dahlias *Chef's Special*-Marathon am Vorabend nach der zweiten Folge unterbrochen.

Sie nahm die Fernbedienung in die Hand.

»Hey, Mom?« Ihre Mutter sah sie an.

»Ich bin wirklich froh, dass du hier bist.«

Und während sie es aussprach, merkte Dahlia, dass es die Wahrheit war. Nicht nur wegen all der Dinge, die ihre Mutter ihr gerade erzählt hatte, sondern auch, weil es so einsam gewesen war, all ihre Habseligkeiten allein zusammenzupacken. Und weil sie sich nicht ganz sicher gewesen war, wie sie ihre Möbel ohne Hilfe in den Transporter bugsieren sollte. Und auch wenn Dahlia es sich zutraute, einen Umzugswagen Hunderte von Kilometern selbst zu fahren, war es doch tröstlich zu wissen, dass ihre Mutter hinter ihr herfahren würde, um auf sie aufzupassen.

Dahlia und ihre Mom hatten sich nicht ein einziges Mal umarmt, seit sie am Abend zuvor vor ihrer Haustür aufgetaucht war. Aber das Lächeln, das Dahlias Mutter ihr jetzt schenkte, war nah genug dran.

Dahlia drückte auf Start.

Es war die erste Außenchallenge in der Feuerwehrhalle. Die Bar-Mizwa.

Dahlia aß ihre Suppe auf, stellte die leere Schüssel auf den Boden und zog die Knie an die Brust.

Sie und London standen so nah beieinander. Niemand sonst stand so eng zusammen. Barbara und Janet hatten recht gehabt. Es war wirklich offensichtlich.

Sie zeigten nicht, wie sie und London sich darüber unterhielten, Jeffrey zu foltern, aber wie erwartet, zeigten sie, wie Tanner sie anblaffte. Dahlia zuckte zusammen.

»Was für ein Mistkerl«, murmelte ihre Mutter mit finsterem Blick.

Dahlia erlaubte sich ein kleines Lächeln.

Und dann schwenkte die Kamera auf London.

Sie konnte sich nicht erinnern, Londons Reaktion in diesem Moment gesehen zu haben. Zu sehr war sie damit beschäftigt gewesen, sich wieder an die Arbeit zu machen und ernst zu wirken.

Ihr war entgangen, dass London Tavish unverhohlen anfunkelte. Rote Wangen, zusammengebissene Zähne, Augen wie Dolche. Als wollte London ihm am liebsten eine verpassen. Ihretwegen.

Dahlia drückte auf Pause, ihr Herz hämmerte wie verrückt.

Sie öffnete den Mund und fühlte einen Anflug von Übermut. Vielleicht hatte ihre Mom sie inspiriert. Auch Dahlia konnte überraschende Wahrheiten in den Raum werfen.

»Du, Mom? Wo wir gerade London sehen …« Ihre Brust zog sich zusammen, als sie deren Namen laut aussprach. »Ich habe mich in demm verliebt.«

Ihre Mutter schnappte leise nach Luft und schlug sich eine Hand vor den Mund.

»Oh«, machte sie. »Oh.« Und dann, einen kleinen Augenblick später: »Und dey ist … *Oh.*«

»Ja.« Dahlia schlussfolgerte, was sie meinte. »Ich bin queer. Das habe ich dir wohl nie erzählt.«

»Nein«, erwiderte ihre Mom. »Nein, hast du nicht. Aber danke, dass du es mir jetzt sagst.«

Unwillkürlich musste Dahlia lachen, ein lustiges Krächzen, als käme es tief aus ihrem Inneren.

»Ha! Und Hank meinte, ich würde dir nie was erzählen. Nimm das, Hank!«

Ihre Mutter stieß ein kurzes, nervöses Kichern aus, beruhigte sich aber schnell wieder und legte sich eine Hand auf die Brust.

»Danke«, wiederholte sie, »dass du mir das anvertraut hast.«

Dahlia griff nach der Fernbedienung, doch ihre Mom streckte schnell eine Hand aus, um ihr zu zeigen, dass sie warten sollte. Dahlia blickte hinüber. Ihre Mutter wirkte nachdenklich.

»Seit ich hier bin, hast du dein Handy kaum angerührt«, stellte sie fest. »Du hast niemanden angerufen oder irgendwelche Nachrichten verschickt.«

»Reib mir ruhig mein aufregendes Privatleben unter die Nase, Mom.«

»Nein, nein.« Ihre Mutter winkte aufgebracht ab. »Dahlia. Ich fühle mich geehrt und bin ein bisschen schockiert, dass du mir das gerade erzählt hast, aber … hast du London selbst auch gesagt, dass du in demm verliebt bist?«

Dahlia starrte ihre Zehen an.

Die Ausreden, die sie sich in L. A. zurechtgelegt hatte, schienen zu verblassen. Ihr war klar, dass keine einzige davon einen Sinn ergeben würde, wenn sie sie laut aussprechen würde.

»Nein.«

Ihre Mutter verschränkte die Arme vor der Brust.

»Dahlia Grace Woodson. Wenn du dir diese ganze Ansprache, die ich da vorhin gehalten habe, nicht zu Herzen nimmst und nichts daraus machst, dann bin ich sehr enttäuscht von dir.«

Und dann fing Dahlia tatsächlich an zu lachen.

Und mehr noch, du setzt alles daran, es auch zu bekommen.

Dahlia biss sich auf die Lippen.

Könnte sie …?

Würde London …?

Oh Gott.

Oh Gott.

Sie musste es versuchen.

Dahlia stand auf und fühlte sich einerseits, als befände sie sich kurz vor einer Ohnmacht, und andererseits, als könnte sie einen Marathon laufen. Oder, na ja. Wenigstens einen Fünf-Kilometer-Lauf. »Ich glaube, ich weiß jetzt, was ich tun werde.«

»Daran habe ich nie gezweifelt«, sagte ihre Mutter mit sanfter Stimme.

Dahlia ging zur Tür und zog sich Schuhe an.

»Also … Ich muss noch mal zum Food Lion. Jap. Genau. So mach ich's.« Sie nickte, und ihre Zuversicht wuchs, während sie langsam, aber entschieden mit sich selbst sprach. »Ich brauche nur noch ein paar Zutaten.«

Sie schnappte sich ihre Sonnenbrille und die Autoschlüssel, dann deutete sie auf den Fernseher.

»Du kannst gerne weitergucken, wenn du willst. Ich weiß ja, was passiert.«

»Dahlia?«, rief ihre Mutter, als sie schon halb aus der Tür war. Sie drehte sich auf dem Absatz um.

»Ja?«

Ihre Mutter stand auf und kramte in ihrer Handtasche, bevor sie Dahlia einen Zwanzig-Dollar-Schein in die Hand drückte.

»Könntest du eine Flasche Wein mitbringen? War ein aufregender Tag.«

Dahlia lächelte.

»Klar, Mom.«

Und dann war sie aus der Tür.

*

Sobald London am Montagabend zurück in deren Hotelzimmer kam, warf dey sich mit dem Gesicht voran aufs Bett und brüllte ins Kissen.

Der Tag heute war schlichtweg beschissen gewesen.

So richtig beschissen.

Morgens war dey noch supermotiviert gewesen, zurück ans Set zu gehen. Den einzigen Ort, an dem dey sich zurzeit annähernd normal fühlte. Fast erschienen demm die Aufgaben einfach, jetzt, da es im Studio keine Ablenkung mehr gab.

So einfach, dass London glatt ins Finale gesegelt war.

Jetzt gab es nur noch eine Gegnerin.

Und das war nicht Cath.

London wurde klar, dass dey es sich insgeheim schon ausgemalt hatte. Zwei unangepasste Queers, die mit Leib und Seele kochten. Das wäre doch mal ein Finale gewesen, auf das man sich hätte freuen können. Eine pansexuelle und offen nichtbinäre Person plus eine Frau, der quasi *lesbisch* auf der Stirn geschrieben stand? Fehlten nur noch Carly Rae Jepsen und eine Armada von Regenbogenflaggen an den Traversen.

Aber Cath war heute rausgekickt worden.

Bitterkeit breitete sich in London aus.

Es hatte so kommen müssen, oder? Wahrscheinlich hatte das Produktionsteam es von Anfang an geplant. Bisher hatte es London nicht gejuckt, aber: *Team London versus Team Lizzie*? Wie passend. Ein grandioses Stück TV-Geschichte.

London rollte sich vom Bett. Erst seit fünf Minuten war dey hier drin und hielt es schon nicht mehr aus. Am Wochenende hatte dey bereits mit dem Gedanken gespielt, nach einem neuen Zimmer zu fragen. Einem, in dem dey nicht mit Dahlia geschlafen hatte.

Dey schnappte sich die Schlüsselkarte und warf die Tür hinter sich zu.

Als London fast zwei Stunden später zurück in die Lobby kam – wie jedes Mal kurz geschockt vom Luftzug der Klimaanlage –, rief Hugo von der Rezeption deren Namen.

»Hey, London, gut, dass ich Sie erwische. Ich habe was für Sie.«

Während der letzten Wochen hatte London einige der Hotelangestellten kennengelernt. Hugo war demm mit am liebsten.

»Ich hätte es Ihnen auch vor die Tür gestellt, aber ich hatte Sorge, dass es jemand klaut.«

»Ah, super, Hugo. Vielen Dank.« London nahm das Päckchen mit einem Nicken entgegen. Dey marschierte damit zum Aufzug und fragte sich, was deren Mom demm wohl diesmal geschickt hatte. Wobei es ein bisschen seltsam war. Mom und der ganze Rest der Familie kamen ja schon morgen hierher. Sie hätte warten können, um es London persönlich zu überreichen.

Erst im Fahrstuhl auf dem Weg nach oben fiel Londons Blick auf die unordentlichen, schnörkeligen Buchstaben, mit denen die Adresse geschrieben worden war.

Die Fahrstuhltüren öffneten sich. Beinahe hätte London sie wieder zugleiten lassen. Wie vom Donner gerührt blieb dey im Aufzug stehen.

Irgendwie schaffte dey es schließlich, bis zu deren Zimmer zu kommen. Dey legte das Paket auf dem Bett ab und starrte es eine Weile bloß an.

Und dann suchte dey das gesamte Zimmer nach einem scharfen Gegenstand ab. Sie hatte wirklich ganze Arbeit mit dem Paketband geleistet. Dey lachte trocken auf und dachte, dass dey sich auch eins dieser Schweizer Taschenmesser besorgen musste. Wäre sie jetzt hier, wäre das Paket in Sekunden offen gewesen.

Irgendwann hatte London die Schlüssel des Mietwagens oft genug durch das Tape gerammt, um einen Spalt aufreißen zu können. Das Herz sprang demm fast aus der Brust.

Sobald das Paket offen war, wich London zurück.

Ach du Scheiße.

Was für ein Gestank!

London wusste genau, was das war, und presste sich eine Hand auf den Mund, um zugleich ein Lachen zu unterdrücken und dem üblen Geruch zu entfliehen. Mit spitzen Fingern hob dey die empörende Plastikdose an und ging raus auf den Flur, wo dey das ganze Ding kurzerhand im Mülleimer entsorgte, eine stumme Entschuldigung murmelnd an alle, die hier vorbeiliefen und das ertragen mussten: Rosenkohl in Knoblauch und Butter geröstet und dann sich selbst überlassen, um in einem Paket auf dem Weg quer durchs Land vor sich hin zu gammeln.

Zurück im Zimmer begutachtete London argwöhnisch den Rest des Inhalts. Eine zweite Tupperdose und ein Zettel.

London setzte sich auf die Bettkante und faltete das Papier auseinander.

Ich weiß, ich weiß. Hoffentlich stinkt es nicht zu schlimm! Ich habe versucht, den Behälter richtig dicht zuzukleben, trotzdem mache ich mir ein bisschen Sorgen. Gekühlten Versand konnte ich mir nicht leisten. Aber auch wenn es bestialisch ist, hast du es im Grunde dir selbst zuzuschreiben.
Es tut mir so leid, London. Du hast ja keine Ahnung, wie *leid.*
Und natürlich feuere ich nur dich an.
Bis ganz bald.
Kuss
Dahlia

London öffnete die zweite Tupperdose und schnupperte vorsichtig. Der Rosenkohl-Gestank schien den Inhalt nicht allzu sehr beeinträchtigt zu haben. Dey stellte den leeren Karton auf den Boden, drehte sich auf die Seite, stopfte sich ein Kissen unter den Oberkörper und knabberte Dahlias Rice Krispies Treats. Immer und immer wieder las dey den

Brief. Stellte sich vor, wie sie ihn geschrieben hatte, den ersten Teil schnell, und wie sie dann innegehalten, sich auf die Lippen gebissen und mit der Kappe des Stifts herumgespielt haben musste.

Bis ganz bald.

London strich über das Papier, die kleinen Knitterfältchen, die ihre Hände berührt hatten.

Dey schloss die Augen. Auf seltsame Weise fühlte dey sich zerbrechlicher denn je, alle Sehnen und Bänder spröde und zum Zerreißen gespannt.

Doch dann fing dey an zu lachen. In diesem einsamen Hotelzimmer lachte dey allein vor sich hin, bis dey kaum noch Luft kriegte. Und jedes Beben der Schultern, jedes Keuchen der Lungenflügel brachte deren Körper dazu, sich neu zusammenzusetzen. Neue Zellen bildeten sich über Wunden, hängten sich voll rein, sprachen sich gegenseitig Mut zu, wollten diese müden Knochen noch nicht aufgeben.

Kapitel 22

»Hey, Arschkeks.« Julie boxte London gegen den Arm. »Vielleicht solltest du mal das Handy weglegen und ein bisschen wertvolle Zeit mit deiner Familie verbringen, die du seit über einem Monat nicht mehr gesehen hast.«

»Julie«, schimpfte ihre Mutter auf der anderen Seite des Tisches. »Keine Kraftausdrücke. Das meine ich ernst.«

»Okay, Mom. Dann sag *du* London, dey soll aufhören, deren Freundin zu schreiben, und sich lieber mit uns beschäftigen. Deren eigen Fleisch und Blut, das mit dem ersten Flug in aller Frühe quer durchs Land geflogen ist …«

»Ich schreibe nicht mit ihr«, unterbrach London sie. Das Handy steckte dey trotzdem in die Tasche.

Hatte London, seit dey das Paket bekommen hatte, wie besessen auf deren Telefon gestarrt? Hatte auf eine Nachricht gewartet und sich gefragt, ob dey zuerst eine schicken sollte? Ja, ja und ja. Vielleicht war dey tatsächlich ein Arschkeks.

Dahlia fühlte sich jetzt so nah an. Alle ehemaligen Kandidat*innen von *Chef's Special*, sowohl aus der aktuellen als auch aus früheren Staffeln, waren zum Finale am nächsten Tag eingeladen. London war sich nicht sicher gewesen, ob Dahlia dort sein würde, bis dey gestern die Rice Krispies Treats geknabbert hatte. Und jetzt … jetzt steckte Dahlias Zettel mit ihrer ausschweifenden, fröhlichen Handschrift in deren Gesäßtasche, und nach allem, was dey wusste, könnte sie inzwischen bereits zurück in L. A. sein, während dey mit deren Familie in diesem schicken italienischen Restaurant zu Abend aß. Packte sie soeben ihren Koffer im Hotel aus? Sie könnten gerade wieder die gleiche Luft atmen. Londons gesamter Körper prickelte vor Aufregung.

»Du gibst also zu, dass sie deine Freundin ist«, sagte Julie und grinste zufrieden.

»Ich hasse dich«, erwiderte London.

»Ach, wie sehr ich euer ständiges Gezanke vermisst habe«, sagte ihre Mutter und führte das Weinglas an die Lippen. Darauf lag ein Lächeln.

Bevor London es verhindern konnte, hoben sich auch deren eigene Mundwinkel. Auch dey hatte es vermisst.

Auch wenn dey keine Ahnung hatte, ob Dahlia Woodson wirklich deren Freundin war oder nicht.

Gott, dey wollte so dringend mit ihr reden. Wollte sie küssen und all das klären, was sie längst hätten klären sollen, bevor sie abgereist war.

Aber zuerst wollte dey ganz egoistisch mit ihr deren Menü für morgen durchgehen. London hatte es bereits ausführlich mit Sai, Tanner und Audra abgeklärt, und dey wusste, dass dey zu diesem Zeitpunkt alles in deren Macht Stehende getan hatte. Aber mit Dahlia über Essen zu reden, beruhigte deren Nerven. Sie würde demm versichern, dass dey die richtigen Entscheidungen getroffen hatte, dass dey es schaffen würde, dass dey besser sein würde als Lizzie, dass …

»Okay, warte mal. Ich habe ja versucht, mich zurückzuhalten, aber jetzt habe ich eine Frage.«

Londons Lächeln verblasste, hinweggefegt von dem Orkan, der ihr Vater nun mal war, als er sich nach vorn beugte und die Ellbogen auf das weiße Tischtuch stützte.

Seit der Ankunft derer Familie am Flughafen von L. A. an diesem Morgen hatten London und deren Vater kaum mehr als zehn Worte gewechselt. Tom Parker hatte sich den ganzen Tag über im Hintergrund gehalten, so launisch und unnahbar wie ein Teenager. Irgendetwas stimmte nicht mit ihm, und auch die Miene von Londons Mutter hatte den Tag über unterschwellig angespannt gewirkt, was dey versucht hatte zu ignorieren. Ihre Schwestern hatten demm abgelenkt. Julie, Sara und Jackie hatten die ganze Zeit gequasselt und offensichtlich überkompensiert, was auch immer hier vor sich ging. London hatte mitgespielt. Der Zettel in deren Hosentasche hatte demm dabei geholfen, die Ruhe zu bewahren.

Dey musste nur das Finale überstehen, sagte dey sich. Und dann würde dey die geistigen Reserven aktivieren, um sich mit dieser düsteren Wolke auseinanderzusetzen, die anscheinend über dem parkerschen Familienfrieden schwebte, was auch immer da vor sich ging.

Doch Tom Parker hatte heute Abend getrunken. Ziemlich viel sogar. Und anscheinend war er jetzt bereit für das Donnerwetter.

»In Ordnung, Dad.« London seufzte und lehnte sich auf deren Stuhl zurück. »Dann schieß mal los.«

Londons Dad sah demm direkt in die Augen.

»Bist du jetzt 'ne Lesbe, oder was?«

»Dad«, sagte Julie, doch ihr Vater brachte sie mit einer abwehrenden Handbewegung zum Schweigen.

London biss die Zähne zusammen, rührte sich jedoch nicht.

»Ich bin pansexuell, Dad, das habe ich dir schon gesagt, da war ich noch auf dem College. Und …«

»In der Highschool hast du immer nur Jungs mit nach Hause gebracht«, fuhr ihr Vater fort und wedelte mit der anderen Hand, um demm zu unterbrechen. »Aber jetzt hast du offenbar eine Freundin?«

Während der Highschool hatte London genau zwei Jungs mit nach Hause gebracht. Mit einem war dey fünf Monate lang zusammen gewesen. Mit dem anderen nur zwei Wochen.

London war nicht klar gewesen, dass ihr Vater die beiden so sehr ins Herz geschlossen hatte.

»Während des Studiums bin ich noch mit anderen Leuten zusammen gewesen, Dad.« London trank einen Schluck Wasser in dem Versuch, ruhig und gefasst zu wirken. »Ich habe sie nur nicht mit nach Hause gebracht, um sie dir vorzustellen. Dreimal darfst du raten, warum.«

Londons Mutter räusperte sich. Dey warf ihr einen Blick zu, und deren Gefasstheit schwankte angesichts des gequälten Gesichtsausdrucks, mit dem sie die Serviette auf ihrem Schoß mehrmals faltete.

»Tom«, sagte sie gefährlich ruhig.

Doch ihr Mann ignorierte sie.

»Also, du und diese Dahlia«, sagte Londons Dad nun. »Ihr seid zusammen.«

»Ich …« London wurde rot. *Die Antwort auf diese Frage wüsste ich auch gerne, Dad. Ich lass es dich wissen, sobald ich es herausgefunden habe.*

Aber Londons Vater schien sich nicht allzu sehr für die eigentliche Antwort zu interessieren und überging Londons Zögern einfach.

»Und du kannst sie einfach als deine Freundin bezeichnen. Aber wie bitte schön nennt Dahlia *dich*?«

Londons Herz begann, hartnäckig gegen deren Brustkorb zu pochen.

»Wie meinst du das?«

»Wenn du nicht Dahlias Freundin bist? Bist du *ihre bessere Hälfte*?«

»Dad, hör auf«, sagte Julie.

London blickte hinüber und bemerkte mit Schrecken, dass sie Tränen in den Augen hatte.

»Hey.« Dey nahm ihre Hand und drückte sie. »Ist schon okay, Jules.«

Auch wenn es das nicht war.

Dey sah wieder deren Vater an.

»Scheiße, keine Ahnung. Okay?« Im Augenwinkel nahm dey wahr, wie deren Mutter zusammenzuckte. Dey schluckte und fuhr fort. »Wir haben noch nicht darüber geredet. Aber ja, ich wäre verflucht dankbar, Dahlia Woodsons bessere Hälfte sein zu dürfen. Ich finde, es ist ein erstrebenswertes Ziel, mit Menschen, die man liebt, eine Einheit zu bilden.«

Julie schnappte leicht nach Luft, die Finger noch immer um deren eigene geklammert.

»London«, hauchte sie, und dey riss den Blick von ihrem Vater los, um sie anzusehen. »Du hast *lieben* gesagt.«

»Ja«, sagte dey, und demm rauschte das Blut in den Ohren, bis demm schwindelig wurde. »Ja, das habe ich.«

Julies Augen waren noch immer feucht, aber sie grinste. »Gut.«

»Zufrieden, Tom?«, fragte Londons Mutter, und als dey zu ihr hinübersah, waren ihre Augen wie Dolche auf deren Vater gerichtet. »Es war so ein schöner Abend, bis du dich entschieden hast, den Mund aufzumachen.«

Und das war er tatsächlich gewesen. Trotz der Merkwürdigkeit, die deren Familie offensichtlich umgab, war ihre Nähe heute erdend gewesen. *Vertraut.*

London lehnte sich zurück und trank etwas Wasser. Gnade all jenen, die den Zorn von Charlotte Parker ertragen mussten, wenn sie so schaute.

Londons Dad schien völlig unberührt. Er führte sein Weinglas noch einmal an den Mund. Nach einem großen Schluck schüttelte er den Kopf.

»Natürlich, ich bin wie immer der Böse. Tja. Irgendjemand muss es ja sein. Ich versuche nur, auf dich aufzupassen, London. Du bist schon immer so flatterhaft gewesen. Ist es nicht das eine, dann ist es das andere, aber aus dem Alter, in dem man *sich selbst findet*, bist du schon lange raus. Irgendwann musst du erwachsen werden.«

»Das ist doch lächerlich«, murmelte Londons Mom.

Dey sah deren Vater an. Ein Teil von demm wollte Mitleid mit diesem Mann haben, so betrunken und kindisch, den die kleinste Abweichung von der gesellschaftlichen Norm derart aus der Bahn warf. Und das hätte dey vermutlich sogar gehabt, wenn dey Lizzie oder Khari oder einer anderen Person gegenübergesessen hätte, die keine Rolle spielte. Doch dieser Mann hatte London als Baby im Arm gehalten. Er hatte London bei Familienspieleabenden Jahr für Jahr schadenfroh bei *Trivial Pursuit* abgezogen, bevor er demm freudestrahlend die Haare zerzaust und gesagt hatte: »Viel Glück beim nächsten Mal.« Dieser Mann hatte mit London, wenn sie beide nicht schlafen konnten, bis spät in die Nacht heiße Schokolade getrunken. Sie hatten im Fernsehzimmer zusammen Rom-Coms geschaut, und deren Dad hatte immer so getan, als würde er nicht weinen, sondern nur unter seinen Allergien leiden. Dieser Mann war zu jedem wichtigen Ereignis in Londons Leben erschienen.

Und dieses hier würde er nicht ruinieren.

»Okay.« London ließ Julies Hand los und stieß sich vom Tisch ab. »Zeit zu gehen.« Bevor dey aufstand, leerte dey das Weinglas, ließ jedoch die halb aufgegessenen Tagliatelle stehen. Sie waren ohnehin nicht vergleichbar mit Dahlias Pappardelle.

»London, Schatz.« Deren Mutter griff nach Londons Hand. »Bitte. Geh jetzt nicht einfach.«

»Kann ich mitkommen?«, fragte Julie und warf ihre Serviette auf den Tisch.

»Nein, nein.« London bemühte sich, ihr ein beruhigendes Lächeln zu schenken genau wie Sara und Jackie, die sich die ganze Zeit über zurückgehalten hatten, demm nun aber beide stirnrunzelnd und besorgt ansahen. »Ist schon okay. Versprochen. Ich habe nur morgen meinen großen Tag.«

London tätschelte Julie den Kopf, eine Geste, die sie schon seit der sechsten Klasse wütend machte, als dey einen Wachstumsschub bekommen und anschließend offiziell fünf Zentimeter größer gewesen war als sie.

»Wir sehen uns dann morgen. Danke fürs Essen.«

Als dey schließlich auf dem Fahrersitz des Nissan saß, atmete dey tief durch und ließ die Stirn aufs Lenkrad sinken. Dey wünschte sich, Dahlia wäre hier. London war nicht in der Stimmung, um Auto zu fahren.

Dey zog das Handy aus der Tasche. Sechzig neue Twitter-Benachrichtigungen, seit dey das letzte Mal nachgeschaut hatte. Neununddreißig von Instagram.

Aber keine neuen Nachrichten.

Dey legte den Rückwärtsgang ein und fuhr vom Parkplatz.

*

London konnte nicht schlafen.

In zehn Stunden würde das Finale beginnen, und jeder einzelne nervenaufreibende Gedanke, den London seit dem Flug nach L. A. vor über einem Monat gehabt hatte, schoss demm durch den Kopf.

London war stolz auf die Sichtbarkeit, die dey bei *Chef's Special* für deren Community geschaffen hatte.

Doch jetzt, in der Dunkelheit, während die Uhr bis zu jenem Moment herunterzählte, an dem dey zum letzten Mal vor aller Welt das Set betreten würde, lastete diese Sichtbarkeit schwer auf deren Schultern.

Dey wusste, dass diejenigen, die was gegen demm hatten, demm so oder so durch den Dreck ziehen würden: Würde London verlieren, hätte dey es verdient. Würde dey gewinnen, würden sie Manipulation zugunsten *politischer Korrektheit* wittern.

Aber was wäre, wenn London vor den Augen all jener verlieren würde, die wollten, dass dey gewann?

Wie würde sich das trans* Kid in Kentucky fühlen?

Leise stand London auf. Die Gewohnheiten der letzten Wochen waren noch immer in deren System verankert. Deren Füße verlangten nach Bewegung.

Dey würde sich einfach noch etwas von dem fürchterlichen grünen Tee in der Lobby holen, von dem dey diese Woche schon zu viel getrunken hatte. Ein bisschen durch die Flure laufen.

Allerdings schaffte London es gar nicht erst bis zur Teestation. Denn als dey die Lobby durchquerte, fiel deren Blick auf ein vertrautes Profil an der Hotelbar, einen dunklen Bob mit einer silbernen Strähne.

Wie von selbst ging London darauf zu und nahm neben deren Mutter Platz.

»Was trinkst du da?«

Kurz weiteten sich ihre Augen überrascht. Ihre gerunzelte Stirn glättete sich, und sie lächelte.

»Einen Hot Toddy. Wenn ich heute Abend noch mehr Wein trinke, liege ich an deinem großen Tag morgen flach. Bitte.« Sie schob demm das warme Glas über den Tresen zu. »Trink ruhig.«

Ein Hot Toddy klang im Augenblick wirklich perfekt. London nahm einen Schluck.

»Du bist also verliebt, hm?«, fragte Charlotte Parker.

London verschluckte sich am Rum. Als dey sich wieder gefangen hatte, warf dey ihr einen flüchtigen Blick zu. »Dann kommen wir also gleich zur Sache, ja?«

»Lernen wir sie bald kennen?«

London strich mit einem Finger über die Theke. »Hoffentlich.«

Dey trank ein paar größere Schlucke vom Toddy. Warm und wohltuend glitt er demm die Kehle hinunter.

Ein Moment verging, dann seufzte Charlotte. Sie streckte eine wettergegerbte Hand aus und legte sie demm auf die Wange.

»Oh, mein Spatz«, sagte sie leise. »Es tut mir so leid.«

London stellte das Glas ab. Dey betrachtete die Ringe, die es auf dem Tresen hinterlassen hatte.

»Ich verstehe es einfach nicht«, sagte dey schließlich. »Er hatte so lange Zeit. Ich weiß nicht … Ich weiß einfach nicht, warum das so eine Riesensache ist.«

Deren Mutter wuschelte London mit einer Hand durch die Haare und blickte demm eine ganze Weile lang an. Dey schloss die Augen und wollte sich an sie anlehnen, solange dey noch konnte.

Sie ließ die Hand sinken und starrte konzentriert geradeaus auf den Regenbogen von Schnapsflaschen, die entlang der Wand aufgereiht waren.

»Ganz gleich, wie oft wir es ihm gesagt haben, er hat es wohl wirklich für eine Phase gehalten«, mutmaßte sie. »Und dass du in der Show du selbst bist, hat ihm gezeigt, dass er sich geirrt hat. Dein Vater kann nicht gut damit umgehen, unrecht zu haben.«

Buhuuu, mir kommen gleich die Tränen, dachte London.

»Es fühlt sich an, als …« London fummelte an dem geschwungenen Henkel des Hot-Toddy-Glases herum. Dey wusste, wie erbärmlich das klingen würde, wollte aber, dass deren Mutter es trotzdem hörte. »Als hätte er mich gar nicht mehr lieb.«

Charlotte hielt sich eine Faust vor den Mund. Sie verharrte

ziemlich lange in dieser Position, und London wurde schon unruhig, dass sie so lange brauchte, um zu widersprechen.

»Er hat dich lieb, London. Wirklich. Auch wenn er vergessen hat, wie er es zeigen kann. Er ist …« Charlotte seufzte erneut. »Er hat sein ganzes Leben um euch vier herum aufgebaut. Überall, wo er hingeht, erzählt er, was seine Mädchen so treiben. Und jetzt … Er weiß nicht, was er sagen soll, glaube ich. Jetzt, wo er nicht mehr ›meine Mädchen‹ sagen kann.«

London stieß einen leisen Fluch aus.

»So schwer ist das nicht«, sagte dey genervt. »Dann kann er ja über seine *Kids* sprechen. Seine Kinder. Seinen Nachwuchs, was weiß ich, irgendwas! Ich habe ihm *ein* Wort weggenommen. Kein Grund zu heulen.«

»Ich weiß, London, ich weiß. Ich will das nicht entschuldigen. Ich versuche selbst, es zu verstehen.«

»Sorry, das ›Kein Grund zu heulen‹ war an ihn gerichtet, nicht an dich.«

»Schon gut, das ist mir klar.«

Sie schüttelte den Kopf.

»Ich habe ihn noch nie so erlebt wie heute Abend«, sagte sie. »Und das vor deinem großen Tag. Ich bin … entsetzt. Ich weiß nicht mehr, was ich tun soll.«

Charlotte Parker rieb sich die Augen und wirkte verloren, ein solches Maß an Erschöpfung und Verletzlichkeit hatte London noch nie bei ihr gesehen, und es kam demm vor, als würde die Welt, wie dey sie bisher gekannt hatte, zusammenbrechen. Deren Kopf fühlte sich schwer an, die Kehle wie zugeschnürt.

»Mom«, stieß dey hervor. »Werdet ihr euch meinetwegen scheiden lassen?«

Plötzlich wirbelte ihr Kopf zu London herum, als wäre ihr gerade eingefallen, dass dey noch da war. Sie drehte sich auf dem Barhocker, um sich demm zuzuwenden. Sie umfasste Londons Gesicht mit beiden Händen, roch dabei nach dem Chanel-Parfum, das sie schon trug, solange dey sich erinnern konnte.

»London, mein ernstes, sensibles, wunderschönes Kind«, sagte sie mit feuchten Augen und lächelte. »Wenn mein Mann sich wie der letzte Hornochse aufführt, dann hat das nichts, aber auch gar nichts mit dir zu tun, sondern ganz allein mit ihm. Hast du das verstanden?«

London versuchte zu schlucken und brachte schließlich ein kleines Nicken zustande, als kein Wort deren Mund verlassen wollte.

»Egal, was zwischen deinem Vater und mir passiert, ich habe dich genau so lieb, wie du bist, genau so, wie du in Zukunft sein wirst, und ich bin derart stolz auf dich, dass ich es kaum in Worte fassen kann. Okay?«

Einen Moment lang saßen sie einfach so da, und als London ängstlich in die von Fältchen umsäumten, sanften braunen Augen derer Mutter blickte, entdeckte dey dort nichts als die Wahrheit.

Londons Zunge löste sich, und dey flüsterte: »Ich hab dich auch lieb, Mom.«

Schließlich ließ Charlotte Parker deren Gesicht los und drehte sich wieder herum, wobei sie sich einen Schluck ihres Toddys genehmigte.

»London«, sagte sie nach ein paar Sekunden angenehmer Stille. »Willst du, dass dein Vater morgen bei der Aufzeichnung dabei ist?«

Dey schaute zu ihr hinüber. Sie musterte demm aufmerksam, jedoch ohne zu urteilen.

»Ich werde dafür sorgen, dass er nicht kommt, wenn du das nicht willst. Du brauchst auch kein schlechtes Gewissen zu haben. Ich verstehe, wenn du ihn gerne dabeihättest, aber genauso gut, wenn du das nicht willst. Es ist deine Entscheidung.«

London starrte das fast leere Glas vor sich an.

Dey hatte nie darüber nachgedacht, dass es diese Wahl überhaupt geben könnte. Dass London Nein zu deren Vater sagen könnte. Bei dieser Sache hier, bei allem. Dass London das Ruder in die Hand nehmen könnte.

Plötzlich kam dey sich kindisch vor, weil es demm nie in den Sinn gekommen war.

Dey wünschte sich immer noch … wünschte sich, diese Option gar nicht in Betracht ziehen zu müssen. Es erschien demm immer noch ungerecht. Aber selbst ein bisschen Kontrolle zu haben, fühlte sich wenigstens etwas besser an.

»Ich will ihn dabeihaben«, beschloss London. »Ich will, dass er mich gewinnen sieht.«

Charlotte strich demm mit einem weiteren traurigen Lächeln über die Wange. »Das ist mein Kind.«

Sie nahm das Glas und trank den letzten Rest Toddy aus.

»Apropos. Ich glaube, wir brauchen beide unseren Schönheitsschlaf, wenn wir morgen die Kameras verzaubern wollen.«

Sie rutschten von ihren Hockern und verließen die dunkle Bar.

Charlotte hakte sich bei London unter und lehnte sich leicht an deren Schulter, während sie zu den Aufzügen gingen.

»Ich hoffe bloß, dass wir den morgigen Tag alle überstehen, ohne dass Julie irgendwem eine runterhaut«, sagte Charlotte und drückte den silbernen Knopf an der Wand, um den Aufzug zu rufen. »Du solltest deine Schwester mal sehen, wenn sie vor dem Bildschirm sitzt. Glaub mir, sie hat das *Chef's Special*-Gucken in einen Vollkontaktsport verwandelt.«

London lachte, als sie den Aufzug betraten, und die allmählich zunehmende Nervosität in deren Adern wurde ein wenig durch eine diffuse Wärme ausgeglichen.

»Klingt ganz nach ihr.«

Der Aufzug pingte in der Etage derer Mutter.

Dey zog sie in eine etwas unbeholfene, leicht angetrunkene Umarmung, bevor sie sich von demm löste.

»London?«

Charlotte drehte sich auf dem Gang noch einmal um.

Dey blickte sie erwartungsvoll an. Sie lächelte. »Du schaffst das, mein Spatz.«

Und dann schlossen sich die Türen.

Kapitel 23

Am Set ging es zu wie in einem Bienenstock.

Davon ausgenommen war der erstickende Backstageraum, in dem London und Lizzie gefühlt seit Stunden warteten. Hier hätte ruhig ein bisschen mehr Gewusel herrschen dürfen.

Aber durch einen Spalt in den Behelfswänden, die man um sie herum aufgebaut hatte, konnte dey nach draußen spähen. Das Blut dröhnte demm in den Ohren, während dey beobachtete, wie sie alle ins Studio strömten.

Das Set war umgestaltet worden, um Platz für ein Live-Publikum zu bieten. Alle vorherigen Kochinseln waren entfernt und durch zwei gegenüberliegende Luxuskochinseln für London und Lizzie ersetzt worden. Auch der Tisch der Jurymitglieder war nun höher und größer, sodass alle drei ihnen während der gesamten dreistündigen Kochzeit über die Schulter sehen konnten.

Und hinter den zwei Megakochinseln waren Ränge mit schwarzen Sitzreihen für die Familienmitglieder und ehemaligen Kandidat*innen errichtet worden. London sah Ahmed hereinkommen und mit Ayesha plaudern. Mit einem Ziehen im Bauch entdeckte dey Cath. Jacob. Jeffrey.

Londons Augen suchten den Saal ab. Sie musste auch bald da sein.

Zumindest war dey sich zu achtundneunzig Prozent sicher, dass sie bald da sein würde.

In der gegenüberliegenden Ecke saß Lizzie, mucksmäuschenstill, wie schon den ganzen Morgen, studierte Karteikarten und praktizierte anscheinend irgendeine Art inneres Zen.

Schön für sie.

London kratzte sich am Hals. Die weißen Kochjacken, die nur zum Finale getragen wurden, juckten wie Sau.

Da.

London stockte der Atem.

Londons Familie betrat das Set – gemeinsam mit Dahlia. Dahlia und Julie hatten lachend die Köpfe zusammengesteckt. Dann entdeckte Dahlia Barbara und schoss auf sie zu.

In Londons Hirn wirbelten ein paar saftige Flüche umher wie scharfzüngige Kaninchen auf Speed. Wie konnten Julie und sie zusammen lachen? Wann hatten sie sich kennengelernt? *Ach du Scheiße.* Sie war hier. Sie lächelte. Sie trug ein schwarz-weiß gestreiftes, schulterfreies Oberteil zu einem schwarzen Tüllrock und Chucks. Selbst von hier hinten sah sie so heiß aus, dass London das Gefühl überkam, die Haut würde demm von den Knochen schmelzen.

Dey schnappte hörbar nach Luft, und deren Lunge füllte sich wieder. Fragend sah Lizzie auf.

Scheiß auf Lizzie.

London schüttelte die Beine aus. *Okay. Atmen.* Dey konnte jetzt nicht über Dahlia nachdenken.

Dey sah zu, wie deren Familie sich in der ersten Reihe niederließ.

London sollte den Backstagebereich nicht verlassen, aber irgendwann zwischen gestern spätabends und gerade eben hatte dey beschlossen, dass dey unbedingt noch etwas erledigen musste. Dey schlüpfte aus der Hintertür und machte sich auf die Suche nach Janet.

»London, ihr sollt doch auf euer Zeichen warten«, zischte sie verärgert, sobald London sie irgendwo in der Nähe gefunden hatte.

Dey fürchtete, dass sie demm gleich eine verpassen würde, trotzdem sagte dey: »Bitte, du musst mir einen kleinen Gefallen tun.«

»Ist das dein Ernst?« Über den Rand ihrer schmalen violetten Brille warf Janet demm einen fassungslosen Blick zu. »Hast du eine Ahnung, wie viele Bälle ich gerade gleichzeitig in der Luft halte? Unter anderem deinen?«

»Siehst du den Mann da draußen? Neben Cath?«, sprudelte London hervor. »Groß, selbe Haarfarbe wie ich?«

»Der Typ, der aussieht wie du in alt. Ja, London, ich bin ja nicht blind.«

»Ich muss dringend mit ihm sprechen. Kannst du ihn kurz hier nach hinten schicken? Nur für fünf Minuten? Bitte?«

Janet warf demm einen weiteren Todesblick zu, bevor sie kopfschüttelnd davonschwirrte. Obwohl dey seit inzwischen fast sechs Wochen Anweisungen von dieser Frau entgegennahm, konnte dey nicht sagen, ob das jetzt Ja oder Nein bedeutete.

Aber zwei Minuten später stand – die Hände in den Taschen seiner kakifarbenen Chino – deren Dad vor demm. Er wirkte mürrisch, verkatert. Aber das war London egal.

Dey musste jetzt mit der Sprache herausrücken, bevor dey die Nerven verlor. Falls nicht, hatte dey Angst, die Worte womöglich für immer zu verschlucken.

»London«, setzte deren Dad an. »Hör zu, es tut …« Und dann hielt er inne. Er wirkte verwirrt, als er fragte: »Bist du etwa geschminkt?«

London schloss kurz die Augen. Die mit grünem Lidschatten, Mascara und Eyeliner umrandet waren. Heute früh hatte dey eine Produktionsassistentin überzeugt, Julie ans Set zu lassen, damit sie London so zurechtmachen konnte, wie es demm gefiel.

Aber dey würde sich von deren Dad nicht ablenken lassen.

»Halt. Sei mal eben still.« Zu Londons eigener Überraschung zitterte deren Stimme nicht. »Zur Abwechslung rede ich, und du hörst einfach mal zu, okay?«

Deren Dad klappte den Mund zu. Zu Londons Erleichterung nickte er.

London holte tief Luft. Schloss erneut kurz die Augen.

Dey kriegte das hin.

»Dad. Fang endlich an, meine Pronomen zu benutzen. Das meine ich ernst. Entweder das, oder ich will keinen Kontakt mehr.«

Dad runzelte die Stirn, schnaubte überrascht. »Na, hör mal, London …«

»Dann komme ich sonntags nicht mehr zum Essen, möchte dich nicht mehr in meiner Wohnung sehen. Und auch an Feiertagen nicht mehr. Ich weiß, dass wir in derselben Stadt wohnen und uns gelegentlich über den Weg laufen werden. Aber du hattest drei Jahre, Dad. Und auch wenn ich mit mir selbst zufriedener bin als je zuvor in meinem

Leben, jedes Mal wenn du die falschen Pronomen benutzt, höre ich, dass du mich nicht respektierst. Mich nicht richtig wahrnimmst. Manchmal fühlt es sich an, als hättest du mich nicht mehr lieb. Und ja klar, den Leuten rutschen ständig die falschen Pronomen raus, alle machen Fehler. Aber du misgenderst mich jedes Mal mit Absicht, und das tut verdammt weh.«

London holte Luft. Dey konnte ihm nicht ins Gesicht sehen, also war dey nicht ganz sicher, wie deren Dad reagierte. Dey starrte auf irgendeinen Punkt oberhalb seiner rechten Schulter.

Und doch tat London das hier gerade. Es war Furcht einflößend, aber dey sprach diese Worte aus. War schon fast fertig.

»Egal, was passiert, ob ich gewinne oder verliere, komm nach der Show nicht zu mir. Ich will nicht mehr mit dir reden, bis du dich entschieden hast. Und ich möchte, dass du dir Zeit lässt, dass du die Sache so ernst nimmst, wie sie mir ist. Also ...«

London geriet einen Moment ins Stocken. Plötzlich war demm schwindelig. Dennoch zwang dey sich zu ein paar abschließenden Worten.

»Also, wir sehen uns in Nashville, Dad. Oder auch nicht.«

Und dann drehte dey sich um und ging, konnte kaum schnell genug in den klaustrophobisch engen Backstageraum zurückkehren.

Dort angekommen, warf London sich auf einen Stuhl und barg das Gesicht in den Händen, die schrecklich zitterten.

Lizzie fragte nicht, ob alles in Ordnung sei. Lizzie sah nicht mal hoch.

Janet streckte den Kopf in den provisorischen Wartebereich. »Okay, Kinder, noch zehn Minuten, dann geht die Jury auf die Bühne. Ihr werdet kurz danach aufgerufen. Haltet euch bereit.«

London strich sich über die Hose.

Dey schloss die Augen und dachte an Rosenkohl. An Barbecue. Dachte an eine harte Bank in einem kleinen, friedlichen Innenhof, an Dahlia Woodson, die Wein aus der Flasche trank. Dey wusste, dass dey gerade das Beängstigendste durchgezogen hatte, was dey je tun würde. Das hier war schlimmer gewesen, als gegen Lizzie zu verlieren. Schlimmer, als vor drei Jurymitgliedern zu kochen, vor denen dey schon so oft gekocht hatte.

Und dey wurde ruhig.

London und Lizzie wurden an den Rand des Sets gerufen.

Maritza spähte hinter ihrer Kamera hervor und zwinkerte demm zu. Die Produktionsassistent*innen nickten.

Die Scheinwerfer im Studio waren immer grell, aber als London für die allerletzte Challenge zu deren Kochinsel lief, blendeten sie stärker als je zuvor. Und als London sich umwandte und ins Publikum schaute, sah dey nur Dunkelheit durchsetzt mit hellen Sternen.

Aber auch wenn London sie nicht sehen konnte, wusste dey, dass Dahlia da war. Genau wie deren Mutter und Schwestern, die demm wahnsinnig lieb hatten. Und das war alles, was zählte.

»Herzlich willkommen, alle miteinander, zum großen Finale der achten Staffel von *Chef's Special*!«

Mit triumphalem Lächeln breitete Sai Patel die Arme aus und animierte das Publikum zu einem tosenden Applaus.

Neben ihm stand Tanner Tavish mit ernster, blasierter Miene.

Audra Carnegie sah zum Anbeißen aus.

Es ging los.

*

Dahlia ergriff Barbaras Hand. Es hatte sie regelrecht vom Hocker gehauen, als sie an diesem Morgen das Set betreten hatte. Alles sah so anders aus.

Dass sie Barbara entdeckt hatte, war die perfekte Ablenkung für die aufgeregt flatternden Schmetterlinge in ihrem Bauch gewesen.

»Babs«, hatte sie gesagt. »Ich muss dir so viel erzählen.«

Jetzt saß Dahlia zwischen ihr und Cath, und das war die perfekte kurios-lustige Kombi. Es verlieh Dahlia die Kraft, die sie benötigte, um das hier durchzustehen.

Beim ersten Anblick von London an deren Kochinsel hatte sie erkannt, dass dey sich gut fühlte. Dass dey nicht allzu nervös war. Auf deren Gesicht lag dieser ruhige, konzentrierte Ausdruck.

Na gut, Parker, hatte sie gedacht. *Dann werde ich wohl mit genug Nervosität für uns beide zurechtkommen müssen.*

Es verlangte ihr alles ab, weder mit den Beinen zu wippen noch Barbaras zerbrechliche Grandma-Finger zu zerquetschen, Caths Hand auch noch zu packen oder ihre Unterlippe durchzubeißen.

Und sie waren erst bei den verdammten Vorspeisen.

Die Jurymitglieder hatten *ewig* über zwei kleine Bissen

diskutiert, nur um dann festzustellen, dass ihnen Lizzies Vorspeise besser gefiel.

Dahlia ließ den Kopf in die Hände sinken.

Verfluchter Mist.

Sie würde das nicht durchstehen.

Barbara rieb ihr beruhigend den Rücken. *»Sch…«*

Und Cath meinte: »Das passt schon, Dahls. London rockt gleich den Hauptgang. Und beim Dessert wird Lizzie demm doch auf keinen Fall schlagen.«

Dahlia sah sie an. »Cath. Lizzie will eine verdammte Bäckerei eröffnen.«

»Ja«, antwortete Cath cool. »Und es gibt jede Menge mittelmäßiger Bäckereien. London ist besser als sie.«

Dahlia setzte sich wieder gerade hin. Sie nickte. »Du hast recht.«

»Das habe ich immer, Dahls.«

Während des Hauptgangs entspannte Dahlia sich allmählich etwas, vor allem weil diese Runde sehr lange dauerte und ihr Nervensystem wahrscheinlich kollabiert wäre, wenn sie sich nicht ein wenig beruhigt hätte.

Hinzu kam, dass sie umso erregter wurde, je länger sie London beim Kochen beobachtete. Sie hoffte, es wäre nicht allzu offensichtlich, dass ein Großteil ihres Blutes in bestimmte Körperregionen strömte. Es schien, als wäre es zehn Jahre her, seit sie demm das letzte Mal gesehen hatte. Verdammt, es wurde wirklich heiß hier drin unter diesen ganzen Scheinwerfern. Mit Sicherheit hatten sie heute noch ein paar zusätzliche angebracht.

Der Jury schien Londons Ente zu schmecken. Und zwar sehr. Aber sie mochten auch Lizzies Lamm.

»Ich sterbe gleich«, flüsterte Dahlia.

Barbara drückte stumm ihre Hand. Cath saß inzwischen vornübergebeugt auf der Stuhlkante, die Baseballkappe nach hinten gedreht. Auch sie schwieg, stupste Dahlia aber kurz mit dem Knie an.

London strich sich mit dem Handrücken über die Stirn, als dey zu deren Platz zurückging, um mit den Vorbereitungen für das Dessert zu beginnen. Dey wirkte inzwischen erschöpft. Dahlia fragte sich, ob wohl jemand was dagegen hätte, wenn sie schnell unten vorbeihuschen würde, um demm einen Kuss zu geben.

London buk einen Coconut Key Lime Pie. Lizzie machte Macarons. Dahlia war besorgt. Macarons schienen technisch anspruchsvoller, beeindruckender zu sein. Sie setzte sich aufrecht hin und achtete darauf, in den Bauch zu atmen. Darauf konzentrierte sie sich, ein-at-men und aus-at-men, und sah weiter zu.

Als der Kuchen fertig war, konnte sie sehen, dass London zufrieden war. Dey lächelte sogar ein bisschen. Auf drei Tellern drapierte dey je ein perfektes Stück, bestreute es mit gerösteten Kokosflocken und gab als Deko noch einen Extraklecks Schlagsahne dazu. Dey trat von deren Kochinsel zurück und stemmte die Hände in die Hüften. Ein paar Strähnen fielen demm in die Augen. Dey müsste sich mal die Haare schneiden lassen, dachte Dahlia abwesend.

Und dann wurde ihr klar, dass dey es geschafft hatte.

London hatte offiziell deren letztes Gericht bei *Chef's Special* zubereitet.

Dahlias Herz schlug höher, als Audra sich einen zusätzlichen Bissen von Londons Kuchen genehmigte. Wie auch Tanner von seinem Stück.

Sai Patel aß seines bis zum letzten Krümel auf.

Die Juror*innen verließen die Bühne, um sich zu beraten, und London und Lizzie hatten Pause.

»Willst du nicht runtergehen?«, fragte Barbara, als London zu deren Familie schlenderte.

Dahlia sah, wie Julie von ihrem Sitz aufsprang und demm umarmte. Sie zupfte an Londons Frisur und sagte etwas. Dahlia lächelte und fragte sich, ob sie demm gerade zu einem Haarschnitt geraten hatte.

Dann fuhr Julie mit einem Finger an deren linkem Auge entlang.

Dahlia konnte es sogar aus der Ferne schwach erkennen. Vielleicht wischte sie etwas verirrten Eyeliner weg? London geschminkt. Gott, das war so was von sexy.

»Noch nicht«, sagte sie zu Barbara. Sie beobachtete, wie Charlotte Parker London beruhigend die Schulter streichelte.

Heute Morgen hatte sie die ganze Familie in der Hotellobby getroffen. Es war seltsam gewesen, sie ohne London kennenzulernen, aber Julie hatte sie direkt stürmisch umarmt, als sie Dahlia hatte vorbeikommen sehen. Dahlia hatte die Umarmung erwidert und dann alle anderen gedrückt, und es hatte sich gut angefühlt.

Na ja, alle außer Londons Dad. Der auch jetzt sitzen blieb.

Und dann sah London hoch in die Ränge, schirmte die Augen ab und blinzelte.

Dahlias Magen machte einen Satz.

Dey entdeckte sie. Ließ die Hand sinken.

Und ganz allmählich, geradezu hinreißend, verzog sich deren Mund zu einem breiten Grinsen.

Dahlia lächelte so schnell und mindestens ebenso breit zurück, dass ihr die Wangen wehtaten.

Julie verpasste London einen Klaps auf den Hinterkopf. Dey drehte sich zu ihr, sagte irgendwas, und dann sah Dahlia, wie Jackies und Saras Schultern vor Lachen bebten.

Jetzt kam Janet angerannt und zerrte London davon, wahrscheinlich für ein Einzelinterview. Dahlia lehnte sich auf ihrem Stuhl zurück und versuchte, mit einer Hand auf der Brust ihren Puls zu beruhigen. Sie gab sich Mühe, ihre Gesichtszüge wieder in den Griff zu kriegen, doch es wollte ihr nicht gelingen.

Neben ihr gluckste Cath. Barbara räusperte sich.

Dahlia blickte zwischen den beiden hin und her.

»Ach, seid doch still.«

Cath lachte noch lauter. Barbara reichte ihr die Hand und drückte sie.

Nach einer gefühlten Ewigkeit kamen die Finalist*innen und die Jury zurück. London und Lizzie wurden in den Goldenen Kreis gerufen.

Eine ganze Weile schwang Sai große Reden darüber, was für eine fantastische Staffel es gewesen war, was für ein tolles Finale, was für eine knappe Entscheidung, *bla, bla, bla*. Dahlia presste die Knie zusammen. Sie hatte Barbaras Hand losgelassen, um sich an der Kante ihres Stuhls festzuklammern.

Als Audra Carnegie das Ergebnis verkündete, war Dahlia nicht überrascht. Bloß erleichtert, dass die ganze Geschichte jetzt vorbei war. Sie konnte aufatmen. *Gott, sie musste wirk-*

lich pinkeln, aber die letzten drei Stunden über war sie zu nervös gewesen, um von ihrem Platz aufzustehen.

Julie sprang von ihrem Sitz auf und reckte eine geballte Faust in die Luft, als hätte sie gerade einen Dreipunktewurf in einem Basketball-Match gelandet.

Londons Vater stand auf und klatschte.

Lizzie wirbelte herum und stürmte wortlos davon.

Barbara schnappte nach Luft. »Was für ein Miststück«, murmelte sie.

Dahlia konnte gar nicht verarbeiten, wie beispiellos und unverschämt Lizzies Verhalten war, denn sie hatte nur Augen für London. London, di*er lächelnd die Hand der Juror*innen schüttelte. London, umhüllt von Glitzerkonfetti, das von der Decke regnete. *Oje.* London hasste Glitzer.

London, di*er sich dem Publikum zuwandte, als deren Familie auf demm zurannte. Di*er über die Köpfe von Julie, Jackie und Sara hinwegschaute, selbst während sie demm umarmten. London, di*er nach ihr Ausschau hielt.

Barbara stupste sie an. »Möchtest du nicht langsam doch da runtergehen?«

»Ja, Dahls«, sagte Cath. »Gib den Leuten, was sie wollen.«

Dahlia lachte, nur ganz leicht, über ihre Tränen hinweg. *Oh.* Sie hatte gar nicht bemerkt, dass sie weinte.

»Nein«, entgegnete sie. »Dieser Moment gehört ganz allein London.« Sie schniefte und wischte sich die Augen trocken. Dann umarmte sie erst Cath und danach Barbara.

»Ich muss los«, sagte sie. »Danke, dass es euch beide gibt.«

Und Dahlia eilte die Ränge hinunter, weg von den blendenden Scheinwerfern.

Kapitel 24

Julie nahm London das Champagnerglas aus der Hand.

»Aber das ist erst mein zweites«, protestierte dey. *Chef's Special* zu gewinnen rechtfertigte ja wohl eindeutig mehr als anderthalb Gläser Champagner.

Julie verdrehte die Augen und zerrte London aus der überfüllten Bar. Ließ demm bis zum Parkplatz nicht los.

London runzelte die Stirn. »Wo gehen wir denn hin?« Dey schnappte nach Luft. »Julie, hast du Gras dabei?« Seit dem College hatten sie sich nicht mehr heimlich davongeschlichen, um einen Joint zu rauchen.

»Nein, London, ich habe kein Gras dabei. Meine Güte, wie viel Champagner hast du *wirklich* getrunken?«

»Nicht genug. Das sind die Endorphine. Davon, na, du weißt schon – dass ich *Chef's Special* gewonnen habe!«

»Oh Gott. Von jetzt an bist du unerträglich, oder?«

London grinste. »Nur in deiner Gegenwart.«

Julie hielt vor dem Nissan an. »Rein mit dir, Arschkeks.«

»He, warte mal. Wohin fahren wir?«, wollte London erneut wissen, schnallte sich aber schon an.

Julie warf einen kurzen Blick auf ihr Handy, ehe sie es in den Becherhalter plumpsen ließ.

»Du wirst noch mal am Set gebraucht.«

»Was?« London legte den Kopf zurück und stöhnte. »Ich dachte, ich wäre durch damit. Na, hoffentlich haben die das ganze Glitzerzeug weggefegt. Oder Moment, bringst du mich dahin, um mich mit noch mehr Glitzer zu foltern? Das wäre ziemlich abgedreht, aber dir würde ich so was zutrauen.«

Den Blick auf die Straße gerichtet, schüttelte Julie den Kopf.

London drehte sich zu ihr und kniff die Augen zusammen.

»Warum bist du so wortkarg? Was verheimlichst du mir?«

Julie biss sich auf die Lippen.

London kniff die Augen noch stärker zusammen. *»Hmm.* Alle in der Familie wissen, wie schlecht du Geheimnisse für dich behalten kannst. Also, wer käme auf die Idee …?«

London schnappte nach Luft. Und boxte deren Schwester in den Oberarm.

»Au!« Julie rieb sich den Bizeps. »Himmel, London, wie wär's, wenn du uns nicht umbringst, bevor wir da sind?«

»*Sie* war das, oder? Ich hab euch heute Morgen zusammen lachen sehen. Seid ihr jetzt beste Freundinnen oder was? *Was zur Hölle ist da los?*«

Aber Julie grinste bloß verschmitzt.

London wandte sich wieder nach vorn und massierte sich die Schläfen. Deren Magen schlug einen Purzelbaum.

Nach dem letzten Take, als dey sich endlich nach Dahlia hatte umschauen können, war sie verschwunden gewesen. Das hatte demm enttäuscht und beunruhigt. Aber dann hatte Ahmed dey in die Arme geschlossen und Cath demm auf die Schulter geschlagen, und dey hatte alle ehemaligen Gewinner*innen von *Chef's Special* kennengelernt. Und zum Schluss hatte Londons Familie demm entführt und darauf gedrängt, dass man ja anstoßen müsse.

Vor dem Tor zum Studioparkplatz hielt Julie an. Sie drehte sich zu London und lächelte.

»Na los, schnapp sie dir, London.«

Beim Lösen des Gurts zitterten demm die Hände. Dey war schon halb draußen, als Julie demm noch mal zurückrief.

»Ja?«

»Sie wirkt cool. Verkack's nicht.«

»Ich hasse dich.« Dey knallte die Autotür zu. Und streckte den Kopf durchs offene Beifahrerfenster wieder rein. »Das war ein Scherz, ich hab dich lieb. Das weißt du, oder?«

»Argh.« Julie wedelte mit dem Arm. »Jetzt geh schon!«

Und das tat London. Champagnerbläschen blubberten demm durch die Venen, während dey durchs Tor sprintete, den Gehweg hinunter, vorbei an Jakaranda-Bäumen zum Eingang von Studio drei. Dey riss die Tür auf und rannte weiter bis zu dem hölzernen Torbogen, unter dem sie sich kennengelernt hatten.

Leicht außer Atem hielt dey inne, sammelte sich, straffte die Schultern. Zum allerletzten Mal würde dey das Set von *Chef's Special* betreten.

Und dann blieb die Zeit stehen.

In dieser Verschnaufpause des Universums setzten sich all die Scherben in Londons Innerem wieder zusammen. Deren Körper entspannte sich, und dey fühlte sich wieder ganz.

Dahlia quietschte leise und versuchte hastig, ihre dreckige Schürze auszuziehen, die sich natürlich in ihrem typischen gigantischen Haarknoten verhakte. Sobald sie sich befreit hatte – wodurch das Vogelnest auf ihrem Kopf leicht in Schieflage geraten war –, warf sie die gelbe Schürze beiseite. Nervös strich sie sich den Rock glatt.

Bis ganz bald.

Sie stand inmitten des Goldenen Kreises vor dem Jurytisch, der jetzt mit einem *Herzlichen Glückwunsch!*-Banner aus dem Ein-Dollar-Laden geschmückt war. Unter den Studioscheinwerfern funkelten die Metallic-Buchstaben.

Selbst von hier hinten konnte London sehen, dass Dahlias Fingerknöchel weiß hervortraten, während sie den schwarzen Tüll ihres Rocks knetete.

London steckte die eigenen Hände in die Hosentaschen und schritt zwischen den beiden Luxuskochinseln hindurch, die noch vom Finale hier standen.

Dey versuchte, nicht zu breit zu grinsen, aber die Mischung aus Champagner und Adrenalin erleichterte das nicht gerade.

Dahlia wirbelte herum, ehe dey bei ihr angelangt war, hüpfte hinter den Tisch und schob Teller, Schüsseln und Besteck zurecht.

London bestaunte das Arrangement.

Diesen Tag würde dey niemals vergessen.

»Du hast mir Barbecue gemacht.«

»Hör auf, so zu grinsen«, raunzte Dahlia, »du weißt doch noch nicht mal, ob es gut ist.«

Doch Londons Grinsen wurde bei ihren Worten nur noch breiter. »Papperlapapp, natürlich weiß ich das.« Dey betrachtete die Gerichte näher. »Das sind meine Lieblingsbeilagen. Woher kanntest du die? Ich glaube, darüber haben wir nie gesprochen.«

Dahlia ließ sich auf Audra Carnegies Platz fallen und wedelte ungeduldig mit der Hand.

»Julie hat all deine Posts kommentiert. Ich weiß, wie man das Internet nutzt. Das war wirklich nicht schwer rauszukriegen.«

»Und wir sitzen am Tisch der Jury. Das kommt mir etwas verwegen vor.«

»Ich dachte …« Dahlia schluckte. »Na ja, du verdienst den besten Tisch.« Sie nahm ihr Glas Weißwein hoch, stellte es aber wieder ab, ohne auch nur zu nippen.

London beäugte den Rotwein neben deren eigenem Platz.

»Hm, dir ist aber klar, dass zu Barbecue eher Bier passt, oder?«

»Ich wusste nicht, welches Bier du magst, und ich habe Julie eh schon so oft belästigt! Und … ich habe dich nie Bier trinken sehen!«, rief Dahlia beinahe hysterisch aus.

Sie schloss die Augen und atmete tief durch. London hatte fast ein schlechtes Gewissen. Vielleicht war das gemein gewesen. Dey war zu glücklich, um klar denken zu können, und genoss es, dass Dahlia demm anschnauzte, während sie gleichzeitig all das hier für demm auf die Beine stellte.

Wie hatte sie das überhaupt zustande gebracht? Sie musste direkt nach der Show angefangen haben. Auf der Wange hatte sie einen Streifen Barbecue-Soße. Sie war unwiderstehlich, und London hatte sie so sehr vermisst.

»Setzt du dich jetzt hin, oder was? Das Essen wird kalt!«

London nahm Platz.

»Ich hatte natürlich nicht genug Zeit, die Rippchen richtig zu marinieren oder zu räuchern, auch wenn ich schon ein bisschen Vorarbeit in der Hotelküche geleistet habe, aber deshalb sind sie vielleicht nicht so gut, wie du es gewohnt bist. Und als ich Julie gefragt habe, wie du deine Mac 'n' Cheese magst, meinte sie nur: ›Puh, keine Ahnung, Makkaroni mit Käse halt‹, was echt nicht besonders hilfreich war, und …«

»Dahlia«, unterbrach London sie.

»Es tut mir leid«, flüsterte sie und ließ die Schultern hängen. »Es tut mir so, *so* leid, dass ich einfach abgehauen bin, und alles, was ich gesagt habe … Ich wünschte, ich könnte … Ich …«

Mit einem Satz war London bei ihr.

»Du hast dich schon entschuldigt. Mit den Rice Krispies Treats. Danke dafür, übrigens.«

»Hat das Päckchen sehr schlimm gestunken?« Sie flüsterte immer noch.

»Ja, richtig übel.« London lächelte.

Dahlias Mundwinkel hoben sich jetzt ebenfalls ganz leicht.

»Dahlia, mir tut es auch leid.«

Sie schüttelte den Kopf. »Du hast nichts …«

»Dahlia, lass mich auch etwas bedauern. Lass uns heute Abend zwei bedauernswerte Gestalten sein, die Barbecue essen, okay?«

Sie kaute auf den Lippen, und um ihre Augen bildeten sich kleine Sorgenfältchen. London fuhr ihr mit dem Finger über die Wange, bis er auf diesen besorgten Lippen landete.

Reflexartig öffnete Dahlia den Mund und biss zu. Der Druck ihrer Zähne war so scharf und sanft zugleich, dass London erzitterte.

Dey zog die Hand zurück, ließ sich tiefer in den eigenen Stuhl sinken und betrachtete erneut die Tafel. Dahlia hatte so hart gearbeitet, und nichts hiervon würde gegessen werden, falls es zu noch mehr Zähne-und-Lippen-Action kommen sollte. Londons Körper war ohnehin schon völlig überreizt.

»Dahlia, ich weiß nicht, was ich sagen soll. Womit habe ich das überhaupt verdient?«

»London, mal im Ernst …«, erwiderte Dahlia heftig. »Du hast gerade *Chef's Special* gewonnen. Himmel noch mal, iss einfach!«

Und dann musste sie über sich selbst lachen. Diesmal klang es besser, *echter*. London nahm die Gabel in die Hand. Noch zögerte dey, ob dey sie zuerst in die Mac 'n' Cheese oder den Kartoffelsalat tunken sollte, als dey ein weiteres Gericht entdeckte.

»Oh mein Gott.« Dey griff nach einem perfekt frittierten Maismehlbällchen. »Du hast sogar *Hush Puppies* gemacht?«

»Ja.« Dahlia verzog das Gesicht. »Sorry, ich weiß, das ist mehr so ein South-Carolina-Ding …«

»Dahlia. Entschuldige dich niemals für Hush Puppies.« London stopfte sich das Bällchen in den Mund. Und stöhnte auf.

Erst jetzt fiel demm auf, dass dey am Verhungern war.

London ließ sich Kartoffelsalat und etwas Grillgemüse schmecken und wollte sich gerade ein Rippchen schnappen, als Dahlia demm auf den Fuß trat.

»*Au!*« Dey lachte, den Mund noch voll.

»Hör auf, diese Geräusche zu machen. Das ist nicht fair!« London sah sie an. Ihre Wangen glühten.

London grinste. »Tja, wenn ich mit ansehen muss, wie du Rippchen isst und dir Soße von den Fingern leckst, was ziemlich sicher gleich passieren wird, würde ich sagen, wir sind quitt.«

Dahlia wurde noch röter. »*Gott*, ich kann's kaum erwarten, dich zu küssen.«

London erstarrte.

Sie hatte absolut recht. Inzwischen hatte dey ja etwas im Magen. Küssen war doch jetzt wohl erlaubt.

Dey ließ die Gabel sinken und stand auf. Zum Glück waren die Stühle der Jurymitglieder überdimensioniert wie drei Throne. Es war überraschend einfach, auf Dahlias Schoß zu rutschen und sich über sie zu knien.

Dahlia holte hastig und bebend Luft. Das war das Heißeste, das London je gehört hatte.

Dey nahm ihr Gesicht in beide Hände.

Ihre Lider flatterten, ihr Blick wanderte zu Londons Lippen.

Dey schlang ihr einen Arm um den Hals, schob ihr eine Hand ins Haar, streckte die Finger aus und befühlte die seidenen Strähnen. Sie schloss die Augen jetzt ganz, lehnte den Kopf zurück gegen deren Hand und stieß einen leisen Seufzer aus.

»Dahlia.« London beugte sich vor, drückte je einen Kuss auf jedes Lid und barg den Mund an ihrer Wange. »Dahlia. Ich habe dich so vermisst.«

Und dann ertönte ein lautes Piepen.

Dahlia blinzelte. *»Ach du Scheiße!«* Sie schob London von sich, dey erhob sich stolpernd. Sie rannte um den Tisch herum zum Backofen an Londons Kochinsel, stellte den Timer aus und zog einen Topfhandschuh über. Sobald London darüber hinweg war, dass deren Verführungskünste so brachial unterbrochen worden waren, gesellte dey sich zu ihr, um das zu bestaunen, was sie gerade aus dem Ofen zutage gefördert hatte.

»Hast du mir etwa einen Süßkartoffelkuchen gebacken?«

London wollte nicht, dass dieser Abend jemals endete.

»Ja.« Dahlia klang nervös. »Julie meinte, das wäre dein Lieblingskuchen, aber schriftlich war irgendwie schwer zu erkennen, ob sie mich vielleicht veräppelt. Wenn du nicht …«

»Nein, Dahlia, ich *liebe* Süßkartoffelkuchen.«

London musterte sie noch einen Moment lang, dann stieß dey sich von der Arbeitsfläche ab.

»Hey, bleib mal kurz genau da stehen. Ernsthaft, halt ganz still.«

Dahlia warf demm einen verwunderten Blick zu. »Okay …«

London lief um sie herum. Ging ein paar Schritte nach rechts. Überlegte. Ja, das sollte in etwa hinkommen. Ungefähr hier müsste deren alte Kochinsel gestanden haben.

Dey betrachtete Dahlias Haare, ihren Nacken. Die Schultern waren angespannt, sie wirkte unsicher. Als wartete sie darauf, in den Goldenen Kreis gerufen zu werden. Aber ihre Kochkünste heute Abend waren perfekt gewesen. Sie sollte längst wissen, dass sie die Jury restlos überzeugt hatte.

London ließ sie noch einen Augenblick zappeln.

»Genau hier habe ich mich in dich verliebt«, erklärte dey dann.

Langsam drehte Dahlia sich um.

»Und *hier* habe ich mich in *dich* verliebt«, sagte sie. Jetzt lächelte sie. Nur leicht, mit geschlossenen Lippen, beinahe schüchtern.

London lächelte zurück. »Aber du hast nicht mal in meine Richtung geschaut. Du konntest mich gar nicht sehen.«

»Stimmt. Aber ich wusste immer, dass du da bist.«

London ließ den Blick schweifen. Auf der Arbeitsfläche, auf der dey früher am Tag das Menü deres Lebens zubereitet und wo Dahlia gerade ihres gekocht hatte, herrschte absolutes Chaos: Überall standen schmutzige Pfannen und Töpfe und mittendrin ein Süßkartoffelkuchen.

Dey trat vor und wischte alles beiseite. Bis auf den Kuchen, natürlich. Dahlia schnappte nach Luft, als ein Topf scheppernd zu Boden fiel. London packte sie an der Taille, wirbelte sie herum und drückte sie gegen die Kochinsel. Und dann tat dey etwas, was dey insgeheim schon seit Wochen hatte tun wollen: Dey hob Dahlia hoch und setzte sie auf die Arbeitsplatte, hier an diesem Ort, wo dey gekocht, sich nach ihr verzehrt und in sie verliebt hatte. Dey stellte sich zwischen ihre Beine, die sie sofort um demm schlang, und endlich beugte dey sich vor und küsste sie.

Dahlia legte demm die Hände an die Wangen und erwiderte den Kuss. Sie schmeckte nach Pfefferminz und roch nach Barbecue und Kokos, und das alles war so bezaubernd und unverkennbar sie. Im Gegensatz zu sonst war Dahlia jetzt größer, weil sie auf der Kochinsel saß, und das war auf eine Art neu und aufregend. Aber die Zunge an Londons eigener fühlte sich vertraut an, ihre Seufzer waren der Soundtrack, der London gefehlt hatte, ihre Lippen sprachen Regionen tief in Londons Körper an. Regionen, die London während ihrer Abwesenheit rigoros vernachlässigt hatte und die jetzt zu neuem Leben erwachten.

»Warte.« Dahlia löste den Kuss und drückte sanft gegen Londons Schulter. Sie holte tief Luft. »Als du gerade reingekommen bist, war ich so nervös, dass ich kaum einen klaren Gedanken fassen konnte. Aber ich muss dir was sagen. *Bitte.*«

London stützte die Arme links und rechts von Dahlia auf und pikte ihr mit dem Daumen leicht in den Oberschenkel.

»Du hattest recht.« Dahlia schluckte. »Ich habe mich an dem Abend neulich … enttäuschend verhalten.«

Sie legte eine Hand an Londons Wange.

»Weißt du, was? Ich glaube, das gilt für mich genauso«, erwiderte London.

»Vielleicht.« Dahlia lächelte, wirkte aber ein bisschen traurig. »Aber ich hätte mich besser im Griff haben, das Ganze mit dir besprechen sollen. Ich hatte einfach so eine Riesenangst. Vor einer Menge Sachen. Ehrlich gesagt ist sie auch nicht ganz weg: Ich weiß immer noch nicht, was ich mit meinem Leben anfangen soll.« Sie schluckte wieder. »Und ich könnte dich in Zukunft wieder enttäuschen. Sag also nicht, ich hätte dich nicht gewarnt.«

London starrte sie an.

»In Zukunft?«

»Ja.« Mit dem Daumen fuhr sie über Londons Lippen. »Wenn … also, wenn du das willst?«

London küsste ihren Finger, dann das Handgelenk. Küsste ihre nackten Arme, hellbraun, mit feinen dunklen Härchen, ihre Schulter, den himmlischen Punkt, wo die Schulter in den Hals überging.

»Ja, das will ich«, sagte dey und konnte fühlen, wie sie erleichtert ausatmete. »Nur zu, Woodson, versuch ruhig, mich zu enttäuschen. Lass uns gemeinsam Angst haben.«

Dey bedeckte ihren Hals mit Küssen, lächelte, als dey unter dem Ohr angelangt war. Dey spürte ihren schnellen Herzschlag.

»In Wahrheit gebe ich Tanner Tavish die Schuld«, murmelte dey.

Dahlias atemloses Lachen klang wie Musik in Londons Ohren.

»*Was*? Warum?«

»Weil er dich überhaupt erst rausgeschmissen hat.«

»London, ich glaube, das war ein einstimmiger Beschluss.«

»Kann schon sein, aber ich will dem Typ einfach an irgendwas die Schuld geben.«

Dahlia gab ein amüsiertes Summen von sich, dass dey an deren Wange spürte.

Mit einem kleinen Seufzer fuhr London fort: »Wobei ich vermutlich über niemanden von *Chef's Special* schlecht reden sollte, immerhin zahlen sie mir hunderttausend Dollar. Na ja, ein bisschen weniger, wenn man die Steuern abzieht.«

»Stimmt! London!« Dahlia schob demm sanft von sich weg, damit sie demm anstrahlen konnte. »Für deinen Verein.«

»Oh ja!« London strahlte zurück. »Ich hab ein paar Ideen gesammelt. Gott, ich muss dir so viel erzählen.«

Dahlia blinzelte, und plötzlich wurden ihre Augen wieder feucht.

»Ich kann's kaum erwarten«, raunte sie.

London schüttelte lächelnd den Kopf und strich ihr mit dem Daumen über die Wange. »Dahlia, du bist auf einmal so groß, das ist echt merkwürdig!«

Dahlia stieß erneut ein Lachen aus, Erleichterung, Entspannung und Freude, vermischt zu diesem kleinen, wundervollen Geräusch.

Als sie antwortete, klang sie schon wieder deutlich mehr wie sie selbst. »Ich weiß. Nicht zu fassen, dass du immer so rumläufst. Mir wird schon ganz schwindelig vor lauter Größenwahn.«

Und wie um ihren Worten Nachdruck zu verleihen, schlang sie die Beine erneut um Londons Hüfte, zog demm so nah wie möglich an sich und die Kochinsel heran und küsste demm so intensiv, dass dey ein Knurren nicht zurückhalten konnte.

Londons Hirn hörte auf zu funktionieren, und all der Druck und die Anspannung des Tages waren wie weggewischt, verdrängt von glühender Lust und Strudeln aus Geborgenheit und Glück bis runter in die Zehenspitzen. Londons Herz schlug kräftig in deren Brust: *ja, ja, ja.*

Dahlia entzog demm ihren Mund, aber London würde sie diesmal nicht wieder entwischen lassen. Dey umarmte sie noch fester und saugte an ihrem Ohrläppchen.

»London.« Dahlia löste ihre Beine von Londons Hüfte. »Am liebsten würde ich das hier gar nicht unterbrechen, aber … das Essen wird kalt. Und wenn meine ganze Arbeit hier umsonst war und das alles nicht gegessen wird, fang ich noch an zu heulen.« Sanft drückte sie gegen Londons Bauch.

»Naaa gut.«

London akzeptierte die Niederlage und trat einen Schritt zurück.

Dahlia hüpfte von der Arbeitsplatte und strauchelte.

»Hey, mach langsam.« London fasst sie am Ellbogen.

Dahlia blieb vornübergebeugt stehen, presste sich eine Hand auf die Brust und antwortete ein paar beunruhigende Sekunden lang nicht.

»Dahlia, ist alles in Ordnung?«

Sie richtete sich auf.

»Sorry. Mir war kurz schwindelig. Könnte sein … dass ich vor meinem Flug gestern mit einem Umzugstransporter von Maryland nach Massachusets gefahren bin. Und beim Finale habe ich fast einen Herzanfall gekriegt. Und vielleicht gehe ich deshalb ein kleines bisschen auf dem Zahnfleisch. Aber ich hör mal auf zu jammern, *du* musstest heute Morgen bestimmt schon um fünf Uhr oder so am Set sein und dann ein Drei-Gänge-Menü kochen, und …«

London baute sich vor ihr auf und fasste sie an den Schultern.

»Dahlia, atme mal tief durch.«

»Okay.« Sie tat wie geheißen. »Schon besser.«

London küsste sie noch einmal auf den Mund, nur ganz sacht.

»Also gut …« London strich ihr wieder durch die Haare. »Wir widmen uns jetzt dem Barbecue, aber danach musst du mir mehr über diese Sache mit dem Umzugswagen erzählen.«

Sie nickte.

»Abgemacht.«

London drückte ihre Hand und schnappte sich den Süßkartoffelkuchen.

»Alles klar, Woodson, dann mal guten Hunger!«

Epilog

Drei Monate später

Dahlia krallte sich in Londons Haare.

»Oh, ja«, rief sie. »London, ich bin gleich so weit.«

London lehnte sich zurück und grinste zu ihr hoch.

»Ich weiß. Du bist dabei nicht gerade unauffällig.«

»Hey …« Empört stöhnte Dahlia auf, bevor sie Londons freches Gesicht wieder zwischen ihre Beine schob. »Nicht aufhören, du … *oh*.«

Einige schwindelerregende Sternchen-vor-den-Augen-Momente später küsste London sich wieder Dahlias Körper hinauf.

»Guten Morgen«, flüsterte dey an ihren Lippen, selbstzufrieden und wunderschön, bevor dey sich vom Bett rollte und sie weich wie Wackelpudding in den Tiefen der voluminösen weißen Bettdecke zurückließ.

Dahlia liebte Nashville wirklich. Aber sie hätte schwören können, dass London sie absichtlich mit diesem Bett geködert hatte, bei demm einzuziehen. Die Matratze war himmlisch. Dahlia wollte nicht wissen, was sie gekostet hatte.

Als sie vor zwei Monaten offiziell nach Nashville gezogen

war, hatte sie sich ein Zimmer gemietet. Doch schon nach einem Monat hatte London sie davon überzeugt, dass es nur rausgeschmissenes Geld wäre, da sie ohnehin immer bei demm war. Nachdem Dahlia darauf bestanden hatte, Miete zu zahlen, was London mit einem Augenrollen zunächst akzeptiert hatte, stimmte sie zu.

Und so war Dahlia in Londons Wohnung im Stadtteil 12 South eingezogen, mit ihren freiliegenden Backsteinwänden, den hohen Decken und minimalistischen Möbeln sowie der Nähe zu Jeni's Splendid Ice Creams.

Schockierenderweise hatte London ihr verschwiegen, dass ihre Lieblingseisdiele aus L. A. auch hier eine Filiale betrieb.

Womöglich hatte sie sich also tatsächlich eher von Jeni ködern lassen.

So oder so verhandelten Dahlia und London weiterhin über die Miete.

Und noch heftiger verhandelten sie über einen gemeinsamen Hund.

»Bist du sicher, dass ich nicht auch etwas für dich tun soll?«, fragte Dahlia gähnend.

London schüttelte vom Badezimmer aus den Kopf, wo dey sich gerade die Zähne putzte.

»Keine Zeit.« Dey spülte nach. »Und überhaupt, das war mehr als genug für mich.«

»*Mhmm*, es gibt schlechtere Arten aufzuwachen.«

»Ich kann immer noch nicht glauben, dass du nicht mitkommst.« London lief zurück ins Schlafzimmer und rollte die Ärmel deres Hemds auf.

»Glaub mir, ich würde auch gerne mit dir durch New

York bummeln.« Dahlia kuschelte sich noch tiefer in die Decke. »Aber Hank hat sein Ticket schon vor zwei Monaten gebucht. Und ich muss noch jede Menge erledigen, bevor er ankommt.«

»Ich weiß, ich weiß.« London seufzte. »Aber was, wenn mir dumme Fragen gestellt werden? Und ich pampig werde? Was, wenn ich nicht gut rüberbringen kann, wie es ist, nichtbinär zu sein? Oder wenn ich etwas Falsches sage und auf Twitter einen Shitstorm dafür ernte? *Aaargh.*« Dey hörte auf, Sachen in den Koffer zu legen, und schlug sich die Hände vors Gesicht.

»London.« Mühsam setzte Dahlia sich auf. »Vertrau auf Hoda. Sie ist ein Profi. Das wird schon gut gehen, okay? Vergiss nicht, du kannst Werbung für den Verein machen. Du wirst das großartig meistern. Aber … vielleicht versprichst du mir, dass du nach der Ausstrahlung mindestens eine Stunde lang die Finger von Twitter lässt?«

»Versprochen.«

London zog den Stecker des Handyladegeräts aus der Wand und seufzte.

»Ich kann es kaum erwarten, es mir anzusehen.« Dahlia lächelte. »Ich erinnere mich gar nicht, wann ich das letzte Mal *The Today Show* geguckt habe. Max und ich werden uns prächtig amüsieren, während wir im Pyjama chillen und uns gegenseitig vorschwärmen, wie heiß du aussiehst.«

London hielt inne, die sorgfältig gefaltete Unterwäsche in der Hand. »Max?«

»Ach, du weißt schon, der Hund, den ich mir zulegen werde, während du weg bist. Ich habe beschlossen, ihn Max zu nennen.«

»Ich hasse dich«, murmelte London und suchte das Zimmer nach deren guten Schuhen ab.

Dahlia streckte die Arme über den Kopf und grinste, bevor sie schließlich die Decke wegschob.

»Bleib doch liegen.« London runzelte die Stirn. »Es ist noch so früh.«

»Nö.« Dahlia zog sich den ausgeleierten Unipulli von der Belmont über. Da er früher einmal London gehört hatte, war er ihr zu groß. Vermutlich gehörte er noch immer London. Zumindest theoretisch. Aber es war ihr Lieblingsstück. »Jetzt bin ich ja eh wach. Vielleicht kann ich meinen Artikel für die *Source* über das neue Barbecue-Restaurant fertigstellen, sobald du weg bist. Morgens fällt mir das Schreiben doch immer leichter. Und dann habe ich danach noch genug Zeit, mein neuestes Video zu schneiden und hochzuladen, bevor ich alles für Hank vorbereite.«

Dahlia drehte ihr Haar zu einem Dutt hoch und ging ins Bad, um sich das Gesicht zu waschen.

»Busy wie immer, was?«, sagte London. Dey zog den Reißverschluss deres Koffers zu.

»Ich lebe den Traum aller Millennials, Baby.«

London lehnte sich gegen den Rahmen der Badezimmertür und sah sie an.

»Und vielleicht schreibst du auch noch einen Post auf deiner Website?«

Dahlia wurde leicht rot, während sie sich die Zähne putzte. Aber sie nickte.

Restaurantkritiken für die *Nashville Source* zu schreiben, war anspruchsvoll und aufregend. Ihre YouTube-Videos erforderten mehr Arbeit, als sie erwartet hatte, doch sie waren bereichernd und machten ihr Spaß. Sie hatte herausgefunden, dass es wesentlich angenehmer war, vor einer Kamera zu stehen, wenn weder eine Jury noch ein Produktionsteam zusah. Es gefiel ihr, Kochtipps zu geben und jene Rezepte zu teilen, die ihr geholfen hatten, wieder zu sich selbst zu finden. Durch Essen mit Menschen in Kontakt zu treten – diesmal jedoch auf ihre eigene Art, ohne eine tickende Uhr.

Mit dem Launch ihrer Website hatte Dahlia allerdings bis letzte Woche gewartet. Bis das Finale ausgestrahlt und endlich alle Geheimnisse der achten Staffel gelüftet worden waren. Den Titel ihres ersten Posts hatte sie bis dahin geheim halten müssen, obwohl sie ihn bereits vor Wochen geschrieben hatte. Denn er lautete: *Das Rezept, das mich (nicht ganz so) armes Ding aus* Chef's Special *gekickt hat.*

Es ging darin um Scheidung, harte Arbeit, Chancen und Überraschungen. Und um Suppe.

Hank hatte gesagt, es hätte ihn zum Weinen gebracht. Das mochte zwar nicht viel heißen, wenn man bedachte, wofür ihr Bruder alles Tränen vergoss, dennoch hatte Dahlia sein Urteil zu schätzen gewusst.

Es war aufregend, von der *Source* für ihre Artikel bezahlt zu werden. Aber darauf, ihre persönlichen Geschichten und Rezepte auf der Website zu veröffentlichen, war sie am meisten stolz. Es machte sie verletzlich und war beängstigend. Aber *Chef's Special* hatte ihr gezeigt, dass sie damit umgehen konnte.

Wenn Dahlia nicht gerade schrieb oder Videos drehte, hatte sie einen Teilzeitjob in der Verwaltung der Vanderbilt University, wo auch Julie arbeitete. Damit bezahlte sie ihre Rechnungen. Aber Dahlia gefiel es so, der Bürojob und dazu die Nebenjobs. Vielleicht würden Letztere eines Tages auch zum Vollzeitjob werden. Ihr YouTube-Kanal war bereits erfolgreicher, als sie sich je erhofft hatte. Und im Moment gefiel ihr dieses chaotische Leben, in das sie und London hineingeraten waren, mit den verschiedenen Eisen im Feuer. Sie fühlte sich gefordert und kreativ. Bodenständig und doch herrlich lebendig.

Natürlich half es zu wissen, dass London an ihrer Seite sein würde, ganz gleich, was sie als Nächstes ausprobieren wollte. Dey war von Anfang an anders gewesen als David, und Dahlia hatte sich ebenfalls vorgenommen, dieses Mal anders zu sein. Ehrlicher. Früher zuzugeben, wenn sie sich über etwas nicht im Klaren war. Wenn sie unsicher war. Wenn sie Angst hatte. Allerdings hatte sie in letzter Zeit nicht mehr so oft Angst.

Größtenteils war sie nämlich damit beschäftigt, einfach nur begeistert zu sein.

Größtenteils erlaubte sie sich auch, stolz zu sein.

London rollte deren Koffer aus dem Schlafzimmer, und Dahlia folgte demm dicht auf den Fersen.

»Hast du alles?«

London seufzte und nickte, während dey auf dem Handy eine Mitfahrgelegenheit buchte. »Jap, leider.«

»Ach, komm schon, das wird lustig. Du wirst Sai wiedersehen. Oh! Du solltest ihn um Rat für den Verein bitten! Hat er nicht selbst so um die zehn verschiedene?«

»Ja und mit Sicherheit auch hundert Assistent*innen, die sich um all den langweiligen Kram kümmern, mit dem ich mich gerade herumschlage.«

Die Arbeit für den gemeinnützigen Verein, der vorläufig

Camp CookOut hieß, war langwierig und kompliziert und brachte eine Menge Papierkram mit sich, was London frustrierte. Doch Dahlia war felsenfest davon überzeugt, dass dey das Ganze dennoch auf die Beine stellen und es unglaublich werden würde.

»Frag ihn trotzdem«, beharrte sie.

»Alles klar, Schatz.«

Vor der Tür blieben sie stehen. London ließ den Koffer los, umfasste Dahlias Gesicht mit beiden Händen und drückte ihr einen letzten sanften Kuss auf die Lippen. Dahlia hielt die Augen geschlossen, auch nachdem sie sich voneinander gelöst hatten. Sie legte sich zwei Finger an den Mund, und ein Hauch von Melancholie machte sich in ihr breit. Es hätte ihr wirklich Spaß gemacht, zusammen durch New York City zu flanieren.

»Alles okay?«

Sachte hob London ihr Kinn an und brachte sie so dazu, demm in die Augen zu sehen.

Sie lächelte. »Jap.«

Beim nächsten Mal.

London küsste sie auf die Nase.

»Es sind doch nur ein paar Tage. Du weißt doch, dass ich am Montag wieder im Studio gebraucht werde.«

Vor einem Monat hatte London in einem Tonstudio angefangen, ungefähr zur gleichen Zeit, als Dahlia eingezogen war. Sie hatte London noch nie so aufgedreht und gleichzeitig so kurz vor einem Nervenzusammenbruch erlebt. Es war unglaublich bezaubernd.

»Ich liebe dich«, sagte dey.

»Ich liebe dich auch.«

»Sag Hank, dass es mir leidtut, ihn bei seinem ersten Besuch in Tennessee nicht offiziell begrüßen zu können. Aber ich freue mich drauf, ihn zu treffen, wenn ich zurückkomme.«

»Mach ich.«

»Und vergesst nicht, im Dollywood-Park das Zimtbrot zu probieren.«

Dahlia verdrehte die Augen. »Ich weiß. Das sagst du jetzt zum zehnten Mal.«

London zögerte.

»Dahlia?«

»Ja?«

»Bitte hol dir keinen Hund, solange ich weg bin.«

Dahlia lachte und schob demm zur Tür hinaus.

»Ab mit dir!«

Die Tür fiel hinter demm ins Schloss.

Dahlia ging zum Fenster, um sich zu vergewissern, dass London es sicher die steile Treppe hinunter zur Straße schaffte. Als dey den Bürgersteig erreichte, drehte dey sich um, blinzelte in den allmählich heller werdenden Himmel und winkte hoch zu ihr in den dritten Stock. Dahlia winkte zurück und spürte ein leichtes Kribbeln im Magen, weil das so albern und süß war. Sie beobachtete, wie dey ins Auto stieg, und wartete, bis der Wagen die von Bäumen gesäumte Straße hinuntergefahren war, die Dahlia so sehr mochte. Die sich für sie vom ersten Augenblick an wie ein Zuhause angefühlt hatte.

Und dann breitete sich eine andere Art Kribbeln in ihrer Magengegend aus, als ihr klar wurde, dass sie das Haus die nächsten vierundzwanzig Stunden ganz für sich alleine hatte, bevor Hank morgen auftauchte.

Sie drehte sich um und marschierte geradewegs in ihr Büro, fest entschlossen, sich an den Plan zu halten und direkt mit der Arbeit zu starten.

Zuvor war das Büro das Zimmer von Londons altem Mitbewohner Eddy gewesen. Er war ausgezogen, als Dahlia eingezogen war, was ihr zuerst schrecklich unangenehm gewesen war, obwohl London ihr versichert hatte, dass Eddy sowieso mit seiner eigenen Freundin zusammenziehen wollte. Das schlechte Gewissen hielt allerdings nicht lange an. Es war tatsächlich eine Erleichterung, wieder so laut Sex haben zu können, wie sie wollten, und zwar wann und wo sie wollten.

Sie grub ihre Zehen in den Hochflorteppich, den sie in der Mitte des Büros platziert hatte. Viel hatte sie nicht aus New Bedford mit nach Nashville genommen, aber sie war froh, dieses gute Stück mitgebracht zu haben – eine Erinnerung aus ihrem alten Leben, die sich mit neuen vermischen sollte.

Während ihr Computer hochfuhr, wanderte ihr Blick zu einem Foto auf dem Schreibtisch. Es zeigte Londons Familie am Set von *Chef's Special*, kurz nachdem deren Sieg verkündet worden war. Von der Decke regnete es noch immer Glitzer. Julie klammerte sich an Londons Arm, und Charlotte, Jackie und Sara lehnten sich mit einem breiten Lächeln ins Bild.

Auch deren Dad war auf dem Foto zu sehen, ganz am Rand, die Hände in die Taschen gestopft.

Dahlia freute sich an diesem Wochenende auf viele Dinge: heute Zeit für sich zu haben, Hank ihr neues Zuhause vorzustellen. Sie war jedoch auch neugierig auf das Sonntagsessen bei den Parkers. London hatte ihr versichert, dass sie nicht hingehen musste, solange dey in New York war, zumal Hank zu Besuch war. Aber Dahlia wollte es. Sie liebte die Sonntagsessen, denn sie waren laut, fröhlich und lustig. Außerdem war sie davon überzeugt, dass Hank und Julie sich auf Anhieb gut verstehen würden.

Und vielleicht war sie an diesem Wochenende auch auf geheimer Mission. Sie wollte sichergehen, dass Londons Vater auch dann die richtigen Pronomen benutzen würde, wenn dey nicht dabei war.

Wieder zurück in Nashville hatte Tom Parker sich nach Londons Ultimatum für die richtige Seite entschieden. Das Finale von *Chef's Special* war offenbar der Weckruf gewesen, den er gebraucht hatte, und er bemühte sich um eine Aussöhnung. Manchmal war es immer noch unangenehm, aber dey schien ein gutes Gefühl bei der Sache zu haben, und Dahlia versuchte, demm zu unterstützen. Das hieß, sie lächelte deren Vater an, wenn sie alle zusammen waren. Zumindest ab und zu.

Sollte sich jedoch in Londons Abwesenheit herausstellen, dass seine Akzeptanz nur geheuchelt war, dann war Dahlia bereit, die Löwin in sich zu wecken.

Als der Computer hochgefahren war, öffnete sie den Entwurf ihres Artikels über das neue Barbecue-Restaurant in Germantown. Sie las ungefähr zwei Sätze, bevor ihrem Gehirn die Puste ausging.

Nein danke.

Dahlia stand wieder auf. Neuer Plan.

Zuerst was in den Magen.

Über den Parkettboden schlenderte sie in die Küche. Es gab noch eine ganze Menge übrig gebliebenes Gemüse, und

London bekam jede Woche die schönsten Eier von der solidarischen Landwirtschaft. Und als sie den Kühlschrank öffnete, fiel ihr ein, dass London diese Woche ja auch frischen Speck gekauft hatte.

Bäm. Das würde eine gute Frittata ergeben.

Dahlia hievte die gusseiserne Pfanne auf den Herd.

Sie fragte sich, ob London schon am Flughafen war. Ob dey wohl zur Entspannung Musik hörte.

Ihr ging das Herz auf, als sie die Zutaten zusammensuchte. Besonders freute sie sich darauf, an diesem Wochenende alleine zu kochen. Dahlia kochte wirklich gerne mit London zusammen. Trotzdem hatte sie es ein bisschen vermisst.

Jetzt stellte sie selbst Musik an und wiegte sich in den Hüften. Sie betrachtete die Lebensmittel vor sich. Plante ihre Bausteine.

Doch etwas Wesentliches fehlte noch.

Dahlia öffnete erneut den Kühlschrank und kramte in der Gemüseschublade. *Ah, da.* Ganz hinten. Sie schnappte sich die Zwiebel und legte sie aufs Schneidebrett, die papierdünne Haut begann sich bereits abzuschälen.

Dann nahm sie ihr Messer zur Hand und setzte den ersten Schnitt.

Danksagung

Hätte irgendwer meinem früheren Ich von den letzten paar Jahren meines Lebens erzählt, wäre es wohl überwältigt gewesen – nicht unbedingt davon, tatsächlich ein Buch zu veröffentlichen, sondern davon, wie viele nette, faszinierende und wunderbare Menschen ich treffen würde, die mir irgendwie dabei helfen. (Und hätte man meinem früheren Ich gesagt, dass mein erstes veröffentlichtes Buch eine sexy Story über queere und nichtbinäre Personen sein würde, die sich ineinander verlieben, wäre ich wahrscheinlich knallrot angelaufen, hätte mich in irgendein Loch verkrochen und wäre sofort ohnmächtig geworden. Für alle anderen kleinen Anitas da draußen: Das Leben ist eine ganz schöne Achterbahnfahrt!)

Vielen Dank an meine Agentin Kim Lionetti, die sich in London und Dahlia verliebt hat und mir immer den Rücken freihält. Meiner Lektorin Junessa Viloria danke ich dafür, dass sie London und Dahlia von der ersten Minute an richtig verstanden und ihnen mit so viel Hingabe zu ihrem besten Selbst verholfen hat. Ihr beide habt diese Reise zu einem Vergnügungstrip gemacht, und ich bin euch unendlich dankbar.

Hattie Windley, danke für ein Cover, das mir den Atem geraubt hat, und dafür, dass meine beiden so verdammt heiß aussehen. Alle im *Forever*-Team, die dazu beigetragen haben, dass aus dieser Sache ein echtes, lebendiges Buch hervorgegangen ist, ihr seid meine Held*innen: Beth deGuzman, Amy Pierpont, Leah Hultenschmidt, Daniela Medina und Tareth Mitch. Danke auch an Lori Paximadis und für immer einen riesigen Muppet-Applaus für Estelle Hallick.

Rosie Danan und Meryl Wilsner, danke für alles. Ich bin so froh, dass ihr euch entschieden habt, nicht nur London und Dahlia in euer Herz zu schließen, sondern vor allem mich. Ihr habt mein Leben verändert. Eure fortwährende Unterstützung bedeutet mir alles.

Danke an Cat Knight, die erste Person, die dieses Manuskript gelesen hat, und an Manda Bednarik, meine älteste Freundin und Leserin. Ich habe euch beide so lieb. Fanfic für immer. Danke an Kate Cochrane für deine langjährige Unterstützung und deinen Zuspruch, und ganz besonders danke ich Piper Vossy, deren Kommentare mein Schreiben mit jedem Mal besser machen und deren Energie diese Welt zu einer besseren macht.

Danke an Emma Osborne für deine Liebenswürdigkeit sowie an Kate Shannon und Mari Levine, meine Ehrencousinen, für eure Faktenchecks zum Thema Essen!

Vielen Dank an meine Fork Family, ohne die ich die letzten Jahre nicht überlebt hätte. Danke vor allem an Kate, deren verlegerisches Wissen und weise Logik uns alle leitet, an Kaitlyn, die witzigste Person auf Erden, die mit mir die Angst vor dem Erstlingswerk durchlebt hat, an Hugh dafür, dass er Hugh ist, an Amanda, die dieses Buch in einer